唐寅

内山知也　監修
明清文人研究会　編

白帝社

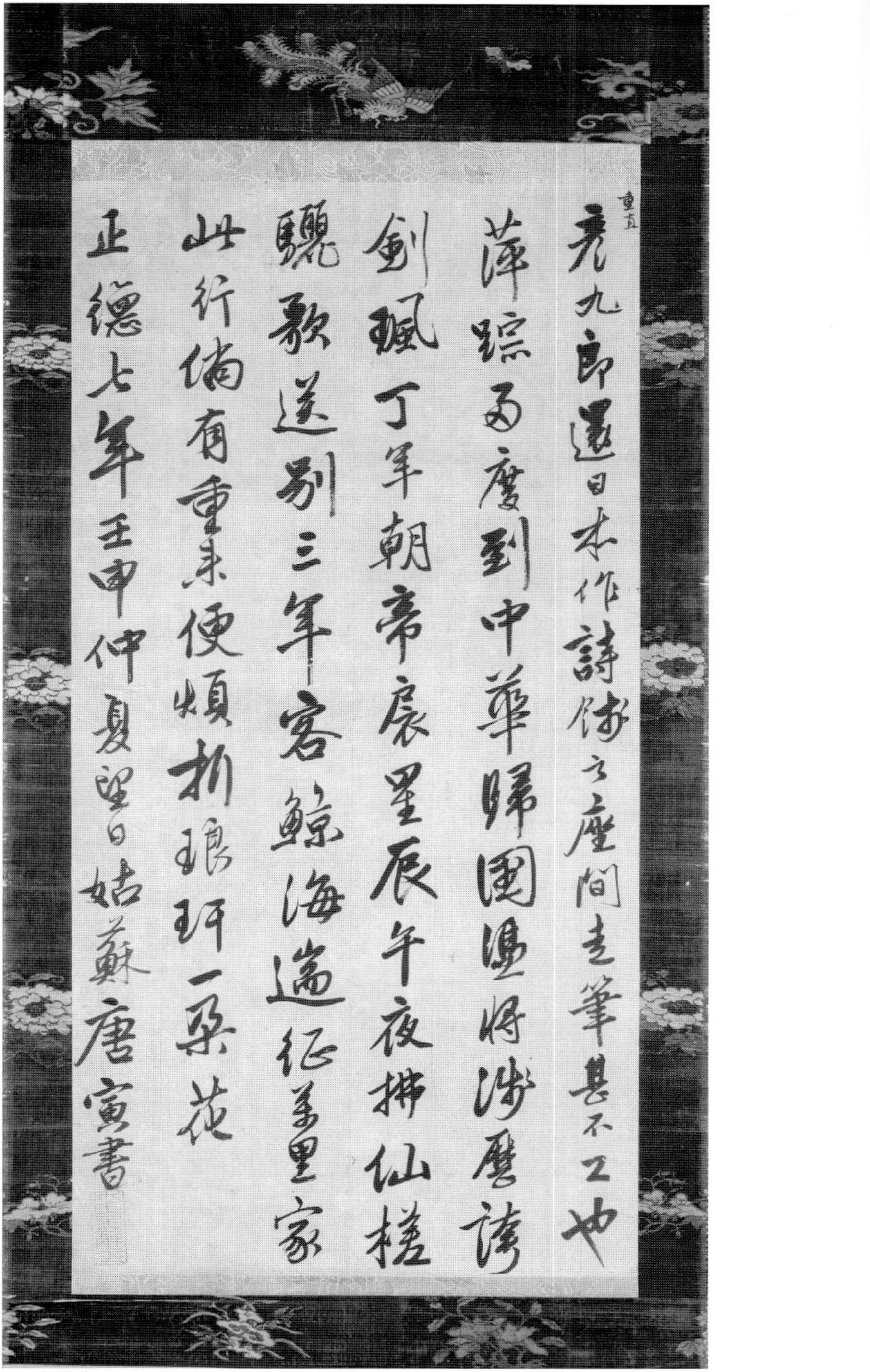

唐寅「餞彦九郎還日本詩」（京都国立博物館所蔵）

重直

彦九郎還日本作詩餞之座間走筆甚不工也
萍踪兩度到中華歸國憑將踐歷誇
劍珮丁年朝帝扆星辰午夜拂仙槎
驪歌送別三年客鯨海遄征萬里家
此行倘有重來便煩折琅玕一朶花
正徳七年壬申仲夏望日姑蘇唐寅書

※第三句の珮の字は珮の字の誤りである。
※本書35ページ参照。

序

安らぎと潤いのある生活のために、文芸の果たす役割は大きい。文芸を創出する文人は、一途に古典を学び継承し、そのなかから、独自の新しい文芸を生み出してゆく。一途ゆえに、文人は自由奔放であり、時には度が過ぎることもある。が、当の本人は他人の評価などは気にしない。ましてや自分のことを「文人」などと誇らない。それが一流の文人である。人々はその一流の文人の新しい文芸に「心奪われ」、その自由奔放な生き方に「あこがれ」る。

文人は魅力的である。だが、文人には、近づきがたい文人と、親しみやすい文人がいる。庶民から絶大な人気を博する文人もいる。お上から理不尽な仕打ちを受けて悲劇的な最期を遂げたり、あるいは絶望のどん底に陥りながらも耐えて新しい文芸を生み出してゆく文人もいる。そうした文人には、人々は同情とともにいっそうの親しみを覚える。

中国にはかつて多くの文人がいた。特に明代の蘇州では、文人が多く輩出し、詩・書・画が最高のレベルにまで達した。詩・書・画にとどまらず詞《ツー》や演劇にも一流の才を発揮し、自身が小説や演劇の主人公になったり、今日でも伝統芸能の「評弾」で唱われたりするほど絶大な人気を博した文人がいた。それは唐寅《とういん》、字《あざな》は伯虎《はっこ》（また子畏《しい》）である。唐寅は「江南第一の風流才子」と印に彫ったというが、明代の「風流」は男女の情事を言うから、人をくった自称である。それだけでも唐寅は十分面白い「文人」である。が、唐寅にそうさせる事件のあったことを忘れてはなるまい。

唐寅の生まれ育った蘇州は、長江下流の江南地方、長江デルタ地帯の中心に位置する。広大で肥沃な土地からさまざまな物産が収穫され、縦横に張りめぐらされた水路によって物流がスムーズに行われ、古くから商業・経済都市として栄えた。南宋時代には都の杭州を支え、「江浙熟すれば天下足る」と言われるほどにまで認知され、明代ではそのはじめの都の南京を、さらに都が北京に移ってからも経済的に国を支えていた。その豊かな経済力を背景に、十五世紀後半から十六世紀前半にかけ、沈周《しんしゅう》・祝允明《しゅくいんめい》・文徴明《ぶんちょうめい》・唐寅といった文人が活躍する。沈周はもとより科挙には興味がない。科挙に合格して高官になり生計をたてるという従来の考え方は、この時期には薄れていた。

庶民の出身の唐寅は、はじめ科挙に合格し役人になることを目指した。南京の地方試験に首席で合格し、勇んで都へ行き進士科の試験を受験した。が、試験問題漏洩事件に連坐し、喜びの絶頂から悲しみのどん底へ落ち、失意と貧困と荒んだ生活の中で書画を売って生活し、やがて「文人」として生きることに活路を見いだしてゆく。先の「江南第一の風流才子」と印に彫ったという話は、当時勢力をもっていた皇族・寧王宸濠《ねいおうしんごう》に招かれその幕下にいたときのことといわれる。寧王宸濠は皇太后の偽勅を奉じて皇帝を廃位しようと反乱を起こし、やがて王陽明《おうようめい》に征伐されることになるが、唐寅は奇行を弄して幕下を抜け出すことができた。

「心奪われ」る新しい文芸を創造し、「あこがれ」さえも抱かせる自由奔放な行動をとった「悲劇」の文人唐寅は、〈文人史〉のなかでも特記すべき文人であろう。本論文集は、詩・文・詞・書・画・演劇のジャンルのすべてに秀でた文人唐寅の実像に多角的に迫ろうと企図したものである。これまでジャンルごとに唐寅を論じることはあっても、すべてのジャンルを包含して論じることはなかった。その意味で、本邦初の論文集である。本書により唐寅の魅力に触れていただければ幸いである。

鷲野正明

『唐寅』目次

カバー絵／唐寅《陶穀贈詞図》（台北 国立故宮博物院所蔵）
カバーデザイン／劉隆年

唐寅の生涯と蘇州文壇

内山知也

一、まえがき

中国は文学にまで政治意識を持ちこむ傾向の極めて強い国である。そういう関係は現代中国にだけ顕著なのではなく、古代より文学の背負っている宿命とでも言うべきものなのである。そうした文学の歴史の過程において、時として王権の衰退期に、時の政治権力に背を向けた文人たちの間で、芸術至上主義の非政治的文学、すなわち抒情、山水自然、日常の個人生活に題材をとる文学が作られることがあった。そういう時代を文学的価値の低落期と貶《おとし》めるか、あるいは収穫期と称えるか、議論の別れるところである。その二通りの評価はしばしば交替して長い間論議のまとになってきたわけであるが、文学の個性を重視する観点からすれば、いかなる時代の文学においても、個我の表白を見逃すことはできないのである。

十五世紀後半から十六世紀前半における明代蘇州文人の詩文書画は、実に日常に疲れ切った吾人の心を甦らせるに十分余りあるほど高度に洗練された芸術である。私はその芸術家の中でも沈周・文徴明・唐寅・祝允明・楊循吉たち数人の詩文集を読み、なにがしかの数量の書画を——それも僅かの実物を除いては画集に縮尺された印画を——見たに過ぎないのであるが、蘇州という富裕な江南の都会に住む芸術家の赤裸な生活と友情、洗練された詩文と交際、中国美術史においても一きわ輝かしい光彩を放つ書画の制作、こういう営みを温く包みこむ蘇州の自然と人情の美しさ、そういったものに何とも言えず心を引かれてきた。そういう気持で見ると、中国人の故郷に繋がる観念と、文学芸術との関わりが、この時代のこの土地ほど密接にからみ合い高く昇華されたことはなかったのではないかと私には思われてくる。優しい郷土の中に在って、すぐれた先輩友人と交わり、芸術をそのまま生きてゆくという生活こそ、長く中国人があこがれ求めた世界であったはずだからである。

私は、いまその中の一人として、極めて個性的で、奔放な性格のゆえに、悲惨と屈辱の生涯を送った芸術家唐寅をあげ、彼の生涯と彼を抱擁する蘇州文壇との関係を概観してみたい。そこには門閥も財力もない一人の俊才が、同郷人の交際を手づるとして必死に生きてゆくさまが窺えるし、彼の成功と失敗に関しては、同郷人の畏敬と蔑視、愛と憎しみがつきまとってゆき、やがて彼の死後には、愛すべき人間として一篇の小説[1]にまで語り継がれて行く。そういう唐寅に私は心を牽かれてならないのである。

二、蘇州の風土・文化と文人

明の袁宏道（一五六八—一六一〇）が、蘇州出身の二人の二流文人の詩集[2]のために書いた序文がここにある。それは唐寅たちの時代の蘇州文壇を、次の世代の一流の文学者が、客観的に評価した資料として見ると、ずいぶん興味深いものである。それは詩文を中心とした評価であり､当時流行の古文辞派への批判の気持も含まれているから、一種の偏向性とも言うべき性質がないわけではないが、明初より明末万暦年間に及ぶ蘇州文壇を概観している所に捨て難い意義がある。次にその文章を掲げよう。以下（ ）内は私の加えた蛇足である。

蘇郡の文物は一時に甲たり。弘（弘治〈孝宗の年号〉一四八七—一五〇五）・正（正徳〈武宗の年号〉

一五〇六―二一）の間に至り、才芸代出し、斌斌《ひんぴん》として極盛と称し、詞林は天下の五（中央）に当る。その後、昌穀（徐禎卿、一四七九―一五一一）少しく呉の歈《うた》を変じ、元美（王世貞、一五二六―九〇）兄弟継いで作《おこ》り、高く自ら標誉し、務めて大言壮語を為し、呉中綺靡《きび》の習、之に因って一変す。而して剽竊《ひょうせつ》風を成し、万口 嚮を一にし、詩道浸弱なり。今に至るまで、市賈《しこ》の傭児も、争って謳吟を為し、逓《たが》ひに相ひ臨摹《りんも》す。人の一語の格を出《はな》るるあり、或いは句法の事実かつて見し所の者に非ざれば、則ち極めて之を訾《そし》り、野路の詩と為す。その実、一字も覩ざること双眼漆《うるし》せるが如く、眼前幾《ほと》んど爛熟せる故実に則り、雷仝翻復《らいどうはんぷく》せるは、殊に穢《わい》を厭《いと》ふべし。故に余の往きて呉に在るや、済南（李攀竜・辺貢ら済南歴城出身の古文辞派の人たち）の一派、その呵《か》斥《せき》を極む。而して賞識する所は、皆呉中前輩の詩篇なり。後生の甚しくは推重せざる者、高季迪《きてき》（高啓、一三三六―七四）而上は論なし。功名を事とするを以てして而も詩文清警なる者あり。姚《よう》少師（姚広孝、一三三五―一四一九）徐武功（徐有貞、一四〇七―七二）これなり。鋳辞と命意（寓意）と、欲する所に随って言ひ、むしろ弱《しな》やかにして縛せらるるなき者は、呉文定（呉寛、一四三五―一五〇四）王文恪《ぶんかく》（王鏊《ごう》、一四五〇―一五二四）これなり。気高く才逸《すぐ》れ、羈紲《きせつ》に就かず、詩の曠《あき》らかにして文なる者は、洞庭の（呉県の洞庭を指す）蔡羽《さいう》（？―一五四一）これなり。王・李（王世貞・李攀竜）の擯斥《ひんせき》する所とならず、而《しか》も識見議論卓《すぐ》れて観るべきあり、一時の文人之を望んで、その崖際を見ざる者は、武進の唐荊川《とうけいせん》（唐順之、一五〇七―六〇）これなり。文詞甚しくは奥古ならずと雖も、然も自ら戸牖《こゆう》を闢《ひら》き、またよく言はんと欲する所を言ふ者は、崑山《こんざん》の帰震川（帰有光、一五〇六―七一）これなり。半ばは時に趨《おもむ》き、半ばは古を学び、立意造詞、時として己《おのれ》の見《けん》を出す者は、黄五岳（黄省曽、一四九〇―一五四〇）皇甫《こうほ》百泉（皇甫汸《ほう》、一四九七―一五八二）これなり。画苑と書法と、一時に精絶し、詩文の長ぜるも、之に因りて掩《おお》はれし者は、沈石田（沈周、一四二七―一五〇九）唐伯虎（唐寅、一四七〇―一五二三）祝希哲（祝允明、一四六〇―一五二六）文徴仲（文徴明、一四七〇—一五五九）これなり。その他、名を知らずして詩文の観るべき者甚だ多し。大抵、慶（隆慶〈穆宗の年号〉一五六七—七二）暦（万暦〈神宗の年号〉一五七三—一六二〇）以前は、呉中の詩を為《つく》る者、人おのおの詩を為る。人おのおの詩を為るが故に、その病靡弱《へいびじゃく》に止《とど》まる。而れどもその為に伝ふべきを害《そこな》はず。慶・暦以後、呉中詩を作る者は、共に一詩を作る。共に一詩を為れば、これ詩家の奴僕なり。その伝ふべきや否やは、吾得て知らざるなり。まま一二のやや自ら振抜せる者あり。彼の中の人士を見るごとに、皆之を姍《そし》り笑ふ。幼にして小生に学び、先輩を貶駁《へんばく》すること尤《はなは》だ多し。その由る所を揆《はか》るに、徐（禎卿）王（世貞）二公、まことにこれが俑《よう》を為す。然れども二公は才もまた高く、学もまた博し。昌穀（徐禎卿）をして中道にして夭せず、元美（王世貞）をして于鱗（李攀竜）の毒に中《あた》らざらしめば、就《な》るところまさに此に止まらざるべし。今の詩を為《つく》る者、才は既に綿薄、学もまた孤陋、時論の毒に中《あた》ること、また彼よりも深し。詩いずくんぞいよいよ卑《ひく》からざるを得んや。（下略）

この長い叙述を多少補足充塡して蘇州文壇の発展と性質を要約すると、大体こういうことが言えるのではないか。すなわち、十四世紀後半の元末明初における高啓・楊基・張羽・徐賁《ほん》・王行らのいわゆる北郭の十友といわれた文人グループの成立を蘇州文壇の第一期とすれば、第二期は十五世紀後半、呉寛や王鏊が中央の高官となり、文章を以て館閣に領袖となった時代、それに呼応するように沈周・祝允明・文林・楊循吉・桑悦らが一時期を画したときである。その時に引続いて、十六世紀前半には、文林の子文徴明・唐寅・蔡羽・黄省曽・袁袠《えんちつ》・皇甫涍《こう》兄弟が現われる。それを第三期とすれば、第四期は文徴明を先輩とし、王寵・陸師道・陳道復・王穀祥・彭年・周天球・銭穀らの輩出する十六世紀後半である。

第二期の文人たちが輩出したころ、十五世紀後半の蘇州城内の繁栄を、王錡（一四三二—九九）は『寓画雑記』[3]

にこう描写している。

呉中はもとより繁華と号せしも、張氏（張士誠）の拠りてより、大兵の臨む所、屠戮《とりく》せられずと雖も、人民遷徙《し》して、三都の戍《まもり》に実《あ》てられ、遠方の者相ひ継いで至り、営籍もまた教坊に隷す。道里蕭然、生計鮮薄、過《よ》ぎる者感を増せり。正統（英宗の年号、一四三六—四九）天順（重祚した英宗の年号、一四五七—六四）の間、余嘗て城に入りしに、咸《み》な謂ふ、「稍くその旧に復せり」と。然れどもなほいまだ盛ならざりしなり。成化（憲宗の年号、一四六五—八七）の間に逮《およ》び、余凡そ三、四年に一たび入り、則ちその迥《はる》かに異境のごときを見、以て今に至る。観美日に増し、閭閻《りょえん》輻輳《ふくそう》し、棹楔《たくせつ》林叢す。城隅濠股《ごうこ》には、亭館布列して、ほぼ隙地なく、輿《よ》馬従蓋《がい》、壺觴《こしょう》樏盒《らごう》、こもごも通衢《く》に馳《は》す。永巷《えいこう》の中、光彩日に耀く。山に遊ばんとする舫《ふね》、妓を載《の》する舟、魚は緑波を貫く。朱閣の間、糸竹謳歌し、市声と相ひ雑《まじ》はる。凡そ上貢の錦衣、文具花菓、珍羞奇異の物、歳に益す所あり。刻糸累漆《るいしつ》の属《たぐい》、淅《せき》宋より以来、その芸久しく廃《すた》れしも、今は皆精妙なり。人の性は巧みにして、物産いよいよ多く、人材の輩出するに至っては、尤も冠絶と為す。作者は専ら古文を尚《たっと》び、書は必ず篆隷。両漢の域に駸々《しんしん》たりて、下は唐宋に逮《およ》び、いまだ必ずしも此より先んぜず。固《もと》より気運然らしむるも、実は朝廷の休養生息の恩に由るなり。人生此を見る、また何ぞ幸なるかな。

この記録は、蘇州が、十四世紀後半から約一世紀の間、反明の張士誠（一三二一—六七）の根拠地であったことを理由に、特別苛酷な重税が課せられ、極度の疲弊状態にあった時期を経過し、そのために受けた文化的衰退が、租税等の軽減措置を得られるようになったことによって、正統年間より経済的発展に伴って次第に回復し、さらに空前の活気をとりもどしたこと、多くの文人が現われ、文は古文、書は篆隷を尚ぶ文壇の気風があったことを記しているのである。

しかし、この時代に及んで蘇州文人たちがみな共通に富裕であったわけではない。『蘇州府志』や『呉県志』、『明史』を見ても、必ずしも出身は明瞭というわけではないが、大ざっぱに言って、第二期の文人には三つの出身類型があるように思われる。第一は、沈周のように大地主階級の出身で、豊かな家庭に育ち、先祖や親族の中にすぐれた文人を持ち、書籍芸術品の所蔵も多く、物心両面にわたって芸術を堪能できた人。第二は、呉寛や王鏊のように科挙を突破して中央の高官となるか、或は楊循吉のように中下級の官僚となって活躍した後、政治的事情などによって退官し、故郷に引退した人たち。彼らの家庭はもと官僚の家から相当な経済力のあった家、または貧しい家などさまざまである。第三に唐寅や張霊に代表されるような庶民階級の出身で、落第と貧窮のために苦難の生涯を送った人たちである。

これらの文人はまた主に、次に掲げるような蘇州城内の喧騒の中で生活していた。『乾隆呉県志』(4)には、

> 城中は東西に分治す。西は東に較べて喧鬧《けんどう》たり。居民の大半は工技にして、金閶《しょう》（西の北部にある門）の一帯は比戸貿易す。負郭は則ち牙儈《がかい》（仲買人）輳《そう》集し、胥《しょ》・盤（西南部と、西南隅の門）の内は府県治に密邇《みつじ》し衙《が》役《えき》廝《し》養《よう》多し。而して詩書の族、廬を聚《あつ》めて錯処し、閶に近きが尤も多し。城中の婦女は刺繍に習ひ、浜湖近山の小民は、最も嗇耕《しょくこう》漁に力むるの外、男も婦も並《とも》に捆屨《こんく》（わらぐつをしめたたく）、擗麻《へきま》（麻を裂く）、織布、織席、采《さい》石、造器に工《たく》みにして生を営む。梓《し》人（大工の棟梁）、甓《かわら》工、堊《あ》工（左官）、石工は終年外境に傭せられ、早く官課を弁ぜんことを謀る。

と記録しているように、手工業者、商人たちがひしめいて暮らしている町内に、あちこち散在していたのであった。

さてそうした蘇州でも、地域によって人々の気質に相違があったことを、同じく『乾隆呉県志』は記録している。

今の元和（元和県。清代の蘇州城内は、呉・長洲・元和三県に分れた）は昔の長洲なり。昔の長洲は古《いにしえ》の呉会なり。風気習俗大約《おおよそ》甚しくは相《あ》ひ遠からず。然れども之を細分すれば即ち一城の内もまた各々同じからず。婁《ろう》・葑《ほう》（蘇州城の東側の二門）は東南に偏し、その人多く倹嗇《けんしょく》にして田産を儲《たくわ》ふ。斉門（北の門）は職業を勤め、経紀に習ひ、敢て放逸の行を為さず。盤門は地僻《へき》野なり、其の人多く貧しく、喬野に類す。閶《しょう》・胥《しょ》は地闤《かん》闠《かい》（市の道路）多くして、四方百貨の集まる所、仕宦・冠蓋の経る所なり。其の人の見る所の者広く、習ふ所の者奢れり。拘鄙《こうひ》謹曲の風少くして、侈靡宕佚《しびとういつ》の俗多し。

さてわが唐寅をこの蘇州城内呉県の呉趨坊に置いてみると、そこは閶門の近くで、四方から商人が集まり、官人文人たちの往来する、ぜいたくで放肆《し》な繁華街だったのである。

唐寅と反して、長洲県生まれの沈周や文徴明は、その家柄もあろうか極めておっとりとした人柄であった。そういう差異もいくらかは蘇州城内の地域的性格から生じているらしい。同じく『乾隆呉県志』には、

東城の人は、或いは貿易し或いは治産し、大概家を作すに勤め、煩費に吝《りん》なり。西城に在る者は、貿易多くして治産少く、華美を好んで倹嗇《けんしょく》を羞《は》づ。故に長・元（清代の長洲県と元和県。すなわち明代の長洲県）の富者は真実多く、呉邑の富者は浮夸《こ》多し。人はただ閶・胥の間に百貨叢集し、急公治私、咄嗟《とっさ》にして弁ずるを見るも、其の十室に九は空しく、多く客資を藉《か》りて、以て豪挙を為すを知らず。真に余りあるに非ざるなり。故に長・元の富者は数世に亘りて絶えず。而るに呉邑の富者は或いは易世にして貧しく、或いは身に及んで尽き、

昨は百万と称するも、今は遂に立錐《りっすい》の地なき者あるも、蓋し長久の計を知らざるによるなり。

と両県民性の差異を述べている。まさに唐寅こそは、商売でせっせと稼いだ親の財産を、数年でみごとに飲みつぶした遊蕩の芸術家、あっぱれ呉県県民の代表者と言えるのである。

三、唐寅の生涯と芸術

唐寅の詩文集には、明の万暦四十年序刊『唐伯虎集』（沈思編、内閣文庫蔵本）、万暦四十二年刊『唐伯虎先生全集』（何大成編、学生書局歴代画家詩文集景印本）、嘉慶六年序刊『六如居士全集』（唐仲冕編、これに依拠する景印、或いは鉛印本に漢声出版社本、水牛出版社本、宏業書局本がある）の諸本がある。それらに一応眼を通してみると、何れも一長一短があり、古いものほど採録漏れがあり、かつ版本によって文字の異同がある。私は最初何大成本を読んでいたが、あまりに編集がごたごたして速成の憾があった。ところが唐仲冕《べん》本は整理が行き届いており、近刊のものには句読が付いていて便利であった。

また、唐寅の年譜については、民国三十六年楊静盦《あん》の『唐寅年譜』（大西洋集刊之九、大西洋図書公司、民国五十九年刊）が極めて詳細である。江兆申教授はさらに温肇桐の『唐伯虎先生年表』を底本として『唐寅的年譜』（江兆申著「関於唐寅的研究」所収）を作り、特に書画の制作年代を明らかにする所が多い。

唐寅の生涯とその芸術についての近年の専著は、寡聞にして江兆申教授の『関於唐寅的研究』（民国六十五年六月、台北、国立故宮博物院刊、図版共二四六頁）と、T. C. Lai 氏の "T'ang Yin"（一九七一年六月、香港刊）だけにしか接していない。江教授の著述は、唐寅の境遇、師友との遭遇、旅行と詩文の各章にわたって詳細な考証によって的確な判断を下し、また故宮博物院所蔵の書画などを翻検して、全集に未収の題画詩一一一首、尺牘《せきとく》二則を補った外、唐寅画の特色、変化の過程、複本と偽作、周臣画との比較に論及する労作である。

こうした先人の年譜に基づいて、唐寅の生涯と芸術との関係を考察してゆくが、特に呉県人としての彼の性格と郷土との関連に注目したいと思う。

（1） 唐寅の家庭と青年時代（三十歳まで）

——官僚志向の夢と挫折——

唐寅は明の憲宗の成化六年庚寅（一四七〇）二月四日（陽暦三月二日）蘇州府呉県呉趨里《ごすうり》に生まれた。彼には後に七歳若い[5]弟申字は子重という人と、二人の中間に一人の妹が生まれることになる。父は広徳といい、呉趨里で酒館の類の飲食業を生計としていた。呉趨里のあたりは閶門に近く、各地の商人や文人たちの集まる繁華街だったから、相当な収入があったのだろう。その先祖は前涼王朝（三一三—七六存立）の陵江将軍唐輝で、晋昌郡（甘粛省安西県）に住んでいた人と信じられていたらしい。唐寅は題画の署名にしばしば「晋昌唐寅」と記しているのは、この先祖を誇りとしていた証拠である。さてその後裔唐検は唐の太宗に従って功績を樹て、莒《きょ》国公に封ぜられ、検の子孫唐介は、侍御史に任ぜられていたが、宋の皇祐（一〇四九—五四）年間仁宗皇帝を直諫したかどで淮南以遠に左遷され、以来一族はおちぶれて華中に住むことになった。その家系から明代に及んで土木堡《どぼくほう》の変（正統十四年〈一四四九〉に英宗がオイラートのエッセンと戦い捕虜になった事件）に戦死した兵部車駕司主事唐泰が出た。泰の子孫は南京と嘉興に別れ住んだ。唐寅たちはこの一支流であろうといわれる。[6] そして唐寅の曽祖父から父広徳に至る間の三代は、すべて一人っ子で、兄弟がなかった。(7)唐寅の一家はこのような家系に連なっている。大家族を尊ぶ中国の習わしから見ると、「孤寒」という名にふさわしい家柄だったのである。

唐寅が伯虎と字し、子畏とも字するのは、寅どし生まれだったからであり、号の六如は『金剛経』の偈の「一切有為の法は、夢の如く、幻の如く、泡の如く、影の如く、露の如く、また電の如し。まさにかくの如く観ずることを作《な》すべし」という一句から採ったものである。

父広徳の寅に対する期待は極めて大きかったに違いない。商人の父はわが子の立身出世に自分の夢を托した。だんだんと聡明に育っていくわが子に、「この子はきっと有名になるだろうが、世帯持ちは悪かろう」(8)と期待と不安の入り混った推測をしていた。少年の聡明さを自慢の種にしながら、反面その行動の中にわが家業とは相容れない素質が次第に芽生えているのを感じ取っていたのである。父の危惧はやがて事実となって現われることになるが、少年のころから軽率で、好みに耽溺する素質があり、一気に放蕩となって家庭を崩壊に導いてゆく壮年期は、早くも察知されていた。しかし唐寅の側からすれば、官僚になるべく仕向けられた父の教育方針に対する幼い反抗であった。唐寅が二十五歳の時父母を相ついで失ったさい、たった一首の「夜中思親」五律しか遺さないのは、苛酷な科挙のための勉強を自分に課した父に対して、あまり親密感を抱いていなかったのではないかと推測されるものがある。母邱氏に対しても父と同様墓誌銘、祭文など伝わっていないのである。

成化二十一年乙巳（一四八五）唐寅十六歳の時、彼は蘇州府学の生員となった。蘇州府学は府役所の南にあり、宋の范仲淹《はんちゅうえん》が銭氏の南園を購入して創建したもので、元を経て明代に受け継がれた由緒ある建物であった。当然唐寅はここに入る前は呉県学に学んでいたのであろう。そして近隣の張霊らとはかねがね幼馴染であった。張霊は字を夢晋といい、家はかねて貧困で、霊の時になって始めて学問をやり出したといった状態だったから、唐寅の方が少しはましだったのである。霊は府学の生員になって詩文に励んだが、交際好きで酒飲みの男伊達だったから唐寅とすぐ気が合った。虎邱《こきゅう》の可中亭に遊び、乞食の身なりをして商人にごちそうを貰い、大いに詩詞を作って商人たちを驚かした話は有名である。彼も唐寅同様古文辞を愛好したので、督学方誌に嫌われ出世できなかった。しかし、彼の人物画は抜群で、彼を酔っぱらわせるのでなければとても手に入り難いものだった。(9) また同年齢の陰暦十一月六日に生まれた文徴明は、共に府学に入りよい友人となった。徴明の父文林（一四四五—九九）は呉寛と同年の進士で親交があり、永嘉・博平の知県から南京太僕寺丞となり、晩年に温州知府になった人物で、沈周に次ぐ蘇州文壇の重鎮であった。もともと官僚や儒学者を出した文家の子徴明は、少年のころはぼんやりしてうすのろであったらしい。しかし次第に読書作文を学び、古文辞に長ずるところとなり、年長の楊循吉や祝允明と交際して一層力をつけ、後には呉寛にも学ぶ機会を持ったほど恵まれた家庭に育ったから、おっとりとして優しい反面、きまじめな所もあった。(10) それで、後には唐寅の素行不良を戒めて争いを起こしたりしているものの、よき理解者であったことには違いなかった。唐寅はこの父子に親交を結んだ。祝允明（一四六〇—一五二六）は十歳年長であったため、もう少し後になって親密になった。唐寅に似通って放逸な性格があり、生涯親交を結んで離れなかった。祝允明の父瓛《けん》は無名の人物だが、祖父顥《こう》は給事中より山西布政司右参政に昇った高官であり、かつ母は兵部尚書華蓋殿大学士徐有貞の娘であったから、(11) 允明も文徴明に劣らない名門の子弟であった。

唐寅はこうしたすぐれた友人先輩を持つことができた。この頃、彼が泮池《はんち》（府学のめぐりのクリーク）にとびこんで張霊と水合戦をやってあばれたという逸話は、(12) いかにも商人の子弟らしく自由活発な少年時代を送っていたことを想像させる。

成化二十二年丙午（一四八六）十七歳の時、唐寅は初めて「貞寿図巻」を画いた。それに呉一鵬(13)（一四六〇—

一五四二）が題署して「歳丙午、子畏止《わず》かに十七。而るに山石樹枝は篆籀《てんちゅう》の如く、人物衣褶《しゅう》は鉄糸の如し、少《わか》くしてかくのごときに詣《いた》る。あに天授にあらずや」と称讃した。一鵬は後に礼部侍郎から尚書、南京吏部尚書といった大官になる人物だが、弘治六年（一四九三）の進士だから、当時はまだ無冠の書生だったのである。唐寅は沈周の画を学んだが、それが何歳ごろかということは、彼の若い時代の作品が伝わらないために証明されていない。しかし三十歳ころの作品には沈周の影響が著しく認められ、三十歳から三十六歳ころの絵にはさらに周臣(14)（一四五三―一五三五）の影響が現われる。

成化二十三年丁未（一四八七）十八歳の時、唐寅は沈周の画「洞庭東山王鎜(15)壑舟園図」に五言古詩一首を題した。鎜《ばん》は王鏊《ごう》の従兄で、この年に洞庭の東山の岩山の間に別荘を作り、舟のように天井をしつらえたのでこの名をつけた、と王鏊の「壑《がく》舟園記」に記してある。唐寅と共に題署している人は、まず李旻《りびん》(16)（?―一五〇九。銭塘の人、成化二十年進士第一の合格者。修撰、国子祭酒を経て吏部侍郎となり、正徳四年卒）がいるが、当時は進士に合格したばかりで、エリートコースに就いた気鋭の官人であった。次に姚《よう》公綬（不明）、次に楊廷和(17)（一四五九―一五二九。新都の人。十九歳で父に先だって成化十四年進士に合格。庶吉士より検討を授けられた。後に太子太師華蓋殿大学士となる）がいる。おそらく当時は検討くらいの官に居たのであろう。次に費宏(18)（一四六八―一五三五。鉛山の人、成化二十三年の進士第一。修撰を授けられ、正徳年間に戸部尚書となった。寧王宸濠の招聘申し込みを拒絶。楊廷和の後を受けて宰相となり、張璁《ちょうそう》らに謀られて一時退官。のちに官に復した）がいるが、当時進士に合格したばかりであった。次に楊循吉(19)（一四五八―一五四六。呉県の人。成化二十年の進士。礼部主事を授けられたが、弘治初年に退官して、三十一歳の身で支硎《しけい》山下に隠棲した）がある。循吉は礼部主事であり文名が高かったが、二年後には退官して故郷に帰る身であった。次に蒋冕(20)（一四六三―一五三三。全州の人。成化二十三年の進士。庶吉士から編修となり、正徳年間に戸部尚書となった）がいる。当時進士に合格したばかりであった。次に沈翼（?。同名の沈翼は山陽の人。宣徳五年の進士。南京戸部尚書となったが天順元年致仕、六十六歳で死んでいるので、この沈翼ではない）がいる。これら七名の連名者は二人の不明者を除外してすべて高官になるか文人として有名になった人物であったが、どうやら席の中心に在って巾を利かせていたのは蘇州の先輩楊循吉らしいことが見えてくる。十八歳の唐寅はおそらくこうした若い俊才の間に挟まれて鞠躬如《きくきゅうじょ》としていたことであろう。楊循吉は顚（きちがい）（原文ママ）主事というあだなを奉られるほど喜びの感情を隠すことのできない人だった。何か嬉しい事があると手足を振っておどったという逸話が『明史』の伝に伝わっている。

一方この会において絵を描いた沈周は六十一歳、その画名は天下に轟いていた。

弘治元年戊申（一四八八）十九歳の時、唐寅は最初の妻徐氏と結婚した。徐氏は父徐廷瑞と母呉氏の間に生まれた三人娘のうちの次女であった。母呉氏は生涯紡績ばかりやっていたと唐寅自身が彼女の墓誌銘[21]に書いているから、あまり身分のある家でもなさそうである。二人の仲は睦まじかったが、六年の結婚生活の後弘治七年に死亡した。

弘治四年辛亥（一四九一）二十二歳の時、唐寅は秀才劉嘉のために墓誌銘[22]を書いた。劉は唐寅の幼馴染で、二十四歳の若さで幼児を遺して死んだのである。勤勉で貧しい若者は、初めは元稹《しん》や白居易の詩風を、後には斉梁の詩風を愛したという。寅は「義は則ち朋友なるも、情はなほ骨肉のごとし」と記して若い先輩の死を悲しんでいる。

弘治六年癸丑（一四九三）、二十四歳の唐寅は沈誠（一四二四―九三）の墓碣に銘文を書いた。誠は字を文実、号を希明、味菜居士といい、長洲県の人で、[23]孤高な学者であった。賢良に挙げられたけれども合格せず、不遇のうちに一生を終えた。寅はその病中親しく見舞に行っているから、或いは寅の師であった人かもしれない。死ぬ前に著述をすべて焼却してしまい、友生門徒は誠の名が後に伝わらないことを哀しんだという。

この年の晩秋、父広徳と妻と子が死んだ。[24]

弘治七年甲寅（一四九四）、唐寅二十五歳。春先きに唐寅は妹を嫁がせた。すると間もなく母が死に、嫁ぎ先で妹が自殺した。[25]その原因は何であったかわからない。寅自身この痛恨事について何も書き遺していないのは不思議である。この年大洪水があり、地上に水五尺、川沿地帯は一丈に及び、多くの溺死者が出た[26]という災害のあと、疫病にでもかかって総倒れになったのだろうか。ただ五言古詩「夜中思親」の形式的な詩があるが、これは少し後の作品らしく思われるし、「傷内」の詩は妻の死を秋景色の中にあって嘆いている。何れも死因に関するようなことには触れていない。

この惨状は当然唐寅に打撃を与えたと思われるのに、意外にも彼はあっさりとこの危機を脱した。祝允明は「唐子畏墓誌銘」に「父没するも、子畏なほ落落たり」とその当時の唐寅の無感動ぶりを記しているくらいだから、よほど諦めるにふさわしいような状況があったか、あるいはこのころ既に彼の放蕩無頼の生活が始まっていたのか。これも推測の域を出ないのである。

弘治八年乙卯（一四九五）二十六歳の八月、許天錫《しやく》の妻高貞字は関徳という二十九歳で死んだ女性のために墓誌銘を書いた。許天錫[27]（一四六一―一五〇八）は閩《びん》県の人で、弘治六年の進士である。後に吏科給事中となり、正徳の初めに安南に使し、都給事中となったが、宦官劉瑾《りゅうきん》の悪状を暴露し、自ら首を縊って自殺したと伝えられる烈士であった。
この秋も深いころ、鸚鵡皐《おうむこう》に登り、桂香亭に遊び「桂香亭図」巻を描いた。(28) また彼は鏡の中に自分の白髪を発見し、五言古詩「白髪」を作った。彼は壮年のうちに功名を建てなければならないとし、「君子言行を重んじ、努力以て自私せん」と結んでいるが、自居易の「初見白髪」(29) ほどの実感性に乏しく、大げさで観念的な作品である。この詩に対して、五十歳の文林は「和唐寅白髪」と題する詩を作り、人の寿命には長短の定めがあり、悲しむに及ばない。ただ一層勉励すべきであると慰め励ましている。

この頃であろうか文徴明は「飲子畏小楼」(30) 五言古詩一首を作り、皐橋の傍らの唐寅の小楼に遊びに行き、楼一杯の古書に囲まれながら楽しくたそがれ時まで酒を飲んで過した様子を歌っている。また、十二月二十日、文徴明は唐寅から『東観余論』を借用し(31) その書後に題した。『東観余論』は宋の黄伯思の撰した法帖題跋とその考証を記した書物である。すでに唐寅の学問は書の方面にも及んでいたのである。

弘治九年丙辰（一四九六）、親の喪に服している間に郷試の期日（弘治八年）は過ぎていった。唐寅の生活は乱れに乱れた。すでに祝允明は弘治五年に合格、十二歳年長の友人都穆（一四五八―一五二五）も昨年合格した。(32) 唐寅は隣家の狂生張霊と酒に耽り、諸生の学業を怠った。彼の詩名は揚っていたのに、立身の機会は空しく過ぎて行った。焦燥感に駆られた唐寅は、福建省興化県の九鯉湖に旅し、その湖のほとりの九仙祠に祈禱した。すると夜の夢に、祠の神が現われ、彼に墨一万丁を授けた夢を見た。彼はそれを将来自分が貧しい儒者著述家になる夢知らせと判断し、官僚になることが自分の希望なのだから、あてになるものかとうそぶいた。(33) しかし、彼はついに官僚にはなれず、生涯画家となって墨との縁は尽きなかった。九仙祠の神のお告げは無惨にも適中していたのであった。
また、五月から九月過ぎまで開封に旅行し道中の名勝風物を画いて来た友人袁臣器の著『中州覧勝』のために序を書いた。[34] 袁臣器は名を鼐《さい》といい臣器は字である。若いころから学問に励んだが、家業が日増しに落ち目になるので、弟の鼐《だい》と力を併せて家業を盛んにし、母趙氏に孝養を尽した。人の苦境を救ってやる反面、失敗には容捨せず面と向って批判したので、方斎と呼ばれた。崑山医学訓科になったが、やめてから里社を組織し、月に一二度集まって雅歌投壺の会を催した。おだやかでおくゆかしい人柄の人物であった。[35]

弘治十年丁巳（一四九七）唐寅二十八歳。この頃すでに九歳年下の徐禎卿[36]（一四七九―一五一一）との交際が始まっていた。徐は呉県の出身で、稀に見る俊才であった。弘治十四年、二十二歳で郷試に合格、同十八年には二十六歳で進士に合格して将来を嘱望されたが、容貌が醜かった為に殿試に受からず、一度南遊した後、大理寺左寺副に任ぜられた。しかし無頼少年と交際して囚人を逃亡させてしまった罪で国子博士に貶《へん》せられた。彼は唐寅の紹介で沈周・楊循吉らの文壇に参加することができた。そして祝允明・唐寅・文徴明とあわせて呉中四子と呼ばれた。その詩風も初めは白居易・劉禹錫を好んだが、進士及第後は漢魏盛唐を尊ぶ古文辞派に傾いていった。未完の大器として世を去ったのである。ともあれ、この年、祝允明の『文選』の跋書の後に、楊循吉が跋を書き、その後に「徐禎卿観」と禎卿が署名し、唐寅は「唐寅技玩」と題する。[37] かつて唐寅が楊循吉の傍にいたように、今は徐禎卿が新しい世代の代表者として蘇州文壇の仲間入りをしていたのである。

弘治十一年戊午（一四九八）唐寅は二十九歳となった。この春文林が温州知府となって赴任するのを虎邱で楊循吉・沈周らと送別した。[38] 待望の郷試が実施される年が来た。しかしながら、あいにくなことに、中央から蘇州に試験の巡察にやってきた提学監察御史方誌という人は、今流行の古文辞の大嫌いな人であった。当時県学や府学の生員は試験前に必ず提学による試験すなわち科考を受けなければならなかった。それに合格して初めて郷試受験の資格を認められたのであった。唐寅と張霊は府学の生員で、土地がらもあって古文辞愛好派だったから、提学方誌の名を聞いてすっかり萎れてしまった。それでも唐寅は張霊を「君はまだ名を知られていないから、がっかりすることはないよ」と慰めた。張霊は「竜王が尾のある魚を殺すぞと言えば、蟇も恐れて泣き出す、という話を知らないのですか」と答えたという。[39]当然唐寅は落第した。しかし沈周を畏敬していた蘇州知府曹鳳（一四五七―一五〇九）の推薦（遺録）でやっと受験資格を得たのであった。彼がこういう機会を得たというのも蘇州文壇の力によるものであることは疑いもない。

唐寅は南京に赴き、郷試の試験を受け首席（解元）で合格した。主任試験官（座主）梁儲（一四五一―一五二七）は彼の答案の文章のすばらしさを中央に帰ってから礼部侍郎程敏政に告げたほどであった。あまり深刻な受験勉強もしなかったのに解元合格を果した唐寅の驚喜の程は推測に難くない。というのは、彼が自分の書画印に「南京解元」の印を捺すのは、この時の感動と誇りを露骨に表現したものととれるからである。彼は一層調子に乗って明年の中央試験に臨み、官界に打って出ることを決意した。

文徴明は哀れにもこの試験に落第した。父の文林は任地の温州からわが子に手紙をやってこう慰めたという。「唐寅ほどの才能があれば当然合格してもいいだろう。しかし彼は軽薄だから将来はうまくいかないよ。お前は将来大成するんだから、唐寅などの及ぶところではないんだ」と。[40]文林は唐寅の才能のよき理解者ではあった。どう身びいきに見ても才気の点で劣る徴明ではあった。それで父親文林はわが子を将来に期待した。それがこの場において徴明を励ますのにふさわしいと考えたのである。

年末、江陰県の挙人徐経と同船して北京に行き、明春の会試に備えた。徐経は江陰県の富裕な大地主であった。

弘治十二年己未（一四九九）は唐寅の運命を決定した最悪の年であった。三十歳の彼は喜びの絶頂から絶望屈辱の深淵へと突き落されてしまったのである。彼は生涯この日の恥辱にさいなまれて生きなければならなくなった。彼を絶望に陥れた事件は、会試の試験問題漏洩事件であり、その背後には政界の暗闘がわだかまっていて、遂に真相が解明されないうちに処分が行われてしまったのであった。

二月、唐寅と徐経は会試を受験し、二十七日二場の後、給事中華昶《ちょう》は、主考官礼部侍郎程敏政が場題を漏洩したと劾奏した。その結果三月七日、給事中華昶、挙人徐経と唐寅はともに獄に入れられてしまった。雷礼の「列卿記」[41]によると、この年の主考官は李東陽と程敏政であった。出題は敏政が担当することになり、元の劉因（一二四九―九三）の「退斎記」から出題されたが、この書物はまだ誰にも知られていないものだった。にもかかわらず、敏政の門生で馴染の徐経だけがふだんこれを見知っていて、唐寅にそれを喋ったために事が起った。二人はうまく答案が書けた（と思った）ために、自慢して吹聴した。[42]こうした軽率な唐寅らの態度は世論を沸騰させ、給事中華昶は敏政が試験問題を売って賄賂をとったと劾奏したのである。礼部尚書徐瓊《けい》がそれを関知したものだから、次官の敏政としてはその処理に難渋した。それで「以前から試験問題を用意しておいたのを、下男に盗み売られました」と申し開きして、試験答案を開封して調べてみて、設問の出所を知っているような人はすべて落第にすることになった。合格者発表の後に給事中林廷玉はこう上疏した。「敏政が賄賂を受けたといっても、指摘するほどの事実はなく、自ら下男が盗み売ったと言っているが、その事実のほどは疑わしい」と。しかしやがて詔勅により、敏政は経らと共に投獄された。そして判決は次のように下された。「徐経は日常物品を敏政に贈っており、敏政もそれを受けて門下生としての出入りを許していた。敏政は早くから問題を準備していたから、下男が盗み出すことも可能だった。よって程敏政は免官、徐経と唐寅は黜《しりぞ》けて吏とする――」と。

さらに『史乗考誤』[43]は、「焦芳は『孝宗実録』を編集してこう言っている。傅瀚《ふかん》（一四三五―一五〇二。当時礼部侍郎で、十三年に徐瓊に代って礼部尚書となった）[44]が禍を程敏政に転嫁し、後でその地位についたのだ。当時は劉健（一四三三―一五二六）が国権を握っていたが、怒りに狂って真偽の判断ができなかった。あたかも大学士謝遷（一四四九―一五三一）と諭徳王華は、敏政に怨恨を抱いており、しかも都御史閔珪《びんけい》（一四三〇―一五一一）と遷及び華は同郷人だったから手をまわし、内外力を併せて攻撃を加え、疑獄事件をでっちあげたのである。華昶のような手先は言うに足りない者だ」――と。また王世貞は「傅瀚に程敏政を陥れようという腹があったことは人も知るところである。下男が試験問題を漏したことはもはや明らかであるが、劉健と謝遷には関係がない。おそらく焦芳は李賢の門人で、敏政が李賢の婿であった関係上、敏政の非を掩蔽したのだろう。そして劉健と焦芳とは仲が悪かったので、ついにこんな悪口を言ったのである」――と。

唐寅の莫逆の友都穆はこの時に進士に合格したが、高官に名の売れた寅に嫉妬し、この事を中傷したという説[45]があり、それがどうやら蘇州の人々に信ぜられ、二人の仲を永遠に悪いものにしてしまった。江兆申教授は「上京中、唐寅は徐経に金の面倒を見てもらっていた。困苦に耐えて教師生活を続けてきた十二歳年長の都穆は唐寅の金をあてにしていた。もし唐寅が気ままの上に得意げな顔をしていたら、都穆の心中は果してどんな気持だったろう。応酬の場で、人々が唐寅に高官と交際があるのを心から祝っている時、都穆は彼らが試験問題を予想しているのに前もって知っていると誤解して、口から出まかせに話したのだ。しかしその時、敏政の背後に傅瀚がいようとは全く知らなかったし、彼の心中の鬱憤が華昶の劾奏の根拠になろうとは思ってもいなかった[46]」とこの間の事情を説明している。

ともかく、この事件の背景は陰湿で、科挙制度にまつわる人間関係の症状も悪化していた。唐寅は三月七日投獄され、四月二十二日に苛酷を極めた訊問があり、六月一日に判決が下り、「贖徒《しょくと》」（罰金刑）となった。金を支払った後は「吏」に黜けられる判奏を受け、故郷に帰ったのであった。

六如居士の号はこの頃用いられたであろうと江教授は指摘している。[47]唐寅はこの衝撃から無常観を身に着けたのであった。

故郷の人たちは、彼の生活難を見かねて、彼に浙江の吏の職につくようにすすめた。しかし唐寅はそれを拒絶し、学問研究に従事しようと決心した。彼は絶望を紛らわそうと酒を飲み、妓にたわむれて暮した。そのため第二の妻は離縁し、生活はどん底に落ちることになる。

この十二月、朱性甫という人が驢馬を買うために友人間から募金した時に、唐寅は金がなく、『蕉刻歳時襍』一部十冊を売り、一両五銭の銀を手に入れ、それを援助した。[48] 失意と窮乏の中にありながら、唐寅の親切さは驚くばかりである。唐寅の保釈金も或いは蘇州文壇の人々の募金でまかなわれたのではないかと私はこの事から逆に推測するのである。

この年、唐寅の良き理解者だった文林が温州で死んだ

(2) 壮年時代（三十一歳より没年に至る）

——芸術家としての生涯——

唐寅の人生はこの年をもって一変する。すでに再び進士の試験を受けてエリート官僚への道をたどることが不可能になった現在、貧書生が何にすがって生きるかという問題が彼の肩にのしかかってきた。

弘治十三年庚申（一五〇〇）三十一歳。官界に入る望みの断たれた唐寅は、絵画に心を潜めた。江教授によれば、この頃周臣に画を学んだ。周臣は呉県の人で字は舜卿《しゅんけい》、号は東邨《とうそん》。唐寅より二十歳年長で沈周と同輩の画家であった。後に唐寅は自分が忙しくて間にあわなくなると、周臣に代筆を頼んだという話[49]が伝わっている。江教授はそれは偶然といった程度の出来事で、そうやたらにはありえないとこの説を否定しているが、当時の画家の世界では、例えば沈周がそうであったように、自分の絵を模倣した弟子の絵に、平気で師匠自ら署名することがあったし、ま

た有名になった弟子の注文を受けて師匠が代作するといった逆現象もあり得たのではなかろうか。彼等芸術家の世界では一芸に秀でさえすれば師弟の間は極めて親密で、互助の観念が常に働いていたのだろうと思う。それがこの時代のこの土地柄だったのであろうと考える。

彼の生活はますます困窮し、嫉妬ぶかい第二番目の妻を離縁した。この妻の姓名は不明である。彼の文徴明に与えた書簡にはこの頃の窮状を余す所なく述べている。

ここに経由する所、惨毒万状なり。眉目《びもく》観を改め、愧色《きしょく》面に満つ。衣焦げて伸ばすべからず、履《り》欠けて納《い》るべからず。僮僕《どうぼく》案に拠り、夫妻反目す。もと獰狗《どうく》あり、門に当りて噬《か》む。室中を反視すれば、甂甌《へんおう》破欠し、衣履の外、長物あるなし。[50]

そして新しく生きる路を模索するにも、まず先だつ生活費を文徴明に仰いだのである。

このころの唐寅の荒亡ぶりを描いた逸話が明末の項元汴《こうげんべん》（一五二五—九〇）の『蕉窗雑録』に見える。

唐寅は釈放されてから、蘇州で画舫に乗った美女を見染めた。そこで身なりを変え、小舟を傭って女の後をつけて行った。呉興県まで行くと、そこはある役人の家であった。彼は毎日のようにその門前を通り、いかにも落魄した格好をして、雇って欲しいと頼みこんだ。彼は二人の子供の家庭教師として住みこむことになり、子供たちの文章力は日ましに上達していった。勿論彼が有名な唐寅であるとは誰も知らなかった。やがて、結婚するために郷里に帰りたいとかまをかけて申し出ると、子供たちは承知せず、「家の女中で気にいったのがいたらあげるから行かないで下さい」と頼むのだった。早速彼は目当ての女中秋香が欲しいと言うと、子供たちは父親に申し入れて結婚の許可を貰った。結婚式の夜、秋香は「あなたは前に蘇州で逢ったお方ではなかったかしら。士人なのになぜこんなに身を落していらっしゃるのですか」と尋ねる。唐寅は「お前があの時私の方をふり向いてくれたからさ。それが忘れられなかったんだ。」「私は前に若者があなたをとり巻いて白扇に画を描いてほしいと頼んでいる所を見たことがあります。あなたはすらすらと流れるようにお書きになり、酒を飲んで楽しそうにお叫びになり、あたりの人にも気をかけず、私の舟の方をじっと見ておいででした。私はあなたが並のお方でないと思い、ついニッコリ笑ったのです。」「何という女性なんだろうあなたは。こんな境遇にいて僕のことが理解できるなんて。」と語りあった。そうこうしているうちに、主人の家に貴賓の訪問があった。唐寅は主人は唐寅に客の接待をさせたところ、客は唐寅に向って「君はなんと唐寅に似ているね」と言った。唐寅は「そうですとも、僕はこの家の女に惚れてここへやって来たんですもの」と答えた。客が主人にそれを伝えたものだから、主人はびっくりして唐寅を客席に据えて歓待した。そして翌日、百金の仕度を調え、秋香と共に呉に送り還した。

この物語は唐寅が没してから三十数年しか経たないうちに作られたもので、それが何大成の万暦丁未（一六〇七）刊本の外編に収められ、尹《いん》守衡（万暦十年壬午〈一五八二〉の進士）の『史窃』列伝七十二「唐寅伝」の中に収録されて、もはや実話と信じられるようになってしまった。そしてさらに明末の馮夢竜《ふうむりょう》（一五七四―一六四六）の短篇白話小説集『警世通言』巻二十六の「唐解元一笑姻縁」や、抱甕老人の『今古奇観』第三十三回の「唐解元玩世出奇」の物語へと発展していった。今『明季四傑唐祝文周全伝』（不肖生著）と称する通俗読物があり、自序によると、蘇州弾詞で語られた「八美図」「三笑姻縁」「換空箱」の三部を白話に書き改めたものであるという。本来ならば政治に携わるべき有能な四人の才子も、寧王宸濠のような野心家の巾をきかせている世の中では、ただ「明哲保身」によって自己の安全を求めるしか手はなかった、と述べ、上述のエピソードを粉色し、祝允明・文徴明・周文賓の三人を交えて面白おかしく全編七十二回の章回小説にまとめている。

こうした小説は、唐寅の性向を伝えてはいるが、事実とは異なっている。

弘治十四年辛酉（一五〇一）三十二歳の春ごろ、唐寅は病床に臥ることがあった。徐禎卿は「簡伯虎」の詩を贈り、その尾聯に「心期兀兀《ごつごつ》として幽病を成すも、誰か高人のために草壥《てん》を弁ぜん」と慰めた。禎卿はこの年郷試に合格したのであった。江氏年譜によれば「效白太傅自詠」三首はこの春の作であると。

維摩臥病餘鬚髪　　維摩病に臥して鬚髪を余《あま》し、
李白長流棄室家　　李白　長流して室家を棄つ。
案上酒盃真故旧　　案上の酒盃こそまことに故旧、
手中経巻漫生涯　　手中の経巻　生涯を漫《やぶ》る。（第一首）

弘治十六年癸亥（一五〇三）三十四歳。

昨年九月、黄志淳のために「風木図」を描き、葉汝川に贈っている（虚斎名画録）から、すでに唐寅は画家として売画の生活を余儀なくされていたのである。しかし彼は極端に頽廃的生活を送っていたため、これまで彼の生活を支えていた弟唐申に別居を強いられるはめに陥った。

彼の周囲には遊び好きの先輩祝允明や友人の張霊がいた。礼法を物ともせぬ野放図な芸術家連中は、美妓や酒に鬱屈した思いを晴らしていた。「失題八首」(51)その第一首に見える情欲の率直な肯定、

一盞瓊漿托死生　　一盞《さん》の瓊漿《けいしょう》　死生を托し、
佳人才子自多情　　佳人才子自ら多情。
世間多少無情者　　世間多少ぞ無情の者、
枕席深情比葉軽　　枕席の深情　葉の軽きに比するに。

また「寄妓」の思慕の情、

相思両地望迢迢　　両地に相思して　望　迢迢《ちょうちょう》たり、
清涙臨風落布袍　　清涙　風に臨んで布袍に落つ。
楊柳暁烟情緒乱　　楊柳の暁烟　情緒乱れ、
梨花暮雨夢魂銷　　梨花の暮雨　夢魂銷《き》ゆ。
雲籠楚館虚金屋　　雲は楚館を籠めて金屋虚しく、
鳳入巫山奏玉簫　　鳳は巫《ふ》山に入りて玉簫を奏す。
明日河橋重回首　　明日河橋　重ねて回首せば、
月明千里故人遥　　月明千里　故人遥かならん。

これらの詩は、彼の偽りのない心情であった。
温雅な文徴明は落魄したこのころの唐寅の様子を同情を以て歌っている。「簡子畏」[52]の詩に、

落魄迂疎不事家　　落魄迂疎　家を事とせず、
郎君性気属豪華　　郎君の性気　豪華に属す。
高楼大叫秋觴月　　高楼に大叫す　秋觴《しょう》の月、
深幄微酣夜擁花　　深幄《あく》に微酣し　夜　花を擁す。
坐令端人疑阮籍　　坐《すず》ろに端人をして阮《げん》籍かと疑はしむるも、
未宜文士目劉叉　　いまだ文士の劉叉(53)と目すべからず。
只応郡郭声名在　　ただまさに郡郭に声名あれば、
門外時停長者車　　門外　時に長者の車を停むべし。

と歌い、「夜坐聞雨有懐子畏次韻奉簡」(54)の詩には、貧窮絶望の詩人に心からの同情を歌っている。

皐橋南畔唐居士　　皐橋の南畔の唐居士、
一榻秋風擁病眠　　一榻の秋風　病を擁して眠る。
用世已銷横槊気　　用世すでに銷《き》ゆ　横槊《おうさく》の気、
某身未弁買山銭　　某身いまだ弁ぜず　買山の銭。
鏡中顧影鸞空舞　　鏡中影を顧《かえりみ》れば　鸞空しく舞ひ、
櫪下長鳴驥自憐　　櫪《れき》下に長鳴して　驥《き》自ら憐れむ。
正是憶君無奈冷　　正にこれ君を憶ふも　冷を奈《いかん》ともするなし、
蕭然寒雨落窓前　　蕭然たる寒雨　窓前に落つ。

弘治十七年甲子（一五〇四）三十五歳の唐寅は、なお売文売画と飲酒遊興の生活を送っていた。『六如居士外集』所収の『白酔瑣《さ》言』には、次のような話がある。「唐寅と祝允明が揚州に遊んだ時、路銀が足りなくなり、蘇州玄妙観改修の勧進道士に扮装し、塩使者から二百金をだまし取った。後に使者は蘇州に行き調べた。工事の痕跡は全然なかったが、二人の身元もわかったので、名誉のため不問に付した。」楊氏の年譜はこのエピソードをこの年に置いているが、特に典拠は記していない。

江氏年譜には、この年、唐寅が王鏊のお供をして林屋洞の側に名を題したとある。林屋洞は呉県の洞庭西山の林屋山にある洞穴で、道教十大洞天の第九番に当る霊所である。唐寅は「焼薬図」や「採薬帰来図」[55]のような道教的風俗を描いているし、九仙祠に祈禱しているから全くの道教嫌いではないと思われるが、焼煉術（錬金術）のような一種の詐術は大嫌いであったということが『説圃識餘』[56]に載っている。

弘治十八年乙丑（一五〇五）三十六歳。この年、徐禎卿は進士に合格して唐寅の果せなかった夢を見事に実現した。二月には琴師楊季静の金陵に旅するに当り、「南遊図」を画いた。[57]楊季静を措いた絵に「琴士図」[58]があり、描線がいかにも生き生きとして美しい。晩春には沈周の「落花詩」に文徴明・徐禎卿・呂秉之《りょへいし》と共に和韻の詩を作った。彼は三十首も作り、連作数としては最多である。その第三十に、

花朶憑風着意吹　　花朶風に憑《まか》せて意《き》を着《つ》けて吹かれ、
春光棄我竟如遺　　春光我を棄てて竟《つい》に遺《わす》るるがごとし。
五更飛夢環巫峡　　五更の飛夢は巫峡《ふきょう》を環《めぐ》り、
九畹招魂費楚詞　　九畹《えん》の招魂は楚詞を費す。

衰老形骸無昔日　衰老の形骸は昔日なきも、
凋零草木有榮時　凋零《ちょうれい》の草木は榮《はなさ》く時あり。
和詩三十愁千万　和詩三十　愁千万、
此意東君知不知　此の意　東君　知るや知らずや。

と歌い、連作に苦吟したことを自白している。

沈周の「落花詩」は、「大家準備す明年の酒／慚愧す重ねて看るはこれ老人なるを」（第二十二首）とか「怪しむなかれ留連三十咏／老父傷むところ人の知ること少し」（第二十九首）といったように、衰老の回顧感傷の想いを叙する[59]のが主体となっているのに対して、唐寅の詩調は、蘇州の晩春の哀愁溢れる風情と無常観である。一方、文徴明の「和答石田先生落花十首」[60]の場合はかえって妖艶でさえある。第六首に、

桃蹊李径緑成叢　桃蹊李径　緑　叢を成し、
春事飄零付落紅　春事　飄零《ひょうれい》して落紅に付す。
不恨佳人難再得　恨みず佳人の再び得がたきを、
縁知色相本来空　縁《よ》って知る色相の本来空なるを。
舞筵意態飛飛燕　舞筵《ぶえん》の意態は飛燕を飛ばし、
禅榻情懐裊裊風　禅榻《ぜんとう》の情懐は裊《じょう》裊たる風。
蝶使蜂媒都懶慢　蝶使蜂媒すべて懶慢《らんまん》たり、
一番無味夕陽中　一番の無味　夕陽の中。

九月、唐寅は徽州歙《き きゅう》県と休寧県に旅行し、真冬に蘇州に帰ってきた。かの地で、彼は徽州の王友格のために「王氏沢富祠堂記」を、歙県の呉明道に「竹斎記」を、新安の洪伯周のために「愛谿記」を、休寧県の斉雲山に登って「斉雲巌縦目」の詩、「斉雲巌紫宵宮元帝碑銘」「斉雲巌聯句詩」を作った。前の三篇などは明らかに売文の意図が感じられ、行くさきざきで文人や僧道と交わり、詩文を作って旅費を得ていたのである。

この年、唐寅と文徴明の仲は険悪となり、殆ど絶交寸前の状態に陥った。唐寅が文徴明に与えた書簡は現在二通しか文集には見られず、文徴明から唐寅への書簡は伝わらないから、寅の文章から逆に推測するしか方法はないが、「答文徴明書」(61)を見ると、内容から考えて、きっと先に唐寅が徴明に無礼なことを働き、文徴明がそれを非難した手紙を書いたのであろう。これはそうしたことに対する反撥めいた内容をもっている。

正徳元年丙寅（一五〇六）三十七歳。この年王鏊（一四五〇—一五二四）は呉県における父の喪があけ、吏部侍郎に拝せられて上京する。そのさい、唐寅は「王斉之（鏊の字）出山図」の跋文を書いた。(62)中央に入った王鏊は劉健らと共に、劉瑾《りゅうきん》ら八人の悪宦官（八虎と呼ばれた）を誅殺するように上奏するが、すっかり宦官に淫楽の遊びを仕込まれた武宗には決断の能力があろう筈はなく、あえなく王鏊らの国政刷新は失敗に帰してしまった。結果的に隠健派の李東陽は大学士から少師兼太子太師に、王鏊は吏部尚書兼翰林学士から戸部尚書文淵閣大学士にと格上げされ、政治の実権から遠却《ざ》けられてしまったのであった。唐寅はその王鏊の為に「王公拝相図」(63)巻を描き、沛県歌風台に奉陪して「歌風台感古並序」を作った。(64)同時に実景画は茂化学士に贈られた。この正月には「華山図」を画き、(65)三月穀雨の日に「七言律詩軸」を書いた。(66)

『六如居士外集』に出典不明の説話がある。この年、唐寅はある親しい人に水墨で桃と杏の二枝を扇に描いてやり、暇を見て新たに詞を作って題画しようと思っていた。ところが、その人は持ち去った後、ばか書生に大書させてしまった。唐寅はこれを見てひどく怒り、墨で真黒に塗りつぶしてしまった。その時楊儀（後に礼部の役人になる人物）は十九歳の若者だったが、机の傍にいて、水筆で洗い、書生の筆跡をほとんど消したところで、「長相思」の詞を補填して書いたので、唐寅は大に褒めちぎった、という。芸術家として充実した創作活動を続けていたこのころの唐寅の姿が窺える説話である。

正徳二年丁卯（一五〇七）。三十八歳の唐寅は、蘇州府城内の北辺に位置する桃花塢《う》に、桃花庵及び夢墨亭を築いた。彼が芸術家として独立する自信を得たのがこの時であると私は考える。彼の生まれた呉趨坊の家は、父が酒館を経営して繁昌した場所であり、小楼や書斎もあって、唐寅の起居に不自由はなかったはずであった。しかし彼の耽溺生活は、すでに先年弟とは「かまどを別にする」という当時の中国の風習においては最も不幸な家族分裂の生活を招くことになっていた。今こうして新しい土地を得たことは、彼の経済的独立を意味し、文人としての収入もかなり多くなっていたと思われる。にもかかわらず彼は多くの友人に借金を申し込んだらしい。後輩の徐禎卿にもぬけ目なく救いの手を求めたことは前述のとおりである。「困った時はお互い様」といった風潮が通用していたのである。祝允明は「夢墨亭記」(67)に「四方より帰る比《ころ》、亭を閶門の桃花塢中に結び、之を目して夢墨と曰ふ。神符を章《あき》らかにするなり」と、夢墨亭建立が九鯉湖の神に祈禱して得た墨にちなんでいることを述べている。唐寅はここに落着き、七言古詩「桃花庵歌」、五言律詩「桃花庵与祝允明黄雲沈周同賦五首」、七言律詩「桃花庵与希哲諸子同賦三首」「桃花塢祓禊」などの詩を作った。「桃花庵歌」には悠々脱俗の気分を歌い、少しも疑う所がない。

桃花塢裏桃花庵　　桃花塢裏の桃花庵、
桃花庵裏桃花仙　　桃花庵裏の桃花仙。

桃花仙人種桃樹
又摘桃花換酒銭
酒醒只在花前坐
酒酔還来花下眠
半醒半酔日復日
花落花開年復年
但願老死花酒間
不願鞠躬車馬前
車塵馬足貴者趨
酒箋花枝貧者縁
若将富貴比貧者
一在平地一在天
若将貧賎比車馬
他得駆馳我得間
別人笑我忒風顛
我笑他人看不穿
不見五陵豪傑墓
無花無酒鋤作田

桃花仙人は桃樹を種ゑ、
又桃花を摘んで酒銭に換ふ。
酒醒めてはただ花前に在りて坐し、
酒酔ひてはまた花下に来りて眠る。
半醒半酔　日復た日、
花落ち花開き　年復た年。
但だ願はくは老いて花と酒の間に死せん、
車馬の前に鞠躬するを願はず。
車塵馬足　貴者趨《ゆ》き、
酒箋花枝　貧者縁《よ》る。
もし富貴をもって貧者に比ぶれば、
一は平地に在り一は天に在り。
もし貧賎をもって車馬に比ぶれば、
他《かれ》は駆馳するを得　我は間を得。
別人我を笑ふて風顛かと忒《うた》がふも、
我は他人の看不穿《みぬけぬ》を笑ふ。
見ずや五陵豪傑の墓、
花なく酒なく鋤《す》かれて田となるを。

この三月、唐寅は「嵩山十景」(68)画冊を描いた。また「秋林月上図」を画いた。(69)

正徳三年戊辰（一五〇八）唐寅三十九歳の時の六月、弟唐申の子長民が十二歳で死んだ。唐寅には男子がなく、この長民だけが唐氏の男子であった。唐寅の期待はすべてこの子に繋がっていた。この穎利な少年が死んだことをまるで自分のせいか、天のまちがいのように思って「……あに余が凶窮まり悪極まり、世の徳を敗壊し、而して天まさにその宗を翦《た》たんとするや。而れども余は束髪義を行ひ、壺醤豆羹《こしょうとうこう》にも、兄弟歓怡《かんい》し、口に莠《ゆう》言なく、行に詭《き》随せず。仰いで白日を見、下先人を見るも、衷《こころ》に忝《はずか》しきことなきに、昊天《こうてん》聡《さと》からず、吾が猶子《ゆうし》を喪《ほろ》ぼす。誠に善を為すも徴なし。ああ冤《えん》なるかな。ああ痛ましいかな。（下略）(70)」と号泣したのであった。

八月、唐寅は詩の弟子戴昭との別れに「垂虹別意」の詩及び図を書いた。垂虹とは呉県の地名である。この序を書いたのが長洲県出身の紹興府儒学訓導戴冠で、この送別会に参集した人が何と沈周・楊循吉・祝允明を始めとして、謝表・呉竜・文璧・陳鍵・仇復・練同悳《とく》・陳儀・朱侗《とう》・陵稷《しょく》・徐子立・黄紋・浦⿰石粛《しゅく》・兪符《ゆふ》・練全璧・魯参・祝続・兪金・釈徳璇《せん》・邢《けい》参・周同人・朱存理・応祥・陸南・顧桐・欽遵・王俸ら多数の有名無名の文人たちであった。(71)戴冠（一四四二―一五一二）は字を章甫といい、王恕《じょ》や李東陽に認められた学者であった。弘治初年に紹興府訓導になったが、やめて長洲に帰り、正徳七年に七十一歳で没した。『礼記集説弁疑』・『濯纓亭《たくえいてい》筆記』など多数の著述を持つ埋もれた学者であった。戴昭という人物については明らかでないが、これだけの文人を集め得たのだから蘇州では相当知られた人物だったのであろう。

この年も「陽山欲雪図」「林屋洞図」「夏山欲雨図」(72)「山居風雨図」(73)など作画活動が盛んであった。

正徳四年己巳（一五〇九）唐寅は四十歳を迎えた。彼は「四十自寿」の画を描き、それに自ら七律一首を題した。

絵の構図はまがりくねった松、すくすくと伸びた竹、泉石清流の中に小さな茅屋があり、室内に高士が端座する。(74)「四十自寿」の画に自ら描いた詩は次の如くである。

魚羹稲衲好終身　　魚羹稲衲《ぎょこうとうのう》　好く身を終へ、
弾指流年到四旬　　弾指流年　四旬に到る。
善亦懶為何況悪　　善も亦た為すに懶《ものう》く何ぞ況《いわ》んや悪をや、
富非所望不憂貧　　富は望む所に非ず　貧も憂へず。
僧房一局金縢著　　僧房一局　金縢《とう》著く、
野店三杯石凍春　　野店三杯　石凍春。
自恨不才亦自慶　　自ら不才を恨むも　また自ら慶す、
平生無事太平人　　平生無事　太平の人。

この詩は何大成本外編続刻や唐仲冕本とには異同があり、殊に頸尾両聯の違いは著しく、後者は「魚羹道衲水雲身、弾指流年了四旬。善亦懶為何況悪、富非所望豈憂貧。山房一局金縢着、野店千栢石凍春。如此福縁消不尽、半生無事太平人。」となっている。又「半生無事」を「半生落魄」に作る本もあり、唐寅自身好んでしばしば書いた詩と思われる。

『清河書画舫』(75)には唐寅がこの年、校書宗譲の為に描いた「野望憫言」図巻のいわれについて記している。それによると、この絵はこの年の呉の洪水見舞に宗譲に贈られたものであって、それから七十六年を経て（万暦十三年・一五八五）今の所持者施若孫に伝わったものであるという。そしてその図巻を見た張伯起（名は鳳翼、長洲県の人、嘉靖四十三年の挙人。『紅払記』等の伝奇の作者で、『海内名家工画能事』などの著書多数がある）は「其れ天真爛発、逸趣宛然として、一段蕭疏清曠の気、煙波柳岸の間に出没し、人をして応接に暇あらざらしむ。たとへ営丘（宋の李成）・北苑（宋の董源）・松雪翁（趙孟頫）意を極めて之を為《つく》るとも、また自ら遠からずや。真に神筆なり。顧《かへ》って其の詩は、往々自ら一家の語を成し、唐人の篇什に比するも類せずと為すのみ」と言って称揚したと伝えている。唐寅が長洲相城里の宗譲の家に洪水見舞に行ったのは九月十五日過ぎで、王鏊のお供をして、八月二日に八十三歳で天寿を全うした沈周の弔問に行ったあとに立寄り、宴半ばで画と五言古詩を作ったのであった。

その他、盛桃渚《しょ》五十七歳の寿のために、沈周・仇《きゅう》英・文徴明・周臣と合作の「桃渚図巻」を作り、また「桃渚先生玩鶴図」を描いた[76]。四月には「竹鑪図」[77]、九月二十日には陳頤の「盆石菖蒲」に詩と跋を[78]、その他「梅花図」[79]を作った。詩には「贈文学朱君別号箇庵詩」[80]がある。朱箇庵は名は泰、莆田県の人で、この年蘇州儒学から崇府長史に昇任したのであった。

正徳五年庚午（一五一〇）唐寅四十一歳。

唐寅は、王世貞の友人張献翼の祖父のために「賓鶴図」を描いた[81]。

正徳六年辛未（一五一一）唐寅四十二歳。徐禎卿は三十三歳の若さで死んだ。文徴明は「祭徐昌穀文」[82]を書き、その死を哀しんでいるのに、『六如居士全集』には何も伝わっていない。四月に「仿宋人闘茶図軸」を描き、「鶯々像図」の模写に「過秦楼」「二犯水仙花二闋」の詞を題した[83]。

正徳七年壬申（一五一二）唐寅四十三歳。この頃、蘇州の人、劉纓《りゅうえい》（一四四二―一五三三）のために「女児嬌」

という牡丹の図を描いた。劉は正徳五年南京刑部尚書に任ぜられたから、『墨縁彙観録』には「劉都憲」と纓を呼ぶ。纓はこのころ衰老を理由にしばしば辞職を願い出ている[84]ので、故郷に帰り、唐寅もその家に出入して美しい牡丹を見ることができたのであろう。

五月十五日、日本人重直彦九郎の帰国にさいし、草草の別れに詩を作って贈った。平凡社『書道全集』一七にみえるこの書は美しい。彦九郎はその詩によると二度目の帰国であったらしい。日比野丈夫氏の解説によれば、堺あたりの日明貿易に従事する商人と考えられている。重直というのは小さく右上隅に書き添えられたもので諱であろうという。序と詩に

彦九郎日本に還る。詩を作りて之に餞す。座間に筆を走らすれば、甚だ工ならざるなり。

萍踪両度到中華
帰国憑将践歴誇
剣珮丁年朝帝扆
星辰午夜払仙槎
驪歌送別三年客
鯨海遄征万里家
此行倘有重来便
煩折琅玕一朶花

萍踪《ひょうそう》両度　中華に到り、
国に帰って憑《よ》って践歴をもって誇らんとす。
剣珮丁年　帝扆《い》に朝し、
星辰午夜　仙槎《せんさ》を払ふ。
驪歌《りか》送別す三年の客、
鯨海遄《すみ》やかに征く万里の家。
此の行倘《も》し重来の便あらば、
琅玕一朶《ろうかんいちだ》の花を折るを煩はさん。

とあり、二十歳ぐらいの帯剣した颯爽たる若者で、武宗に朝貢した人のように見える。この訪問は突然であり、短

時間に作詩が要求されたらしい。書体の整って美しいのに反して詩は失律の嫌があり、珮《はい》の字のつくりを「風」と誤記している点があるのは、決して酔いや怠惰のせいではない。文人唐寅の名声は日本人の間にも高く、訪問依頼の客が極めて多かったことを示唆しているのである。

同じく五月既望の日、盧襄《ろじょう》（一四八一―一五三一）が寅の「野望閔言」図巻に題した。襄は呉県の人、嘉靖二年の進士で、兵部郎中、陝西右参議となり、五塢山人と号したが、[85]当時、三十一歳の気鋭の文人であった。九月には「山静日長」[86]図冊を作った。

正徳八年癸酉（一五一三）唐寅四十四歳。弘治十八年（三十六歳）の時から文徴明と何となく不仲になっていた唐寅は、ここに至って全面的修好の書簡「又与徴仲書」[87]を送った。四十歳の時に「桃渚図巻」合作の試みがあるから文壇人としての交際はあったのだろうが、個人的交誼は断絶していたと思われる。この書簡は自分の性格の欠点を認め、長い間の交際を赤裸に叙述したあと、芸術家としての誇りを認めさせる代りに、徴明の学問人格の優位を認めることが主旨になっている。

寅、文先生徴仲と交はること三十年。その始めや丱《おさな》くして儒衣なりき。先の太僕（文林）寅の俊雅なるを愛し、必ず成るあるを謂《おも》ひ、毎《つね》に良燕《えん》ごとに、必ず呼んで之を共にせしむ。爾後太僕奄謝《えんしゃ》し、徴仲寅と同《とも》に場屋に在り、郷御史の謗《そしり》に遭ふ。徴仲その間を周旋し、寅領解するを得たり。北して京師に至るに、朋友に名の盛なるを相忌む者あり。排して之を陥しいる。人敢て一気も出さざるに、その非を指目す。徴仲笑って之を斥く。家弟寅と炊を異にすること久し。寅、徴仲の自ら家に処するを視るや、今良《まこと》に兄弟たり。人得て間《へだ》つべからず。寅つねに口過を以て貴介に忤《さから》ひ、つねに好飲を以て鳩罰に遭《あ》ひ、つねに声色花鳥を以て罪戻《ざいれい》に触る。徴仲貴介に遇ふや、飲酒や声色や花鳥や、泊乎《はっこ》としてそれ無心にして、而も断その中に在るあり。前に万変すと雖も、動かすべからざる者あり。昔、項槖《たく》は七歳にして孔子の師となり、顔路は孔子より長ずること十歳なり。寅、徴仲より長ずること十たび月を閲《けみ》せり。願はくは孔子に例《なら》ひ、徴仲を以て師となさん。詞伏にあらず、蓋し心伏なり。詩と画と、寅、徴仲と衡を争ふを得たり。その学行に至っては、寅まさに面を捧げて走らんとす。寅、徴仲を師とし、ただ一隅を求めて共に坐し、以てその渣滓《ささい》の心を消鎔せんことを求むるのみ。矯矯《きょうきょう》以て異をなすに非ざるなり。然りと雖も、また後生の小子をして、前輩の規矩丰《ほう》度を欽仰せしめば、徴仲よ辞すべからず。

文徴明はいかにも良家の子弟らしくおっとりと無欲恬《てん》淡として成長した。唐寅や張霊は商人貧家に生まれたせいか、軽薄な所が多く、徴明のそうした性格がおかしく見えたのだろう。唐寅らが徴明をからかった逸話が遺っている。項元汴《こうげんべん》（一五二五―九〇）の『蕉窗雑録』には、唐寅と祝允明が文徴明と竹堂寺に遊び、遊女たちに言いふくめて文徴明に戯れさせ困らせたという話とか、唐寅が妓女をつれて石湖に行き、あらかじめ船中に隠しておいて、文徴明を舟に乗せ、突然女たちを出して酒をすすめさせた。困惑した徴明は悲鳴をあげて湖中にとびこもうとした、という話がある。

「絶口して道学を談ぜざるも、謹言潔行、いまだかつて一たびも身を有過の地に置かず」（文嘉撰「先君行略」）といわれたまじめ人間文徴明をよほど困らせ、対面をつぶしたに違いないのである。こうした復交の後も、二人はそれほど親しく交際した形跡が見られないというのが江教授の指摘である。[88] おそらく文徴明の気持が容易に打ち解けないうちに過ぎてしまったのであろう。

この年、呉県知県何炌《かい》のために画と詩を贈った。[89] また四月二十六日、「雲槎《うんさ》図」を描いた。雲槎とはこの横長の絵の中央の岩上に腰をおろして一人静かに濠下の清流をみつめている人物のことである。[90] 五月、「倦繍図」[91]を画いた。

正徳九年甲戌（一五一四）唐寅は四十五歳となった。もはや栄達への夢もすっかり忘れてしまったかと思われた時、この秋の頃になって、寧王朱宸濠《しんごう》の篤い招聘に応じて江西に旅立つことになり、廬山・鄱陽湖に遊びつつ宸濠の根拠地南昌に至った。この招きは蘇州文壇の他の人々にも届いたらしい。謹厳な文徴明はそれを拒絶している。文嘉撰「先君行略」には、「寧藩人を遣はし、厚礼を以て来聘す。公その使を峻却《しゅんきゃく》す。同時の呉の人、頗る往く者あり。公曰く『あに為す所かくの如くにして、よく藩服に安んずる者あらんや』と。人殊に以て然りとなさず。寧藩の叛逆するに及んで、人始めて公の遠識に服す」と記している。唐寅はとかく悪評の高い王族の所へのこのこ出かけて行ったのである。彼はそこで何がしかの官位俸禄を得たわけではなく、寧王と肌の合わないことを知り、狂人を装ってようやく脱出することができたのであった。「上寧王」[92]の詩には当時の心境が歌われている。

信口吟成四韻詩　　口に信《まか》せて吟じ成す四韻の詩、
自家計較説和誰　　自家《みづ》から計較す　誰に和《むか》って説かんと。
白頭也好簪花朶　　白頭またよし　花朶《だ》を簪《しん》するも、
明月難将照酒卮　　明月将《もち》ひ難し　酒卮《し》を照すを。
得一日間無量福　　一日の間を得るは無量の福、
做千年調笑人癡　　千年の調を做《な》して人の癡《ち》を笑ふ。
是非満目紛紛事　　是非満目　紛紛たるの事、
問我如何総不知　　我に如何を問ふも総て知らず。

また、蒋一葵の『堯山堂外紀』[93]には「……既に至れば処《お》るに別館を以てし、之を待すること甚だ厚し。六如居ること半年余、その為す所を見るに、多く不法なり。その後に必ず反せんことを知り、遂に佯《いつわ》り狂して以て処《お》る。宸濠人を遣はして物を饋《おく》る。則ち倮形箕踞《らぎょうききょ》し、使者を譏呵《きか》す。使者反命す。宸濠曰く、『孰《た》れか唐生を賢なりと謂ふ。ただ一狂生のみ』と。遂に之を帰らしむ」と記す。

寧王宸濠は正徳二年に内官梁安を北京に派遣し、時の権力者宦官劉瑾に金銀二万を献じ、南昌左衛を護衛に改めてもらい、欝勃たる野望を抱いていた。そして術士李自然や李日芳の言葉を信じ、自分には天子の気があると称し、独立王国を築こうと考えた。正徳八年九月、巡視江西右僉都御史王哲は宸濠の宴会に招待されたが、帰宅すると急死し、毒殺の噂が流れた。この年の四月、ついに護衛屯田が与えられ、宸濠は一種の諸侯のような形勢になってきた。六月には百余人の劇盗を役所に入れ、「把勢」と称して護衛兵とし、八月「宗族が儀賓・点検・校尉を選用する為に費用がかかることを理由にして民衆の財産を索《もと》め、横暴をほしいままにしている。そういう宗族を懲罰し、反省のない者は私に征討させてほしい」と朝廷に申し出て褒められた。こうなればいつでも宗族を懲らしめるという理由をつけて謀叛を起こすことが可能になったのである。

この旅行の過程において、焦山に登って五律「遊焦山」七律「焦山」を、廬山では七律「廬山」を作り、鄱陽湖を渡って南昌に入った。南昌では宸濠に期待されて厚遇を受けたものの、何の献策も追従も言えないために、次第に冷遇に変ったようである。ここで「送陶大癡分教撫州序」を作って南昌司訓より撫州崇仁県教諭に転任する陶大癡に贈ったりした。この他、「荷蓮橋記」は進賢県の橋梁完成を祝って書かれたものである。「許旌陽鉄柱記」は二つの場合が考えられる。一つは南昌府城内の鉄柱宮という道観に記された可能性である。『大明一統志』巻四九南昌府の「鉄柱宮」の項に、「宮前に井あり、水黒色なり。その深さ測るなし。江水とあい消長す。鉄柱その中に立つ。相い伝ふ、晋の許真君の鋳する所、以て蛟の害を息《や》むる者なりと。元の呉全節の詩に、『八索縦横地脈に維《つな》ぎ、一泓《おう》の消長江流を定む』」とある。もう一つは府城の南の鉄柱と称する遺跡に記された可能性である。同書同巻「鉄柱」の項に、「府城の南に在り。許旌陽既に蛟蜃《こうしん》を斬り、謂《おも》へらく贛《かん》江は百怪叢居し、後害を為さんことを慮《おそ》ると、乃ち鉄柱二を鋳る。一は子城の南に在り。縻《つな》ぐに鉄索を以てし、以て蜃穴を鎮む」とある。そのいずれかに題されたのであろう。

正徳十年乙亥（一五一五）、唐寅は南昌で四十六歳の正月を迎えた。二月中旬、錦峰上人の山房に遊び「梅枝図」(94)を描き、七絶一首を作って贈った。南昌を脱出した唐寅は贛江から信江、富春江を経て浙江の廬桐県の厳陵瀬を通り、蘇州に帰った。それは九月初であったろう。厳陵瀬を通った時、「過厳灘」の詩を作った。

漢皇故人釣魚磯
魚磯猶昔世人非
青松満山響樵斧
白舸落日曬客衣
眠牛立馬誰家牧
鸂鶒鸕鷀無数飛
嗟余漂泊随饘粥
渺渺江湖何所帰

漢皇の故人　魚を釣りし磯、
魚磯猶ほ昔より世人非《たが》ふ。
青松山に満ち　樵斧響き、
白舸《か》落日　客衣を晒《さら》す。
眠牛立馬　誰《たれ》家か牧せる、
鸂鶒《おしどり》鸕鷀《ろじ》　無数に飛ぶ。
ああ余漂泊して饘粥《せんしゅく》に随ひ、
渺渺《びょうびょう》たる江湖　何れの所にか帰せん。

この詩は、ここに光武帝と同学だった厳光が世を避けて隠遁した故事を想い起しながら、生計のために宸濠の招きに応じ、志を得ないで故郷に帰るわが身の不安さを詠じている。

故郷に帰った唐寅の心情はどのようであったか。徐応雷が「唐家園懐子畏」五首（『六如居士外集』巻五所収）の第四首に

漫応千金聘　漫《みだ》りに千金の聘に応じ、
笑擲千金装　笑って千金の装を擲《なげう》つ。
空手帰故園　空手故園に帰れば、
正値菊花黄　正に菊花の黄なるに値《あ》ふ。

と歌うのは美化しすぎている観があり、本人は却ってやけくその気分で若い王寵《ちょう》らと酒を飲んでいたようだ。王寵（一四九四―一五三三）は「九日過唐伯虎飲贈歌」(95)に

唐君磊落天下無　唐君の磊《らい》落たる　天下に無く、
高才自与常人殊　高才　自ら常人と殊なる。
騰驤万里真竜駒　万里を騰驤《とうじょう》す　真の竜駒、
黄金如山不敢沽　黄金山の如きも敢ては沽《う》らず。
秋風日落嘶長途　秋風　日は落ちて　長途に嘶《むせ》び、
我亦垂眉下帝都　我もまた眉を垂れて　帝都を下る。
終軍錯棄咸陽繻　終軍　錯《たが》ひに棄つ　咸陽の繻《じゅ》、

鯨鯢失水鱗甲枯　鯨鯢《げいげい》　水を失ひ　鱗甲枯る。
仰天撃剣歌烏烏　天を仰ぎ剣を撃ちて　歌ふこと烏烏《うう》、
男児落魄日月徂　男児　落魄して　日月徂《ゆ》く。
相与把臂揮金壺　相い与《とも》に臂を把りて　金壺を揮ひ、
満堂賓客照珊瑚　満堂の賓客　珊瑚を照らす。
江東落落偉丈夫　江東落落たる偉丈夫、
千年嵆阮不可呼　千年の嵆・阮　呼ぶべからず。
後来豪飲非吾徒　後来の豪飲は吾が徒にあらず。
気酣争博叫梟盧　気酣にして　争って博《はく》し　梟盧《さいのめ》を叫び、
四座飛觴傾五湖　四座　觴《さかずき》を飛ばして五湖を傾く。
人生長苦今日娯　人生の長苦　今日娯しむ、
何用銭刀衣紫朱　何ぞ銭刀を用ひ　紫朱を衣《き》んや。
坐茵未煖行已晡　坐茵《いん》いまだ煖《あたた》かならざるに行《ゆくゆく》すでに晡《く》る、
得不取楽窮須臾　楽しみを取らずして須臾《しゅゆ》に窮するを得んや。
君不見少陵不保千金軀　君見ずや少陵千金の軀《く》を保たず、
酔後子細看茱萸　酔後子細に茱萸《しゅゆ》を看しを。

とむりやりに悲哀をまぎらわしている。唐寅は南昌への旅に失敗し、王寵は落第の悲しみを抱いていたのであった。

十一月、象円社長が桃花庵を訪れたので、唐寅は廬山に遊ぶなどの詩を書いて贈った。[96]

正徳十一年丙子（一五一六）唐寅四十七歳。この年は呉県知県李経のために「山路松声」の画軸、蘇州知府徐讃の弟朝咨が金華に帰るのを送って「送徐朝咨帰金華序」[97]を書く。また長洲知県高第が来訪したのに丁度不在だったことを詫びる七律「長洲高明府過訪山荘、失于迎迓、作此奉謝」[98]を作り、この地の高官と交際のあったことを示している。また「呉君徳潤夫婦墓表」を書いた。呉徳潤は名を裕といい、府学の生員であったが、七回も試験に落第し、五十年もの受験生活を諦めて太湖に近い郷里に帰り、富裕な生活を送り、夫婦共に生卒を同じくして六十五歳で世を去った。「温恭靖嘉、郷閭に居りては朴素廉介《れんかい》を以て称せらる」といった人物であった。

正徳十二年丁丑（一五一七）唐寅四十八歳、呉県知県李経が戸部主事に昇任するのを送り、七律「送李尹」を作った。十一月十五日には広福寺（楊氏『年譜』によれば光福鎮の光福寺）の前に宿り、七絶一首[99]

曲巷疏籬野寺辺　　曲巷疏籬　野寺の辺、
藍橋重叙旧因縁　　藍橋重ねて叙す　旧因縁。
一宵折尽平生福　　一宵折り尽す　平生の福、
酔抱仙花月下眠　　酔うて仙花を抱いて　月下に眠る。

を書いて贈った。また「渓橋策杖図」[100]「磵底驚泉図」[101]（三月作）を描いた。

正徳十三年戊寅（一五一八）唐寅四十九歳。四月に長雨が降り続き、食事にも事欠く有様となった唐寅は八首の詩を書き、生活の資を求めた。宏業書局刊『唐伯虎全集』（唐伯虎詩詞歌賦全集）補遺にはその詩をのせ、「風雨浹旬、廚烟不継、滌硯吮筆、蕭条若僧、因題絶句八首、奉寄孫思和」と題す。卞《べん》栄誉の「式古堂書画彙考」(102)には「正徳戊寅四月中旬、呉郡唐寅作於七峯精舎」と題している。

(第一首)

十朝風雨苦昏迷　十朝の風雨昏迷に苦しみ、
八口妻孥併告飢　八口の妻孥《ど》併びに飢を告ぐ。
信是老天真戯我　信ずこれ老天の真に我に戯れ、
無人来買扇頭詩　人の来りて扇頭の詩を買ふなからしむ。

(第二首)

書画詩文総不工　書画詩文　すべて工《たくみ》ならず、
偶然生計寓其中　偶然生計　その中に寓す。
肯嫌斗粟囊銭少　肯て嫌はんや　斗粟囊銭少きも、
也済先生一日窮　また先生一日の窮を済ふを。

(第三首)

抱膝騰騰一巻書　膝を抱き騰騰たり　一巻の書、
衣無重褚食無魚　衣に重褚なく　食に魚なし。
旁人笑我謀生拙　旁人我が生を謀るの拙なるを笑ふも、
拙在謀生楽有餘　拙は生を謀るに在り　楽は余りあり。

(第四首)

白板門扉紅槿籬
比鄰鵝鴨対妻児
天然興趣難摹写
三日無煙不覚飢

（第五首）

領解皇都第一名
猖披帰臥白茅衡
立錐莫笑無餘地
万里江山筆下生

（第六首）

青衫白髪老癡頑
筆硯生涯苦食艱
湖上水田人不要
誰来買我画中山

（第七首）

荒村風雨雑鳴鶏
燎釜朝厨愧老妻
謀写一枝新竹売
市中筍価賤如泥

白板の門扉　紅槿の籬、
比鄰の鵝鴨　妻児に対す。
天然の興趣は摹写し難く、
三日煙なきも飢を覚えず。

領解《りょうげ》す　皇都第一の名、
猖披《しょうひ》して帰臥す　白茅衡《ぼうこう》。
立錐《りっすい》笑ふなかれ　余地なきを、
万里の江山　筆下に生ず。

青衫白髪　老いて癡頑、
筆硯の生涯　食の艱《かた》きに苦しむ。
湖上の水田　人要せず、
誰か来りて我が画中の山を買はん。

荒村の風雨　鳴雞を雑《まじ》へ、
燎釜《りょうふ》の朝厨《ちゅう》　老妻に愧《は》づ。
一枝の新竹を写して売らんと謀れば、
市中の筍価《じゅんか》　賤《やす》きこと泥の如し。

（第八首）

儒生作計太癡呆　儒生の計を作《な》すや太《はなは》だ癡呆、
業在毛錐与硯台　業は毛錐と硯台とに在り。
問字昔人皆載酒　字を問ふ　昔人は皆酒を載せたり、
写詩亦望買魚来　詩を写すもまた望む　魚を買ひ来らんことを。

ここに歌われた唐寅自身の生活苦は相当深刻なものである。売文売画の生活は彼の場合でも極めて困難だったようである。出世の道を誤って偶然に入った道ではあるが、芸術の道に楽しみと充実を感じ、生活苦を超越しているさまが歴然と見える。漸くここに至って、往年の政治志向は消え失せ、「天然の興趣」を描く芸術家に徹する喜びを歌うようになったと見られる。ところが八月に至ると、「戊寅八月十四日夜、夢草制、其中一聯」(103)に、「天泰運を開き、咸《ことごと》く璚《けい》館の文章を集む。民古風に復し、大いに金陵の王気を振ふ」と歌ったり、また七律「夢」(104)では、

二十年余別帝郷　二十年余　帝郷に別れ、
夜来忽夢下科場　夜来忽ち科場を下るを夢みたり。
雞虫得失心尤悸　雞虫の得失　心はなはだ悸《おのの》き、
筆硯飄零業已荒　筆硯飄零して業すでに荒みたり。
自分已無三品料　分のすでに三品の料なきより、
若為空惹一番忙　いかんせん空しく一番の忙を惹《ひ》くを。
鐘声敲破邯鄲景　鐘声敲き破る邯鄲《かんたん》の景、

依旧残燈照半牀　　旧に依りて残燈半牀を照す。

と二十年前の科挙試験の夢にうなされている。若い頃のあこがれと、そのためになめた苦汁は潜在意識となり、夢に浮上してくるのであった。

十月九日、唐寅の最初の妻徐氏の母が七十歳で死んだので、「徐廷瑞妻呉孺人墓志銘」を作った。生涯紡績に励み、倹約と菜食の生活を守り、仏教も信ぜず、寿命も天命と信じて疑わない女性であった。

正徳十四年己卯（一五一九）唐寅は五十歳になった。二月、「五十自寿図」(105)を描いた。また七律「五十詩」(106)もこの時の詩であろう。

五十年来鬢未華　　五十年来　鬢いまだ華ならず、
両朝全盛楽無涯　　両朝全盛　楽しみ涯《はて》なし。
子孫満眼衣裁衫　　子孫眼に満ち　衣は衫を裁つ、
賓客盈門酒当茶　　賓客門に盈ち　酒は茶に当る。
煉成金鼎長生薬　　煉成す金鼎長生の薬、
来看江南破臘花　　来り看る江南破臘の花。
誕日何須祝千歳　　誕日何ぞ須《もち》ひん千歳を祝《いの》るを、
由来千算比洹沙　　由来千算は洹沙《ごうしゃ》に比す。

しかし頷聯と頸聯の花やかさはどうだろう。とても当時の彼の現実とは思われないので、揚氏『年譜』では戯れの作としている。それよりも、「言懐二首」(107)の第二首が最もふさわしく思われる。而してこの詩はこの年に画かれた「西洲話旧図」(108)に題された詩と少しく異同がある。今は後者を掲げると、

酔舞狂歌五十年　　酔舞狂歌　五十年、
花中行楽月中眠　　花中に行楽し月中に眠る。
漫労海内伝名字　　漫《みだり》に労す海内名字を伝ふるを、
誰信腰間没酒銭　　誰か信ぜん腰間酒銭なきを。
書本自慙称学者　　書本自ら慙《は》づ学者を称するを、
衆人疑道是神仙　　衆人疑ひて道《い》ふこれ神仙と。
些須做得工夫処　　些か工夫を做《な》し得る処を須《もち》ひて、
不損胸前一片天　　胸前一片の天を損はざらん。

これこそ知命の齢に達した唐寅の姿である。名声と貧困、学者でもなく神仙でもない、ただの人間でしかない自分だが、蘇州の麗わしい自然の中に酔舞狂歌するこの自由、これは何ものにも侵されてはならない世界なのだ。これこそ芸術家の魂の拠り所である。これはなんとか手だてを用いても守らなければならない。

画中の唐寅は狭い茅屋に三十年来偶然に会った友人西洲と対座している。屋前の岩から巨樹が二本空に伸び、屋背には太湖石の巨岩と篠竹と破芭蕉のようなものが描かれている。二人はいつまでも語り尽きないように話している。「病中殊に佳興なし。草々に意を見《しめ》すのみ」と題款は結んでいるから、彼は病気だったのだ。しかしそれにし

ても心のなごむ静かな絵である。

この年、王鏊は七十歳の誕生日を迎えた。王鏊は諡を文恪、号を守渓といい、文章の大家であった。その「性善論」は王守仁（陽明）の尊崇を受けたほどであったし、郷試の試験官になった事もあって、彼の経学に基づく文体は受験生間の模範となり、弘治正徳年間の文体はそのために一変したと言われるほどであった。[109] 正徳元年劉瑾《りゅうきん》の横暴に堪えかね、戸部尚書文淵閣大学士の職を辞して、郷里呉県の洞庭山に住み、招隠園[110]という別荘に日々を過していたのであった。唐寅はその門生としてしばしば行を共にしていたことは前に述べたとおりである。当日「柱国少傅守渓先生七十寿序」[111]を書き、また「長松泉石図」を描き、その中に太倉の張雪槎に肖像画を書き入れさせた。

五月、蘇州は一ケ月にわたる大雨で大洪水となった。常熟県の兪野村では、迅雷震電と共に一頭の白竜と二頭の黒竜が荒れ狂い、家屋三百余戸、舟二十余隻が空中に捲き上げられ、多数の死者が発生した。[112]「西洲話旧図」は細かく巧みな絵だが、手のふるえが現われていると江教授は指摘している。[113]この年の絵画や書はどれもすばらしい。「山静日長画冊」[114]、「会琴図」[115]「渓閣間憑」[116]画巻、「六如三絶」[117]書巻もこの年の作である。

寧王宸濠はついに六月叛乱を起したが、蘇州方面への東進の軍勢は知県たちの団結で防がれ、王守仁を主導者とする追討軍は、寧王軍が安慶を攻撃中、手薄になっていた根拠地南昌を占領してしまった。こうして宸濠は捕虜になり、この動乱は大して蘇州に影響を与えなかった。早く南昌から脱れた唐寅の身には何の追及もなかった。

この年、沈徴徳と顧翰学が禅寺に唐寅を招いて酒を振舞った。[118]唐寅はしたたかに酔い醜態を曝した。しかし唐寅の性根はしっかりと座っていた。その席で詠じた詩は次のようである。

陶公一飯期冥報　　陶公一飯　冥報を期し、

杜老三栖欲托身　　杜老三栖《ばい》　身を托さんと欲す。

今日給孤園共酔　今日給孤園《ぎっこおん》に共に酔ひ、
古来文学士皆貧　古来文学の士は皆な貧なり。
就題律句紀行跡　就《すなわ》ち律句を題して行跡を紀し、
更乞侯鯖賜美人　更に侯鯖《こうせい》を乞ひ美人を賜ふ。
公道吾癡吾道楽　公は吾が癡を道《い》ふも吾は楽しみを道ふ、
要知朋友要情真　朋友を知らんと要せば情の真なるを要す。

正徳十五年庚辰（一五二〇）唐寅五十一歳。

八月「落花図詠」を画き、その上に「和沈石田落花詩三十首」のうちの第一首から第十首目にあたる七律十首を題した[119]。また「桃花菴図」[120]巻、「採蓮図」[121]巻三幅を画いた。後者の第二幅の上にはのちに文彭の草書の「採蓮曲」が嘉靖十四年乙未に題されることになる。

武宗は寧王宸濠親征と遊楽を兼ね、昨年北京を出発して南京に至り、漸くこの八月南京を離れた。帝は北京で豹房を作って淫楽に耽っていたのに、この旅の途中でも思う存分の快楽をむさぼった。そのため途中の官民はこぞってその供給奉仕に心を悩まし、疲れ果てたのであった。

正徳十六年辛巳（一五二一）唐寅五十二歳。

五月十五日「羅漢」[122]軸を描き、同じく五月「山水」[123]巻の四丈ほどの長大作をものした。八月には「烹茶図」[124]、九月には「山水」[125]軸を描いた。この他に「桐菴図」[126]巻がある。

嘉靖元年壬午（一五二二）唐寅五十三歳。

元旦に「嘉靖改元元旦作」[127]七律一首を作った。それはまことに形式的な作品にすぎない。夏のころ呉県知県劉伯畊《こう》が沛《はい》県知県に転任するに際して来訪したのに対し、「別劉伯畊」[128]七律一首を贈った。

一別光輝二十年
中間消息両茫然
忽銜敕命来呉苑
過訪貧家値暑天
路上青雲看鶚挙
梧臨紅燭語蟬連
料知別後応相念
尽贈江東日暮烟

一たび光輝と別れて二十年、
中間の消息両《ふた》つながら茫然たり。
忽ち敕命を銜《ふく》んで呉苑に来り、
貧家を過訪して暑天に値《あ》ふ。
路上の青雲　鶚《みさご》の挙るを看、
梧《さかづき》は紅燭に臨んで語《ことば》蟬連す。
料知す　別後応《かな》らず相い念《おも》はん、
尽《ことごと》く江東日暮の烟を贈らん。

また友人鈕《ちゅう》惟賢《いけん》の依頼を受け侯生居士の寿を祝して「墨蓮図」[129]を作った。五月六日には扇に書[130]を認めている。

嘉靖二年癸未（一五二三）唐寅五十四歳。

文徴明は蔡羽と共に歳貢生となり、二月二十四日蘇州を出発し、四月十九日北京に着いた。そして翰林待詔を授けられ、翰林学士楊慎・黄佐らの敬愛を受けた。徴明は嘉靖六年春まで北京に滞在し文名を揚げたのだった。一方唐寅は病にかかっていた。死因については明らかではないが、江教授によれば肺疾であったという。その根拠に教

授は「焼薬図」[131]に唐寅自ら題した七律一首をあげる。すなわち、

人来種杏不虚尋　人来りて杏を種《う》ゑ虚《むな》しく尋ねず、
彷彿廬山小逕深　廬山に彷彿として小径深し。
常向静中参大道　常に静中に向《お》いて大道に参じ、
不因忙裏廃清吟　忙裏に因りて清吟を廃せず。
願随雨化三春沢　願はくは雨化三春の沢に随ひ、
未許雲閑一片心　未だ雲閑一片の心を許さざれ。
老我近来多肺疾　老いたる我は近来肺疾多し、
好分紫雪掃煩襟　好し紫雪を分って煩襟を掃《はら》はん。

の尾聯二句の文字である。この作品は唐寅四十二、三歳の作品と見做されているが、この頃からすでに肺疾にかかっていた。「紫雪」とは、脚気の毒がまわり、高熱が続いた場合や、発熱のため狂燥状態になった時に服用する漢方薬である。また火傷瘡の痛みにも用いる。また「紫雪散」という薬もあり、心脾の積熱をなおす薬である。[132]江教授は「肺疾」は咳嗽《がいそう》を指すと言われるが、[133]この薬方から見るとやはり肋膜炎のような高熱を発する病気であると思われる。唐寅四十五、六歳、すなわち寧王宸濠のもとから帰った後も長く患っていたらしいことは祝允明の「唐子畏墓誌」に「暫らくして帰り、まさに復び四方を踏まんとして、疾の久しきを得、少しく癒えて、稍く旧緒を治む」とあることによって推測でき、五十歳作の「西洲話旧図」には「病中殊に佳興なく……」と題し、この年の四月に描いた画扇に、祝允明が「予君と三月晤《あ》はず。昨李檇《りすい》（浙江嘉興県）より帰るに、採薪《やまい》すでに癒えたりと聞き、心

始めて慰む」[134]と題しているところから、彼の病状が慢性的なものであったことが考えられてくる。おそらくその度ごとに高熱を発する状態が続いていたのであろう。しかも四十歳以後の唐寅は創作意欲が旺盛であり、多くのすぐれた作品を産み出していたが、実はこの病と闘いながらの懸命な創作だったのである。一方彼の性格の放縦さから、飲酒放蕩と生活苦が慢性疾患を悪化させて行ったと考えられる。

　この年七月、竹扇に画き、七言絶句一首[135]を題したり、文嘉跋の詩翰冊[136]を作ったりした。

　十二月二日、唐寅は五十四歳でこの世を去った。後には第三番目の妻沈氏と、王寵（一四九四—一五三三、字は履仁、のちに履吉。雅宜山人と号した。長洲県に生まれ、諸生の資格で太学に貢せられた。文徴明後の第一者として、書画の分野でも名声が高かった。『雅宜山人集』十巻がある）の子国士に嫁いだ娘だけが遺った。この時王寵はまだ三十歳の諸生にすぎないから、その子国士も十歳前後と思われるし、寅の娘も何歳であったかわからない。後妻の沈氏のことも不明である。遺骸は横塘の王家村に葬られた。祝允明は「唐子畏墓誌銘」を書き、また「哭子畏」二首および「再哭子畏」[137]の詩を作って、彼の死を悼んだ。「哭子畏」の第二首に

万妄安能滅一真　　万妄安《いずく》んぞ能く一真を滅ぼさん、
六如今日已無身　　六如　今日　すでに身なし。
周山既不容神鳳　　周山　すでに神鳳を容れず、
魯野何須哭死麟　　魯野　何ぞ死麟を哭するを須《もち》ひん。
顔氏道存非謂夭　　顔氏道存せば　夭《よう》と謂ふにあらず、
子雲玄在豈称貧　　子雲玄在れば　あに貧と称せんや。
高才賸買紅塵妬　　高才買ふに賸《あま》る　紅塵の妬《ねたみ》、

身後猶聞楽禍人　　身後なほ聞く　禍を楽しむの人。

と歌ったのは、不幸だった友人へのせめてもの好意であった。「再哭子畏」の詩に、

少日同懐天下奇　　少《わか》き日同《とも》に懐ふ　天下の奇たらんことを、
中年出世也曽期　　中年出世せんこと　また曽て期せり。
朱糸再絶桐薪韻　　朱糸再び絶つ　桐薪の韻、
黄土深埋玉樹枝　　黄土深く埋む　玉樹の枝。
生老病餘吾尚在　　生老病余　吾なほ在り、
去来今際子先知　　去来今際　子先づ知る。
当時欲印枢機事　　当時印せんと欲せし枢機の事、
可解中宵入夢思　　中宵夢思に入るを解すべし。

と官途への挫折を悼んでいる。祝允明も晩年になってようやく広東興寧知県となり、しばらくして応天通判になり病気で辞職したのだった。允明は嘉靖五年に没する。おそらくこのころは彼も病み、かつて唐寅が制誥の原稿を書いた夢に胸をとどろかせたように、彼もついにかなわなかった栄誉の夢を見て醒めたのである。

唐寅の死後、その芸術と生涯を敬慕する人士は多かった。貧家に生まれ早く父を失った孤高の詩人徐応雷は、桃花庵の跡を訪ね、唐寅を偲んだ。その「唐家園懐子畏」[138]五首（前出三・四首）は死後遠くない時期の作であろう。

嘉靖五年丙戌（一五二六）十二月蘇州知府胡纘宗《こさんそう》は、唐寅の墓石に「唐解元墓」と大書し、弟の唐申がその石を

建てた。崇禎十七年甲申（一六四四）、毛晋は五人の友人と野水叢薄の間に唐寅の墓所を訪れ、祠を作り、石碑を建ててその墓を修理した。さらに清の嘉慶六年辛酉（一八〇一）には、唐寅の末裔唐仲冕《とうちゅうべん》が再び墓道を修理し、碑を埋め亭を建てた。時に唐仲冕は呉県知県であった(139)。

『呉県志』巻三十九上第宅園林の項には、「唐解元寅の宅は桃花隖《う》後に在り。僅かに六加古閣を存す。又桃花庵あり、改めて準提庵と為す。康熙中、巡撫宋犖《そうらく》重ねて修葺を加へ、乾隆中、邑令唐仲冕復び庵東の隙地を拓《ひら》きて別室を為《つく》り、並びに唐・祝・文三先生を祀《まつ》り、署して桃花仙館と曰《い》ふ」とあるだけである。名所旧蹟に事欠かない蘇州の城内で、今唐寅はどんなふうに眠っているのだろうか。

唐寅の人生の後半の精力は芸術完成の方向に注がれた。そしてその成果は四十七歳のころ「山路松声」軸に結実したというのが江教授の指摘である(140)。その間、三十歳から三十七歳ころ唐寅は周臣の画風を非常な努力をもって追求し、三十八歳桃花庵成立時には売画生活はすでに始まっており、新世界を開拓しつつ四十六歳ころに最高期を迎えたといわれる。しかしそれ以後は病気のためか気力の衰えが見え始めるとも江教授は述べられる。絵画芸術としての成果は沈周・文徴明と雁行するものであり、健康と長命が与えられたならば、唐寅の天才は二人をはるかに凌いだであろうともいわれるのである。

また書法も明代第一級の書家であることは多くの専家の説く所であるが、江教授によれば三十歳から三十六歳ころには顔真卿の書法に強く影響された書体であり、三十六歳以後は趙孟頫《もうふ》と李邕《よう》の線に傾くと言われる(141)。他に米芾の風貌に似る筆法、文徴明と接近した書体もある。唐寅は生涯一つの典型を守るというタイプの人ではなく、多くの先人の書家の優れた点を吸収し、時に応じて自ら変化していった作家であった。『六如居士外集』巻三には唐寅の書画に与えられた題跋や評論があるが、今はその大量な資料の紹介に入る余裕を持たない。

四、むすび

唐寅の三十歳までの日日が科挙のためにあった半生だったとすれば、それから五十四歳までの後半生は、詩文書画に生命を賭けた日日であったと言えよう。その前半は惨憺たる敗北であったが、後半は輝かしい成就に終った。しかし彼の意識と現実とはしばしば背反していた。彼は努力家というより、多能の天才であった。挙業の学習でも、書画の技術でも、短時日のうちに高度な熟練に到達し得る能力を有していた。もし彼が高官か大地主の家庭に生まれ、家族の支援を長期間に亘って受けられたら、問題なく高級官僚への道を一路邁進していたであろう。しかし、宦官の権勢の強大だった当時、また農民反乱が頻発していた政局を、そういう彼が果して正しく認識し対処できたかどうかは疑わしい。また、さらに十年二十年の健康が与えられたら、どんなに超絶した芸術境地に到達したかわからない。しかし彼は商人階級に生まれ、偏愛の性向が強く、坦《たん》夷《い》疎《そ》曠《こう》、放誕な性格であったから、却って不幸と貧窮を招いたばかりでなく、健康をも害してしまった。

このように現実生活と才能の不協和から生まれた芸術はすべていらだちと狂気に満ちているか。それは否である。彼の絵画に対して「画法沈鬱、風骨奇《き》峭《しょう》、まことに士流の雅作、絵事の妙詣」[142]といった評価があるように、全くそういう予想に反している。また彼の画を一見する者は、すべてその静けさと、重厚な奥深さに陶酔するであろう。ただし、彼の詩においては、不遇な人生を反映する心情を歌うものと、優しく美しくそして快楽に満ちた蘇州を謳歌するものとの両極がきわだって見受けられる。殊に前者の感情は沈周・文徴明には乏しいものである。例えば「百忍歌」「警世」のような自戒教訓、「歎世」「自笑」「慢興」のような不遇感情の吐露、「焚香黙座歌」「解惑歌」のような悟入の境地を歌うものには、もっぱら精神の拠所を模索し、儒仏道の諸教に志向するところがある。それに対して、始終美しく優しく歌われるのは蘇州の風物である。「姑蘇八詠」の絵画的美しさ、「江南四季歌」「江南送春」に歌われる自然の美しさ、「閶門即事」の繁栄と雑踏。勿論彼の貧しい桃花庵は彼の美しい芸術的工房である。この他に、詞、散曲十三套、雑曲等の作品があるが今は論ずる余裕を持たない。彼の詩は白話を多く含み、表現も明快で通俗性に富むのである。

唐寅にとって、蘇州は郷里以上のものであった。そこにはすぐれた師友後輩が彼を快く容れかつ育ててくれた。その美しい自然と繁栄は、彼の詩画の題材を豊かにし、彼の作品の購求を頻繁にし、彼の生活を支えたのであった。

私は江兆申教授の御好意によって一九七八年三月末、士林双渓の故宮博物院において、「山居図」「高士図」両巻、「花渓漁隠図」軸、「山水人物」画冊を拝観する機会を得た。画集などでは容易に接することのできないこれらの作品は、また私の心を捕えてしばしば陶酔境に導いてくれた。おそらく芸術作品の放つ芳香に包まれて発狂せんばかりの私を見て館員のかたがたも奇異の思いをされたであろう。

註

（1）明末馮夢竜の「唐解元一笑姻縁」（『警世通言』巻二十六）や、抱甕老人の「唐解元玩世出奇」（『今古奇観』第三十三回）。

（2）『袁中郎全集』「叙姜陸二公同適稿」。

（3）『蘇州府志』巻三風俗。

（4）『呉県志』巻五十二風俗。

（5）江兆申氏『関於唐寅的研究』の年譜（以下江氏年譜と略称する）による。楊静盦年譜（以下楊氏年譜と略称する）は六歳とする。

（6）唐仲冕「六如居士集叙」。
（7）『六如居士外集』「唐長民壙志」。
（8）祝允明「唐子畏墓誌銘」。
（9）『呉県志』巻六十六上列伝三。
（10）『甫田集』巻三十六附録文嘉撰「先君行略」。
（11）『雅宜山人集』巻十「明故承直郎応天府通判祝公行状」。
（12）黄魯曽「呉中故実」。
（13）長洲県の人、弘治六年の進士。後に礼部左侍郎より尚書となり、南京吏部尚書に移り、乞帰した。
（14）江兆申氏『関於唐寅的研究』（以下江氏「研究」と略称する）三〇頁。
（15）江氏年譜は鏧を鏊に誤る。
（16）『国朝献徴録』巻二十七無名氏撰伝。
（17）『明史』巻一九〇楊廷和伝。
（18）『明史』巻一九三費宏伝。
（19）『明史』巻二八六文苑伝。
（20）『明史』巻一九〇蔣冕伝。
（21）『六如居士全集』巻六「徐廷瑞妻呉孺人墓志銘」。
（22）『六如居士全集』巻六。唐仲冕本には諱は嘉、字は協中に作り、何大成本には諱は嘉績、字は協中に作る。
（23）『六如居士全集』「沈隠君墓碣」には長洲人に作り、『明人伝記資料索引』には金陵人に作る。
（24）江氏「研究」十三頁。
（25）江氏「研究」十三頁。
（26）『蘇州府志』巻一四二祥異。
（27）『明史』巻一八八許天錫伝。
（28）姚際恒『好古堂家蔵書画記』。

(29)『白氏文集』第九感傷一に「白髪生一茎、朝来明鏡裏。勿言一茎少、満頭従此始。青山方遠別、黄綬初従仕。未料容鬢間、蹉跎忽如此。」
(30)『甫田集』巻一。
(31)『甫田集』巻二十一題跋「書東観餘論後」の文末に「歳旃蒙単閼十二月廿日、従唐子畏借観因題」と記す。
(32)『蘇州府志』巻六十一選挙三。
(33)『祝氏集略』巻二十七「夢墨亭記」。
(34)『六如居士全集』巻五「中州勝覧序」。
(35)『呉県志』巻七十上列伝孝義袁鼒。
(36)『明史』巻二八八文苑伝。
(37)楊氏「年譜」汪珂玉『珊瑚網法書題跋』巻十六。
(38)『六如居士外集』巻四。
(39)閻秀卿『呉郡二科志』。
(40)『甫田集』巻三十六文嘉撰「先君行略」。
(41)『明通鑑』巻三十九注。
(42)『六如居士全集』所収黄魯曽「呉中故寔記」には、徐経が三・四の書題を唐寅に代作してもらいに来た。唐寅はそれが試験問題とも知らず、人にもらしてしまった、と記している。同じく閻秀卿の『呉郡二科志』は、世間には科目を買収する人が多いのに、唐寅だけバレてしまったのは運が悪いと嘆いている。こうした買収漏洩は当時しばしばありえたらしい。
(43)『明通鑑』巻三十九注。
(44)『明史』巻一八四傅瀚伝。
(45)沈徳符『敝帚剰語』。『呉県志』引『列朝詩集』。
(46)江氏「研究」四十七頁。
(47)江氏「研究」四十八頁。

(48) 江氏「年譜」。プリンストン大学芸術館蔵徐禎卿撰「為朱君募買驢疏」の後に唐寅が自筆した文による。
(49) 何良俊『四友斎画論』。姜紹書『無声詩史』巻二周臣伝。
(50) 『六如居士全集』巻五「与文徴明書」。
(51) 『六如居士全集』巻三。
(52) 『甫田集』巻一。
(53) 唐の元和年間の任侠の士。酒に酔って人を殺して亡命した。後読書して歌詩を作り、韓愈の門下となったが、賓客との折があわず、愈の金数斤を持って去った。
(54) 『甫田集』巻一。
(55) 何政広氏編『唐伯虎画集』雄獅図書公司刊。
(56) 『六如居士外集』巻一。
(57) 江氏「研究」一〇三頁。
(58) 何政広氏編『唐伯虎画集』。
(59) 『石田先生集』七言律三。
(60) 『甫田集』巻二。
(61) 『六如居士全集』巻五。
(62) 楊氏「年譜」張鳳翼『処実堂集』跋唐寅画「王鏊出山図巻」。
(63) 『式古堂書画彙考』。
(64) 江氏「研究」八十六頁。
(65) 江氏「年譜」『虚斎名画録』。『宋元明清書画家年表』。『支那名画宝鑑』。
(66) 『故宮書画録』巻二。
(67) 『祝氏集略』巻二十七。
(68) 『故宮書画録』巻六。
(69) 『宋元明清書画家年表』。『神州大観』巻十三。

(70)『六如居士全集』巻六「唐長民壙志」。
(71)楊氏「年譜」江珂玉『珊瑚網題跋』。
(72)上三図ともすべて江氏「年譜」によるも典拠不明。
(73)江氏「年譜」喜竜仁『画史』。
(74)『支那南画大成』九巻。
(75)楊氏「年譜」七十七頁。
(76)江氏「年譜」。
(77)『虚斎名画録』。
(78)『珊瑚網題跋』。
(79)江氏「年譜」引リチャード・エドワーズ著『石田』(The Field of Stones)
(80)『六如居士全集』巻一。
(81)楊氏「年譜」引王世貞『弇州山人続稿』。
(82)『甫田集』巻二十四。
(83)江氏「年譜」。「過秦楼」及び「二犯水仙花」二闋の詞は『六如居士全集』巻四に収められる。
(84)『甫田集』巻二十六「劉公行状」。
(85)『甫田集』巻三十四「盧君墓表」。
(86)江氏「年譜」典拠不明。
(87)『六如居士全集』巻五。
(88)江氏「研究」二十五頁。
(89)楊氏「年譜」『珊瑚網』巻十六。
(90)何政広氏編『唐伯虎画集』。
(91)楊氏「年譜」『珊瑚網題跋』、王世懋『王奉常集』倦繡図跋。
(92)『六如居士全集』巻二。

(93)『唐伯虎外編』巻三。
(94)何政広氏編『唐伯虎画集』梅花。楊氏「年譜」高士奇『江邨消夏録』。
(95)『雅宜山人集』巻三。
(96)江氏「年譜」華叔和氏蔵墨蹟冊。
(97)『六如居士全集』巻六。
(98)『六如居士全集』巻二。
(99)楊氏「年譜」『珊瑚網法書題跋』明人七帖。
(100)『宋元明清書画家年表』。
(101)江氏「年譜」喜竜仁『中国画史』六冊。
(102)楊氏「年譜」。
(103)『六如居士全集』巻六聯句。
(104)『六如居士全集』巻二。
(105)江氏「年譜」清銭杜『松壺画憶』。
(106)『六如居士全集』巻二。
(107)『六如居士全集』巻二。
(108)『故宮書画録』巻五。何政広氏編『唐伯虎画集』。
(109)『明史』巻一八一王鏊伝。
(110)『呉県志』巻三十九上第宅園庭。
(111)『六如居士全集補遺』。
(112)『蘇州府志』巻一四三祥異。
(113)江氏「研究」一〇八頁。
(114)何政広氏編『唐伯虎画集』。
(115)江氏「年譜」陳焯湘管斎寓賞編。

(116) 江氏「年譜」盛京書画録。
(117) 江氏「年譜」丁氏念聖楼蔵墨蹟。
(118) 『六如居士全集』巻二「正徳己卯、承沈徵徳・顧翰学置酌禅寺見招、猥鄙栝酒狼藉、作此奉謝」。
(119) 楊氏「年譜」『珊瑚網画録』。江氏「年譜」『式古堂書画彙考』。
(120) 『宋元明清書画家年表』。
(121) 『故宮書画録』巻四。
(122) 江氏「年譜」喜竜仁『中国画史』六冊。
(123) 江氏「年譜」王士禎「金陵遊記」。
(124) 江氏「年譜」喜竜仁『中国画史』六冊。
(125) 楊氏「年譜」『支那南画大成』巻九。
(126) 『宋元明清書画家年表』。
(127) 『六如居士全集』巻二。
(128) 『六如居士全集』巻二。
(129) 江氏「年譜」典拠不明。
(130) 江氏「年譜」丁氏念聖楼蔵墨蹟。
(131) 『故宮書画録』巻四。
(132) 謝観編『中国医学大辞典』二六九六頁。商務印書館刊。
(133) 江氏「研究」十八頁。
(134) 江氏「研究」図版四。故宮博物院蔵牧童与牛図。
(135) 江氏「年譜」『聴颿楼書画記』。
(136) 楊氏「年譜」王季銓『明清画家印鑑』。
(137) 『祝氏文集』巻五。
(138) 『六如居士外集』巻五。

(139) 楊氏「年譜」。
(140) 江氏「研究」一〇七頁―一〇九頁。
(141) 江氏「研究」九十七頁―一〇〇頁。
(142) 『六如居士外集』巻三王穉登『丹青志』。

本章は、内山知也著『明代文人論』(昭和六十一年十一月発行・木耳社刊)より転載させていただいた。

唐寅の交友関係

小塚由博

はじめに

明代は中国の歴史の中でも特に文学・芸術分野で多種多様な人物が登場し、活躍した時代である。また同時に官を志して科挙の試験を受ける階層が飛躍的に拡大し、受験人口が増加した時代でもあるが、その一方で多くの落伍者を生むことにもなった。しかし伝統的に中国ではそのような中からしばしば著名な文人が生まれることがある。以前、筆者は明代の文人徐渭《じょい》（一五二一―一五九三。字は文長。号は青藤、玉池道人など。浙江山陰の人）の交友関係について述べたことがあるが、[1]彼もまたそのような文人たちの一人である。

そして本論で取りあげる唐寅も、とある事件をきっかけに苦渋に満ちた人生へと転落した。彼は徐渭よりも半世紀ほど前に活躍した人物であり、徐渭がまだ2歳の時にこの世を去っている。よって直接の交流はなかったが、唐寅が徐渭に与えた影響は極めて大きい。[2]

そのような人生とは対称的に唐寅は江南各地を巡りながら様々な詩・文・書画を制作し、文人としては大きな名声を残し、後世にも大きな影響を与えている。

本章では唐寅研究の一資料として、彼に関する作品[3]や先行研究（附録末尾参照）を参考にしながら、その交友関係について見ていくこととしたい。ただし、本章は導入としてあくまでごく簡単な紹介にとどめ、個々の核心については次章以降に譲ることにしたい。なお、章末に唐寅関係人物一覧表を附した。あわせてご参照願いたい。

一、唐寅及びその家族・師弟

まずは、唐寅について簡単に述べておこう。

唐寅（一四七〇—一五二三）、字は伯虎《はくこ》、一字を子畏《しい》といい、また六如居士《りくじょこじ》、桃花庵主《とうかあんしゅ》、逃禪仙吏《とうぜんせんり》などと号し、江南第一風流才子《こうなんだいいちふうりゅうさいし》とも自称した。蘇州呉県閶門《ごけんしょうもん》にある呉趨里《ごすうり》に生まれた。父は裕福な商人で、十代の唐寅は後述のように文林・文徴明・祝允明など蘇州の著名人たちと交遊を重ね、その文学的才能を開花させていった。しかし、弘治六〈一四九三〉年、二十四歳の時に父と妻子を失い、さらに翌年〈一四九四年〉に母と妹を亡くすという立て続けの不幸に見舞われた。唐寅自身の以前からの派手な交際も手伝ってこの頃から経済状況もますます苦しくなっていった。一方で彼は弘治十一〈一四九八〉年、郷試に主席で合格して「唐解元」とも呼ばれるようになった。その翌年〈一四九九年〉には殿試を受けることとなり、公的な方面では順風満帆かのようであった。しかし、その殿試で大きな事件に巻き込まれる。江南から一緒に殿試を受けにきた徐経が事前に試験問題を見たとの疑いをかけられた。唐寅もその嫌疑をかけられ、結局罪を得ることとなり、官僚への道が絶たれてしまった。これ以後唐寅は地方官にも就かず、無位無冠のまま余生を過ごすこととなった。それは生活の更なる困窮を意味しており、唐寅は生活のために作品制作活動を行わざるを得なくなったのである。その後唐寅は蘇州の桃花庵で作品を制作したり、友人・知人たちの援助を受けながら各地を行き来し、また様々な人物に贈答の詩文や書画を制作するなどして、余生を作品制作に費やすことができた。彼は嘉靖二〈一五二三〉年十二月二日に病没する直前まで作品の制作に力を注いだ。死の床でも彼は七言絶句一首を書し、最後は筆を擲って死んだという。まさに一代の文人らしい死に際であった。

さて、以上のように、唐寅の一生のターニングポイントはこの弘治十二〈一四九九〉年に発生した殿試における試験問題漏洩事件である。唐寅の人生は大きく見て、これを境として1．「殿試試験問題漏洩事件まで」（一四七〇—一四九九）を前半、2．「事件以後」（一五〇〇—一五二三）を後半とし、2つに分けることが出来る。ここで彼の生活状況や交遊関係などが大きく変化することとなった。

以下に挙げる様々な知人・友人も、一生を通じて交遊があった者と、前半生もしくは後半生に特に関係が強かった者とに分けられる。以上のことも踏まえながら以下唐寅の各方面の交友関係について簡単に見てみることとしたい。

まずは唐寅の家族や師弟関係についてみてみよう。

父母

唐寅の父唐広徳《とうこうとく》（?—一四九三）は呉県で商売をしており、相応な資産を有していたようである。ところが、唐寅が二十四歳の時に父は死去し、立て続けに母邱《きゅう》氏（?—一四九四）も翌年この世を去ってしまった。しかしながら何故かその死のいきさつなどの状況に関する具体的かつ詳細な記録は見当たらず、また墓誌銘なども残っていない（家族について記した作品は数点見られる[4]）。

兄弟

唐寅には妹（?—一四九四?）とその下に弟唐申《とうしん》（一四七六—?。字は子重）がいた。妹の名は不明であり、嫁ぎ先で自殺したことしかわからない。唐寅は死後妹のために祭文を制作している。[5] 弟の唐申とは途中で仲違いとなり袂を分かった。これは唐寅の放蕩な生活が原因の一つであった。唐申には唐長民《とうちょうみん》（一四九七？―一五〇八）という息子がいたが、僅か十二歳で夭折してしまった。自身にも跡取りのいない唐寅にとってもその衝撃はかなり大きかったようで、死後墓誌を制作している。[6]

妻子

唐寅は生涯で三人の女性を妻としている。一人目は十九歳の時に結婚した徐《じょ》氏（？―一四九三）で、その父は徐《じょ》廷瑞《ていずい》、母は呉《ご》氏（一四五〇？―一五一八）。唐寅は呉氏の死後、墓誌銘を制作している。[7] 徐氏は唐寅が二十四歳の時にその子とともに死去している。その後、二人目の妻（氏名不明）を迎えているが、ちょうど唐寅が例の科挙試験問題漏洩事件の直後に、失意から仕事もせず妓女との悦楽に逃避していた時期があり、[8] 夫婦仲は悪化した。明確な原因は不明であるが、そのような様々な事情が重なって、とうとう離婚するに至った。三人目は沈《しん》氏で、出自など詳しいことは不明であるが、その間にもうけた娘は唐寅の友人王寵《おうちょう》の息子に嫁いでいる。

以上、唐寅にとって家族との関係は極めて薄く、家庭的な幸福にはあまり恵まれなかった。むしろ彼にとって家族とは苦い記憶に包まれた存在であったようである。

師弟

学問の手ほどきを誰から受けたのかは不明であるが、九歳の時より師に就いて学び始めたようである。内山氏は同郷の沈誠《しんせい》（一四二四―一四九三。字は希明。味菜居士。長洲の人）が師であった可能性を指摘している。[9] 弟子としては戴昭《たいしょう》（字は明甫。安徽休寧の人）がおり、彼は唐寅より詩を学んでいる。書画の師については後述する当代の著名な画家沈周《しんしゅう》を初めとして、同郷の友人張霊《ちょうれい》（一五〇九?―一五七四。字は夢晋。江蘇呉県の人）や、画家として著名な周臣《しゅうしん》（一四五三―一五三五。字は舜卿、号は東村、江蘇呉県の人）・杜堇《ときん》（字は懼男、号は檉居。江蘇丹徒の人）などに強い影響を受けている。いずれにせよ、唐寅の学問や文学・芸術の下地は、蘇州という土地に根付いたものであったといってよいであろう。

二、郷里（蘇州）の知人・友人

唐寅が生まれ育った蘇州は明代を通じて江南の文学・文化の中心地であり、様々な文人が生まれ活動していた。当然友人たちもみな文才に秀でた人物たちばかりで、その中には後述の「呉中四子」や「明四大家」のような著名人から、無名の人物に及ぶまで枚挙にいとまがないほどであった。

例えば、前述の画家張霊や都穆《とぼく》（一四五八―一五二五。字は元敬、呉県の人）は唐寅の若い頃からの友人で、詩文のやりとりも見られるが、(10)都穆とは後に仲違いをしてしまう。また劉嘉綃《りゅうかいく》（一四六八?―一四九一。字は協中。呉県の人）は唐寅の親友で、詩に巧みで文徴明《ぶんちょうめい》や楊循吉《ようじゅんきつ》などとも交遊があったが、二十四歳で夭折する。唐寅はその死に際して墓誌銘を制作している。(11)

画家として高名な王兄弟（王守《おうしゅ》〈一四九二―一五五〇〉字は履約。呉県の人・王寵《おうちょう》〈一四九四―一五三三〉字は履吉。号は雅宜山人）とも交遊があり、応酬や贈答の詩文が複数残されている。(12)また前述の通り、王寵の子王陽《おうよう》（字は玄静）は、唐寅の継妻沈氏との間にもうけた娘を妻に娶っている。

当時における蘇州文壇の大家といえば、文林《ぶんりん》（一四四四？—一四九九。字は宗儒。呉郡の人）、呉寛《ごかん》（一四三五—一五〇四。字は原博、号は匏庵。長洲の人）、後に戸部尚書となる王鏊《おうごう》（一四五〇—一五二四。字は済之、号は守渓。呉県の人）、禮部主事の楊循吉《ようじゅんきつ》（一四五八—一五四六。字は君謙、号は甫峰。呉県の人）、蘇州画派の領袖たる沈周《しんしゅう》（後述）、周臣（前述）などがいる。彼らは唐寅にとって文学・芸術方面の師であり先輩でもあり、一方では貴重な理解者であり援助者でもあった。

　文林は文徴明の父でもあり、呉寛とともに文壇の領袖でもあった。唐寅は両者との間で多数作品を応酬している。(13)文林は唐寅の才を高く評価し、何かと援助や助言を行っているが、その一方で唐寅の放蕩で軽はずみな性格をたしなめてもいる。結果的に、文林の懸念は後に現実のものとなる。後述の通り王鏊との交遊も親密で、唐寅に多数の詩文がある。(14)周臣は著名な画家で、唐寅は彼の画風にも大きな影響を受けている。また彼の絵画に複数題詩を制作してもいる。(15)

　文学方面の友人・知人としては、詩文に長け、書家としても有名な蔡羽《さいう》（?—一五四一。字は九逵。呉県の人）を始めとして、兪弁《ゆべん》（一四八八—一五四七。字は子客、号は守約居士。呉県の人）、姚丞《ようじょう》（字は存道。呉県の人）、刑参《けいしん》（字は麗文、長洲の人）、劉布《りゅうふ》（字は時服。長洲の人）、銭同愛《せんどうあい》（一四七五—一五四九。字は孔周、号は野亭。長洲の人）、丁文祥《ていぶんしょう》（字は瑞之、号は也罷。長洲の人）などがおり、しばしば詩会や酒宴に参加している。

　書画家としては陳淳《ちんじゅん》（一四八四—一五四四。字は道復、復甫。号は白陽山人。長洲の人）、袁鼒《えんし》（一四六八—一五三〇。字は臣器。江蘇長洲の人）、その息子の袁袞《えんこん》（一四九九—一五四八。字は補之、号は谷虚）、甥の袁袠《えんちつ》一五〇二—一五四七。字は永之、号は胥台）とも交遊があり、詩文のやりとりも多い。(16)

　官僚としては、戸部尚書の呉一鵬《ごいちほう》（一四六〇—一五四二。字は南夫。江洲の人。弘治六年〈一四九三〉年の進士）、兵部郎中の盧襄《ろじょう》（一四八一—一五三一。五塢山人。呉県の人。嘉靖二〈一五二三〉年の進士）、高州府通判の王献《おうけん》臣《しん》（字は敬止、号は槐雨。呉県の人。弘治六年〈一四九三〉年の進士）、山東副使の楊儀《ようぎ》（一四八八―？。字は夢羽。常熟の人。嘉靖五〈一五二六〉年の進士）、刑部尚書の劉纓《りゅうえい》（一四四二―一五三三。蘇州の人。成化十四〈一四七八〉年の進士）、銭仁夫《せんじんふ》（一四四六―一五二六。字は士弘、号は東湖居士。常熟の人。弘治十二〈一四九九〉年の進士）らとも交遊がある。

その他、「両朱先生」と呼ばれた朱存理《しゅそんり》（一四四四―一五一三。字は性甫、号は野航、長洲の人）・朱凱《しゅがい》（？―一五一二？。字は堯民。長洲の人）、王陽明の弟子である黄省曽《こうしょうそう》（一四九〇―一五四〇。字は勉之。号は五岳山人。呉県の人）、唐寅の師とされる沈誠（前述）、呉寛の甥呉奕《ごえき》（字は嗣業、号は茶香。書・詩に巧み）、医を生業としていた沈律《しんりつ》（字は潤卿。呉県の人）、学者の戴冠《たいかん》（一四四二―一五一二。字は章甫。長洲の人）なども唐寅の友人である。

以上のように、唐寅は地元の文人たちと若いころから盛んに交遊を重ねており、彼らとのパイプは極めて太く、何かと便宜を図ってもらっている。のちに自身の生活が困窮すると、彼らのつてや援助によって文学活動を続け、変わらず次々と名作を制作していくこととなる。

三、呉中四子・明四大家

唐寅は文徴明とともに「呉中四［才］子」（祝允明・文徴明・徐禎卿・唐寅）、「明四大家」（沈周・文徴明・仇英・唐寅）の両方に数えられている。彼らは皆蘇州一帯の文人であり、互いに盛んに交遊を重ねているが、その交遊の時期と関係の深度はむろん個人差がある。まずは「呉中四子」との交遊を見てみよう。

　文徴明と祝允明に関しては、十代半ばから既に交遊を始めており、徐禎卿は少し遅れて二十五歳頃である。祝允明は十歳年上、徐禎卿は九歳年下であるが、文徴明（一四七〇―一五五九、字は徴仲、江蘇長洲の人）とは同い年であり、途中父親の転任などで蘇州を離れたり、一時絶交状態になったりしてはいるが、唐寅が十六歳の頃から一生を通じて親しく交遊を重ねており、応酬や贈答の作品も極めて多い。[17] さらに前述の通り文徴明の父文林とも交遊があり、多くの詩文を寄せている。更に彼の死後には祭文も制作している。[18] 文林は前述の通り、呉寛や王鏊らとともに当時の蘇州文壇の領袖であり、唐寅の才を高く評価してしばしば援助や助言を行なっていた。また文徴明の妻の兄である呉東《ごとう》（字は宣之、江蘇崑山の人）やその父呉裕《ごゆう》（一四五二―一五一六。字は徳潤）とも交遊があり、呉《ご》東《とう》の妻周氏のために墓誌銘も作っている。[19] 文徴明の息子である文彭《ぶんぽう》（一四九七―一五七三。字は壽承、号は三橋。江蘇長洲の人）は篆刻に巧みで、唐寅の使用していた印章の多くは彼の作品であった。なお、文徴明は享年八十九歳と長命であり、唐寅の死後も長く活躍した。

　祝允明《しゅくいんめい》（一四六〇―一五二六。字は希哲、号は枝山、江蘇長洲の人）は唐寅より十歳ほど先輩であるが、唐寅が十四歳の頃から交流があり、多くの作品を応酬している。[20] 彼は文章に優れ、さらに書法にも精通していた。幼い頃から文学・芸術方面の才能に恵まれたが、進士には至らなかった。広東興寧知県や応天府通判を歴任したが、病にかかって官を辞した。なお、祝允明は唐寅の死後、墓誌銘を制作している。[21]

　徐禎卿《じょていけい》（一四七九―一五一一。字は昌国。江蘇長洲の人）は唐寅よりも年下であり、唐寅二十五歳、徐禎卿十六歳の時に始めて交遊した。唐寅はその才を高く評価し、沈周や楊循吉に推薦している。彼は詩文にも優れ、後に明代を代表する前七子の一人としても称されることとなる。両者の間でしばしば作品の応酬が行われたが、[22] 徐禎卿は僅か三十二歳で唐寅よりも先にこの世を去ってしまった。なお、唐寅は徐禎卿の子徐伯虬《じょはくきゅう》とも交遊がある。

次に明四大家の沈周と仇英である。
沈周《しんしゅう》（一四二七―一五〇九。字は啓南。号は石田、白石翁。江蘇長洲の人）は言うまでもなく当時の著名な文人の一人であり、江南画壇の重鎮でもあった。文徴明を初めとして、祝允明・徐禎卿も沈周と交友があり、大きな影響を受けている。むろん唐寅もその画風に大きく影響を受けており、交友も盛んであった。唐寅は沈周の絵画に対する題画詩や和詩を多く制作している。[23] 中でも有名なのは沈周の「落花詩十首」に対する和詩であろう。[24]
人物画、とりわけ美人画に秀でていた画家の仇英《きゅうえい》（一四九四?―一五五二。字は實父、号は十洲。江蘇太倉の人）は唐寅よりも二〇歳以上も年下であるが、唐寅はしばしば仇英の絵画に題詩を制作している。[25]
以上、彼らは年齢も立場も様々ではあるが、密接に交遊を重ねていたことが窺える。唐寅は或いは後輩のために便宜を図り、或いは先輩に支援をして貰ったりしながら彼らと交遊し、彼の文学・芸術の形成に大きな影響を受けていたのは間違いない。そして、唐寅は当時の江南における文学界の第一人者の一人として、大きな影響を与えていくこととなったのである。

四、王族・役人

唐寅はもともと他の多くの文人たちと同様に官に志し、科挙合格を夢見て情熱を燃やす一青年であった。その才能を認めない者もいたが、彼を高く評価して高官に推薦する者も少なくなかった。例えば、観察御史の方誌《ほうし》（字は信之、浙江鄞県の人。成化二十三〈一四八七〉年の進士）は、弘治十〈一四九七〉年に提学として蘇州に赴任した時、唐寅を落第とした。これは唐寅の文学性が方誌のそれとは方向性が異なっていたからのようで、唐寅の友人である張霊も同時に落第してしまった。

その一方で、蘇州知府の曹鳳《そうほう》（一四五七―一五〇九。字は鳴岐。河南新蔡の人）は、文林と親しい間柄であった。文林は曹鳳に唐寅を推薦し、曹鳳は朝廷に唐寅を推薦して郷試の受験資格を得るのに便宜を図った。[26] その結果、唐寅は翌弘治十一〈一四九八〉年に見事郷試で首席合格を果たし、殿試への道が開けたのであった。更にその試験の解答を見て唐寅に注目したのがその郷試の主坐であった梁儲《りょうしょ》（一四五一―一五二七。広東順徳の人。成化十四〈一四七八〉年傳臚）であった。彼は吏部尚書、華殿大学士にまで至った高級官僚で、北京に戻った後、当時礼部尚書であった程敏政に唐寅の才能について語っている。その程敏政《ていびんせい》（一四四四―一四九九。字は克勤、安徽休寧の人。成化二〈一四六六〉年の進士）は翌年（一四九九）の殿試の試験問題出題者であった。

以上のように、彼は高級官僚にあと一歩というところにまで至った。しかし翌弘治十二〈一四九九〉年に発生した例の殿試での漏洩事件に遭い、その望みは断たれてしまうこととなってしまった。ちなみに、この時の殿試の監督官は前七子の一人としても著名な李東陽《りとうよう》（一四四七―一五一六。字は賓之、号は西涯。諡は文正。湖南茶陵の人。天順八〈一四六四〉年の進士）であった。

すでに家族を立て続けに失い、またこの事件によってすっかり士官への熱が冷めてしまった唐寅は以後職につくことなく、故郷である蘇州に戻り文学活動に打ち込んでいくこととなるが、無位無冠の彼は当然生活に困窮していくこととなった。

そのような時、彼に声を掛けたのが王族の朱宸濠《しゅしんごう》（?―一五二一）であった。[27] 彼は明の洪武帝（朱元璋）の十七男朱権の子孫で、寧王となり南昌に封じられた。朱宸濠は正徳七〈一五一二〉年、唐寅の友人でもある文徴明・謝時臣など著名な文人たちを自らのもとへ招聘しようとしたが、彼らはその誘いを断った。唐寅もその誘いを受け、正徳九〈一五一四〉年に一度は承諾して彼の元を尋ねようと出発したが、途中でその危険を察知したのか、翌年になると唐寅は狂ったふりを装い、朱宸濠の誘いを断った。のち寧王は正徳十四〈一五一九〉年、反乱を起こすが失敗、鎮圧に向かった江西僉都御史の王守仁《おうしゅじん》（一四七二―一五二九。字は伯安、号は陽明。紹興余姚の人）によって捕らえられ、のち処刑された。唐寅は幸いにも大きな咎めを受けることもなかった。このように、朱宸濠との一件は唐寅にとって芳しくない結果となったが、南昌への旅の途中に複数作品を残し、また彼の作風にも変化をもたらす契機ともなった。[28]

その一方で、唐寅は文徴明・祝允明などを中心に様々な文人たちと交遊し、彼らと各地を巡ったりしていたが、時折官僚たちの酒宴や詩会などに招かれることもあった。そこで唐寅は更に多くの人物と交遊を重ね、贈答の詩文や書画を制作することとなった。以下は唐寅が交遊した主な官僚・役人たちである。

前述の王鏊は成化十一〈一四七五〉年の進士で、のちに戸部尚書などを歴任した高級官僚である。唐寅と同郷であることから、しばしば作品の応酬が行われており、例えば「王鏊出山図」[29]を制作し贈ったりしている。更にその従兄弟の王盤とも交遊があり、成化二十三〈一四八七〉年、祝允明とともに沈周が彼のために画いた絵に題したりした。[30] 許天錫《きょてんしゃく》（一四六一―一五〇七。福建福州の人。弘治六〈一四九三〉年の進士）は吏部給事中で、弘治八〈一四九五〉年、唐寅はその亡妻（高貞、字は閔徳）のために墓誌銘を制作している。[31] 以下の三人はそれぞれ呉県の知県だったことがあり、その際唐寅と交友がある。何玠《かかい》（湖廣江夏の人。正徳六〈一五一一〉年の進士）は正徳八〈一五一三〉年ごろに呉県の知県に着任しており、唐寅はその時山水画と詩を贈っている。[32] 李経《りけい》（河南真陽の人。成化十四〈一四七八〉年の進士）も呉県の知県で、唐寅は「山路松声図」[33]を画いて贈ったり、正徳十二〈一五一七〉年に彼が戸部主事となって呉県を離れる際に餞の七言律詩を寄せたりした。[34] また劉田《りゅうでん》（字は伯耕。江西廬陵の人。弘治十八〈一五〇五〉年の進士）に対しては、彼が呉県知県から他所に転任する際に詩を贈っている。[35]

行人・高州府通判などを歴任した王献臣《おうけんしん》（前掲）は官を退いた後に蘇州に名園拙政園を築いた人物としても知られる。唐寅は彼のために「西疇図」[36]を画き、詩を題して贈った[37]。

その他、前掲の劉纓・銭仁夫・楊儀・楊循吉を初めとして、姜龍《きょうりゅう》（字は夢賓、号は時川。江蘇太倉の人。正徳三〈一五〇八〉年の進士。雲南按察使）、倪岳《げいがく》（一四四四―一五〇一。字は舜咨。南京の人。天順八〈一四六四〉年の進士。南京吏部尚書）、高第《こうだい》（四川綿州の人。瑞州府学訓導）、徐讃《じょさん》（字は朝義、浙江金華の人。蘇州知府）、張寰《ちょうかん》（一四八六―一五六一。字は允清。江蘇崑山の人。正徳十六〈一五二一〉年の進士。官は通政使参議）、方豪《ほうごう》（一四八二―一五三〇。字は思道、号は棠陵。浙江開化の人。正徳三〈一五〇八〉年の進士。崑山知県、刑部主事などを歴任）、楊一清《よういっせい》（一四五四―一五三〇。字は應寧、号は邃庵。江蘇丹徒の人。成化八〈一四七二〉年の進士、吏部尚書、武英殿大学士）、薛章憲《せつしょうけん》（一四五五―一五一四。字は堯卿、号は浮休先生。浙江江陰の人。四川按察司僉事）、朱泰《しゅたい》（字は世泰、号は簡庵。福建莆田の人。蘇州府儒学）など多数の役人と交友を重ねている。

五、その他

その他の人物との交友について、以下簡単に述べておく。

杭濂《こうれん》、字は道卿、江蘇宜興の人。文徴明・祝允明・都穆らとも交遊あり。詩文に巧み。

徐経《じょけい》（一四七三―一五〇七）、字は直夫、一字は衡甫。浙江江陰の人。唐寅と一緒に殿試を受けたが、試験の問題を事前に聞いたと疑われ、唐寅とともに罪に問われた。

徐尚徳《じょしょうとく》（一四七〇―一五五三）、字は若容、号は衲斎。浙江江陰の人。徐経の叔父で、詩を善くした。唐寅に書簡がある。(38)

孫育《そんいく》（?―一五二九）字は思和、号は七峰。江蘇丹陽の人。隠居して仕えず。詩・戯曲に巧み。正徳十三〈一五一八〉年、唐寅は孫言と丹陽で修禊した。唐寅に贈詩がある。(39)

その他、孫一元《そんいちげん》（一四八四―一五二〇。字は太初、号は太白山人。陝西の人）、張詩《ちょうし》（字は子言。北平の人）、呂《りょ》㦤《じょう》（字は秉之。浙江秀水の人）などがおり、ともに詩に巧みであった。

沈受先《しんじゅせん》（字は壽卿。江蘇嘉定の人。弘治十八〈一五〇五〉年の進士）は戯曲家で、『三元記』の作者である。正徳五〈一五一〇〉年冬、唐寅は彼とともに遊び、舟に乗って即興で詩を制作したことがあった。(40)

また、変わったところでは日本人の彦九郎《ひこくろう》（諱は重直）との交遊がある。彦九郎は堺の人とされる。どのような経緯で唐寅と知己になったかは不明であるが、唐寅は正徳七年、日本に帰還する彦九郎にはなむけとして詩を贈っている。(41)

おわりに

以上、極めて簡単ではあるが、唐寅の交友関係について紹介してきた。唐寅は若い頃から四大家や呉中四子など地元蘇州の文人たちを中心に、名だたる文人たちから無名だが気心の知れた多くの友人たちまで様々な人物と交遊を重ねてきた。一方で唐寅は家族との幸福も薄く、官として立身出世する道も半ばで絶たれ、そのような面では確かに決して幸福な人生とはいえなかった。しかし、その一方でこれまで述べてきたような様々な文人たちとの出会いと交流が、彼の文学・芸術方面での大成に繋がったといってよい。唐寅は死の直前まで友人たちと活発に交流し、次々と名作を残している。言い換えれば様々な人生における不幸を友人・知人たちとの交友が救ってきたといってもよいのではないか。

注

（1）明清文人研究会編『徐文長』（白帝社・二〇〇九年四月）第一章「徐文長の交友関係について」（9〜38頁）

（2）例えば、『唐寅集』（次注参照）にも徐渭の和詩（「徐文長渭和」〈補輯巻二〉）などが見られる。

（3）なお、文中及び注に提示した唐寅の作品は、基本的に周道振・張月尊輯校『唐寅集』（上海古籍出版社・二〇一三年）に拠り、注に作品名および巻数を示した。また、書画については陸佹・曹恵民編注『唐伯虎詩文書画全集』（中国言実出版社・二〇〇五年）を参考とした。

（4）「夜中思親」（巻一）、「傷内」（巻一）

（5）「祭妹文」（巻六）

（6）「唐長民壙志」（巻六）

（7）「徐廷瑞妻呉孺人墓志銘」（巻六）

（8）ちなみに、この時に制作されたものかは不明だが、「寄妓」（巻二）、「哭妓徐素」（巻二）、「代妓者和人見寄」（巻二）など、妓女について詠じた詩が複数見られる。

（9）内山知也「唐寅の生涯と蘇州文壇」〈『明代文人論』（木耳社・一九八六年）〉179頁

（10）例えば、唐寅が張霊に寄せた題画詩として「題張夢晉畫」（巻二）などがある。また、都穆に寄せた詩に「仲夏三十日陪宏農楊禮部丹陽都隠君虎邱汎舟」（巻二）が、一方都穆が「爲梅谷徐先生作」に寄せた和詩（「都穆方豪王應鵬和詩」〈補輯巻三〉）がある。

（11）「劉秀才墓誌」（巻六）

（12）例えば、王守に寄せた「送王履約會試」（巻二）詩、王寵に寄せた「席上答王履吉」（巻一）詩、王寵が寄せた「唐丈伯虎桃花庵作」（附録五）などがある。

（13）例えば、文林に寄せた「送文温州序」（巻五）、「送文温州」（補輯巻一）などがあり、文林が寄せた「和唐寅白髪」（附録五）などがある。また、呉寛に寄せた「上呉天官書」（巻五）、呉寛が寄せた「與履庵爲唐寅乞情帖」（附録五）がある。

（14）例えば、王鏊に寄せた「壽王少傅」（巻二）、「竹堂看梅和王少傅韻」（補輯巻三）などがあり、王鏊が寄せた「附王鏊過歌風臺賦」（補輯巻二）、「送唐子畏之九仙祈夢」（附録五）などがある。

（15）例えば、周臣に寄せた題詩「題周東邨畫」（巻三）、「題周東村爲顧氏作聽秋圖」（補輯巻二）などがある。

（16）例えば、陳淳に寄せた「次韻題陳道復花石扇」（補輯巻三）、陳淳が寄せた「和唐子畏東城夜游」（附録五）などがある。また、袁袠が制作した「唐伯虎集序」（附録一）、「桃花園宴」（附録五）がある。

（17）例えば、文徴明に寄せた「與文徴明書」（巻五）、「元旦次韻奉答徴仲先生削正」（補輯巻二）、「題文徴明山水」（補輯巻二）、「題文徴明雨景」（補輯巻三）、「跋文徴明關山積雪圖」（補輯巻四）がある。また文徴明は「題自畫紅拂妓巻」への題詩（「文徴明題二首」〈巻三〉）、「黄茅小景」への次韻詩（「文徴明次韻」〈補輯巻一〉）を始め、「月夜登南樓有懐唐子畏」（附録五）、「簡子畏」（附録五）、「飲子畏小樓」（附録五）など多数あり。

（18）「祭文温州文」（補輯巻六）

（19）「呉東妻周令人墓志銘」（巻六）

（20）例えば、祝允明に寄せた「桃花庵與祝允明・黄雲・沈周同賦五首」（巻二）、「桃花庵與希哲諸子同賦三首」（巻二）があり、祝允明は「次韻題陳道復花扇圖」への和詩（補輯巻三）、「畫牛扇」への題（補輯巻六）、「別唐寅」（附録五）、「爲唐子畏索劍」（附録五）、「夢墨亭記」（附録五）など多数制作。

（21）「唐子畏墓誌銘」（附録二）

（22）例えば、徐禎卿に寄せた「贈徐昌國」（巻二）があり、徐禎卿が寄せた「新倩籍」（附録二）、「贈唐居士」（附録五）、「簡伯虎」（附録五）などあり。

（23）例えば、沈周に寄せた「桃花庵與祝允明・黄雲・沈周同賦五首」（巻二）、「題沈石田先生後集」（巻二）、「題沈石田幽谷秋芳圖」（補輯巻二）、「題石田翁石泉交巻」（補輯巻二）など多数あり。また沈周は「六如像贊」（附録二）を制作。

(24)「和沈石田落花詩三十首」（巻二）

(25) 唐寅に「題仇英竹居圖巻」（補輯巻四）、「題仇英白描仕女」（補輯巻四）、「題仇英畫武侯像」（補輯巻四）など多数の題詩有り。

(26) 唐寅は曹鳳のために「送曹郡侯」（補輯巻二）を制作している。

(27) 唐寅に「上寧王」（巻二）、「上寧王」（補輯巻二）あり。

(28) 例えば、この時制作した作品に、「許旌陽鐵柱記」（巻五）、「荷蓮橋記」（巻五）、「致陳春山」（補輯巻四）などあり。

(29) 前掲『唐伯虎詩文書画全集』94頁

(30)「題石田爲王盤畫壑舟園圖」（巻一）

(31)「許天錫妻高氏墓誌銘」（巻六）

(32) 前掲『唐寅全集』「附録六 年表」666頁

(33) 前掲『唐伯虎詩文書画全集』92頁

(34)「送李尹」（巻二）

(35)「別劉伯耕」（巻一）

(36) 前掲『唐伯虎詩文書画全集』34頁

(37)「西疇圖爲王侍御」（巻二）

(38)「致若容」（補輯巻六）

(39)「風雨浹旬厨烟不繼滌硯吮筆蕭條若僧因題絶句八首奉寄孫思和」（巻三）

(40)「正德庚午仲冬廿有四日嘉定沈壽卿無錫呂叔通蘇州唐寅邂逅文林舟次酒闌率興聯句皆無一字更定見者應不吝口齒許其狂且愚也」（補輯巻四）

(41)「彦九郎還日本、作詩餞之、座間走筆甚不工也。正德七年壬申仲夏望日」（補輯巻二）

附録「唐寅関係人物一覧表」

※人物は基本的に『唐寅集』（上海古籍出版社・二〇一三年）収録の作品より選び、五十音順に並べた。個々の記述については基本的に正史・伝記などの史料に拠り、『明史』に伝のある人物については、その巻数を末尾に提示した。さらに前掲の内山知也、江兆申、鄧曉東氏の各著書や楊靜盦氏および周道振・張月尊氏共編の各年譜など、各方面の資料も適宜参考にして補った。詳しくは末尾の参考文献一覧を参照のこと。また『唐寅集』に基づき、関係する唐寅の作品名を記し、所在巻数を（ ）に示した。また、友人たちが唐寅に寄せた作品についても、同様に『唐寅集』の「附録一～五」を参考にした。なお、（六如）は『唐寅集』には見られず、『六如居士集』（中国古代書画家詩文集叢書・西冷印社出版社・二〇一〇年）に見られる作品である（ただし、題名は簡体字を正字体に直した）。加えて唐寅の書画については、陸伉・曹恵民編注『唐伯虎詩文書画全集』（中国言実出版社・二〇〇五年）を参考にし、（書画）と示し、更に掲載頁数も記すこととした。

姓名	生没・字号・出身	人物・唐寅との関係
あ		
袁袞《えんこん》	（一四九九―一五四八）字は補之、号は谷虚。江蘇長洲の人。	袁鼒の子。嘉靖十七〈一五三八〉年の進士。広西廬陵知県などを歴任。詩に巧み。また書法に通す。袁袞に「袁袞孫益和作」（補輯巻四）あり。
袁鼒《えんさい》	（一四六八―一五三〇）字は臣器。江蘇長洲の人。	画家。北遊した際の図集に唐寅が序文を制作（「中州覽勝序」〈巻五〉）。

袁袠《えんちつ》	（一五〇二—一五四七）字は永之、号は胥台。江蘇長洲の人。	嘉靖五〈一五二六〉年の進士。袁鼒の甥。詩に巧み。袁袠に「唐伯虎集序」（附録一）、「桃花園宴」（附録五）あり。『唐寅文集』出版の出資者。『明史』二八七
閻起山《えんきざん》	（一四八四—一五〇七）。字は秀卿。江蘇蘇州の人。	『呉郡二科志』（唐寅に関する記事有り。附録二）の著者。
王応鵬《おうおうほう》	（?—一五三六）字は天宇、号は定斎。浙江寧波の人。	正徳三〈一五〇八〉年の進士。王應鵬に「都穆方豪王應鵬和詩」（補輯巻三—「爲梅谷徐先生作」への和詩）あり。
王渙《おうかん》	字は渙文。江蘇長洲の人。	画家。弘治十八〈一五〇五〉年、唐寅が楊季静のために画いた「南游圖巻」（書画・70頁）に題した。
王観《おうかん》	字は性［帷］顒、号は款鶴。江蘇長洲の人。	医に長ず。唐寅は彼のために「款鶴圖」（書画・40頁）を画いた。また「致王觀」（補輯巻六）を制作。
王献臣《おうけんしん》	字は敬止、号は槐雨。江蘇呉県の人。	弘治六〈一四九三〉年の進士。行人・御史・高州府通判などを歴任する。蘇州に拙政園を築く。唐寅は彼のために「西疇圖」（書画・34頁）を画き、詩を題す（「西疇圖爲王侍御」〈巻二〉）。『明史』一八〇
王鏊《おうごう》	（一四五〇—一五二四）字は済之、号は守渓。江蘇呉県の人。	成化十一〈一四七五〉年の進士（第三名）。少傅、大学士、戸部尚書などを歴任する。唐寅に「壽王少傅」（巻二）、「柱國少傅守渓先生七十壽序」（巻五）、「正徳丙寅、奉陪大塚宰太原老先生登歌風臺、謹和感古佳韻並圖其實景、呈茂化學士請教」（補輯巻二）、「聞太原閣老疏疾還山喜而成咏輒用寄上」（補輯巻二）、「壽王少傅」（補輯巻三）、「竹堂看梅和王少傅韻」（補輯巻三）、画として「王鏊出山

		圖」（書画・94頁）、「梅花圖」（書画・113頁）などあり。王鏊に「附王鏊過歌風臺賦」（補輯巻二）、「送唐子畏之九仙祈夢」（附録五）、「正徳壬申冬初過子畏解元城西之別業時獨有梅花一樹將開故詩中及之」（附録五）、「過子畏別業」（六如）あり。『明史』一八一
王穀祥《おうこくしよう》	（一五〇一―一五六八）字は禄之、号は酉室。江蘇長洲の人。	嘉靖八〈一五二九〉年の進士。吏部員外郎。書画家。王観の次子。『明史』二八七
王守《おうしゅ》	（一四九二―一五五〇）字は履約。江蘇呉県の人。	王寵の兄。弟とともに画に巧み。唐寅に「送王履約會試」（巻二）あり。
王寵《おうちょう》	（一四九四―一五三三）初めの字は履仁、のち履吉と字す。号は雅宜山人。江蘇呉県の人。	王守の弟。詩、書画に善し。文徴明の弟子。唐寅に「代承履吉王君以長句見贈、作此以答」（巻一）、「席上答王履吉」（巻一）、王寵に「贈唐伯虎」（附録五）、「九日過唐伯虎飲贈歌」（附録五）、「唐丈伯虎桃花庵作」（附録五）あり。『明史』二八七
王鎜《おうはん》	字は滌之、号は壑舟。江蘇呉県の人。	王鏊の従兄弟。成化二十三〈一四八七〉年、沈周が王鎜のために画いた「壑舟園圖」に題した（「題石田爲王鎜畫壑舟園圖」〈補輯巻一〉）。
王聞《おうぶん》	字は達卿。	医を生業とする。唐寅に「爲達卿先生作菊詩二首」（補輯巻三）あり。
王陽《おうよう》	字は玄静。	王寵の長子。唐寅の継妻沈氏との娘を娶る。
か		
何玠《かかい》	湖廣江夏の人。	正徳六〈一五一一〉年の進士、呉県知県。正徳八〈一五一三〉年、唐寅は彼のために「山水画」並びに題を制作する（「畫呈何老大人」〈補輯巻三〉）。

華雲《かうん》	（一四八八―？）字は従龍、号は補菴。江蘇無錫の人。	刑部郎中邵寶の弟子で、王守仁と交遊あり。
華察《かさつ》	（一四九七―一五七四）字は子潜、号は鴻山。江蘇無錫の人。	嘉靖五〈一五二六〉年の進士。兵部郎中、侍講学士。
韓襄《かんじょう》	字は克賛。江蘇長洲の人。	魏公の孫。医に善し。沈周・楊循吉・文徴明・朱存理・徐禎卿らと交遊あり。
仇英《きゅうえい》	（一四九四？―一五五二）字は實父、号は十洲。江蘇太倉の人。	明四大家。人物・山水画を善くし、とりわけ美人画に優れる。唐寅に「題仇英竹居圖卷」（補輯巻二）、「題仇英東林圖卷」（補輯巻二）、「題仇英春渓耕讀圖卷」（補輯巻二）、「題仇英白描仕女」（補輯巻四）、「題仇英畫武侯像」（補輯巻四）あり。
許天錫《きょてんしゃく》	（一四六一―一五〇七）福建福州の人。	弘治六〈一四九三〉年の進士。吏部給事中。唐寅は彼の妻のために墓誌銘（「許天錫妻高氏墓誌銘」〈巻六〉）を制作。
姜龍《きょうりゅう》	字は夢賓、号は時川。江蘇太倉の人。	正徳三〈一五〇八〉年の進士。雲南按察使。唐寅に「致姜龍」（補輯巻六）あり。
金琮《きんそう》	（？―一五〇一）字は元玉。南京の人。	唐寅・祝允明・文徴明とともに沈周の「石泉交巻」に題した。
刑参《けいしん》	字は麗文、江蘇長洲の人。	文徴明・張霊・朱凱らと交遊あり。唐寅に「題碧藻軒」（巻二）あり。
倪岳《げいがく》	（一四四四―一五〇一）字は舜咨。南京の人。	天順八〈一四六四〉年の進士。南京吏部尚書。文章に通ず。かつて唐寅の作品を読んで賞讃した。『明史』一八三

蕙茂卿《けいもけい》	別号は桐菴。江蘇長洲の人。	琴を善くす。正徳十六〈一五二一〉年、唐寅は彼のために「桃花庵図巻」を画いて贈る。
高第《こうだい》	四川綿州の人。	正徳九〈一五一四〉年の進士。長洲知県。正徳十一〈一五一六〉年、唐寅は不在を詫びて詩を贈る（「長洲高明府過訪山荘失于迎迓作此奉謝」〈巻二〉）。
黄雲《こううん》	（一四四四―一五一六）字は應龍、号は丹岩。江蘇崑山の人	詩文に巧み。瑞州府学訓導。唐寅に「桃花庵與祝允明・黄雲・沈周同賦五首」（巻二）あり。この時黄雲も詩を賦した。
黄省曽《こうしょうそう》	（一四九〇―一五四〇）字は勉之。号は五岳山人。江蘇呉県の人。	王陽明の弟子。『明儒学案』巻二五に記述有り。詩を李夢陽に学ぶ。唐寅が画扇に題した（「題畫扇」〈補輯巻四〉）際、黄省曽も題す（「附王守黄省曾題」〈補輯巻四〉）。ほか黄省曽に「唐氏園觀荷」（附録五）あり。また黄省曽の著『呉中故實記』に唐寅に関する記述（附録二）あり。『明史』二八七
杭濂《こうれん》	字は道卿。江蘇宜興の人。	文徴明とも交遊あり。詩文に巧み。
呉一鵬《ごいちほう》	（一四六〇―一五四二）字は南夫。江蘇長洲の人。	弘治六〈一四九三〉年の進士。戸部尚書、国子祭酒、太常卿。唐寅の画「貞壽堂圖」（書画・34頁）に題す。『明史』一二〇
呉奕《ごえき》	字は嗣業、号は茶香。江蘇長洲の人。	書・詩に巧み。呉寛の甥。唐寅に「三月十日偕嗣業徴明堯民仁渠同飲正覺禪院僕與古石説法而諸公謔浪庭前牡丹盛開因爲圖之」（補輯巻三）、「跋呉嗣業書千字文」（補輯巻六）あり、呉奕に「關山行旅圖」（書画・89頁）への題詩あり。
呉寛《ごかん》	（一四三五―一五〇四）字は原博、号は匏庵。江蘇長洲の人。	成化八〈一四七二〉年の進士、礼部尚書。唐寅に「上呉天官書」（巻五）、呉寛に「與履庵爲唐寅乞情帖」（附録五）あり。
呉爟《ごかん》	字は次明。江蘇呉県の人。	隆慶四〈一五〇七〉年、唐寅は「江深草閣図」を贈る。

呉東《ごとう》	字は宣之。江蘇崑山の人。	文徴明の妻の兄。唐寅は彼の妻周氏のために墓誌銘を作る（「呉東妻周令人墓志銘」〈巻六〉）。
呉明道《ごめいどう》	字は存功、号は竹斎。安徽歙県の人。	唐寅は彼のために「竹齋記」（巻五）を制作。
呉裕《ごゆう》	（一四五二―一五一六）字は徳潤。	呉東の父。正徳十一〈一五一六〉年、唐寅は呉裕夫妻のために「呉君德潤夫婦墓表」（巻六）を制作。
顧璘《こりん》	（一四七六―一五四五）字は華玉、号は東橋。南京の人。	江東三才子の一人。弘治九〈一四九六〉年の進士。徐経・都穆と同年〈一四九五〉に郷試に合格する。かつて唐寅の作品を読んで賞讃した。自著『國寶新編』に唐寅に関する記述あり（附録二）。『明史』二八六
さ		
蔡羽《さいう》	（?―一五四一）字は九逵。江蘇呉県の人。	六十四歳の時に歳貢となり、南京翰林院孔目となる。詩文に巧み。書家。王鏊に師事す。『明史』二八七
謝雍《しやよう》	字は元和、号は雲荘。	唐寅に「書贈雲荘」（補輯巻一）あり。
周臣《しゆうしん》	（一四五三―一五三五）字は舜卿、号は東邨。江蘇呉県の人。	唐寅の絵の師匠。唐寅に「題周東邨畫」（巻三）、「題周東村爲顧氏作聽秋圖」（補輯巻二）、「題周東邨畫」（補輯巻四）あり。
朱応登《しゆおうとう》	（一四七七―?）字は升之、号は凌谿。江蘇宝応の人。	弘治十二〈一四九九〉年の進士。南京戸部主事、延平の知府などを歴任。詩文に巧みで、李夢陽・何景明・徐禎卿らとともに十才子と称される。
朱凱《しゆがい》	（?―一五一二?）字は堯民。江蘇長洲の人。	朱存理とともに「両朱先生」と称される。唐寅に「三月十日偕嗣業徴明堯民仁渠同飲正覺禪院僕與古石説法而諸公謔浪庭前牡丹盛開因爲圖之」（補輯巻三）あり。

朱承爵《しゅしょうしゃく》	（一四八〇—一五二七？）字は子儋、号は舜城居士、磐石山樵など。浙江江陰の人。	その著『石嘯旨』に序文を制作（「嘯旨後序」〈巻五〉）。
朱宸濠《しゅしんごう》	（？—一五二一）	明の洪武帝（朱元璋）の十七男朱権の子孫。寧王。正徳十四〈一五一九〉年、反乱を起こすが失敗、王守仁（陽明）に捕らわれ、のち処刑された。唐寅は彼に招聘されるが、狂人のふりをして難を逃れた。唐寅に「上寧王」（巻二）、「上寧王」（補輯巻二）あり。『明史』一二〇
朱存理《しゅそんり》	（一四四四—一五一三）字は性甫、号は野航。江蘇長洲の人。	朱凱とともに「両朱先生」と称される。唐寅に「自詠五絶呈野航先生」（補輯巻四）あり。
朱泰《しゅたい》	字は世泰、号は箇庵。福建莆田の人。	蘇州府儒学。唐寅に「贈文學朱君、別號箇庵詩」（巻一）あり。
祝允明《しゅくいんめい》	（一四六〇—一五二六）字は希哲、号は枝山。江蘇長洲の人。	呉中四子。文章に秀で、また書法に通ず。広東興寧知県、応天府通判。唐寅に「桃花庵與祝允明・黄雲・沈周同賦五首」（巻二）、「桃花庵與希哲諸子同賦三首」（巻二）、「畫牛扇」（補輯巻四）あり、祝允明に「次韻題陳道復花扇圖」への和詩（補輯巻三）、「畫牛扇」への題（補輯巻六）、「唐子畏墓誌銘」（附録二）、「別唐寅」（附録五）、「爲唐子畏索劍」（附録五）、「伯虎樓壁」（附録五）、「輓唐子畏二首」（附録五）、「又」（附録五）、「夢唐寅徐禎卿亦有張靈」（附録五）、「夢墨亭記」（附録五）、「與唐寅書」（附録五）、「與唐寅」（附録五）、「唐寅畫山水歌」（六如）、「戲題子畏墨竹」（六如）あり。『明史』二八六

徐尚徳《じょしょうとく》	（一四七〇—一五五三）字は若容、号は衲斎。浙江江陰の人。	徐経の叔父。詩を善くす。唐寅に「致若容」（補輯巻六）あり。
徐素《じょそ》		妓女。唐寅に「哭妓徐素」（巻二）あり。
徐経《じょけい》	（一四七三—一五〇七）字は直夫、一字は衡甫。浙江江陰の人。	詩文に巧み。郷試に合格し、弘治十二〈一四九九〉年に唐寅とともに殿試を受けたが、試験問題をあらかじめ見ていたとして罪を得る。
徐禎卿《じょていけい》	（一四七九—一五一一）字は昌国。江蘇常熟の人。	呉中四子。前七子の一人。詩を善くす。唐寅に「贈徐昌國」（巻二）、徐禎卿に「新倩籍」（附録二）、「贈唐居士」（附録五）、「簡伯虎」（附録五）、「懐伯虎」（附録五）、「懐伯虎」（附録五）、「唐生將卜築桃花之塢謀家無資貽書見讓寄此解嘲」（附録五）、「觀唐生寄贈子容洞庭山圖因求依廬山障子」（六如）、「唐子畏臨李成群峰霽雪圖」（六如）あり。『明史』二八六
徐讃《じょさん》	字は朝義、浙江金華の人。	蘇州知府。正徳十一〈一五一六〉年、その弟徐朝咨の送別のために序文を制作（「送徐朝咨歸金華序」〈巻五〉）。
徐廷瑞《じょていずい》		唐寅の義父。徐氏の父。その妻の死後正徳十三〈一五一八〉年、唐寅は「徐廷瑞妻呉孺人墓志銘」（巻六）を制作。
沈受先《しんじゅせん》	字は壽卿。江蘇嘉定の人。	戯曲家。『三元記』などを制作した。唐寅に「正德庚午仲冬廿有四日嘉定沈壽卿無錫呂叔通蘇州唐寅邂逅文林舟次酒闌率興聯句皆無一字更定見者應不吝口齒許其狂且愚也」（補輯巻四）あり。
沈周《しんしゅう》	（一四二七—一五〇九）字は啓南。号は石田、白石翁。江蘇長洲の人。	書画家。明四大家。唐寅に「桃花庵與祝允明・黄雲・沈周同賦五首」（巻二）、「題沈石田先生後集」（巻二）、「和沈石田落花詩三十首」（巻二）、「題石田爲王盤畫罊舟園圖」（補輯巻一）、「題沈石田幽谷秋芳圖」（補輯巻一）、「題石田翁石泉交巻」

		（補輯巻二）、「題沈石田贈韓山人支硎山居圖」（補輯巻二）、「題沈石田南湖草堂圖巻」（補輯巻二）、「題沈石田匡山新霽圖」（補輯巻二）、「次張秋江韻題陸明本贈沈石田墨梅巻」（補輯巻二）、「題石田爲宗瑞畫壽鄧宗盛八十」（補輯巻四）、「題石田春郊散犢圖」（補輯巻四）、「跋沈石田法宋人筆意巻」（補輯巻六）あり。沈周に「六如像贊」（附録二）あり。『明史』二二一
沈誠《しんせい》	（一四二四—一四九三）字は希明、号は味菜居士。江蘇長洲の人。	唐寅の学問の師。唐寅は彼の死後「沈隠君墓碣」（巻六）を制作。
沈律《しんりつ》	字は潤卿。江蘇呉県の人。	医を生業とする。その作『譜雙』に序文を制作（「譜雙序」〈巻五〉）。文徴明・徐禎卿と交遊あり。
薛章憲《せつしょうけん》	（一四五五—一五一四）字は堯卿、号は浮休先生。浙江江陰の人。	諸生。四川按察司僉事。徐経と表兄弟。唐寅に「題畫」（補輯巻三）、薛章憲に詩（補輯巻三）あり。
銭仁夫《せんじんふ》	（一四四六—一五二六）字は士弘、号は東湖居士。江蘇常熟の人。	弘治十二〈一四九九〉年の進士。銭仁夫に「次唐子畏韻自道鄙懐」（巻二／附録五）、「和唐解元詠破衣」（附録五）あり。
銭同愛《せんどうあい》	（一四七五—一五四九）字は孔周、号は野亭。江蘇長洲の人。	文章に巧み。唐寅・文徴明・祝允明等と交遊あり。
銭秉良《せんへいりょう》	号は友琴。	琴を善くす。唐寅に「爲銭君題鶴聽琴圖」（補輯巻一）あり。

曹鳳《そうほう》	（一四五七—一五〇九）字は鳴岐。河南新蔡の人。	蘇州知府。唐寅が県試に落第した際、唐寅を合格者に入れるよう推薦した。唐寅に「送曹郡侯」（補輯巻二）あり。
孫育《そんいく》	（?—一五二九）字は思和、号は七峰。江蘇丹陽の人。	隠居して仕えず。詩・戯曲に巧み。正徳十三〈一五一八〉年、唐寅は孫育らと丹陽に修禊す。唐寅に「風雨浹旬厨烟不繼滌硯吮筆蕭條若僧因題絶句八首奉寄孫思和」（巻三）あり。
孫一元《そんいちげん》	（一四八四—一五二〇）字は太初、号は太白山人。陝西の人。	詩を善くす。唐寅に「次韻孫太初秋夜泛月之作」詩（補輯巻二）あり。
た		
戴冠《たいかん》	（一四四二—一五一二）字は章甫。江蘇長洲の人。	学者。文徴明に伝有り（「戴先生傳」—『莆田集』巻二十七）。浙江紹興府儒学訓導。
戴昭《たいしょう》	字は明甫。安徽休寧の人。	唐寅に詩を学ぶ。唐寅に「齊雲巖紫霄宮元帝碑銘」（巻六）あり。また正徳三〈一五〇八〉年、戴昭が休寧に帰る時に唐寅は送別の詩を寄せた（「送戴明甫」〈補輯巻二〉）。また同時に沈周・朱存理・祝允明も詩を贈った。
張寰《ちょうかん》	（一四八六—一五六一）字は允清。江蘇崑山の人。	正徳十六〈一五二一〉年の進士。官は通政使参議。
張傑《ちょうけつ》	（一四二〇?—一四七二）字は立夫、自ら黙斎と号す。陝西鳳翔の人。	『明儒学案』巻七に記述有り。張傑に「六如像賛」（附録二）あり。
張詩《ちょうし》	字は子言。北平の人。	詩に巧み。正徳十六〈一五二一〉年、唐寅は彼のために竹を画扇に画く。

張冲《ちょうちゅう》	字は應和、号は雲槎。	賈を生業とする。唐寅は彼のために「雲槎圖」を画く。
張霊《ちょうれい》	（一五〇九?—一五七四）字は夢晉。江蘇呉郡の人。	幼い頃、唐寅と隣家。唐寅に「題張夢晉畫」（巻二）、「正徳四年十月十日出郭訪張夢晉秀才因書道中所見作小詩二首于圖上」（補輯巻三）あり。また「荷塘清夏圖」を画いて贈る。張霊が銭秉良のために画いた「鶴聴琴圖」に題す（「爲錢君題鶴聽琴圖」〈補輯巻一〉）。
陳頤《ちんい》	字は克養。	唐寅に「題陳克養翦菖蒲圖二首」（補輯巻三）あり。
陳淳《ちんじゅん》	（一四八四—一五四四）字は道復、復甫。号は白陽山人。江蘇長洲の人。	文徴明の弟子。詩・画に巧み。唐寅に「次韻題陳道復花石扇」（補輯巻三）、陳淳に「杜愿祝允明陳淳等和作」（補輯巻三）、「和唐子畏東城夜游」（附録五）あり。
丁文祥《ていぶんしょう》	字は瑞之、号は也罷。江蘇長洲の人。	唐寅に「也罷説」（補輯巻六）あり。
程敏政《ていびんせい》	（一四四四—一四九九）字は克勤。安徽休寧の人。	成化二〈一四六六〉年の進士。礼部右侍郎。唐寅が郷試で首席になった際、座主であった梁儲より彼の才能について聞かされた。翌年の殿試で程敏政は問題の出題者となったが、試験問題漏洩の罪を問われて罷免された。『明史』二八六
唐広徳《とうこうとく》	（?—一四九三?）江蘇蘇州の人。	唐寅の父。商人。唐寅二十四歳の時に死去す。唐寅に「夜中思親」（巻一）、「傷内」（巻一）あり。
唐申《とうしん》	（一四七六—?）字は子重。江蘇蘇州の人。	唐寅の弟。のち、唐寅の不行状によって不仲となる。

唐長民《とうちょうみん》	（一四九七？—一五〇八）江蘇蘇州の人。	唐寅の弟唐申の子。十二歳で夭折。唐寅はその死を悼んで「唐長民壙志」（巻六）を制作する。
陶太癡《とうたいち》	不詳。	唐寅に「送陶太癡分教撫州序」（巻五）、「客中送陶太癡赴任」（補輯巻二）あり。
杜原《とがん》	不詳。	杜原に「杜原祝允明陳淳等和作」（補輯巻三）あり。
杜菫《ときん》	字は懼男、号は檉居・青霞亭長など。江蘇丹徒の人。	画家。唐寅の画風に影響を与えた。唐寅に「贈杜檉居」（巻三）あり。
都穆《とぼく》	（一四五八—一五二五）字は元敬。江蘇呉県の人。	弘治十二〈一四九九〉年の進士。文を善くす。一四九九年の殿試試験漏洩事件以降、唐寅と不仲になる。工部主事、礼部郎中に至る。唐寅に「仲夏三十日陪宏農楊禮部丹陽都隠君虎邱汎舟」（巻二）、都穆に「都穆方豪王應鵬和詩」（補輯巻三—「爲梅谷徐先生作」への和詩）あり。
は		
彦九郎《ひこくろう》	諱は重直。日本、堺の人？	唐寅に「彦九郎還日本、作詩餞之、座間走筆甚不工也。正徳七年壬申仲夏望日」（補輯巻二）あり。
文徴明《ぶんちょうめい》	（一四七〇—一五五九）初め名を壁、字を徴明とし、後字を以て行う。字は徴仲、号は衡山居士。江蘇長洲の人。	明四大家、呉中四子。詩・書・画に巧みで、三絶と称される。翰林院待詔。唐寅とは若い頃からの友人で、盛んに作品を応酬した。唐寅に「與文徴明書」（巻五）、「答文徴明書」（巻五）、「又與文徴仲書」（巻五）、「元旦次韻奉答徴仲先生削正」（補輯巻二）、「題文徴明山水」（補輯巻二）、「題文徴明横斜竹外枝圖」（補輯巻三）、「三月十日偕嗣業徴明堯民仁渠同飲正覺禪院僕與古石説法而諸公謔浪庭前牡丹盛開因爲圖之」（補輯巻三）、「題文徴明雨景」（補輯巻三）、「題文徴明林亭秋色」（補輯巻四）、「致文徴明」（補輯巻四）、「跋文徴明關山積雪圖」（補輯

		巻四）あり。また文徴明に「文徴明題二首」（巻三—「題自畫紅拂妓巻」への題詩）「文徴明次韻」（補輯巻一—「黄茅小景」への次韻）、「文徴明贈詩」（補輯巻二）、「文徴明元旦試筆」（補輯巻二）、「文徴明原題」（補輯巻三—「題文徴明雨景」の原題）、「文徴明題」（補輯巻四—「關山勒馬圖」への題詩）、「答唐子畏夢余見寄之作」（附録五）、「月夜登南樓有懷唐子畏」（附録五）、「簡子畏」（附録五）、「飲子畏小樓」（附録五）、「夜坐聞雨有懷子畏次韻奉簡」（附録五）、「月下獨坐有懷伯虎」（附録五）、「致子畏」（附録五）、「子畏爲僧題墨牡丹」（六如）、「題唐六如畫紅払妓二首」（六如）、「題唐六如畫」（六如）、「題伯虎美人圖」（六如）、「題伯虎梔子花圖」（六如）、「題唐子畏畫濯足圖」（六如）あり。
文彭《ぶんぽう》	（一四九七—一五七三）字は寿承、号は三橋。江蘇長洲の人。	文徴明の長子。南京国子監博士。書画・詩に巧み。篆刻家としても知られ、唐寅の印章の多くは彼の作。『明史』二八七
文林《ぶんりん》	（一四四四?—一四九九）字は宗儒。江蘇呉郡の人。	成化八〈一四七二〉年の進士。文徴明の父。温州知府。蘇州文壇の領袖の一人。唐寅の理解者であり、後援者の一人でもあるが、唐寅の放蕩な生活をたしなめる場合もあった。唐寅に「送文温州序」（巻五）、「送文温州」（補輯巻一）、「正徳庚午仲冬廿有四日嘉定沈壽卿無錫呂叔通蘇州唐寅邂逅文林舟次酒闌率興聯句皆無一字更定見者應不吝口齒許其狂且愚也」（補輯巻四）、「祭文温州文」（補輯巻四）あり。また文林に「和唐寅白髪」（附録五）、「戊午春將赴温州楊君謙禮部邀餞於虎丘同集者沈啓南韓克贊二老複巾杖藜韓從子壽椿與朱性甫青袍方巾唐子畏徐昌國幷擧子巾服而余與君謙獨紗帽相對會凡八人人各爲侶適四類不雜」（附録五）あり。

方豪《ほうごう》	（一四八二―一五三〇）字は思道、号は棠陵。浙江開化の人。	正徳三〈一五〇八〉年の進士。崑山知県、刑部主事などを歴任。方豪に「都穆方豪王應鵬和詩」（補輯巻三―「爲梅谷徐先生作」への和詩）あり。『明史』二八六
方誌《ほうし》	字は信之。浙江鄞県の人。	成化二十三〈一四八七〉年の進士。観察御史の時、唐寅を落第とした。
や		
兪弁《ゆべん》	（一四八八―一五四七）字は子客、号は守約居士。江蘇呉県の人。	医に通じ、詩を善くす。
楊一清《よういっせい》	（一四五四―一五三〇）字は應寧、号は邃庵。江蘇丹徒の人。	成化八〈一四七二〉年の進士、吏部尚書、武英殿大学士。楊一清に「用贈伯一擧人韻贈唐子畏解元」（附録五）有り。
楊季静《ようきせい》	不詳。	琴師。唐寅に「琴士圖」（書画・84頁）、「題文徳承畫楊季靜小像」（補輯巻一）、「南遊圖二首」（補輯巻三／書画・70頁）あり。
楊儀《ようぎ》	（一四八八―？）字は夢羽。江蘇常熟の人。	嘉靖五〈一五二六〉年の進士。山東副使。
楊循吉《ようじゅんきつ》	（一四五八―一五四六）字は君謙、号は南峰。江蘇呉県の人。	成化二十〈一四八四〉年の進士。礼部主事。唐寅に「仲夏三十日陪宏農楊禮部、丹陽都隠君虎邱汎舟」（巻二）、楊循吉に「虎丘間泛與伯虎同賦」（附録五）あり。『明史』二八六
楊遵吉《ようじゅんきつ》	字は君祐、号は復生。江蘇呉県の人。	循吉の弟。唐寅は彼のために「復生圖」を画く（「爲楊君祐先生作復生圖仍爲賦此」〈補輯巻一〉）。

姚丞《ようじょう》	字は存道。江蘇呉県の人。	詩に巧み。唐寅は「坐臨溪閣圖」を画いて贈る。
ら		
李《り》経《けい》	河南真陽の人。	成化十四〈一四七八〉年の進士。呉県知県。正徳十一〈一五一六〉年、詩および山水画を贈る。また、正徳十二〈一五一七〉年、李経が戸部主事に昇進した際に唐寅は彼のために画（「山路松聲圖」〈書画・92頁〉）と題を贈る。また「送李尹」（巻二）有り。
李《り》東陽《とうよう》	（一四四七―一五一六）字は賓之、号は西涯。諡は文正。湖南茶陵の人。	前七子の一人。天順八〈一四六四〉年の進士。弘治十二〈一四九九〉年、唐寅が殿試を受けた際、監督官を務める。『明史』一八一
陸南《りくなん》	字は海観。江蘇呉県の人。	詩文に巧み。唐寅が丘舜咨のために「黄茅小景巻」に題した際（「黄茅小景〈爲丘舜咨題〉」〈補輯巻一〉）、陸南もともに題した。
劉纓《りゅうえい》	（一四四二―一五三三）江蘇蘇州の人。	成化十四〈一四七八〉年の進士。刑部尚書。唐寅は彼に「女兒嬌圖」（補輯巻六）を贈る。
劉《りゅう》嘉《か》綪《いく》	（一四六八？―一四九一）字は協中。江蘇呉県の人。	詩に巧み。唐寅の親友。その死に際して墓誌銘を作る（「劉秀才墓志」〈巻六〉）。
劉田《りゅうでん》	字は伯耕。江西盧陵の人。	弘治十八〈一五〇五〉年の進士。呉県知県。唐寅に「別劉伯耕」（巻二）あり。
劉《りゅう》布《ふ》	字は時服。江蘇長洲の人。	唐寅が楊季静に贈った「南遊圖」に題した。
劉麟《りゅうりん》	字は元瑞。南京の人。	陝西布政使。唐寅・顧璘・祝允明らとともに文徴明の画扇に題した。

梁儲《りょうしょ》	（一四五一―一五二七）広東順徳の人。	成化十四〈一四七八〉年傳臚、吏部尚書、華殿大学士。弘治十一〈一四九八〉年、唐寅が郷試に応じた時の坐主。唐寅を解元（首席）とした。
呂㦂《りょじょう》	字は秉之。浙江秀水の人。	詩人。呂㦂に「六如像賛」（附録二）あり。
盧襄《ろじょう》	（一四八一―一五三二）字は師陳、号は五塢山人。江蘇呉県の人。	嘉靖二〈一五二三〉年の進士。兵部郎中、陝西右参院。唐寅の「野望閔言圖」（補輯巻二）に題す。

〈主な参考文献〉

近藤春雄『中国学芸大事典』（大修館書店・一九七八年）
方賓観等『中国人名大辞典』（商務印書館・一九二一年）
兪剣華『中国美術家人物辞典』修訂本（上海人民美術出版社・一九八五年）
国立中央図書館『明人伝記資料索引』（上）（下）（台北国立中央図書館編印・一九六五年）
楊廷福・楊同甫『明人室名別称字号索引』（上）（下）（上海古籍出版社・二〇〇二年）
鈴木敬『中国絵画史（下）』（吉川弘文館・一九九五年）
王伯敏／遠藤光一訳『中国絵画史事典』（雄山閣・一九九六年）
江兆申『關於唐寅的研究』（故宮叢刊甲種之一・国立故宮博物院・一九七六年）
楊靜盦編『明唐伯虎先生寅年譜』（台湾商務印書館・一九八〇年）
内山知也『明代文人論』（木耳社・一九八六年）
周道振・張月尊輯校『唐伯虎全集』「附録六 年表」（634～664頁）（古代書画家詩文集叢書・中国美術學院　出版社・二〇〇二年三月）　※後に修訂され、『唐寅集』として二〇一三年九月に上海古籍出版社より出版
陳伉・曹恵民編注『唐伯虎詩文書画全集』（中国言実出版社・二〇〇五年）
鄧曉東『唐寅研究』（随園文史研究叢刊・人民出版社・二〇一二年）

唐寅の詩と詩論

鷲野正明

はじめに

唐寅（一四七〇～一五二三）は、今日では画家として、あるいは書家としてその名が知られているが、詩人としても一流である。画に書かれた詩（題画詩）は情と景とが画の内容を表からあるいは裏からささえ、また他の詩形においても情と景の均衡を保ちながら唐寅の人生観や社会観などが詠われている。

詩の数は底本とした『唐伯虎全集』[1]では、表1のように八六五首を数える。詩作はすべての詩形に及んでいるが、詩形別に見ると表2のように、七言絶句が原集二五二首、補輯一九三首、計四四五首と最も多く、ついで七言律詩が原集一五四首、補輯七九首、計二三三首、七言古詩が五六首と続く。唐寅は五言よりも七言を得意としたようである。なお七言絶句の大半は題画詩である。

表1

原集	詩　形	題数	総数
巻一	楽府	10	12
	五言古詩	9	10
	七言古詩	33	41
巻二	五言律詩	11	15
	五言排律	1	1
	七言律詩	78	154
巻三	五言絶句	5	18
	六言絶句	1	1
	七言絶句	106	252
計		254	504

補輯	詩　形	題数	総数
巻一	四言古詩	4	5
	五言古詩	11	11
	七言古詩	12	15
	五言排律	1	1
	七言排律	1	1
巻二	五言律詩	12	15
	七言律詩	58	79
巻三	五言絶句	17	40
	六言絶句	1	1
	七言絶句	50	53
巻四	七言絶句	106	140
計		273	361

総計		527	865

表2

詩形別	原集	補輯	計
楽府・四言古詩	12	5	17
五言古詩	10	11	21
七言古詩	41	15	56
五言排律	1	1	2
七言排律	1	1	
五言律詩	15	15	30
七言律詩	154	79	233
五言絶句	18	40	58
六言絶句	1	1	2
七言絶句	252	193	445
計	504	361	865

唐寅は三十歳のとき科挙を受験するために京師に上ったが、試験問題漏洩事件に連坐して官界での望みが絶たれてしまう。絶望と貧困のなか、情を詩酒に寄せ力を書画に尽くし、いっそう文人としての名を高めたが、心の奥底には終生恥辱と悲しみが沈澱し、五十歳になっても試験の夢を見るほどであった。

二十年餘別帝鄉　　二十年余　帝郷に別るるも
夜來忽夢下科場　　夜来　忽ち科場を下るを夢む
鷄蟲得失心尤悸　　鶏虫の得失　心尤《はなは》だ悸《おのの》き
筆硯飄零業已荒　　筆硯飄零して業已に荒《すさ》む
自分已無三品料　　分の已に三品の料無き自《よ》り
若爲空惹一番忙　　若為《いかん》せん空しく一番の忙を惹くを
鐘聲敲破邯鄲景　　鐘声敲き破る邯鄲の景

依舊殘燈照半牀　旧に依りて残燈半牀を照らす（巻二「夢」）

官界での出世の望みの絶たれた唐寅にとって、詩書画は生活のためにも、恥辱と悲しみを忘れるためにも必要であった。その詩は、風神に富み辞句婉麗、纏綿と情の溢れるものが多い。が、また一方で世を嘆き時の流れに身を委ねる厭世的な詩もある。前者は題画詩などに多く、後者は古体詩や律詩に見られる。

本稿では、恥辱と悲しみに沈んだどん底から、どのような「人生哲学」を得て立ち直っていったのかを詩を通して見てみたい。また唐寅の「作詩法」をみて、唐寅の理想とする詩についても探ってみたい。

一、少年何ぞ苦しんで文章を擅《ほしい》ままにせんや

弘治十一年（一四九八）秋、唐寅は友人の張霊や後輩の徐禎卿（一四七九〜一五一一）とともに応天府（現在の南京）の郷試を受験し、第一位で合格した。言い伝えでは、座主の梁儲がその文を奇とし、京師に帰ると学士の程敏政（一四四五〜一四九九）に示し、程敏政もその文を讃えたという。翌年弘治十二年（一四九九）春、喜びの絶頂のなか、唐寅は会試に赴く。ところが、喜びは一転して絶望の淵に沈む。江陰の富人が会試総裁の程敏政の家童に賄賂を贈って試験問題を事前に手に入れたことが露見し、程敏政は弾劾され、唐寅も罪が問われ、ともに詔獄に下されたのである。この事件は、程敏政の位を奪おうとした陰謀だったという説もある。唐寅は吏に謫せられたが恥じて就かず、程敏政は出獄の後、憤恚し、癰《よう》を発して卒した。[2]

徐禎卿に、弘治十三年（一五〇〇）唐寅に贈った五言律詩「再用前韻」[3]詩がある。その後半。

青衫無貴骨／白首少相知／獨有唐居士／頻頻慰小詩

青衫貴骨無く／白首相知少し／独り唐居士有り／頻頻として慰めの小詩あり

学問をしても才能があるわけではない、白髪頭になっても知り合いはない。ただひとり唐居士がいて、しきりに慰めの詩を寄せてくれる、と。唐寅には徐禎卿に贈った次の詩がある（巻二「贈徐昌國（徐昌國に贈る）」）

書籍不如銭一嚢　書籍は銭一嚢に如かず
少年何苦擅文章　少年何ぞ苦しんで文章を擅《ほしい》ままにせんや
十年掩骭青衫敝　十年骭《ひざ》を掩ひて青衫敝《やぶ》れ
八口啼饑白稲荒　八口饑に啼いて白稲荒る
草閣續經氷滿硯　草閣　経を続《つ》ぎて 氷 硯に満ち
布衾棲夢月登牀　布衾　夢に棲みて 月 牀に登る
三千好獻東方牘　三千　好し献ぜん 東方の牘《とく》
來伴山人讃法王　来たりて山人を伴ひ 法王を讃へん

いくら書物があっても一袋の銭にも及ばない。若いとき何も苦しんで文章をみがく必要はない。膝までしかない服は十年の間にぼろぼろになり、食べ物もなく家族は餓えに啼いている。藁葺きの家の中、書物を読んでいると硯池の水が氷り、蒲団にくるまっていると、月がベッドを照らす（そんなわびしい生活をしてまで勉強をして何になるのか）。いっそのこと、東方朔のように手紙を献じ、山人を伴って仏法の王をたたえようではないか。

徐禎卿は弘治十四年（一五〇一）応天府の郷試に合格しているので、右の詩は郷試にまだ合格していない弘治十三年の作であり、「十年掩骭青衫敝」の句は徐禎卿の「青衫無貴骨」を意識しての表現であろう。いずれにしても、唐寅の科挙に対する考え、すなわち科挙のための勉強のむなしさと、この時期における仏教への志向を窺うことができる。唐寅は挫折を味わい仏教への思いを強くし、徐禎卿の詩に「唐居士」とあるように、「居士」と称したのだった。

二、万事天によりて強ひて求めず

弘治十四年、唐寅は失意のまま祝融峰（湖南省衡山県）・廬山（江西省九江市）・天台山（浙江省）・武夷山（福建省）を旅し、東は海を見、南は洞庭湖（湖南省）・彭蠡湖（鄱陽湖、江西省）に舟を浮かべ、弘治十五年故里に帰った。

将来の望みの絶たれた唐寅は、人生について深く考えた。「歎世」六首（巻二）にいう。

歳月は留まることなく過ぎ去り、いたずらに百計を為しても無駄な苦労（「一寸光陰不暫抛、徒爲百計苦虚勞」其の一）、世に身を寄せることは水に浮かぶ泡にひとしく、千年の計をなしても公の道は死んでしまえばおしまい。

西に沈もうとする太陽、東に流れ去る水を逆に押し戻すことはできない（「寄身誰識等浮漚、謀生盡作千年計、公道還當一死休。西下夕陽難把手、東流逝水絶回頭」其の二）。昨日の黒髪も今日は真っ白、黄金も泥になってしまう（「昨朝青鬢今朝雲、方始黄金又始泥」其の四）。人がこの世にいるのは蜉蝣のようなもの、たちまち黒い髪の毛も白くなってしまう。人生百年というがそれがなんだというのか、あっという間に去るのだ。まぐれあたりは理由もなくやってくる。世のために生きた昔の聖人孔子は今どこにいるのか、漢代の名丞相蕭何《しょうか》・曹参《そうしん》もとっくにいない（「人生在世數蜉蝣、轉眼烏頭換白頭。…當年孔聖今何在、昔日蕭曹盡已休」其の五）。

歳月は留まることなく速やかに流れ去り、命は短い。孔子や蕭何・曹参のように公の道を行っても死んでしまえばおしまい、一体何になるのか、という考え方は何時の世にあっても誰もが抱くことであるが、出世の望みの断たれた唐寅にとっては切実なものであった。

では、悟って生を客観的に観ればよいのか。そんなことはできまい。死は必ずやってきて逃れることはできない（「觀生如客豈能久、信死有期安可逃」其の一）。仙薬に頼ろうか。いや、それも無意味。両鬢は必ず白くなるのだ（「丹砂豈是千年藥、白日難消兩鬢霜」其の三）。何か碑銘に刻されるようなことをしようか、しかし目の前のことに齷齪などしてもしかたない、この浮き世が夢のようなものと思えば、最期には無くなってしまう（「身後碑銘徒自好、眼前傀儡任渠忙、追思浮世眞成夢、到底終須有散場」其の三）。

ではどうすればよいのか。それは、酒を飲むことだ（「従今莫看惺惺眼、沈醉何妨枕麴糟」其の一）。酒があったら飲み、詩が出来たら書きつける（「幸有一杯酬見在、有詩還向醉時題」其の四）、飲む機会があったら必ず酔い、愁いなど笑いとばせ（「遇飲酒時須時飲酒、青山偏會笑人愁」其の五）。世の中の人間は天の意志を悟らないから、空しく愁えるのだ（「世人不解蒼天意、空使身心夜半愁」其の二）と。

どん底に落ちた唐寅にとって酒と詩が救いの道であった。そして、其の六にいう。

萬事由天莫强求　万事天に由る　強いて求むること莫かれ
何須苦苦用機謀　何ぞ須く苦々として機を用て謀るべけん
飽三餐飯常知足　三餐の飯に飽かば常に足るを知り
得一帆風便可收　一帆の風を得ば便ち収むべし
生事事生何日了　事を生じると事の生ずると何れの日にか了らん
害人人害幾時休　人を害すると人の害すると幾時《いくとき》か休《や》まん
冤家宜解不宜結　冤家宜しく解すべく　宜しく結ぶべからず
各自回頭看後頭　各自頭を回らして後頭を看よ

万事天の意志にしたがい強いて求めてはいけない。わざわざ苦しんで謀をめぐらすこともない。三度食事ができれば十分だし、進めるだけの風を得たら帆は収めるべきだ。あれこれ事件の起きることはいつになったら止むのか。とめどなく人を傷つけることはいつ終わるのか。仇敵とは和解し事を構えてはいけない。各自我が身を振り返ってみよ、人に恨まれることをしているかもしれないのだ。

どん底で得た教訓、悟り。ようやく立ち直ることができたのであろう。同様のことを「嘆世」（巻二）にも云う。

富貴榮華莫强求　富貴栄華は強いて求むる莫かれ
强求不出反成羞　強いて求むれば出《い》でずして反って恥を成す
有伸脚處須伸脚　脚を伸ばす処有らば須く脚を伸ばすべし
得縮頭時且縮頭　頭を縮むる時を得ば且《まさ》に頭を縮むべし

地宅方圓人不在　　地宅方円なるも人在らず
兒孫長大我難留　　児孫長大なるも我留まり難し
皇天老早安排定　　皇天　老い早く　安排定まる
不用憂煎不用愁　　憂煎するを用ひず　愁ふることを用ひず

富貴栄華は強いて求めてはいけない。強いて求めればかえって恥をかくことになる。脚をのばすところがあれば脚をのばせばいいし、首を縮める時には首を縮めればいい。土地や家が大きくても人がいなかったり、子や孫が大きくても私がこの世に留まることは難しい。天の老いへの案配は早いのだから、焦ることはないし、愁えることもない。

唐寅の心はようやく軽くなったが、心の傷が癒えるには、自然に身を委ねる必要があった。その境地を詠う詩を見る前に、古詩も見ておこう。

三、人生七十奇と為すも、ただ二十五年世に在るのみ

古詩においても「歎世」六首と同様の「人生哲学」が語られる。「人生七十古来稀」（杜甫）を引用する詩を見てみよう。「一世歌」（巻一）では

人生七十古来少　　人生七十古来少なり
前除幼年後除老　　前に幼年を除き後に老を除けば
中間光景不多時　　中間の光景多時ならず
（以下略）

と、古来人生七十年は稀であるが、人として覚醒している年数は僅かであるという。さらに「七十詞」（巻一）では年数を明確にして、

人生七十古稀　　人生七十古より稀といふも
我年七十爲奇　　我は年七十を奇と為す
前十年幼少　　前の十年は幼少
後十年衰老　　後の十年は衰老
中間止有五十年　　中間止《た》だ五十年有るのみ
一半又在夜裏過了　　一半又た夜の裏《うち》に在りて過し了《おわ》れば
算來止有二十五年在世　　算し来たりて止だ二十五年世に在る有り
受盡多少奔波煩惱　　受け尽くす 多少の奔波と煩悩と

と覚醒しているのはわずかに二十五年で、かつ荒波と煩悩にさいなまれるという。人生の短さを年数で言い表すところがおもしろい。古詩は、字数も平仄も自由であるから、より具体的に思ったことを言うことができる。

人生は短く苦労が多い、とは誰しも言う。が、「閒中歌」（巻一）では「人生七十古来有り」、人生七十は古からある、が長久であることはできない、生があれば必ず死がある、という。

人生七十古來有　　人生七十古来有るも
處生誰能得長久　　世に処《お》ること　誰か能く長久なるを得ん
光陰眞是過隙駒　　光陰は真に是れ隙を過ぐる駒
綠鬢看看成皓首　　緑鬢は看《み》す看《み》す皓首《こうしゅ》と成る
積金到斗都是閒　　金を積み斗に到るも都《すべ》て是れ閒
幾人買斷鬼門關　　幾人買ひ断つ　鬼門の関
不將尊酒送歌舞　　尊酒を将《も》って歌舞をも送らず
徒把鉛汞焼金丹　　徒《いたずら》に鉛汞《えんこう》を把《と》って金丹を焼くも
白日昇天無此理　　白日昇天　此の理無し
畢竟有生還有死　　畢竟生有れば還《ま》た死有り
眼前富貴一枰棋　　眼前の富貴は一枰の棋
身後功名半張紙　　身後の功名は半張の紙
古稀彭祖壽最多　　古より彭祖の寿の最多なること稀なるも
八百歳後還如何　　八百歳後　還た如何
請君與我舞且歌　　請ふ　君と我と舞ひ且つ歌はん
生死壽夭皆由他　　生死寿夭は皆他に由る

人生七十年は稀ではなく古からあることだが、少しばかり長生きしても永遠にこの世にいられるわけではない。光陰の過ぎ去ることは隙間を過ぎる白駒のようにまことに素早く、緑の黒髪もあっという間に白髪になる。金を貯めて斗に満たしてもすべては無駄、いったい何人の者が鬼門のかんぬきを金で買って壊したことか。酒を飲み歌舞を楽しむこともせず、鉛や水銀で仙薬を錬っても、白日に昇天するのであれば永遠の命を得る道理はない。つまるところ生があればまた死があるのだ。生前の富貴は一局の囲碁に等しく、死後の功名は半紙に書かれるだけのこと。古より彭祖のように八百歳生きるのは稀であるが、その後はどうであろうか。やはり死ぬのである。さあ、君とともに舞い、また歌おう。生死や寿夭のことはみな天意によるのだから。

前節で見た「歎世」六首（巻二）と内容は同じである。歳月はあっという間に過ぎ、黒髪もみるみるうちに白髪になる。あくせくお金を貯めても無駄、仙薬を錬ってもやがて昇天して永遠の命などはない、と。ここはいわば立身出世をめざす儒教的な考えも、永遠の生命を得ようという道教も、否定する。ではどう生きるのか。唐寅は言う。生があれば必ず死があり、眼前の富貴は賭のようなもので当てにならず、身後の功名も紙に書かれるだけのこと。たとえ彭祖のように長生きして八百歳生きても、その後は死ぬのだから同じ事。それならばすべてを天にまかせてすきなように楽しもう、と、天地の間の一存在としてあるがままに生きようという。

律詩と古詩に同様のテーマを繰り返し詠うことによって苦悩から逃れ悟りを得ようとしたのであろう。苦悩がいかに大きかったことか。こうしてやがて唐寅は心の安らぎを得ることができた。

四、野花啼鳥に謾《みだ》りに留連す

天の意に従おうという悟りによって、沈みがちな心が癒され、唐寅は再び美しい自然に眼を向け、自由な境地のなかで詩を生み出していった。「尋花（花を尋ぬ）」（巻二）では、花を見てたちまち昔の心を取り戻し、人生必ずしも酒に頼る必要はない、という。

偶隨流水到花邊
便覺心情似昔年
春色自來皆夢裏
人生何必盡尊前
平原席上三千客
金谷園中百萬錢
俯仰繁華是陳迹
野花啼鳥謾留連

偶たま流水に随って花辺に到る
便《すなわ》ち覚ゆ　心情の昔年に似たるを
春色自ら来たるも皆夢裏
人生何ぞ必ずしも尽《ことごと》くは尊前ならん
平原の席上　三千の客
金谷の園中　百万の銭
繁華を俯仰すれば是れ陳迹
野花啼鳥　謾りに留連す

たまたま流れにしたがって花の咲いているところにやってきた。たちまち心はなつかしい昔に返ったのがわかった。めぐりくる春の景色はみな夢の中、としたら人生は必ずしも酒樽の前ばかりとは限らない。戦国時代の平原君・趙勝（?～前二五一）の食客三千人はどこへ行ってしまったのだろう、晋の石崇の金谷園での百万銭の大金は使い果たされた。僅かな間に昔の栄華は古跡となってしまった。野の花が咲き鳥が啼くなか、私は空しくひきとめられるのだった。

唐寅はますます美しい花に浸っていくのであったが、老いも若きも愁いのない花の前で詩酒に耽ろう、ともいう。「老少年」（巻三）。「老少年」はハゲイトウ、雁来紅の別名である。

人爲多愁少年老　人は愁い多きが為に少年にして老い
花爲無愁老少年　花は愁い無きが為に老少年
年老少年都不管　年老少年　都《すべ》て管《かか》はらず
且將詩酒醉花前　且らく詩酒を将って花前に酔はん

人は愁いが多いために年若くして老い、ハゲイトウは愁いが無くても老少年と呼ばれる。老人であろうと若者であろうと、まあ花の前で詩を作り酒を飲んで酔おう。

唐寅は、もとより自由奔放で才能があったが、挫折を乗り越え天意に従う悟りを得てからは、詩眼は事象の深層にも及んでゆく。「詠蓮花」（巻三）。

凌波仙子鬪新粧　凌波仙子　新粧を闘はせ
七竅虚心吐異香　七竅　虚心　異香を吐く

何事花神多薄倖　　何事ぞ　花神　薄倖多き
故將顔色惱人腸　　故《こと》さらに顔色を将《も》って人の腸を悩ます

ハスの花が美しく咲いて、よい香りを漂わせている。しかしなぜか花神は多く薄倖。すぐに色あせて見る人を悲しませる。

花がすぐに衰えて人の腸を断つことを詠う。ハスは「断腸草」とも言う。なお、「凌波仙子」は水仙を言うが、ここではハスの異名の「凌波女」を掛けて言うのであろう。詩にはもちろん女性が隠れている。七言絶句は、情と景との均衡融合によって詩趣を深める。唐寅の題画詩は、悟りを得ていよいよ美しくなる。

唐寅は自然に没入して詩酒に耽るとともに画も描いた。「感懐」（巻二）に云う。

不煉金丹不坐禪　　金丹を煉らず坐禅もせず
饑來喫飯倦來眠　　饑え来たれば飯を喫し　倦み来たれば眠る
生涯畫筆兼詩筆　　生涯　画筆と詩筆と
蹤跡花邊與柳邊　　蹤跡　花辺と柳辺と
鏡裏形骸春共老　　鏡裏の形骸　春と共に老い
燈前夫婦月同圓　　燈前の夫婦　月と同《とも》に円かなり
萬場快樂千場醉　　万場の快楽　千場の酔い
世上閒人地上僊　　世上の閒人　地上の僊

金丹を錬らず座禅もしない。腹が減ったら飯を食べ、つかれたら眠る。生涯絵筆と詩筆を携え、花や柳のあたりへと出かける。鏡の中の我が姿は春とともに老い、灯火の前の夫婦は月のように円満。数知れぬ快楽と酔いに任せ、まるでこの世の閑人、地上の仙人。

第二節で見た「歎世」の重苦しさとは異なり、軽快である。唐寅の心が解き放たれていたことがうかがえよう。唐寅は花や詩酒にのめり込む自分に苦笑をもらすこともあった。「自笑（自ら笑ふ）」（巻二）。

兀兀騰騰自笑癡
科名如鬢髪如絲
百年障眼書千巻
四海資身筆一枝
陌上花開尋舊跡
被中酒醒錬新詞
無邊意思悠長處
欲老光陰未老時

兀兀騰騰《ごつごつとうとう》　自ら痴を笑ふ
科名は鬢の如く髪は糸の如し
百年眼を障《へだ》つ　書千巻
四海身を資《たす》く　筆一枝
陌上花開いて旧跡を尋ね
被中酒醒めて新詞を錬る
無辺の意思　悠長の処
老いんと欲するの光陰　未だ老いざるの時

じっと動かなかったりふらふら出歩いたりする自分がおかしくなる。解元などという名声は髪の毛と同じく衰えてしまっている。生涯書物などは眼から遠ざけ、筆一本でこの世を渡る。町に花が咲けば旧跡を尋ね、酔いがさめたら寝床からはい出して新しい詞を錬る。穏やかなときに無限のおもいがわき、まだ若いのに衰えようとする時間。

この「自笑」も先の「感懐」も、尾聯で同字を繰り返しながら句中対を用いてリズミカルである。体言止めによって余韻もただよう。内容的には「歎世」の詩と変わりないが、詩のリズム、詩的な深さの違いが際だつ。

五、唐寅の作詩法

これまで引用してきた詩で明らかなように、唐寅の詩はきわめて分かりやすい。詩のテーマを「人生哲学」に絞ったからでもあろうが、何よりも唐寅の詩に対する意識が明確だからその詩も分かりやすいのである。

唐寅の詩観は作詩法を述べた「作詩三法序」（巻五）に明らかである。短編なので全文を見てみよう。

詩に三法あり。章・句・字なり。三者の法たる、又各おの三有り。

詩有三法。章句字也。三者爲法、又各有三。

作詩の留意点は三つある。一篇の構成、句の作り方、文字の用い方、である。この三つの留意点にはまたそれぞれ三つの留意点がある。

「章」は一篇の詩として成り立たせる構成の仕方。「法」は、方法、留意点、という意味合い。「法則」ではない。

章の法たる、一に曰く気韻宏壮、二に曰く意思精到、三に曰く詞旨高古。詞は以て意を写し、意は以て気を達す。気壮なれば則ち思は精、思精なれば則ち詞は古、而して章句備はれり。

章之爲法、一曰氣韻宏壯、二曰意思精到、三曰詞旨高古。詞以寫意、意以達氣。氣壯則思精、思精則詞古、而章句備矣。

構成の留意点は、一つ目は、こころもちが大らかであること、二つ目は、おもいが明らかであること、三つ目は、ことばが雅であること、である。ことばはおもいを反映するものであり、おもいはこころもちによって達成されるから、こころもちが大らかであればおもいは純粋になり、おもいが純粋であればことばは雅になる。こうして詩と句が備わるのである。

「章之爲法」は、詩を詩として成り立たせるための留意点。「氣韻」はこころもち、「宏壯」は広くておおらかなこと、「意思」はおもい、「精到」はおもいを凝らして純粋なこと、「詞旨」はことば、「高古」は雅、という意味合いである。唐寅がこのようなことを言うのは、当時の作詩者には、こころもちがコセコセしていたり、詠いたいおもいがなく、単なる報告や説明になったり、低俗なことばを用いる者が多かったからであろう。庶民も多く詩を作る時代であった。

句を為る法は、模写に在り、鍛煉《たんれん》に在り、剪裁に在り。議論を立てて以て一事を序《の》べ、声容に随って以て一物を状《あらわ》し、游に因りて以て一景を写す。模写の伝神の如きを欲する、必ず其の似たるを得。鍛煉の制薬の如きを欲する、必ず其の精を極む。剪裁の縫衣の如きを欲する、必ず其の体に称《かな》ふ、是れを句法と為す。而して用字の法は、其の中《うち》に実行さる。妝点することこれ舞人の如く、潤色することこれ画工の如く、変化することこれ神仙の如し。字以て句を成し、句以て章を成し、詩を為るの法尽く。

爲句之法、在模寫、在鍛煉、在剪裁。立議論以序一事、隨聲容以狀一物、因游以寫一景。模寫之欲如傳神、必得其似。鍛煉之欲如制藥、必極其精。剪裁之欲如縫衣、必稱其體、是爲句法。而用字之法、實行乎其中。妝點之如舞人、潤色之如畫工、變化之如神仙。字以成句、句以成章、爲詩之法盡矣。

作句の留意点は、外界のモノを具体的に表現すること、具体的に目に見えるように表現を錬ること、おもいに沿う表現になるように余分なことはそぎ落とすことにある。伝えたいこと（テーマ）を定めて一つの事を述べ、音や形にしたがって一つの物を表し、心を遊ばせ多くのモノを見て一つの景を写す。模写は真髄が伝わるように、必ず似るようにする。鍛煉は仙薬を錬るように、必ず精を極める。剪裁は衣を縫うように、必ず体にピッタリ合うようにする。これが作句の留意点である。このように句を作っていけば用字の留意点も解消される。つまり、踊り子の化粧のように美しい字が用いられ、画家の潤色のように効果的に字が用いられ、神仙術のように自在に字が用いられる。字で句を成し、句で一篇を成すのであるが、詩を作る方法はこれに尽きる。

唐寅の説明は分かりやすい。では具体的にどう文字を選び句を作り全体を構成すれば「気韻宏壮」なる詩、「意思精到」「詞旨高古」なる詩になるのか。これは、詩を作ろうとする者が歴代の名作を読んで自ら体得するしかない。それ故に唐寅は『作詩三法』なる本を著したのである。これまで読んできた文はその「序」である。序の最後は次のようにいう。

吾故に曰く、詩の法たる三有り、曰く章句字。而して章句字の法、又各おの三有るなり。間に詩を読み、章法を其の題下に列し、又其の句を摘し、句法字法を以て之を標す。蓋し虎を画くの用心にして、破碎滅裂の罪、免るべからず。観る者幸《ねが》はくは其の無知を恕《ゆる》し、其の愚蒙を諒《りょう》とされんことを。

吾故曰、詩之爲法有三、曰章句字。而章句字之法、又各有三也。間讀詩、列章法于其題下、又摘其句、以句法字法標之。蓋畫虎之用心、而破碎滅裂之罪、不可免矣。觀者幸恕其無知、而諒其愚蒙也。

私はそれ故に言うのだ、「作詩の留意点は三つある。一篇の構成、句の作り方、文字の用い方、と。この三つの留意点には、またそれぞれ三つの留意点がある」と。詩を読むおりおり、章法をその詩題の下に記し、あるいはまた句を選び取り、句法・字法の手本とした。これは、虎を画いて犬になるようなお粗末な結果にならないように、つまり作詩法などとご大層なことを言いながら中身も具体性もない軽率なものにならないように、と用心したものであるが、詩をばらばらにし、離ればなれにした罪は免れない。どうか読者には私の無知を寛恕いただき、また私の愚蒙を諒察いただきたい。

この序文の付せられた書は、具体的な詩句を例示しながら作詩の法を説いたものである。初学者にとってはありがたい。

唐寅の理想の詩は、冒頭に提示された「気韻宏壮」「意思精到」「詞旨高古」な詩であり、文字は「踊り子の化粧のように美しく、画家の潤色のように効果的で、神仙術のように自在（「妝點之如舞人、潤色之如畫工、變化之如神仙」）」であり、句は「模寫」「鍛煉」「剪裁」によって「伝えたいこと（テーマ）が一つの事によって述べられ、音や形にしたがって一つの物が表わされ、多くのモノを見て一つの景が写された（「立議論以序一事」「隨聲容以狀一物」「因游以寫一景」）」ものである。より端的に言えば、おもいを凝らしておもいを純粋にし、そのおもいの誘因された外界のモノを具体的に描き、より効果的に表現された詩、ということである。

おわりに

唐寅の作詩法は、一流詩人の体得したことを簡潔に言い切ったところに特色がある。作詩人口の増加とともに、詩心のない、報告・説明だけの文字列を詩と言っている輩が多くいたのであろう。庶民の多くの詩は歴史のなかで淘汰されて今日では残っていない。

では唐寅の詩と詩論の相関関係はどうであろうか。本論で引用した詩は唐寅のおもいが明瞭で、かつ表現・構成も破綻がない。「自笑」「感懐」は、唐寅の見た「風景」が読者の眼にも映じ、唐寅の切り取った情景から唐寅のおもいが伝わってくる。

唐寅の「序」では触れられていないが、詩は作者の性格や気質、置かれた状況や体験・経験によってさまざまな相を見せる。本稿で取り上げた唐寅の「自笑」「感懐」は内容的には「歎世」の詩とそれほど変わらない。が、尾聯では同字を繰り返し、句中対を用いてリズミカルであり、体言止めによって余韻もただよう。詩のリズム、詩的な深さがあり、「歎世」との違いが際だっている。作詩のさいの心の状態が違うからである。人生に対する悟りを得たからである。

唐寅は、官界での希望が完全に絶たれたあと、荒んだ生活の中から万事天に従うべきことを悟り、打ちひしがれた心を透過したおもいはいっそう純化され、詩はより深化した。題画詩・七言絶句は、そのおもいが底に流れながら情と景を詠って、また美しい詩が多い。が、これについては別の機会に述べてみたい。

注

（1）底本として周道振／張月尊輯校『唐伯虎全集』（中国美術学院出版社、二〇〇二年）を使用する。以下引用の詩は巻数を記す。

（2）『明史』巻二八六「程敏政傳」：「十二年與李東陽主會試、舉人徐經、唐寅予作文、與試題合。給事中華昶劾敏政鬻題、時榜未發、詔敏政毋閲卷、其所錄者令東陽會同考官覆校。二人卷皆不在所取中、東陽以聞、言者猶不已。敏政、昶、經、寅俱下獄、坐經嘗贄見敏政、寅嘗從敏政乞文、黜爲吏、敏政勒致仕、而昶以言事不實調南太僕主簿。敏政出獄憤恚、發癰卒。後贈禮部尚書。或言敏政之獄、傅瀚欲奪其位、令昶奏之。事秘、莫能明也。」

（3）范志新編年校注『徐禎卿全集編年校注』（人民文学出版社、二〇〇九年）七〇頁。

唐寅の詞について

荒井　礼

はじめに

祝允明（一四六〇～一五二六）は唐寅の詩文を評して次のように言う。

唐寅の文は、時に綺麗で時に淡泊、時に精確で時に簡素で型に嵌まらず、努力をした様子がない。奇抜な発想は常に抱いていたが、それを余すことなく文章に落とすことはしなかった。その詩は、初め艶麗なのを好み、次いで白居易に倣って心のままに作詩することに努めた。しかし、用語は最後まで美しく、佳作といえるものは概ね古典に適っていた。[1]

祝允明の言うように、唐寅の詩文は概して艶麗且つ達情の作が多い。こうした作品を好む唐寅の手腕は「繊麗精緻」な詞[2]においても遺憾なく発揮されて然るべきであろう。そこで、『唐伯虎全集』[3]（以下底本と略称）を繙いてみると、詞は三十首しかない。[4]これは詩九七八首に比べると随分と少ない印象を受ける。現存する作品数が少ないためか、従来、唐寅の詞に言及した論文は殆どない。しかし、唐寅の創作活動の一端を窺うためには詞の考察も欠くことはできない。冠婚葬祭の時、緞子に祝辞や称誉の言葉を書いて寄せる「旗帳詞」のように詞作の中にしか見いだせないものがあるからである。こうした詞でしか表現されていないところに、未だ発明されていない唐寅像が窺えるのではないか。本論は詞を考察の対象としてその特色を明らかにし、唐寅がいかなる時に詞を制作し、どのような思いを作品に託したのかを見てみたい。

一、内容の分類

唐寅の詞は、その内容を次の三つに分類することができる。

A、贈詞

①「謁金門・呉県旗帳詞」②「鷓鴣天・呉県旗帳詞」③「秦楼月・謝医」④「憶秦娥・王守谷寿詞」⑤「千秋歳引・題古松贈寿」⑥「鷓鴣天（送廖通府帳詞啓代）」

B、題画詞

⑦⑧「水龍吟・題山水二首。正徳庚辰四月既望、泊舟梁渓、為心菊先生漫書」⑨⑩「二犯水仙花二闋・題鶯鶯小像」⑪「過秦楼・題鶯鶯小像」⑫「一剪梅」⑬「水仙子」⑭「江神子」⑮「詞牌未詳（鴛鴦飛向蓮塘浴）」⑯「点絳唇」⑰「如夢令」（以上の六首は「春図」に題されたもので軼事に見える。注４参照）

C、その他

⑱「画堂春」⑲⑳㉑㉒「踏莎行四闋・閨情」㉓㉔「一剪梅二闋」㉕「望湘人・春日花前詠懐」㉖㉗「如夢令・新燕詞二首」㉘「満庭芳」㉙「酔璠香譜」㉚「惜奴嬌」

本論は、右の分類に従ってその特徴を検討する。⑦⑧は贈詞としての側面もあるが、その描写の比重が人よりも山水表現に傾くため、題画詞に分類した。以下、作品に触れる際は、右に挙げた番号を用いることとする。

二、贈詞

贈詞制作の場は一様ではない。贈る相手や情況によってその性質は自ずと異なったものになる。「旗帳詞」は、冠婚葬祭の時、贈る相手への祝辞や賞賛、激励をすることを目的に作られる。唐寅の「旗帳詞」（①②⑥）はその内容を鑑みるに、県令に贈られたものであることが分かる。③は旅先で世話になった医者への謝礼として作られたもので、特別な交遊関係を見出すことはできない。これらの作品は社交辞令的な要素が強い。長寿を祝う④⑤の「寿詞」などは、知人間の親しい交わりを窺わせる。従って、唐寅の贈詞は、次の二つのタイプに分けることができる。

1、社交辞令的な詞……①②③⑥

2、知人に贈った詞……④⑤

先ずは「社交辞令的な詞」から一首見てみたい。

⑥鷓鴣天

蓮花幕府滞仙才、梓葉秋風謁帝台。七県蒼生攀四馬、一輪明月上三台。◯鶏唱発、別尊開、佳名先自動春雷。調和鼎鼐梅塩味、専待蒼龍大手来。

（蓮花幕府　仙才を滞《とど》め、梓葉秋風　帝台に謁す。七県の蒼生　四馬を攀じ、一輪の明月　三台に上る。◯鶏唱発し、別尊開く、佳名　先づ自づから春雷を動かす。鼎鼐の梅塩の味を調和し、専ら蒼龍の大手の来たるを待たん)。

蓮の花が散るまで人の世に留まっていた仙人が、秋風が梓の葉を揺らすころ、帝台なる神仙に会うため旅立ってしまう。一輪の月が北極星のあたりに昇る時、蘇州府七県に茂れる草々[5]が彼の乗る馬車を引き留めるようにまとわりつく。鶏が朝を告げるころ、別れの杯を挙げる。芳名はもとより春の稲妻のごとく遠くまで鳴り響いている。きっと行く先では高級な料理を用意して、伝説の蒼龍のごときあなたの訪れを待望していることでしょう。

⑥は廖通府という役人に贈った「旗帳詞」である。去り行く優秀な仙人のために送別の宴を催す様子が描かれる。その実、廖通府がいかに優れた役人であったかを称賛している。風流人であることを「蓮花幕」の典故[6]で示し、才能の優れたことを「仙才」といった言葉で表している。「帝台」は古えの神仙の名で、天子の居所を指す言葉でもある。「仙才」と対応させた措辞。「蒼生」は青々と茂る草。転じて人民を指す。「三台」は北極星周辺の上台・中台・下台という三つの星を指すとともに、大尉・司徒・司空の三公を示している。即ち、廖通府が秋に朝廷に召されたこと、蘇州の人々がこぞって引き留めるほど人民に慕われていたこと、大臣の地位に上るということが、前闋では詠われていたのである。後闋第三句は、廖通府の名声が雷鳴のごとく響いていたと解釈することもできるし、彼が宴の席で真っ先に「春雷」という琴を弾いたとも解釈できる。「調和鼎鼐梅塩味」とは、朝廷が大臣の地位（鼎鼐）を用意（調和梅塩味）していることを暗示する。そして、「蒼龍大手」[7]なる大人物を天子が迎えようとしていると結ぶ。

表面的には、典故や縁語、多義性の言葉を用いるなど、措辞の面での工夫が見られ、詞の面目は一応保たれている。しかし、内容から見れば、「役人を引き留める民衆」、「約束された重臣の地位」、「天子の求める逸材」といった描写は、役人を称誉するときの表現として既に定型化しているものである。廖通府の個性を窺わせるものなど特になく無味なものである。⑥は「送廖通府帳詞啓代」という文章の中に収められた詞である。「啓」自体も四六駢儷文の型式で廖通府の家柄や徳を称えている。その中には「白雲駐集、元豊推正字之博文。世綵名堂、紹聖仰中丞之盛事（廖通府の文章の巧みさに於いては、元豊の時に正字となられた方の博識ぶりが偲ばれる。御家の隆盛ぶりは、紹聖の時の中丞の様子が思い浮かべられる）」といった出所の怪しい文句もある。実際に『宋史』などに当たってみても、廖氏で正字や中丞となった人物は見いだせない。つまりは、事実無根のことを述べているのである。人を感動させるに足る作品とは言えない。こんなにも内実の薄い文章や詞を作ったのは何故か。原因の一つには、⑥が代作であるということが挙げられる。唐寅が権貴や驕人を白眼視していたのは、その詩や軼事から窺い知れる。[8]そんな唐寅が役人から頼まれた代作において彩筆を揮うはずがない。他の「旗帳詞」も同様である。試みにもう一首「旗帳詞」を見てみたい。

①謁金門・呉県旗帳詞

天子叡聖、保障必須賢才。賦税今推呉下盛、誰知民已病。〇一自公臨邑政、明照奸豪如鏡。勅旨休将親侍聘、少留安百姓。

（天子の叡聖、保障　必ず賢才を須《ま》たん。賦税　今　呉下の盛んなるを推すに、誰れか民の已に病めるを知らんや。〇一たび公の邑政に臨みて自り、明らかに奸豪を照らすこと鏡の如し。勅旨　親侍を将って聘するを休めよ、少らく留めて百姓を安んぜしめんことを）。

この詞が民衆の苦しみに関心を寄せて作られたものとする説もある。[9]しかし、その文面は役人を称える定型句で固められており、やはり、⑥と軌を一にした作品であることが分かる。典故や措辞の妙が見えない分、むしろ⑥よりも無味乾燥な作品となっている。やはり、これらの詞が唐寅の才気や感情を込めた作品とは言い難い。それは「知人に贈った詞」と比較すれば一層はっきりする。

「知人に贈った詞」から一首見てみたい。

④憶秦娥・王守谷寿詞

解纓投散、抽簪辞鬧、此意誰知至妙。其間楽地、吾儒自有名教。春台玉燭、霽月光風、翹首堪長嘯。〇世間名利境、苦労労、争似清風一枕高。孔北海、沈東老、祝長生、梁上歌声繞、黄粱夢先覚。

（纓を解き散に投じ《官職を辞して田舎暮らし》、簪を抽きて鬧を辞す、此の意　誰れか至妙なるを知らんや。其の間の楽地、吾が儒自づから名教有り。春台の玉燭、霽月の光風、首を翹げて長嘯するに堪ふ。〇世間名利の境、苦だ労労たるは、清風一枕の高きに争似《いづれ》ぞ。孔北海、沈東老、長生を祝ふ、梁上　歌声繞れば、黄粱の夢　先ず覚めん）。

詞は王守谷が官職を辞して田舎暮らしに甘んじていることを詠う。「投散」は「投閑置散」の略で、もと閑職にあることを言う語。ここでは、静かな土地に身を置くこと。王守谷が何者なのかは未詳であるが、詞からその人となりを知ることができる。例えば、「其間楽地、吾儒自有名教」とは、『世説新語』徳行篇を踏まえており、[10] 田舎暮らしに甘んじていても名教（儒家の教え）を忘れず、挙止が端正であったことを言う。「黄粱夢」は「邯鄲夢」と同じで、彼がすでに富貴の空しさを悟っていたことを言う。王守谷の人柄を最も端的に言い表しているのは「孔北海」と「沈東老」である。「孔北海」は後漢の孔融のこと。好んで後進を誘益したので閑職に退いてからも客人の往来が絶えなかったという。[11]「沈東老」は北宋の沈思のこと。湖州の東林に隠居したので沈東老と称される。客の訪れを好み、書物の収集家でもあった。[12] 王守谷も彼らと同様に、隠居生活をし、客人の来訪を好み、学識深い人物であったことが窺える。典故の使用と措辞の妙によって王守谷の人柄を巧みに表現し、賛美している。正に「寿詞（長寿を祝う詞）」たるに足る作品である。「春台玉燭（春の物見台にそそぐ麗らかな陽光）」、「霽月光風（風になびく草々が明月の光を受けてきらきら輝く）」といった詞特有の美しい形象も挿入されている。また、この詞は王守谷の様子を描写するのみに止まらない。「辞鬧」・「世間名利境、苦労労」といった言葉に、権貴を軽視する唐寅の感情までもが込められている。人を称賛するために作った詩であることは先に見た①⑥の作品と同じだが、その中身は一味も二味も違うことが知られる。

④のような詞を作ることができる唐寅が、①や⑥のように凡そ詞らしい「繊麗精緻」に欠ける無味乾燥な作品をものしたのは、それが役人から依頼された代作であったことに因る。白眼視していた権貴からの依頼に筆が乗らなかったというのも理由として考えられるが、敢えてレベルの低い作品を代作することで依頼者たる役人の評判を貶める意図もあったのだと考えられる。

売文売画で生計を立てていた唐寅であるが、そうした自況を詠じた詩がある。

言志詩

不煉金丹不坐禅　　金丹を煉らず　坐禅せず
不為商賈不耕田　　商賈を為さず　田を耕さず
閑来就写青山売　　閑来　就ち青山を写して売り
不使人間造業銭　　人間をして業銭を造らしめじ

（底本・附録三　軼事）

自分の画を売ることで、役人の収賄金などの汚れた銭を世間に出回らないようにしようと述べる。白眼視していた役人からの代作を唐寅が断らなかったのは、権貴たちの「業銭」を自身の懐で浄化しようとしたのである。

三、題画詞

唐寅の詩の多くが題画の作であることから、詞に関しても題画詞が本来最も多く制作されていたことが推測される。しかし、その多くは既に散逸してしまっている。唐寅が売画で生計を立てていたため、その多くが民間に流布した結果である。底本に見える題画詩の多くが画集などから集軼されたものであることを思えば、詞も同様の情況にあったと考えるのが当然である。とはいえ、題画詞は詩と比して圧倒的に少ない。画に唐寅の署名があれば、それは唐寅の作と一応は認めうるが、必ずしも唐寅の署名があったとは限らない。多く売るために慌ただしく多作したために署名を欠いたこともあったかもしれない。たとえ作品が現存したとしても、その価値が認められずに世に埋もれているか、あるいは、廃棄されてしまったことは十分にあり得るはなしである。売画のための多作が却って題画詞の命運を窮地に陥れたのである。現在確認しうる題画詞の総数は十一首であるが、その半数の六首（⑫⑬⑭⑮⑯⑰）が軼事によってのこされていることがそれを証する。

唐寅の題画詞で注目に値するのは、崔鶯鶯像に題した作品である。三首ある題鶯鶯像詞の中、⑪「過秦楼」には作詞の経緯が書かれている。それに拠れば、この「鶯鶯像」が、他人の模写した鶯鶯像を更に自らの手で模写したものであったことが分かる。[13] 崔鶯鶯とは、元稹の小説「鶯鶯伝」のヒロインの名である。また、唐寅の私印に「普救寺婚姻案主者」というのがある。[14] この普救寺というのは、「鶯鶯伝」の主人公張生が鶯鶯と縁を持つきっかけになった場所である。このほか、唐寅には「題崔娘像」（補輯巻二）・「鶯鶯図為江陰夏氏作」（補輯巻四）・「題双文小照」（同上）といった題画詩がある。唐寅が崔鶯鶯とその物語に何かしら執着を持っていることが窺える。そこで、崔鶯鶯像に題された詞について検討を加えてみたい。

⑨二犯水仙花二闋・題鶯鶯小像　其一

鈴轄風流是阿家、満腔情緒絮如麻、西廂赴約月斜斜。○将珮捧、趁牆遮、半踏裙襜半踏花。
（風流を鈴轄するは是れ阿家、満腔の情緒　絮　如しくは麻のごとし、西廂　約に赴けば月斜斜たり。○珮を将て捧げらるるも、牆に趁《よ》って遮られ、半ば裙襜を踏み半ば花を踏む）。

風流で奥ゆかしく美しいのは鶯鶯。天地をうめつくす柳絮や麻のごとく胸を埋め尽くしては乱れるこの思い。彼女の待つ西廂に向かった時、あたかも傾く月を見た。捧げられた真心に胸を焦がすも、壁に阻まれ彼女に会えぬ。あと少しで彼女の身も心も得られたのに。

「鈴轄」は「鈐轄」と同義で取り締まる、転じて制御すること。従って、「鈴轄風流」は統制のとれた美しさを言う。「阿家」は公主。ここでは崔鶯鶯のこと。「絮如麻」は、絮のごとく麻のごとしということで、崔鶯鶯の美貌に胸がいっぱいになり、どきどきと心乱れるさまを言う。「将珮捧」は、真心を贈られること。鄭交甫が情を交わした江妃との別れ際、彼女のおび玉をもらった故事に拠る。[15]「半A半a」は、目的を半ばしか遂げられなかったことを表す。つまり、「半踏裙襜半踏花」は、美女と十分に情を交わすことができなかったことを言う。小説「鶯鶯伝」でも張生と鶯鶯はこの時、情交を遂げることができなかった。

人物画に詩文を題する時は、その人物の風貌や徳行に言及するのが一般的である。[16] しかし、⑨で主に詠じられているのは、「鶯鶯伝」の「待月西廂」の一場面である。

つづく其二はどうであろうか。

⑩二犯水仙花二闋・題鶯鶯小像　其二

今日蒲東只暮鴉、祇留名字沁人牙、千金一刻儻容賒。○残蠟燭、且琵琶、休把光陰挫了些。

（今日の蒲東　只だ暮鴉あり、祇だ名字を留めて人牙に沁めしむ、千金一刻　儻《ある》いは容《まさ》に賒《おぎの》るべしと。○蠟燭残するも、且つ琵琶あらば、光陰を把って挫き了せしむるを休《や》めよ）。

「鶯鶯伝」の舞台となった蒲東の地は、今日カラスが寂しげに鳴くのみ。ただ、鶯鶯の名前だけが人々の口の端にのぼるばかり。彼らは口をそろえて言う。「彼女と過ごすには、一刻千金程度ではとても足りぬだろう」と。蠟燭が尽きて夜明けが近かろうとも、琵琶があるなら楽しみたまえ。時間を無駄にしなさるな。

其二は、物語の続きではなく、鶯鶯亡き蒲州（山西省永済県）の現状が語られる。小説の話を現実のものの如く語るのは、「鶯鶯伝」が作者元稹の実体験に基づくとされているからである。前闋では世の無常と無き女性の面影が偲ばれて結ばれる。そして、後闋は唐寅自身の感慨が吐露されて結ばれている。時間を無駄にせずに遊び楽しめというのは、唐寅の詩にしばしば見える言葉である。[17] ここだけを見れば、放蕩者の言葉にも思える。しかし、互いに思いあっていたのに、思い半ばで添い遂げられなかったという其一の言葉を踏まえれば、大事なものを失わないうちに充実した日々を過ごさなければならないという感慨が詠じられているのだと分かる。

互いに心を許しあった仲であるのに、結ばれたのは一時のことであって白頭の誓いを遂げることができなかった張生と鶯鶯の関係は、唐寅とその死別した妻徐氏との関係を彷彿とさせる。[18]「鶯鶯伝」というフィクションを題材にした詞であるが、そこには唐寅自身の経験に基づいた実感が多分に込められていたのであろう。其一の「将珮捧、趁牆遮」は徐氏との死別を暗示したものとも解釈できる。真心を送る意である「将珮捧」、その元の故事は、鄭交甫が江妃からおび玉をもらうと彼女は消えてしまうという筋書きである。情愛を得ることはできたが彼女自身と共にいることは叶わなかった。この鄭交甫と江妃の関係は、「鶯鶯伝」の張生と鶯鶯の関係にも、唐寅と徐氏の関係にも似ている。つづく「趁牆遮」は原作の「鶯鶯伝」とは異なるところである。西廂待月の時に情を交わすことができなかったのは「鶯鶯伝」と同じであるが、「鶯鶯伝」では張生は壁を越えて鶯鶯の部屋にまでたどりついている。しかし、「鶯鶯伝」では越えることのできた牆壁も、唐寅の詞では越えられぬ壁となっている。「趁牆遮」は決して越えられぬ生死の境界を喩えたものであろう。正に徐氏を意識した措辞だと言える。

其二の前闋は、亡き女性の面影を回顧し、共に過ごせる時間は千金にもかえがたいものであったと口にするばかりの、そうした孤独な唐寅の姿が想起される。徐氏の母呉孺人の墓誌銘で、「寅為女婿三十年（わたくし唐寅があなたの息子となって三十年）」（巻六）と述べているように、唐寅は徐氏と死別して二十年以上を経てもなお彼女との関係を絶ち切らずにいた。鶯鶯像を模写し、その画に数首の詩詞を題したのは、鶯鶯像に徐氏の面影を見、鶯鶯の物語に自分たちの運命を重ねていたのである。この特徴はもう一首の題鶯鶯像詞（⑪）にも窺える。[19]

人物の描写を主とする題画詩でありながら、物語を描くことを主とし、同時に自身の感慨をも込めたこの詞は、唐寅の独創と言える。

四、その他

C「その他」の詞は十三首ある。A・Bの詞にくらべて内容が多岐にわたるので、先ず各首の要約を以下に挙げる。

⑱「画堂春」……惜春の詞。
⑲〜㉒「踏莎行四闋・閨情」……閨怨詞。春夏秋冬の景情を詠じる。
㉓㉔「一剪梅二闋」……本意の詞。落梅を惜しむ。
㉕「望湘人・春日花前詠懐」……勧誨の詞。富貴や栄華の儚さを説く。
㉖㉗「如夢令・新燕詞二首」……詠物詞。世の無常を説く。
㉘「満庭芳」……男女の別れを詠じる。
㉙「酔瑤香譜」……楽人の女性を詠じる。
㉚「惜奴嬌」……本文中に詞牌名が十五も詠み込まれている遊戯的な詞。[20]

この中、とりわけ注目すべきは、「閨情」と題された「踏莎行」である。唐寅の詩は、「初め艶麗なのを好み、……用語は最後まで美しく」と評されているが、意外なことに閨怨詩と呼べる作品は殆どない。一部の題画詩を除けば、[21]次の一首が閨怨詩として読める唯一の作品である。

宮詞

重門昼掩黄金鎖　　重門　昼に掩ざす　黄金の鎖
春殿経年歇歌舞　　春殿　経年　歌舞歇《や》む
花開花落悄無人　　花開き　花落ちて　悄として人無し
強把新詩教鸚鵡　　強ひて新詩を把って鸚鵡に教ふ

（巻二）

宮詞は宮怨を描くスタイルとしてすでに確立しているジャンルである。一百首もの大規模な連作となることもあり、そうした作品の場合は、特徴的な表現を窺うことも可能である。しかし、唐寅の詩集に見える宮詞はこの一首のみであり、これによって唐寅独自の特徴を指摘することは難しい。唐寅自身が閨怨の作と認め、なおかつ連作である「踏莎行」は、彼の閨怨作品の特徴を窺うのに適した貴重な作品なのである。

四首連作の「踏莎行」詞は、孤独な女性が四季を過ごす様子が描かれる。興味深いことに、唐寅の曲には四套の連作で、一套ごとに閨房で四季を過ごす女性の様子を描く「怨別」（巻四）と題された作品がある。套曲は組曲であって、一つの対象を数首の曲をもって表現する。「怨別」は一套六首（歩歩嬌・酔扶帰・皂羅袍・好姐姐・香柳娘・尾〔声〕）の中に、閨怨の要素を徹底的に詰め込んだ濃艶な作品といえる。多くの情報を緩慢に盛り込むことができる曲とは異なり、詞は洗練された語と措辞によって詠じる対象の特徴が凝縮される。従って、「踏莎行」は閨怨的要素が無駄なくスマートにまとまった作品であると言える。この二作は、ジャンルの違いによる表現の差はあるが、一方で、春夏秋冬を一首、一套ごとに詠じるという構成のほか、内容の類似を指摘することができる。

先ず、春の情景を詠じた「踏莎行」詞の第一首に解釈を加え、次いで「怨別」曲との類似点を指摘する。

⑲踏莎行・閨情　春

可怪春光、今年偏早。閨中冷落如何好。因他一去不帰来、愁時只是吟芳草。○奈爾双姑、随行随到、其間況味予知道。尋花趁蝶好光陰、何須歩歩回頭笑。

（怪しむべし　春光の、今年は偏へに早きを、閨中の冷落する　如何《いか》にせば好からん。他《か》れの一たび去って帰り来たらざるに因り、愁時　只是《ひたす》ら芳草を吟ずるのみ。○双姑の、行くに随《まか》せ到るに随するを奈爾《いかん》せん、其の間の況味《あじわい》　予も知道《し》れり。花を尋ね蝶を趁《お》ふ　好光陰、何ぞ　歩歩　頭を回らして笑ふを須《もち》ひん）。

春なのに、寂しい閨でどのように過ごせばよいのか、悲しい時には芳草のすがたを詠じることしかできないと、詞中の人物は春の到来をあまり歓迎していないようすである。年若い姑娘[22]が無邪気に春の楽しみを享受しているのを見て、嘗ては自分もその楽しみを知っていたのにと、孤独に春を過ごす自身の現状に愁いを強めている。

「踏莎行」は植物、特に花を契機として愁いを喚起していることが特徴として挙げられる。ここでは、「芳草」や「花」が愁いを覚える契機となっている。『楚辞』以来、「芳草」は立派な人物を象徴する語である[23]。この「芳草」は、「一去不帰来」という句と併せ詠じられることで、『楚辞』「招隠士」の「王孫遊兮不帰、春草生兮萋萋（王孫遊びて帰らず、春草生じて萋萋たり）」を彷彿とさせる。特別な情を寄せる男性を象徴的に表しているものと解釈できる。振り返って共に行楽する人に笑みを向けることさえ忘れるほど、夢中に花や蝶を尋ね追い求めた「好光陰」、それこそ、詞中の女性が愛しい人と共に過ごした時間であった。

用語や措辞こそ違うが、「踏莎行」詞と「怨別」曲は、同じ興趣を詠じた部分が存在する。早い春の訪れを、愛しい人がいないがために愁いをもって迎える前闋部分は、「怨別・歩歩嬌（春景）」の「恨人帰、不比春帰早（人の帰ること、春の帰るに比して早からざるを恨む）」と通じる。また、年若い姑娘が春の青草を踏んであるく様子を、愁いを抱いたまま、ただ見つめることしかできない後閨の前半二句は、「怨別・酔扶帰（春景）」の「無情挈伴踏春郊、鳳頭枉綉弓鞋巧（挈伴《つれだって》して春郊を踏むに情無く、鳳頭　枉しく弓鞋を綉《ぬいと》りて巧なり）」に通じる。

「踏莎行」詞と「怨別」曲には相違点もある。現今の春を謳歌する若者を見て、かつて自身も体験した青春の記憶を喚起し、それによって現状の孤独を改めて認識して愁いを強めるという表現は「踏莎行」にのみ見える。「踏莎行」はこのやや複雑な表現を「其間況味予知道」という一句に集約させている。この一句が、現今の情景を詠じる後閨の前半部分と過去の青春を詠じる後半部分とを巧みに結びつけている。洗練された句を無駄なく結び、まとめあげる。ここに「踏莎行」の妙がある。そして、詞と曲の違いが端的に現れているところでもある。「怨別」にも過去に愛しい人と過ごしていたことを暗に示唆する描写は散見する。例えば、「怨別・香柳娘」の「怕今宵琴瑟、你在何方弄調、撇得我紗窓月暁（怕《おそ》らくは今宵の琴瑟、你ぢ何れの方に在りてか調を弄するならん、我が紗窓の月の暁《あき》らかなるを撇《す》て得たり）」がそれである。しかし、過去において愛しい人といかなる時間を過ごしたのか、その時の感情はいかなるものであったかなどには触れられていない。あくまで現状への言及にとどまるのである。

概観してみると、「踏莎行」詞は「怨別」曲のエッセンスを凝縮したような構成であることが分かる。相違点である「其間況味予知道」句前後の構成も、「怨別」の処々に散らばって模糊としている女性の愁いを、一点に凝縮して浮き彫りにした感がある。これは逆に「踏莎行」を敷衍して説けば「怨別」になるということでもある。ここから、二つの可能性が導き出せる。

1、「踏莎行」は「怨別」の習作である。

2、「怨別」を詞曲というスタイルの垣根を越えて自身の手で換骨奪胎したのが「踏莎行」である。

どちらが正しいかは判然としかねるが、少なくとも「踏莎行」と「怨別」は互いに関連しあう内容をもった作品であるということは確かである。

ところで、「踏莎行」と「怨別」にはもう一つ類似点がある。それは、春夏秋冬の作を通じて植物が愁いを惹き起こす契機となっていることである。まず、「怨別」の例を挙げる。


柳糸暗約玉肌消、落紅惹得朱顔悩（皂羅袍・春景）。

（柳糸　暗に約す　玉肌の消ゆるを、落紅　惹き得たり　朱顔の悩むを）。

偶穿隣竹歩芳郊、泪痕忽恨湘妃巧（酔扶帰・夏景）。

（偶たま隣竹を穿ち芳郊に歩けば、泪痕　忽ち恨む　湘妃の巧みなるを）。

満地繁霜天将暁、籬落黄花小、墟煙淡欲消（歩歩嬌・秋景）。

（満地の繁霜　天　将に暁けんとす、籬落　黄花小さく、墟煙　淡くして消えんと欲す）。

氷霜枯尽江南草、未得離鸞返旧巣、浩気長吁天地老（尾・冬景）。

（氷霜　枯らし尽くす　江南の草、未だ離鸞の旧巣に返るを得ず、浩気長吁す　天地の老ゆるを）。


右の例を見るに、「怨別」では主として女性が自身の容貌や身の上を植物に重ねて愁いを喚起している。従って、「怨別」に見える植物は女性的なイメージを託したものであると言うことができる。一方、「踏莎行」に詠じられる植物は、女性の容貌を重ねているものもあるが、⑲の「因他一去不帰来、愁時只是吟芳草」のように、男性のイメージが託されているものもあり、バリエーションに富んでいる。そして、そのいずれもが、詞の主人公の愁いを惹く契機となっている。以下、植物にいかなるイメージが託され、それが詞全体にどのように作用しているのかに留意して、残りの「踏莎行」を見ていく。

⑳踏莎行・閨情　夏

日色初驕、何妨逃暑、緑陰庭院荷香渚。氷壺玉斝足追懽、還応少箇文章侶。○已是無聊、不如帰去、賞心楽事常難済。且将杯酒送愁魂、明朝再去尋佳処。

（日色　初めて驕り、何ぞ暑を逃るるを妨げん、緑陰の庭院　荷香の渚。氷壺　玉斝　懽を追ふに足るも、還《ま》た応《まさ》に箇《こ》の文章の侶《とも》を少《か》くべし。○已に是れ無聊にして、帰り去るに如かず、賞心の楽事　常に済《な》り難し。且らく杯酒を将て愁魂を送り、明朝　再び去って佳処を尋ねん）。

ここに見える植物は荷《はす》（蓮）である。周敦頤の「愛蓮説」に「花の君子」と説かれるように、立派な人物に喩えられる。歓びを共にしたい「文章侶」もそのような人物であったことを想起させる。しかし、そのような人物がいなければ、愛でるべき蓮香る光景も無聊でしかない。「賞心の楽事は常に済り難き」ものなのである。

㉑踏莎行・閨情　秋

八月中秋、涼飈微逗、芙蓉恰是花時候。誰家姉妹闘新妝、園林散歩頻携手。○折得花枝、宝瓶随得、帰来賞玩全憑酒。三杯酩酊破愁城、醒時愁緒応還又。

（八月中秋、涼飈　微かに逗《とど》まる、芙蓉　恰も是れ花の時候。誰が家の姉妹ぞ　新妝を闘はす、園林　散歩して頻りに手を携ふ。○花枝を折り得て、宝瓶　随ひ得て、帰来して賞玩するに全て酒に憑る。三杯　酩酊すれば愁城を破るも、醒時　愁緒　応に還た又《ふたた》びすべし）。

「芙蓉」は蓮ではなく「木芙蓉」である。手を取りあって並んで歩く夫人の容《すがた》（芙蓉）を連想させる。その仲の良さそうな姿に、孤独な女性は愁いを覚えずにはおれず、観賞するにも酒の力を借りねばならないのだが、根本的な解消には至らない。「怨別」曲と同じく女性の印象を植物（芙蓉）に託している。しかし、曲とは異なり、主人公自身の容貌ではなく、自分とは違う若々しい女性のすがたを重ねている。ここに、⑲のごとく「若さ」と「老い」の対比構造が成立する。詞中の女性が芙蓉を素直に観賞できないのも、若々しい芙蓉を目にすることで、独りで老いていくばかりの我が身を自覚させられるからである。

㉒踏莎行・閨情　冬

寒気蕭条、剛風凛烈、薄情何事軽離別。経時不去看梅花、窓前一樹通開徹。○急喚双鬟、為儂攀折、南枝欲寄憑誰達。対花無語不勝情、天辺雁叫添愁絶。

（寒気蕭条として、剛風凛烈たり、薄情　何事ぞ　離別を軽んずる。時を経るも去らずして梅花を看れば、窓前の一樹　通《みな》　開き徹《つ》くせり。○急ぎて双鬟を喚んで、儂が為に攀折せしめ、南枝　寄せんと欲するも誰れに憑ってか達せしめん。花に対して語る無く　情に勝へず、天辺　雁叫んで　愁絶を添ふ）。

「どうして簡単に別れることができるのか」という薄情の人への問いかけから、この詞は始まる。それは、特定の人物、たとえば詞の主人公の恋人を指すというよりは、世の薄情の人全般に対しての発言であろう。何故なら、この主人公には梅枝に込めたる思い[24]を寄せる相手が存在しないからである。梅枝を贈ろうと思ってもどうやって届ければよいのかという自問は、相手が既にこの世にいないことを窺わせる。手紙を届けてくれる雁の声も、いたずらに愁いを増すだけと言うのも、双方で連絡をとる手段がないことを証する。永遠に出会う機会を失うこともあるからこそ、「薄情何事軽離別」という言葉が重くひびく。「梅花」はそうした感情を自覚させるはたらきを、ここでは担っている。

唐寅の「踏莎行」は閨怨詞として読めるが、一般的な閨怨詞とは異なる。それは、この詞が決して報われることのない思いを詠じていることに因る。閨怨というジャンルで詠じられる「怨み」は、離別した相手が戻ってくれば解消されるものであり、作中の描写には相手が帰ってくる可能性が含まれている。しかし、㉒で見たように、この詞は離別した相手が戻ってこないことを示唆している。解消不能な「恨み」[25]を詠った「閨恨詞」とも言える作品である。これは、「怨別」曲とも異なるところである。「怨別」はその結尾を「氷霜枯尽江南草、未得離鸞返旧巣、浩気長吁天地老」（尾・冬景）と結んでいることから、離れている男性が古巣に帰ってくる可能性を秘めているのである。もとより、「怨別」という題名がそれを証している。

「踏莎行」に詠じられる女性と同じく、唐寅自身も決して報われぬ思いを抱いている。それは死別した徐氏に対する感情である。植物、とりわけ花を契機に愁いを喚起させる「踏莎行」と同様の手法をもって、亡くなった女性を象徴的に詠じる作品が唐寅にはある。それが端的に確認できる作品は「傷内」（巻一）、及び、「和沈石田落花詩三十首」（巻二）其一である。

先ず「傷内」詩（五言古詩）を挙げる。

凄凄白露零　　凄凄　白露零《お》ち
百卉謝芬芳　　百卉　芬芳謝す
槿花易衰歇　　槿花　衰歇し易く
桂枝就銷亡　　桂枝　銷亡に就く
……

撫景念疇昔　　景を撫して疇昔を念へば
肝裂魂飄揚　　肝は裂け　魂は飄揚す

最初の妻徐氏を亡くした悲しみを吐露した詩である。槿花や桂枝などの凋落に妻の死を重ねて悲しみを惹き起こしている。

次に「和落花詩」其一（七言律詩）の頸聯と尾聯を挙げる。

六如偈送銭塘妾　　六如の偈もて銭塘の妾を送り
八斗才逢洛水神　　八斗の才もて洛水の神に逢ふ
多少好花空落尽　　多少の好花も空しく落ち尽くし
不曾遇着賞花人　　曾て賞花の人に遇着せず

「六如云云」は、蘇軾の妾王朝雲が亡くなる直前に『金剛経』の六如偈を唱えたことに拠る表現。[26]「八斗云云」は、曹植が懸想していた甄后《しんこう》の霊と洛水で再会した故事に基づく。[27]「銭塘妾」と「洛水神」は共に落花の喩えであるが、元の故事の意味が大いに生かされている。即ち、蘇軾と曹植は唐寅自身を、銭塘の妾と洛水の神は唐寅の亡妻徐氏を想定しているのである。すでに散った花は誰にも見向きもされない。しかし、自分は違う。自分こそは落花を賞する人なのだと詩は訴える。散った花が、亡くなった女性を暗示することは疑いない。袁宏道もこの詩を「不作落花、而言落花之人、亦超（落花と作さずして、落花の人と言ふ、亦た超なり）」と評している。

衰えた花に亡き女性の印象を託する「和落花詩」其一も、「傷内」詩と同様に悼亡詩として読むことができる。

そして、これらの詩と同じ構造を有する「踏莎行」も悼亡詞として位置付けることができる。一般的に閨怨と言えば、閨房の怨みをいかに巧みに描くか、もしくは、君臣の関係を男女に託して詠じるのが主である。帰らぬ男性への思いを詠じて、その実、亡妻への思いを詠じる唐寅の「踏莎行」は、閨怨の作としても画期的である。あるいは、「怨別」曲も悼亡の意を込めたものなのかもしれない。閨怨の枠を越えられず、悼亡になりきらなかったがために、表現形式を詞に変えて作り直したと考えることもできよう。

おわりに

唐寅の詞を概観してみると、その全体的な特徴は二つに分けられる。一つは、「社交辞令的な詞」。もう一つは、「親しい人のために作られた詞」である。

「社交辞令的な詞」は、主に役人の依頼によって制作された代作詞である。詞特有の「繊麗精緻」な作風を欠き、際立った特徴が見いだせないのが特徴である。しかし、唐寅は無意味に無特徴な詞を制作したわけではない。そこには、有名無実な役人の無能を暴きだし、その評判を貶める意図があった。事実、現存する代作詞たる「旗帳詞」が無味乾燥な作品であるのは、依頼者である役人が碌に添削もせずに、そのレベルの高低も知らずに世に発表した結果である。作品としての価値は低いが、権貴を蔑視した唐寅の密やかな反抗精神が窺える重要な作品である。医者に謝辞を述べた③「秦楼月・謝医」も、「業伝三世、学通四庫（三代つづく医者一家、しかも儒家経典・歴史書・諸子百家・詩文、あらゆる学問にまで通じていらっしゃる）」などの必要以上に誇大な描写や、「雷封薄宦」の語が

見えることを考えると、諷刺の意が含まれているのかもしれない。㉘

「親しい人のために作られた詞」は、適切な典故や措辞によって親故の人柄を称え、親愛の情を伝える細やかな配慮が窺える。特に注目されるのは亡き妻徐氏を想定して制作された作品である。小説のヒロイン鶯鶯に亡き妻の面影を見出して、その鶯鶯像に亡き妻への思いを託した詞は、題画詞でありながら人物賛を書くことにとらわれない、一種の独特な題画詩であった。「踏莎行・閨情」も単なる閨怨詞ではなく、亡き妻への「恨み」が込められた画期的な詞であった。このような特殊な悼亡詞が作られた背景には、後妻の存在が関係しているのではないか。亡き妻への未練が残っていることを悟られまいとして、特殊な構造をもつ詞を制作しなければならなかったのである。それは、後妻に負い目を感じさせないためでもあり、いたずらに嫉妬を買わないための工夫でもあった。㉙そして、詞というスタイルが選ばれたのも、詞が「彫虫篆刻」と評され、公式には士大夫の作るようなものではないと認識されていたからではないだろうか。㉚詞作は士大夫の本領とは見做されない。まして閨怨に託して本心が吐露されているなどと誰も思うはずがない。唐寅に閨怨詩が少ない理由もここに求めることができる。「その詩は初め艶麗なのを好」んだ唐寅は、閨怨制作の場を詞曲に定め、友人や妻たちの咎めを受けることなく、思う存分その艶筆を振るったのである。詞は「雕虫篆刻」と見做されるからこそ、唐寅にとっては自身の本音を傾けるのに適したジャンルだったのである。

唐寅の詞は現存する数が少ないため、あまり顧みられることがなかったが、詩・曲には見られない特徴も確かに存在した。唐寅の創作活動や思想を知るうえで、やはり、ないがしろにはできない。今後、散逸した詞が発見されることがあれば、唐寅研究にとって更なる益をもたらすであろう。

注

(1)「子畏為文、或麗或澹、或精或泛、無常態、不肯為鍛煉功。奇思常多、而不尽用。其詩初喜穠麗、既又放白氏、務達情性。而語終璀璨、佳者多与古合」(「唐子畏墓志並銘」、『懐星堂集』巻十七、底本・附録二)。

(2)村上哲見氏は、詞の特色を「繊麗精緻」と言い表している(『宋詞』筑摩書房、一九七三)。氏の説を要約すれば、詞は繊細な麗しさと精巧且つ緻密な構成をもつということである。

(3)周道振・張月尊輯校『唐伯虎全集』(中国美術学院出版社、二〇〇二)。本論はこれを底本とし、適宜『唐伯虎先生全集』(台湾学生書局、一九七〇)を参照した。引用に際して、底本所収の『唐伯虎全集』は巻数のみ記し、『唐伯虎全集補輯』は「補輯巻〇」と記した。

(4)底本の『全集』巻四・補輯巻五に収録された詞のほか、「送廖通府帳詞啓代」(巻六)、軼事(底本・附録四「伯虎嘗作春図云云」)に見える詞(⑥・⑫⑬⑭⑮⑯⑰)も数に入れた。補輯巻五に見える「過秦楼」は、『全集』巻四に見えるものと実質的に同じなので数えない。趙尊嶽輯『明詞彙刊』(上海古籍出版社、一九九二)は、「江南春・次倪元鎮韻」(巻一)、及び「風花雪月詞四首」(補輯巻一)を収録するが、底本は古詩として扱っているので、本論はそれに拠った。従って「愛菜詞」(補輯巻一)も詞として数えない。

(5)蘇州府領の七県は以下のとおり。呉・長洲・呉江・崑山・常熟・嘉定・崇明(『明史』巻四十・地理志)。

(6)『南史』巻四十九・庾杲之伝に、「〔王検〕用杲之為衛将軍長史。安陸侯蕭緬与検書曰、『盛府元僚、実難其選。庾景行汎淥水、依芙蓉、何其麗也』。時人以入検府為蓮花池、故緬書美之(杲之を用ひて衛将軍の長史と為す。安陸侯蕭緬の検に与ふるの書に曰く、『盛府の元僚《幕僚》、実に其の選を難し《実に得がたき人材》とす。庾景行の淥水に汎《うか》び、芙蓉に依る、何ぞ其れ麗なる』と。時人　検の府に入るを以て蓮花池と為すが故に、緬　書して之れを美《ほ》む)」とある。

(7)「蒼龍」は東の方角を指す。江東から朝廷に拝謁する人物を指すのであろう。また、黄帝を輔佐した宰相の一人奢龍のことを暗示しているのであろう。『太平御覧』巻七十九に引く『管子』に、「黄帝得蒼龍、而辨乎東方(黄帝　蒼龍を得て、東方を辨《わか》つ)」とある。

(8)例えば、「一世歌」(巻一)に、「世人銭多賺不尽、朝裏官多做不了。官大銭多心転憂、落得自家頭白早(世人銭多ければ賺《すか》さるれども尽きず、朝裏官多ければ做《な》せども了《お》はらず。官大に銭多ければ　心　転《うた》た憂へ、落得《なるだろうさ》せん　自家《おのれの》頭白の早きを《髪が他人よりさきに真っ白に》)」とある。このほか、寧王朱宸濠の使者を奇抜な方法で追い払った故事（宸濠甚慕唐六如云云）や錬丹の術を押し売りしてくる道士を追い帰す故事（唐伯虎雅不喜焼煉云云）、自身の作品をまとめた帳簿の表題に「利市（大福帳）」と書きつけていたという故事（唐子畏在孫思和家云云）がある（底本・附録三）。

（9）謝建華『唐寅』（吉林美術出版社、一九九六、九十一頁）、趙志凡選注『呉中四子』（岳麓書社、一九九八）「文耀江左四奇才（代序）」三頁など。

（10）「王平子・胡毋彦国諸人、皆以任放為達、或有裸体者。楽広笑曰、『名教中自有楽地、何為乃爾也』（王平子・胡毋彦国諸人、皆　任放を以て達と為し、或いは裸体の者有り。楽広笑ひて曰く、『名教の中にも自づから楽地有るに、何為れぞ乃爾《かくのごと》きや』と）」。楽広のセリフは、儒家の教えの中にも楽しい境地を見いだせることを言う。唐寅の詞はこれを逆にして、楽しい境地のなかにも儒家の教えが見いだせることを言う。

（11）『蒙求集注』巻下に、「孔融坐満」がある。

（12）蘇軾の詩に、「回先生過湖州東林沈氏飲酔、以石榴皮書其家東老庵之壁云、『西隣已富憂不足、東老雖貧楽有餘。白酒醸来因好客、黄金散尽為収書』云云（回先生　湖州の東林の沈氏に過ぎりて飲酔し、石榴の皮を以て其の家の東老庵の壁に書して云ふ、『西隣　已に富むも足らざるを憂へ、東老　貧と雖も楽しみ餘り有り。白酒　醸し来たるは客を好むに因り、黄金　散じ尽くすは書を収むるが為なり』と）」（『蘇軾詩集合注』巻十二、上海古籍出版社、二〇〇一）とある。

（13）補輯巻五の引く『書画鑑影』巻二十一に、「宋陳居中模唐人画鷟鷟小像、太原王澤重模、呉郡唐寅再模、並続新詩一闋（宋の陳居中　唐人の画鷟鷟小像を模し、太原の王澤　重ねて模し、呉郡の唐寅　再び模し、並びに新詩一闋を続ぐ）」とある。

（14）「唐寅字伯虎……私印曰く、『江南第一風流才子』。又曰『普救寺婚姻案主者』」（底本・附録三）。

（15）『芸文類聚』巻七十八に引く『列仙伝』に、「江妃二女、不知何許人。出遊江湄、逢鄭交甫。不知其神人也。女遂解珮与之。交甫悦愛珮、去数十歩、空懐無珮、女亦不見（江妃二女、何許《いづく》の人なるかを知らず。江湄《水際》に出遊して、鄭交甫に逢ふ。其の神人なるを知らず。女　遂に珮を解きて之れに与ふ。交甫　珮を悦愛して、去ること数十歩、懐《ふところ》空しくして珮無し、女も亦た見えず）」とある

(16) 例えば唐寅の「題美人図三首」(巻三)其二などは、踊り疲れてぐったりした娘が、夕陽に染まった珊瑚のごとき花枝を愛でる様子が描かれる。「舞罷霓裳日色低、満身春倦眼迷離。錦糸歩帳繁花裏、閑弄珊瑚血色枝(霓裳を舞ひ罷《お》はれば日色低し、満身の春倦　眼　迷離たり。錦糸の歩帳　繁花の裏、閑かに弄す　珊瑚血色の枝)」。

(17) 例えば、「一年歌」(巻一)に、「不焼高燭対芳樽、也是虚生在人世。古人有言亦達哉、勧人秉燭夜遊来。春宵一刻千金価、我道千金買不回(高燭を焼きて芳樽に対せずんば、也た是れ虚しく生きて人世に在るのみならん。古人に言有り　亦た達なるかな、人に勧む　燭を秉りて夜遊し来たれと。春宵一刻　千金の価、我れ道《おも》ふ　千金も買ひ回《もど》せずと)」とある。

(18) 初めの妻徐氏との結婚は弘治元年(一四八八)、唐寅十九歳の時。死別したのは弘治六年、唐寅二十四歳。六年の短い結婚生活であった。

(19) 「瀟灑才情、風流標格、脈脈満身春倦。修薦斎場、禁煙簾箔、坐見梨花如霰。乗斜月、赴佳期、燭燼牆陰、釵敲門扇。想伉儷鸞凰、万千顛倒、可禁嬌顫。○塵世上、昨日朱顔、今朝青塚、頃刻時移事変。秋孃命薄、杜牧縁慳、天不与人方便。休負良宵、大都好景無多、光陰如箭。聞道河東普救、剰得数間荒殿(瀟灑たる才情、風流なる標格、脈脈たる満身の春倦。修薦の斎場、禁煙の簾箔、坐ろに見る　梨花の霰の如きを。斜月に乗じて、佳期に赴き、燭　牆陰に燼《や》きて、釵　門扇を敲く。想へらく　伉儷の鸞凰、万千顛倒し、嬌顫するに禁《た》ふべけんや。○塵世の上、昨日の朱顔は、今朝の青塚、頃刻にして　時移り事変ず。秋孃　命薄く、杜牧　縁慳《すくな》し、天　人の与《ため》に方便ならしめず。良宵に負くを休めよ、大都《おおむ》ね　好景は多きこと無く、光陰は箭《や》の如し。聞道《きくなら》く　河東の普救、数間の荒殿を剰《あま》し得たりと)」(巻四・補輯巻五)。

(20) 「春従天上来、春霽和風扇淑。沁園春景巧安排、花柳分春、有流鶯宿。単衣初試探春令、喜的是画堂春満、錦堂春足。那更慶春沢畔、正雪消春水、来有魚游、春水分萍緑。○玉楼春盎日初長、忽看海棠春放。春光好、看無拘束。又何如、登帝春台、賞漢宮春、謾酔春風中、斉唱徹宜春令曲。休軽放絳都春光、武陵春去、春雲怨惹愁眉蹙(春　天上従り来たる、春霽と風扇《そよかぜ》と淑し。沁園の春景　巧に安排し、花柳　春を分かちて、流鶯の宿る有り。単衣《ひとえの春着を着て》　初めて試む探春令《春の詞作り》、喜び的《え》たり　是れ画堂に春満ち、錦堂に春足るを。那《か》れ更に　慶春沢畔、正に雪消《ど》けの春水、来《ここ》に魚游有りて、春水　萍緑分かる。○玉楼　春盎んにして　日　初めて長く、忽ち看る　海棠　春に放《ひら》くを。春光好し、看るに拘束無し。又た何ぞ如《し》かんや、帝春台に登り、漢宮の春を賞し、謾《みだ》りに春風の中に酔ひて、斉《とも》に宜春令の曲を唱《うた》ひ徹《つ》くすに。軽しく絳都の春光、武陵の春をして去らしむるを休めよ、春雲の怨み愁眉の蹙《せま》るを惹かん)」。※原文に波線を付して詞牌名を示した。

(21) 閨怨詩と読むことができる題画詩に、「題琵琶美人図」・「題美人図三首」其一・「題芭蕉仕女三首」其一・「題海棠美人」(以上、巻三)・「玉玦仕女図」(補輯巻四)がある。ここでは、「題琵琶美人図」を挙げる。「夢断碧紗櫥、窓外聞鶗鴂。清怨托琵琶、怨極終難説(夢は断つ　碧紗の櫥《とばり》、窓外　鶗鴂《ほととぎす》を聞く。清怨　琵琶に托し、怨み極まりて　終に説き難し)」。

(22) 「双姑」は、「姑姑」ということで、若い女性や未婚の娘を指す。

(23) 「離騒」に、「何所独無芳草兮、爾何懐乎故宇(何れの所にか独り芳草無からん、爾何ぞ故宇を懐へる)」とあり、王逸注に、「言何所独無賢芳之君、何必思故居而不去也(言《いふこころ》は何れの所にか独り賢芳の君無からん、何ぞ必ずしも故居を思ひて去らざる)」とある。また、「何昔日之芳草兮、今直為此蕭艾也(何ぞ昔日の芳草、今　直だに此の蕭艾と為れる)」とあり、王逸注に、「以言往日明智之士、今皆佯愚、狂惑不顧(以て往日の明智の士、今皆佯愚し、狂惑して顧みざるを言ふ)」とある。「芳草」は君主や賢者に喩えられる。

(24) 梅枝に親愛の情を込めて送る故事は、劉宋・盛弘之の『荊州記』に見える。「陸凱与范曄相善。自江南寄梅花一枝。詣長安与曄、並贈花詩曰、『折花逢駅使、寄与隴頭人。江南無所有、聊贈一枝春』(陸凱　范曄と相善し。江南自り梅花一枝を寄す。長安に詣りて曄に与え、並びに花詩を贈りて曰く、『花を折りて駅使に逢ひ、寄与せしむ　隴頭の人。江南　有る所無し、聊か贈らん　一枝の春』)」(『太平御覧』巻九七〇)。

(25) 「怨」と「恨」の違いについては、松浦友久氏に「詩語としての『怨』と『恨』―閨怨詩を中心に―」(『詩語の諸相―唐詩ノート―』研文出版、一九八一所収)がある。

(26) 孔凡礼点校『蘇軾文集』(中華書局、一九八六)巻十五「朝雲墓誌銘」に、「東坡先生侍妾曰朝雲、字子霞、姓王氏、銭塘人。……且死、誦『金剛経』四句偈以絶(東坡先生の侍妾　朝雲と曰ふ、字は子霞、姓は王氏、銭塘の人。……且に死せんとして、『金剛経』の四句偈を誦し以て絶ゆ)」とある。「四句偈」とは、「一切有為法、如夢幻泡影、如露亦如電、応作如是観(一切有為の法、夢幻泡影の如く、露の如く亦た電の如し、応に是くの如き観を作すべし)」のこと。世の中(有為法)を夢・幻・泡・影・露・電の六つの如しと言ったことから「六如偈」とも。唐寅の号もこれに拠る。

(27) 李商隠「可歎」詩（『玉谿生詩集箋注』巻三）に、「宓妃愁坐芝田館、用尽陳王八斗才（宓妃愁へ坐す芝田の館、用ひ尽くす陳王八斗の才）」とある。「宓妃」は洛水の女神、「陳王」は曹植のこと。洛水に霊となって現れた甄后と曹植の故事は、「洛神賦」（『文選』巻十九）の李善注に見える。

(28) 「雷封」は県令のこと。威勢が領域内に雷のごとく響き渡る意である。即ち、「雷封薄宦」で「県令たるわたくし」の意であるが、唐寅が県令であったことはない。代作の可能性がある。そうであるならば、「雷封」と「薄宦」は語感的に矛盾するものであり、威勢響く低級役人とは皮肉な言葉である。代作でなければ、唐寅の卑称ということになる。そうであるならば、卑官のような身分の者から高額な治療費を請求する医者に対する皮肉ともとれる。

(29) 唐寅には三人の妻がいたという説がある。一人目は徐氏。二人目は離縁した妻。三人目は娘を産んだ妻。離縁した妻は、「僮奴拠案、夫妻反目（僮奴　案に拠り、夫妻　反目す）」（「与文徴明書」、巻五）とあり、「有妬婦、斥去之（妬婦有り、之れを斥去す）」（王世貞『芸苑卮言』巻六）と言われていることから、気性が荒く、嫉妬深い人だったようである。三人目の妻は沈氏であって最後まで寄り添ったという。江兆申『関於唐寅的研究』（国立故宮博物院、一九七六）に妻たちについての論考がある（四～五頁）。

(30) 況周頤が清の納蘭性徳を評した語に、「容若承平少年、烏衣公子、天分絶高。適承元・明詞敝甚、欲推尊斯道、一洗彫虫篆刻之譏（容若《納蘭性徳》は承平の少年、烏衣の公子にして、天分　絶だ高し。適に元・明詞の敝を承くること甚しくして、斯道を推尊して、彫虫篆刻の譏りを一洗せんと《洗い尽くそうと》欲す）」（『蕙風詞話』巻五）とある。明代の詞が「彫虫篆刻」と見做されていたことが窺える。村上哲見氏は、「もとより、宋代以降も、『詞』が士君子の表芸にはなり得ない、いいかえると第二義的文学であるという意識は、終始根強く継承される」と述べるが、同時にそれは「かなり公式的、表面的なもの」であると言う（『宋詞研究─唐五代北宋篇』創文社、一九七六、二十三～二十四頁）。

唐寅の散文

谷口　匡

一、はじめに

唐寅の詩文は初めは才気を重んじたが、晩年になると自由奔放になり、「後世の人は私がそこにいないことを知るだろう」と言い、批評家はそれを残念がった。[1]

これは『明史』唐寅伝に見られる記述である。ここには「詩文」と一括りに評されるが、こうした唐寅の作風に関し、本章ではとりわけ散文について考える。

才気を重んじるとは文学の才能を発揮することで、唐寅の場合、それは六朝風の駢文に近い修辞的な文章に特色がある。「尤《はなは》だ四六に工《たく》みにして、藻思麗逸なり」（袁袠《えんちつ》「唐伯虎集序」）、「善く文を属《しょく》し、駢驪尤だ絶《すぐ》る」（『呉郡二科志』）、「子畏《しい》（唐寅の字）の文、六朝を以って宗と為す」（愚斎蔵抄本唐六如集上硃批）[2]といった批評がそのことを述べる。それが後にはなくなって放縦な文体に変化する。修辞を誇る側面を脱して、さらりと即興で書かれたかのような平易な文章になる。——唐寅の散文の変化をこのように捉える見方は諸家概ね一致している。

ところで唐寅自身が「そこにいない」とはいかなることなのか。『明史』編纂に関わった尤侗《ゆうとう》に唐寅伝の草稿と思しき記述があり、それには「世人に応対した詩文には、あまり意を用いず、『後世（の人）は私がそこにいないことを知るだろう』と言った」（其于応世詩文、不甚措意、謂後世知我不在是）とやや詳しく同じことがみえる（『明史擬稿』）。この感覚はどこから来て、どのように作品中に反映するのか。

彼は三十歳の時、科挙の試験問題漏洩事件に巻き込まれて仕官による栄達を断念し、四十六歳の時には、寧王朱《しゅ》宸濠《しんごう》のもとに招かれながら、謀反を察知して、陽狂により難を逃れた。生涯におけるこうした出来事を経たことが、彼の散文にどのように影を落としているか。

以上のような問題意識をもちながら、以下、年代を追っていくつかの作品をとり上げ、その特質について、具体的に論及してゆくこととする。なお本章で扱う「散文」は詩に対して広く文章の意味で用い、韻文である「賦」も含んでいる。

二、「金粉福地賦」と「惜梅賦」

唐寅の文才を示した散文の代表は「金粉福地賦」（金粉福地《きんぷんふくち》の賦、巻一）[3]である。「金粉」は華やかな生活、「福地」は安楽な場所の意で、この作品は彼がある金持ちの家の宴会に呼ばれた時の様子を述べた賦であって、原文で優に一千字を越える大作である。

明・兪弁の『山樵暇語』には次のような話を伝える。唐寅が南京に滞在していたある日、貴族の屋敷の宴会に招かれ、美人をテーマとして賦を即興で作ることになった。当時、文人が多数訪れていたが、唐寅の賦が最初に完成した。その中の奇抜な一句に「一顧すれば城を傾け再びすれば国を傾く、胡《なん》ぞ然《しか》く帝の而《ごと》くなるや　胡ぞ然く天のごとくなるや」とあって、主人は大いに褒美を与えた云々[4]。

『山樵暇語』の続きに言うように、美人を表現した一句の前半は漢の李延年の歌詩に、後半は『詩経』鄘風《ようふう》・「君子借老」に、ほぼ同一の句があり、それを借りてきたものである。

現行の「金粉福地賦」にはなぜかこの句は見えない。賦の字句が後に推敲を経て改められたためか、逸話の伝承の過程で何らかの手が加わったのか理由は不明であるが、ともあれこの作品が若き唐寅の文藻を誇るものなのは確かである。

そのうち、主人の周囲に侍っている美人たちを描写した部分をごく一部抜粋すれば、次のようである。

> 美しさは万金に相当し、名声は百家に匹敵する。四姓（名門貴族）の良家の子女たちをしまいこみ、諸姑（おばたち）や伯姉（最年長の姉）まで招き寄せる。履き物を回廊で鳴らしながら歩いては、曲がりくねった小川の流れに酒杯を捜す。……婉孌《えんれん》（あどけなく可愛い）で名も知られぬが、穠纖《じょうせん》（ふくよかさ）は基準にかなう。賦が洛水で完成して、陳王（曹植）は豊かな文才を出し尽くし、巫山《ふざん》の神女を夢に見た楚の帝は、三杯の甘酒を勧めたものだった。[5]

引用部分の一節は、『玉台新詠』序の「四姓の良家にして、名を永巷に馳す」、『詩経』邶風《はいふう》・「泉水」の「我が諸姑を問い、遂に伯姉に及ばん」、同じく曹風・「候人」の「婉たり孌たる、季女斯《ここ》に飢えん」、曹植「洛神の賦」の「穠纖、衷を得、脩短、度に合《かな》えり」など先人の詩文をとり込み、曲水の宴、巫山の夢の故事をちりばめる。このように内容よりも華麗なレトリックに重きをおく趣向が全篇に及ぶのが、彼の文名を高めた「金粉福地賦」である。

袁袠の「唐伯虎集の序」には「唐伯虎集二巻、楽府《がふ》・詩総《すべ》て三十二首、賦二首、雑文一十五首、内、『金粉福地賦』は闕《か》けて伝わらず」とあり、当初の文集にこの賦はなく、後人にとって補われたものである。

『山樵暇語』に載せる賦のエピソードは南京での出来事とされる。従って賦が「金粉福地賦」だと仮定する場合、その制作年は唐寅が郷試受験のために南京に赴いた弘治十一年（一四九八）、二十九歳の時と推定される。

唐寅が科挙の漏洩事件に遭遇するのはその翌年のことである。この事件が一つの転機となって彼の作風も変わっていくのだが、それまでの唐寅はあくまでも文章によって世に認められることを欲していた。

そのような作品の一つとして「広志賦」も作られた。江東三才子の一人である顧璘《こりん》は、この賦の序文について、高尚な思いを古風な措辞に託していると称賛し、数十語を諳んじることができた。[6] ただこの文はついに伝わらなかった。

当初より唐寅の文集に収めていた「賦二首」とは「嬌女賦」と「惜梅賦」であるが、これらは短い作品で、江兆申氏はいずれも早年の作とする。[7] このうち「惜梅賦」（梅を惜しむ賦、巻一）は原文で二百字足らずのさらりとした小品である。役所のそばの気品がある梅の木は雑然として騒がしい周囲の環境にそぐわず、いかにも哀れで、伐ってしまえという人まで出てきた。それに反発して唐寅が梅に対する限りない愛情を述べたのがこの賦である。

> 県の役所に何本かの梅があるが、私はこれをいつ植えたか知らぬ。一畝の地を覆ってまばらに陰を作り、数里にわたって芳香を漂わせる。雪を経て更に茂り、明月に照らされていよいよ美しい。だが植えられた時からよい地に恵まれず、世俗の物が上品な姿に入り込む。前方は役人が忙しい事務室、後方は囚人が呻吟する牢獄だ。梅の本性は適応しているが、人間の気持ちからすると宜しくない。よい実を商の鼎に入れて薦めたり、多少の労いを魏の軍隊に施したりできない。また、寄る辺なき根を竹林に託すことも、自然のままの本性を水辺で全うすることもできない。駅使にまだ出会わないのを恨み、羌笛《きょうてき》がしきりに曲を吹くのに驚く。梅の花がたやすく散ってしまうのを恐れ、それは花の美しさをもってしてもいかんともしがたい。客はこのような梅の木を見て賢者が妨げられている姿と考え、私にこの梅を伐るように勧めてきた。ああ、私はめでたいしるしである幽

蘭も、出入口のじゃまになるという理由で伐られたと聞いた。これは昔の人の見識が浅い所で、思うに仁者ならそうはしないであろう。私は数歩遠回りして、梅の木の下に一席分の地を拝借し、その寒艶に向って酒杯を手にもち、清香をかぎながら詩を作るのもよいだろうと思う(8)。

平易に見えるようなこの作品にもいくつかの典故がある。「よい実を商の鼎《かなえ》に入れて薦め」とあるのは、『書経』説命《えつめい》下篇で、殷（商）の高宗武丁《ぶてい》が宰相の傅説《ふえつ》を得て、「もし私がスープを作るなら、お前は塩と梅だ」と語りかけたのを踏まえる。すっぱい梅は鼎でスープを煮る時に用いる調味料の一つ。また「多少の労いを魏の軍隊に施し」とは、魏の曹操《そうそう》が行軍中、水源に通ずる道を見失った時、「前方に大きな梅林があるぞ」と全軍に言い、梅の実を思い出すことで唾が出て、皆喉の渇きに堪えられたという『世説新語』仮譎《かけつ》篇の故事を指している。

さらに「駅使にまだ出会わない」は、南朝宋の陸凱《りくがい》が長安にいた范曄《はんよう》に江南より梅花を届けさせた時、一緒に添えた「范曄に贈る」詩に「花を折りて駅使に逢い、寄せて隴頭《ろうとう》の人に与う」とあるのに拠る。「駅使」は公文書や手紙を届ける人で、「隴頭」は隴山のほとり、范曄のいた長安のことである。「羌笛がしきりに曲を吹く」の部分は、羌笛といえば王之渙《おうしかん》「涼州詞」の「羌笛何ぞ須《もち》いん楊柳を怨むを」からの連想で「折楊柳」の曲が想像される。しかしここは「横吹曲辞」（『楽府詩集』巻二十四）中の一つ「梅花落」であろう。

「幽蘭」は言うまでもなく『楚辞』の「離騒」に現れる香草で、君子を喩える。それが「伐られ」るとは賢人が失脚し、不遇であることを意味するから、この「惜梅賦」自体も、辞賦の伝統である「賢人失志」の流れの末端に連なっていると見なせよう。

最後の一文に見える「寒艶」は寒さに動じない凛とした美しさ。その後の「清香」とともに隋の煬帝《ようだい》の宮女、侯夫人の「春日看梅」詩の初句「香清くして寒艶好《よ》し」に由来する梅の描写表現と思われる。

「惜梅賦」が踏まえる典故は大体以上のようなものにとどまり、描写と修辞に重きを置いた六朝風の「金粉福地賦」とは異なって、短篇ながらみずみずしい抒情性が存する。これは宋の欧陽修が確立したいわゆる「文賦」、すなわち押韻しつつも比較的自由なスタイルで書かれた古文家の賦の系譜に属するように思われる。当時の人々をあっと言わせたのは「金粉福地賦」の方であるが、若年の時期にこのような小品も書き残していたとすれば、注目すべきことであろう。

三、「祭妹文」

唐寅には妹がいたが、この妹は嫁いだ後まもなく亡くなっている。弘治七年（一四九四）、唐寅二十五歳の時のことである。

「祭妹文」（妹を祭る文、巻六）が書かれたのはその直後のことであったろう。「賦」以外で若い時期の散文の一つとして、この作品を見ておくことにしよう。

ああ、生死は人間における不変の道理であって、何かにすがって免れることのできるものではない。黄耇《こうこう》（老人）が終わりを令《よ》くすれば（長寿を全うすれば）、その責めは天に求めて、死を恨んだりはせず、病苦のごとき痛ましさも、それ故に次第に緩和される。わが人生は他におじもなく、妹一人と弟一人がいるだけ。死んだ父は愚鈍な私を嫌い、かつ弟もいたって小さかったため、幼いながら賢い妹を溺愛していた。そして父が亡くなると、気にかけてやることがなかった。これは生涯気がとがめていることである。それ以来何かと事故が多く、葬儀を取り仕切り、辛酸を嘗めつくし、老人や幼児を苦難から救ってやったが、そのうち戎疾（大難）も段々と落ち着き、かくてお前は夫のもとへ嫁いでいった。その後まもなく母の死に遭い、弔いの報せが続いたが、咎《とが》を帰するところもない（誰をとがめようもない）。私はお前が亡くなった時、若くてよくしてやれなかった。腕を切り離したような痛みは、いつ消えよう。今秋、お前の家は前例に従って占いを実施し、よってこの墓所を得た。早朝、車を出し、幽明、境を異にし、永遠に離れ離れとなった。これらもろもろの物で、妹への餞別とする。お前にもしも霊魂があるなら、きっと私の供え物を受け取り、私の言葉を悲しんでくれ。ああ、どうか受けたまえ。(9)

以上が「祭妹文」全篇の大意である。亡き妹をいとおしむ情が切々と伝わる作品であるが、飾り気のない率直な文章の中に、「黄耇」（小雅・「南山有台」）、「令終」（大雅・「既酔」）、「戎疾」（大雅・「思斉」）など『詩経』に由来する語をちりばめて、格調を保とうとしているところもある。唐寅の文藻が垣間見える箇所であるが、ここでは夭折した妹への憐憫と何もできなかった自身へのふがいなさの表明が第一で、修辞の意識は抑えられている。

四、「与文徴明書」

唐寅の生涯中における最大の転換点は、弘治十二年、三十歳で遭遇した科挙試験にまつわる弾劾事件である。会試の試験官を担当していた程敏政《ていびんせい》に文章を求めていたことが問題とされ、試験問題漏洩の疑惑が唐寅にも及んで、彼は不合格となった。投獄後、罰金刑の罪となった唐寅は、下級役人の職に落とされるが、それに就くことも拒み、帰郷する。

翌弘治十三年、挫折の中にあった三十一歳の唐寅は、当時の屈辱の思いを友人文徴明にあてて綴った。それが「与文徴明書」（文徴明に与うる書、巻五）である。

「書」つまり書簡であるが、これは一通りの手紙ではない。まず原文の長さにおいて「金粉福地賦」同様に一千字を越す甚だ長大なものである。またその内容においては、自身の半生の道程を辿りつつ、苦境にある心境を縷々吐露したもので、宮刑に処せられた漢の司馬遷が友人で死刑囚の任安《じんあん》に出した「報任少卿書」（任少卿《じんしょうけい》に報ずる書）を彷彿させる。更に後世の偽作とも言われるが、匈奴に降《くだ》った漢の将軍李陵から蘇武に出された「答蘇武書」（蘇武に答うる書）に擬する見方もある。蘇武は李陵と同じく武帝の時代の人。彼は使者として匈奴に行ったまま十九年間抑留され、帰国した。いずれも境遇の類似する者の間で交わされ、自らの信念と苦衷を述べた名文の手紙として名高い。

「与文徴明書」は恐らくこれら二篇の書簡を意識しつつ、次のような高い調子で書き始められている。

> 寅申し上げます。徴明殿。しきりに嘆くのは泣くのに匹敵し、痛切なる言葉は悲しむのに相当すると聞いております。よって孟姜女《もうきょうじょ》が家で嘆き悲しむと、堅固な長城も壁が崩れます。荊軻が朝廷で提議すると、樊於期《はんおき》は剣を求めて自殺しました。実際、感動することによって、木石でも表情が現れますし、事柄が切迫すると、生命を顧みぬことすらあります。昔このことを論ずるたびに書物を脇に置いて嘆息したものでした。今こうした事がわが身にふりかかるとは思わなかったのです。悲しいかな、悲しいかな、これもまた運命です。うなだ

れては間もなく死ぬ身であることを自《みずか》ら分《ぶん》としています。口をつぐんで涙をとめどなく流し、鳥獣と共に山野に隠遁しております。しかしながら貴兄はなおも私が英雄であることを期待し、私の罪を問われません。ねんごろに教え正し、真心を尽して下さいます。それに対してぐずぐずと返信しないのは、司馬遷の志が任安に達せず、李陵の心が蘇武に信じられないのと同じでありましょう。[10]

この冒頭の一節から読みとるべきは何か。亡き夫を思って号泣し、その悲しみが長城の城壁を崩壊させた孟姜女説話、秦王暗殺に賭ける荊軻の必死の訴えが樊於期の心を動かし、暗殺を成功させるために自らに首を差し出させるに至った『史記』刺客列伝の故事。これらからは人間の激情にはどのようにも物事を突き動かす強烈な力があることを述べようとしているかに読める。「木石でも表情が現れます」とは「報任少卿書」に宮刑に処せられたわが身を「身は木石に非ざるに、独り吏と伍を為し（向き合い）、深く囹圄《れいぎょ》（牢屋）の中に幽せらる」と述べるのを踏まえるとすれば、科挙漏洩の一件で投獄された唐寅自身のありようを表現している。「悲しいかな、悲しいかな」と自分の運命を嘆くのも「報任少卿書」と重複する。

　また「間もなく死ぬ身であることを自ら分としています」については、蘇武が北海に使いした折、すでに匈奴に降った李陵からやはり匈奴の王への降伏を勧められたのに対して、「自ら已《すで》に死するを分とすること久し」、もう自分はとうに死んだつもりでいるから、どうしても降伏をというなら、今死なせてほしいと拒絶した文脈が背景にある。唐寅自身は蘇武ほどに高い節義を持していたわけではないにしても、疑惑によって投獄されたことを恥じ、以後、官に仕えず、処士として民間に生きることを決意する。

　そして投獄された自身を武帝の怒りを買った司馬遷と李陵に、変わらず期待してくれる文徴明を任安と蘇武に見立てて「ぐずぐずと返信しないのは、司馬遷の志が任安に達せず、李陵の心が蘇武に信じられないのと同じ」と言い、前置きを終えて本論へと書き進めてゆく。

かくしてまず述べるのは、若き時代の自分の遍歴であり、貧しく無軌道な生活の中で人助けに奔走したこと、その中で文才を認められたことなどである。

　考えてみると私が若い頃、肉屋や酒屋に奉公して、庖丁を鳴らし血を拭っていましたが、貴兄の高配を被ることができ、二人して力を競いあったのは、すべて成功して名を知られたいと思ったからです。不幸にも事故が多く、悲しい出来事が相次ぎ、父母妻子が連続して死に、葬礼の車が度々走って、幼子たちは泣き叫んでいました。それに加えて私は勝手気ままであり、生計には無頓着で、富んだとか貧しいとか気にかけたことはなく、一笑に付しており、室内には琴の音が響き、いつも来客で満ちていました。そして憤り嘆いては物事を引き受け、人々の危急を救い、庶民の任侠を自任していました。魯仲連と朱家の二人に内心いたく共鳴し、彼らの言葉は世を救い、恩恵は人々を助けることが十分可能と考えました。彼らの門下の一人に加えてほしく思いましたが、遺憾ながら今の世に私のごとき男は用いられません。わが家は日ごとに雑草がおい茂り、出入り口は荒廃し、ぼろ車になわの帯、果ては破れごろもというありさまです。それでも幸いに友人の援助、郷里での評判、お偉方の推挙により、枯れ木に芽を出させ、骨の中に肉をつけ、東南の文士に名を連ねることとなってしまいました。[11]

こうして唐寅は文壇で注目されるようになるが、その才能は称賛を受けたかに見えて、実は誹謗の標的となっていた。以下、その悲劇が語られる。

この時、高貴な人々や友人は、手を上げて喜び、私について文章が豪放だとか、談論の中心だとかやたらに褒めたてようとしました。異口同音に称賛しましたが、評判の高さに実質が追いつかず、かくて攻撃の目標となったのです。嫉妬の目がすぐそばにあるのに、私は気づかず、ゆったりと談笑しながら、すでに危険が迫っていたのでした。庭に桑が茂ってもいないのに、貝錦《ばいきん》（美しい模様の錦）が百疋も織り成されていたのです。万丈の深さに浸透した讒言に、誣告の文章が併せて加わり、天子の逆鱗に触れて、逮捕され詔によって投獄されるに至りました。身体は枷で繋がれ、獄吏は虎のごとく猛々しく、頭を持ち上げて地面に叩きつけ、その痛みで涙があふれてきます。その後、崑崙山《こんろん》が激しく燃えて、玉も石もみな焼け、下流の地位は居りがたく、もろもろの悪事がここに帰するのです。彩った糸で網が形成され、狼の群れとなって人を食うのです。馬氂《ばり》（馬の尻毛）でさえ白玉を断ち切ることができ、何度も言えば慈母の心すら変えてしまいます。こうして天下の人々は私をまっとうな士と見なさなくなり、こぶしを握り勇を振るって、仇敵のもとへ向かうかのごとく、知る者も知らない者も、みな私を指さして唾を吐きかけ、甚だ侮辱するのです[12]。

この箇所には典故がいくつも用いられる。「貝錦」は『詩経』小雅・「巷伯」の「萋《せい》たり斐《ひ》たり是の貝錦を成す、彼《か》の人を譖《しん》する者亦た已に大甚《はなはだ》し」に基づき、讒言の意。「崑崙山が激しく燃えて、玉も石もみな焼け」は『書経』胤征《いんせい》篇に「火、崑岡《こんこう》（崑崙山）に炎《も》ゆれば、玉石倶《とも》に焚《や》く。天吏の逸徳は、猛火より烈し」とあるのに拠り、天子に仕える役人が徳を逸脱すると火よりも激しく、玉も石も区別なく燃やしてしまうことを言う。つまりは美玉だった唐寅が石ころ同然に退けられたことを述べる。

「下流の地位は居りがたく、もろもろの悪事がここに帰する」は、『論語』子張篇の「君子は下流に居ることを悪《にく》む。天下の悪、皆焉《これ》に帰すればなり」に拠り、「報任少卿書」に「下流は謗議多し」、さらには楊惲《よううん》「報孫会宗書」

（孫会宗《そんかいそう》に報ずる書）に「下流の人は、衆毀の帰する所なり」も踏まえる。漏洩事件で受けた疑惑は他人のもので、いわれのない冤罪をかぶったのだという主張が込められる。この楊惲の書簡については後述する。

「馬氂でさえ白玉を断ち切ることができ」は、『淮南子《えなんじ》』説山訓の「馬氂も玉を截《た》つ」に拠り、「何度も言えば慈母の心すら変えてしまいます」は曽参《そうしん》の母の故事に由来する。後者は、曽参と同姓同名の者が殺人を犯した時、母はそれを聞いてもわが子を深く信じて二度までは動じず機《はた》を織っていたが、三人目が告げに来た時、ついに杼《ひ》を投げ出して機を下り、疑いの心を抱いたという故事。『戦国策』秦策二、『史記』甘茂伝、『新序』雑事二篇に見えるもので、「馬氂」の喩えとともに、潔白な自分が上位者の心変わりにより疑われてしまったと読める。

こうして疑いをかけられた唐寅は、それを深く恥とし、官吏への道を諦め、悲惨な境遇へと陥る。以下その過程と心境を綴る。

李《すもも》の木の下で冠の向きを直し、甑《こしき》の中に落ちた墨《すす》をとり除くような疑わしい行為は、愚かな私でもよくない事と知っています。為政者が私の窮状を憐れみ、過去の文章を点検して、文書を扱う官になるように勧め、働いて罪を償い、資格に応じて官を授け、俸禄を得られるようとり計らって下さろうとしました。しかしながら蘧篨《きょじょ》や戚施《せきし》は、うつむくにも仰向くにも体つきが普通でなく、士は殺すべきであって、二度も辱めるべきではありません。ああ貴兄、私は幸いにも貴兄と志を同じくして、十五年になります。錦の帯を用い髦《ぼう》を垂れて今日に至り、忠誠の心を尽して、生きている間は朋友に背くことはなく、死後も鬼神を恐れることなどありましょうか。これまでに経てきた悲痛な出来事は実にさまざまで、顔つきも昔の面影を失って、すっかり恥じ入った表情と化してしまいました。服は縮まってよれよれのまま、靴は破損して足が入りません。奴僕は偉そうに机に寄りかかり、夫婦は睨み合っています。もとからいる猛犬は、出入り口で噛みつきます。室内を振り返ると、食器は割れ、服や靴のほか、余分な物はありません。秋風が枯れ木に吹くと、孤独な旅人のようにもの寂しく、ざわざわどっどっと鳴り、途方に暮れておりました。もし春に桑の実を採り、秋には橡《どんぐり》を拾って飢えを凌ぎ、それ以上は望まないならば、寺院に身を寄せて、日に一食を恵んでもらうことにし、要するに遠い先のことは考えないのです。[13]

ここでもいくつかの典故に触れておく。「李の木の下で……」は言うまでもなく「李下に冠を整えず」（古楽府《こがふ》「君子行」）に基づくが、「甑の中に落ちた墨をとり除く」とは、孔子が陳・蔡の厄で食糧に窮した時、炊いていた飯に煤《すす》が落ちたので顔回が取ったところ、盗み食いしたと疑われた故事（『呂氏春秋《りょししゅんじゅう》』任数篇・『孔子家語《こうしけご》』在厄篇）に拠る。

また鳩胸を表す「蘧篨」、佝僂《くる》を意味する「戚施」は、『詩経』邶風・「新台」や『国語』晋語四を踏まえ、肉体的な不具者から転じて醜悪な人間に喩える。ここではむろん唐寅自身を自虐的に指している。「錦の帯」は『礼記《らいき》』玉藻篇に「居士は錦帯す」と見え、官に仕えない処士が用いる帯。「髦」は幼児の髪型である垂れ髪、またそれに似せて作った飾りで、父母に仕える場合に用いる（『詩経』鄘風・「柏舟」の毛伝）。ここでは唐寅が仕官を辞退して家居していることを言うのであろう。

こうした境遇に在りながらも唐寅は自ら命を絶つことなく、生き長らえて孤独に筆の力によって世を救おうとする。かくてその決意が述べられる。このあたりは宮刑に甘んじて死罪を逃れ、『史記』を書き綴った司馬遷に自身を比擬するように見える。

ああ、このようなありさまで自ら死を選び、水中に身を投じて棺に入ることがなかったのは、まことに遺憾とするところでした。私は筋骨が脆弱で、強い弓を引いたり武器を持ったりするのはかないませんが、荊呉の士や、剣客、名だたる男だてを招き、単独で一部隊を指揮し、国家のために命を投げ出して、その功労を文書に記録させましょう。そうしてこのとるに足らぬ文筆の才によって、あまねく天下を救おうと考えるのです。しかしなおも不幸に見舞われ、田畑は凶作で、災いがめぐりあわせのように到来し、非難を被ったりしましたが、かくも大きな罪にして懲罰が軽かったのは、喜びにたえません。(14)

この部分、「自ら死を選び、水中に身を投じて棺に入ることがなかった」(不自引決、抱石就木)とは、「報任少卿書」の「罪至り罔《のり》(法の網)加わるに及んで、引決自裁すること能わず」が念頭にある。捕らわれたために責任をとって自殺することもままならず、不名誉な獄中の生活を送ったことを言う。「荊呉の士や、剣客、名だたる男だてを招き、単独で一部隊を指揮し」(攬荊呉之士、剣客大俠、独当一隊)とあるのは、天漢二年、漢が匈奴を伐つ時、弐師《じし》将軍の李行利とは別に単独で出陣したいと武帝に叩頭して願い出た李陵の言葉「臣の将として辺に屯する所の者、皆荊楚の勇士奇材剣客なり。……願わくは自ら一隊に当たるを得ん」に酷似する。李陵が「荊楚」とするのを「荊呉」と変えたのは、郷里の呉県にもひっかけて、広く江南の人材を集めようと言うためであった。そして、こうした表現の重複や類似から、ここにも司馬遷や李陵へ自身の存在を重ねようとする唐寅の志向が垣間見える。あるいはこれは「文は秦漢」を標榜する古文辞派の影響によるものであろうか。

なかでも文人唐寅がより強く意識するのは、司馬遷のいわゆる発憤著書説である。先の部分に続き、手紙は次のように書き進められる。

ひそかに古人について思うところでは、墨翟《ぼくてき》は拘禁されて、はじめて薄葬の論を考えつきました。孫臏《そんぴん》は足の筋を断たれて、そこで兵法を書き著しました。司馬遷は宮刑に処せられた後に『史記』百篇が残りました。賈《か》誼《ぎ》は放逐されて、その文章は卓越したものとなりました。私は自らの非才を顧みず、彼らの驥尾に付すことで、人柄だけを見て善言まで破棄しない孔子の志に合致するよう願ったのです。そして昔の書物や伝聞を取捨し、百家の思想を整理し、儒家の経典を順序立てて受け継ぎ、学問の奥義に遊んで、一家の言を成し、これを好事家に伝え、高山に置こうとしております。私の死後、鮑魚（塩づけの魚）の生臭さを美味とし、その臭みを忘れる人がいて、わが言を言い伝え、わが心を探索し、きっと缶《ほとぎ》を打って酒を用意させ、拍子をとって嗚嗚《おお》と歌うことでしょう。[15]

先に述べた発憤著書説はたとえば「報任少卿書」に「蓋し文王は拘《とら》われて『周易』を演《の》ぶ。仲尼は厄《やく》せられて『春秋』を作る。屈原は放逐せられて、乃ち『離騒』を賦す。左丘は明を失って、厥《そ》れ『国語』有り。孫子は脚を臏《ひん》せられて、兵法修列せり。不韋は蜀に遷されて、世に『呂覧《りょらん》』を伝う。韓非は秦に囚《とら》われて、『説難《ぜいなん》』『孤憤』あり。『詩』三百篇大底《おおむね》聖賢の憤を発して為《ため》に作る所なり。此れ皆意《こころ》に鬱結する所有りて、其の道を通ずるを得ず、故に往時を述べて、来者を思う。乃ち左丘の目無く、孫子の足を断たるるが如き、終に用うべからず。退いて書策を論じて以って其の憤思を舒《の》べ、空文を垂れて以って自ら見《あら》わす」とあり、『史記』太史公自序にもほぼ同じ文を引くのがそうである。やや長い引用となったが、要するにさまざまな艱難辛苦に陥った古人が、それが深い動機となってその鬱屈した思いを述べて、書物が書かれたとする。それらの具体例のうち唐寅が重複して用いるのは孫臏のことだけだが、全体の趣旨は同じである。文のリズムの点でも「報任少卿書」が「屈原放逐、乃賦離騒。左丘失明、厥有国語。……」のように四字句を基調とするのに倣う。百三十篇ある『史記』を「史記百篇」と概数で述べるのもそのためなのである。

さらに「昔の書物や伝聞を取捨し、……一家の言を成し、……高山に置こうとしております」（将稟括旧聞、……以成一家之言、……託之高山）とあるのも、「報任少卿書」に「天下の放失せる旧聞を網羅し、……一家の言を成し、……之を名山に蔵す」と見え、これが基になっていよう。

また末尾の「きっと缶《ほとぎ》を打って酒を用意させ、拍子をとって嗚嗚と歌う」（撫缶命酒、撃節而歌嗚嗚）は、李斯のいわゆる「諫逐客書」（逐客を諫むる書）に秦の音楽について「夫れ甕《かめ》を撃ち缶を叩き、箏《こと》を弾じ髀《もも》を搏《う》って、歌呼嗚嗚として耳目を快くする者は、真に秦の声なり」と述べるのを出典とする表現であるが、この場合、より直接には楊惲の「報孫会宗書」が意識にあろう。楊惲は司馬遷の娘の子であり、祖父が著した『史記』を読み、史学の才能と行政の手腕によって抜擢された人である。だがその能力を誇って恨まれ、失脚した。彼は廃せられても謹慎せず、蓄財に励んだため、友人孫会宗が手紙で戒めた。「報孫会宗書」はその返信であり、そこに「酒の後、耳熱《あたた》かにして、天を仰ぎ缶を撫して、烏烏《おお》と叫ぶ」というのは、彼の出身地秦のこうした風習がいなかびて野蛮ではあるが、人間の情としては止められぬものと肯定する文脈である。そのように唐寅の著述も中央からは否定されようとも、真意を理解する人々からは支持されるだろうと期待する。

　こうして唐寅は官吏となり政治に参与するという士大夫の正道からは外れ、文人として世に生きた証を残そうと決意する。

ああ、貴兄、「男子は棺《かん》を蓋《おお》って事定まる」と申しますし、「わが舌があるかどうか見よ」と張儀は言いました。私はもとより気ままな侠客で、徳行など及びもつきません。計略をめぐらし、上も下も掌握しようとしたものの、功名もすたれようとしています。もしも筆と紙に托して自己を表現しなければ他に何ができましょう。蜉《かげ》蝣《ろう》のように、鮮やかな羽をつけ、長くはない命であっても、人々から愛惜されたいと思うのです。私がいつか無事にあの世へ行けるなら、墓に赴いて亡父に会い、子孫には唐寅という者が生きていたことを知らせます。歳月は短く、人の命は降る霜のようにすぐに消えるものです。俗世で恥をさらしながら、それに屈して従順にへりくだり、俸禄をかすめ取ることがどうしてできましょう。友人たちはそのような私をどう思うでしょう。子孫は唐寅をどう思うでしょう。[16]

ここで「計略をめぐらし……」とは文才を売り込んで科挙に合格し、官吏となることを指すか。しかし事件によって「功名もすたれ」、その上に下級役人を拝命するのはまさに「俗世で恥をさらし」「俸禄をかすめ取ること」だった。そこで彼は「筆と紙に托して自己を表現」する文人の道を選んだのである。

以上のようなわけで自身は貧賤を厭わぬものの、弟は一家の主人となるにはなお若く、頼るべき親族もないことから、その身を案じ、力添えを頼んで長い書簡を結ぶ。

もともと富貴など風に飛ぶ毛のごときものと見向きもしませんでしたから、今になって職にしがみつけば、友人の信頼を失います。寒さと暑さが交互に来たら、葛《くず》の単《ひとえ》物と皮衣でつないで凌ぎます。腹いっぱい食べれば満足し、飢えたら施しを乞うのです。大したものではありませんか。大鳥が高く飛び、名馬が疾駆するのです。貴兄はなぜつまらぬ利益を得ようと悩み、官位を求めて怒声を発するのですか。この他に申し上げたいことはありません。ただ愚弟は家を任せるにはまだ若く、近くにおじもおらず、衣食がなくなれば、きっと流浪して餓死するでしょう。以前議論しあった仲間は、みな節義を捨ててしまいましたが、余った食糧を犬馬のようなわが家に与えていただき、唐家の祭祀が絶えないようにして下されば、私の気持ちとしても安堵いたします。それ以外に何を望みましょう。貴兄には何卒ご明察下さい。[17]

この原文で約一千二百字に及ぶ長大な手紙を、悲壮さと風趣に富む点で李陵「答蘇武書」にほぼ匹敵するとし、唐寅は他に称すべきものが見当たらないが王廷陳とともに尺牘だけはなかなかうまいと評したのは、のちの古文辞派の領袖、王世貞（一五二六—一五九〇）であった。[18]「答蘇武書」とともに司馬遷「報任少卿書」にも倣って書かれたとする批評もあるが、[19]すでに見たように楊惲「報孫会宗書」からの影響もあると思われる。「答蘇武書」が後人の偽作であるという議論は今措いて、仮に李陵の作とする時、李陵・司馬遷・楊惲という書簡の作者は、いずれも当時、世に容れられず、不遇の人生を送った人々であり、彼らの書簡はみな『文選』巻四十一に収められている。これらはいわば「賢人失志」の書であり、唐寅の「与文徴明書」は主題・内容に上でも、表現・修辞の上でも、その系譜に連なり、伝統を受け継いでいる点で、彼の散文の代表作たるにふさわしいものであろう。

五、「送徐朝咨帰金華序」と「柱国少傅守渓先生七十寿序」

後半生の唐寅にはもう多くの紙幅を割きえないが、これまでとり上げていない「序」のジャンルより二篇、まずは「送徐朝咨帰金華序」（徐朝咨《じょちょうし》の金華《きんか》に帰るを送る序、巻五）の一部を見ることにする。これは正徳十一年（一五一六）、四十七歳の作。徐朝咨は蘇州知府徐讃《じょさん》の弟で、金華（今の浙江省金華市）から母親を見舞いに蘇州を訪れていたが、また帰ることになり、唐寅が送別の文章を書いて贈ったのである。金華は明初の散文の大家宋濂《そうれん》（一三一〇—一三八一）、号は潜渓《せんけい》の出身地である。

唐寅は金華の地には宋濂の遺風が現在も受け継がれていることに触れ、徐朝咨にもそれが窺えると称賛する。

私は若い時期、潜渓先生の著書を読み、仁義を根本に据えて礼楽を宣揚しているのに深く感じ入り、彼こそは明朝の大儒と考えたものでした。南行して金華を訪れ、村の士大夫に会ったところ、みな外見と調和させながら実質を重視し、古風かつ上品で、潜渓先生のおもかげが感じられました。……朝咨君はこの度遠路はるばる母堂の見舞いに戻って来ました。君主や親を思う真心の正しさは、彼の詩歌を見るまでもなく現れており、潜渓先生の遺風がきっと影響しているのでしょう。[20]

この「序」では兄徐讃の治政の手腕にも言及がなされ、徐朝咨が金華に帰ったあと、将来これを規範として継ぐようにと期待を寄せている。すなわち地縁では「潜渓先生」こと宋濂に、血縁では「呉郡公」こと徐讃に連なるこの人物を、平易で円満な言葉で穏やかに励ます。ここには唐の韓愈が李愿《りげん》に、柳宗元が薛存義《せつそんぎ》に贈った「序」のような、世の現実に対する批判や憤りはなく、先の「与文徴明書」に見られた悲憤慷慨の気分ももはや影をひそめている。

その三年後、正徳十四年（一五一九）には王鏊《おうごう》七十歳の長寿を祝う「柱国少傅守渓先生七十寿序」（柱国少傅守渓先生の七十寿の序、巻五）が書かれた。かつては中央の大官であり、郷試の試験官としても影響力を発揮したこの文豪も、当時はすでに呉県に隠居していた。五十歳となった唐寅は門生の一人として「寿序」を献じたのである。

文章は大きく三段に分かれる。第一段は人間と幸福の関係についての議論で、人の存在の大小に応じて幸福を授けることのできる範囲が異なることを述べる。ついで第二段では王鏊の生涯が回顧され、彼から幸福を被った者が甚だ多いと称賛する。そして最後に唐寅自身もその幸福に浴する一人であるとし、「寿序」を書くに至ったいきさつを簡単に記して文章を結んでいる。そのうち、ここでは最も特徴的である第一段より一部分を抜粋しよう。

思うに天下の人々に幸福を授けることができる者は、当人における幸福享受の度合いももろもろの天下の人々に勝っている。……もし今、一介の貧士が、善言を一つ発し、善行を一つ行っても、自分一人を幸福にできるだけで、自分以外には幸福がない。一郷・一郡の士も同様で、善言を一つ発し、善行を一つ行うと、一郷・一郡がその幸福を被る。幸福を享受することによって天下の人々に幸福を授ける者はといえば、宰相でなくては不可能である。宰相が善言を一つ発し、善行を一つ行うと、朝、朝廷でそれを出せば、夕方には天地全域に広がっている。人にあっては貴賤賢愚を問わず、異民族にも及ぶ。物にあっては鳥獣や草木、地にあっては日月霜露が乾かし潤す所、切り立った山岳や川・海に至るまで、その幸福を被らない所はない。……(21)

以上の議論は典故らしい典故も殆どなく、きわめて明快である。これを「思うに先生は平素より善言と善行の面では宰相の地位にあり、これを天下全体に施し、その幸福を被る者は人から物にも及んで、数えきれない。よって幸福の享受においても、さまざまな美点が揃っていて、人々の上を行くのである」（蓋公平日以言行之善、処宰相之位、施諸普天下之下、蒙其福者、自人及物、不可計算。故其享福也、備有衆美、而踰諸人耳）と、次の段で王鏊への称賛に結びつけているのは巧みである。

「寿序」というお祝いの文章であるから当然であるが、ここには王鏊に対する尊崇と敬愛の念のみが存在し、唐寅自身の個性の主張はない。

唐寅が朱宸濠の招きに応じたものの、結局何らなすところなく郷里に戻ったのは四十六歳の時だった。彼のこの行動は長らく胸中に閉じ込めていた政治志向が頭を擡げたゆえのものか、それとも単純に生活のためだったか。いずれにしても、以上の二つの「序」はそれ以後の作であった。これらの平易で穏やかな散文は、もはや迷いが吹っ切れて純粋に芸術に生きていた中年以後の円熟した唐寅像と結びついてゆくが、反面、かつての華麗さや激情は失われてしまっている。冒頭の『明史』に述べていた、彼自身が「そこにいない」とは、あるいはこうしたことであろうか。

六、結びに代えて

唐寅の文章の才を伝える逸話は多い。彼は散文家としてまず実力を買われ、それによって世に出ようとした。たとえば「金粉福地賦」はその過程の産物であっただろう。

事件に巻き込まれて官吏への道が断たれ、野にあって文人として生きることを決意した時、彼は自分の文藻を世に誇示する必要性を失った。「与文徴明書」はそれからほどなくして書かれ、挫折の中で不遇な古人に自身を重ねながら、真に文筆の世界に生き、その可能性に賭けようとした思いが切迫した表現で述べられている。唐寅中、随一の傑作とされるこの散文は、それを書かずにおれなかった彼の境遇、類似した先行作品の影響、文徴明という親友の存在があって初めて成立したものであろう。王世貞がこれを称賛したのはあるいは「文は秦漢」という古文辞派のスローガンに合致する文体だったからかもしれないが、単にそれだけにとどまらず、唐寅の置かれた境遇に重ねて読む時、困難の中で人はどう生きるべきかという、現代の我々にも訴えかける主題の重さも持っているように思える。

「与文徴明書」が修辞と激情を併せ持つ秀作なのは、その満たされない境遇に起因する内発性によるものであろう。このことはやや後の学者胡応麟《こおうりん》（一五五一―一六〇二）が「余《わ》れ三たび此の書を復して之を悲しむ。大塊（造物主）

才を忌《ねた》むこと固《まこと》に昔自《よ》りするも、亦た何ぞ荼毒《とどく》（苦しみ）の此《ここ》に至るに忍びんや。然れども伯虎、身、此の境に罹《あ》うに非ずんば、亦た以って此の書有る無し」（「題唐伯虎書牘後」）[22]と、つとに指摘している。それ以後の唐寅の散文がそうした特色を失い、穏やかになってゆくのは、あるいはその大半が付き合いで書かれた、いわゆる「応酬」の作だったことが大きいが、単にそれだけだろうか。

こうした文体の落差は、若年から中年、老年に至る唐寅の軌跡を物語るようでもあるが、祝允明が「或いは麗或いは濬、或いは精或いは泛、常の態無し」（「唐子畏墓誌并銘」）と言うように、唐寅の文章がそもそも有していた性格と見ることもできる。[23]こうしたつかみどころの無さにこそ、実は唐寅の散文の特色があり、そこには同時に唐寅という人物像の把握の難しさも存在しているのではなかろうか。

注

（1）寅詩文、初尚才情、晩年頽然自放、謂後人知我不在此、論者傷之。

（2）周道振・張月尊輯校『唐伯虎全集』（中国美術学院出版社、二〇〇二年）、並びに同『唐寅集』（上海古籍出版社、二〇一三年）の附録四・評論詩話参照。

（3）以下、作品の引用は原則として注（2）に掲げる『唐寅集』の本文に従い、巻数も同書によるが、一部、清・唐仲冕編『六如居士全集』によって文字を改めたところがある。

（4）唐子畏僑居南京日、嘗宴集某侯家、即席為六朝金粉賦。時文士雲集、子畏賦先成。其警句云、一顧傾城兮再傾国、胡然而帝也胡然天。侯大加賞。前句出李延年、後句出詩君子偕老篇。由是称其名愈著。

（5）麗抗万金、名斉百子。貯四姓之良家、延諸姑与伯姉。鳴屧回廊、探瓢曲水。……婉孌無名、穠纎合軌。賦成洛水、陳王尽八斗之才、夢出巫山、楚帝薦三杯之醴。

（6）東橋称唐六如広志賦、即口誦其賦序数十許語。……序托意既高、而遣詞亦甚古、当是一佳作。（『四友斎叢説』巻二十三）

(7)『関於唐寅的研究』(国立故宮博物院、一九七六年)七三頁。

(8) 県庭有梅株焉、吾不知植于何時。蔭一畝其疏疏、香数里其披披。侵小雪而更繁、得隴月而益奇。然生不得其地、俗物混其幽姿。前胥吏之紛拏、後囚系之嚶咿。雖物性之自適、揆人意而非宜。既不得薦嘉実於商鼎、効微労于魏師。又不得托孤根于竹間、遂野性于水涯。悵駅使之未逢、驚羌笛之頻吹。恐飄零之易及、雖清絶而安施。客猶以為妨賢也、而諷余以伐之。嗟夫。吾聞幽蘭之美瑞、乃以当戸而見夷。茲昔人之所短、顧仁者之不為。吾迂数歩之行、而仮以一席之地。対寒艶而把酒、嗅清香而賦詩可也。

(9) 嗚呼、生死人之長理、必非有頼而能免者。唯黄耇令終、則亦帰責于天、而不為之冤、隠然疾痛之心、久亦為之漸釈也。吾生無他伯叔、惟一妹一弟。先君醜寅之昏、且弟尤稚、以妹幼慧而溺焉。迨于移牀、懐為不置。此寅没歯之疚也。爾来多故、営喪弁棺、備歴艱難、扶携窘厄、既而戎疾稍舒、遂帰所天。未幾而内艱作、弔赴継来、無所帰咎。吾于其死、少且不俶。支臂之痛、何時釈也。今秋爾家襲作蓍亀、以有此兆宅。来朝駕車、幽明殊途、永為隔絶。有是庶物、用為祖餞。爾其有霊、必歆吾物、而悲吾詞也。於乎、尚饗。

(10) 寅白。徴明君卿。窃嘗聞之、累吁可以当泣、痛言可以譬哀。故姜氏嘆于室、而堅城為之隳堞。荊軻議于朝、而壮士為之徴剣。良以情之所感、木石動容、而事之所激、生有不顧也。昔每論此、廃書而嘆。不意今者、事集于僕。哀哉、哀哉。此亦命矣。俯首自分、死喪無日。括嚢泣血、群于鳥獣。而吾卿猶以英雄期僕、忘其罪累。殷勤教督、罄竭懐素。欠然不報、是馬遷之志不達于任侯、少卿之心、不信于蘇季也。

(11) 計僕少年、居身屠酤、鼓刀滌血、獲奉吾卿周旋、頡頏婆娑、皆欲以功名命世。不幸多故、哀乱相尋、父母妻子、躡踵而没、喪車屢駕、黄口嗷嗷。加僕之跌宕無羈、不問生産。何有何亡、付之談笑、鳴琴在室、坐客常満。而亦能忼慨然諾、周人之急、嘗自謂布衣之俠。私甚厚魯連先生与朱家二人、為其言足以抗世、而恵足以庇人。願賚門下一卒、而悼世之不嘗此士也。蕪穢日積、門戸衰廃。柴車索帯、遂及藍縷。猶幸藉朋友之資、郷曲之誉、公卿吹嘘。援枯就生、起骨加肉。猥以微名、冒東南文士之上。

(12) 方斯時也、薦紳交游、挙手相慶、将謂僕濫文筆之縦横、執談論之戸轍。岐舌而賛、弁口而称。墻高基下、遂為禍的。側目在旁、而僕不知、従容晏笑、已在虎口。庭無繁桑、貝錦百疋。讒舌万丈、飛章交加、至于天子震赫、召捕詔獄。身貫三木、卒吏如虎、挙頭搶地、洟泗横集。而後崑山焚如、玉石皆燬、下流難処、衆悪所帰。繢糸成網羅、狼衆乃食人。

馬氂切白玉、三言変慈母。海内遂以寅為不歯之士、握拳張胆、若赴仇敵、知与不知、畢指而唾、辱亦甚矣。

(13)整冠李下、掇墨甑中、僕雖聾盲、亦知罪也。当衡者哀憐其窮、点検旧章、責為部郵、将使積労補過、循資干禄。而籧篨戚施、俯仰異態、士也可殺、不能再辱。嗟乎吾卿、僕幸同心于執事者、于茲十五年矣。錦帯県髦、迨于今日、瀝胆濯肝、明何嘗負朋友、幽何嘗畏鬼神。茲所経由、惨毒万状、眉目改観、愧色満面。衣焦不可伸、履欠不可納。僮奴抛案、夫妻反目。旧有獰狗、当戸而噬。反視室中、甂甌破欠、衣履之外、靡有長物。西風鳴枯、蕭然羈客、嗟嗟咄咄、計無所出。将春掇桑椹、秋有橡実、余者不迨、則寄口浮屠、日願一餐、蓋不謀其夕也。

(14)吁欷乎哉、如此而不自引決、抱石就木者、良自怨恨。筋骨柔脆、不能挽強執鋭、攬荊呉之士、剣客大俠、独当一隊、為国家出死命、使功労可以紀録。乃徒以区区研摩刻削之材、而欲周済世間。又遭不幸、原田無歳、禍与命期、抱毀負謗、罪大罰小、不勝其賀矣。

(15)窃窺古人、墨翟拘囚、乃有薄喪。孫子失足、爰著兵法。馬遷腐戮、史記百篇。賈生流放、文詞卓落。不自揆測、願麗其後、以合孔氏不以人廃言之志。亦将隳括旧聞、総疏百氏、叙述十経、翺翔蘊奥、以成一家之言。伝之好事、託之高山。没身而後、有甘鮑魚之腥、而忘其臭者、伝誦其言、探察其心、必将為之撫缶命酒、撃節而歌嗚嗚也。

(16)嗟哉吾卿、男子闔棺事始定、視吾舌存否也。僕素佚俠、不能及徳。欲振謀策、操低昂、功且廃矣。若不託筆札以自見、将何成哉。辟若蜉蝣、衣裳楚楚、身雖不久、為人所憐。僕一日得完首領、就栢下見先君子、使後世亦知有唐生者。歳月不久、人命飛霜。何能自戮塵中、屈身低眉、以窃衣食。使朋友謂僕何。使後世謂唐生何。

(17)素自軽富貴猶飛毛、今而若此、是不信于朋友也。寒暑代遷、裘葛可継。飽則夷猶、飢乃乞食。豈不偉哉。黄鵠挙矣、驊騮奮矣。吾卿豈憂恋桟豆、嚇腐鼠邪。此外無他談。但吾弟弱不任門戸、傍無伯叔、衣食空絶、必為流莩。僕素論交者、皆負節義、幸捐狗馬余食、使不絶唐氏之祀。則区区之懐、安矣楽矣。尚復何哉。唯吾卿察之。

(18)明唐伯虎報文徴明・王稚欽答余懋昭二書、差堪叔李。伯虎他作俱不称、稚欽於文割裂、比擬亡当者、独尺牘差工耳。（『芸苑巵言』巻六）

(19)金性尭「唐寅」『中国著名文学家評伝（続編二）』（山東人民出版社、一九八九年）六〇二頁。

(20)余少読潜渓先生所著書、深嘆伏其根本仁義、鼓吹礼楽、以為一代儒宗。及南游金華、見其郷士大夫、皆彬彬尚実、古樸大雅、有潜渓先生之遺風焉。……朝咨君又不遠千里、来展定省。忠孝篤厚之誼、不待歌詩而見、而潜渓之風、蓋有験矣。

(21) 以為能福天下之人者、其享福也、必踰諸天下之人。……若今掘戸席簷之人、発一善言、行一善行、則足以福其身而已、身之外無有也。至一郷一郡者亦然、発一善言、行一善行、而一郷一郡蒙其福。至若以福福天下之人者、非宰相不能。発一善言、行一善行、朝出乎廟廊之上、夕布于宇宙之内。在人則貴賤賢愚、迨乎蛮貊。在物則翾飛喙息、艸夭木喬、在地則日月霜露之所熯沢、山川海岳之所流峙、無不蒙其福者。……

(22) 『少室山房集』巻百六。また鄧暁東『唐寅研究』(人民出版社、二〇一二年)一六八~一六九頁参照。

(23) 郭預衡『中国散文史　下』(上海古籍出版社、一九九九年)一五〇~一五一頁参照。

唐寅の曲

村田和弘

一、はじめに

唐寅は、成化六（一四七〇）年から嘉靖二（一五二三）年、明代中期から後期にかけて、主に蘇州で活躍した才子である。(1) 都市生活を風流に生きた自由さ、南京郷試で解元合格するほどの才能、会試での挫折と屈辱、貧窮な生活、秀でた詩書画、民間伝説に残された故事、人々から愛された人物。だがその曲についての研究は未だ十分になされていない。本稿では、あまり目を向けられてこなかった唐寅の曲を取り上げ、唐寅の残した文学世界の一端を解明したい。

唐寅は戯曲作品を残していない。従ってここで曲とは散曲を指す。唐寅散曲の研究は、実は多くない。研究が進んでいない大きな理由には、現存数が少ないこと、明代に出版された散曲集に散見される作品の整理が未だ途上であることなどが挙げられる。また外的要因に加え、唐寅自身に散曲作品を保存する意識がどこまで働いていたかも不明である。内的要因を横においてテクスト分析を進めることにどれほどの意味があるかわからないが、こうした条件のもと、散曲を通して伺える唐寅の文学に少しでも解明の手を加えたい。

代表例かどうかはわからないが、唐寅の曲がどのようなものであるか、一例を示そう。明末の白話小説集『警世通言』巻二十六に「唐解元一笑姻縁」という小説が収められている。(2) 唐寅と女性との姻縁を描き、風流才子たる姿を彷彿とさせる故事である。粗筋は、一目惚れした侍女を追いかけるために身分を偽り他家で働き、最後に目出度く団円するというもの。唐寅の曲は、他家へ入り込んだものの、侍女と会うことが叶わず、暮春にちなみ「黄鶯児」

一首を作り、自らの嘆き詠んで壁に書くという個所に出てくる。「黄鶯児」とは南曲商調に属する曲牌であり、題名ではない。ドラマ仕立てではない曲作品が散曲であるが、曲牌を単独で用いるものは小令と呼ばれ、曲牌を組み合わせて用いて組曲を構成するものは套数と呼ばれる。これは散曲小令作品である。

風雨送春帰、杜鵑愁、花乱飛、青苔満院朱門閉。孤灯半垂、孤衾半欹、蕭蕭孤影汪汪涙。憶帰期、相思未了、春夢遶天涯。

（風と雨が春の過ぎるのを見送る、杜鵑は愁い、花は乱れ飛ぶ、青苔が庭に満ち朱門は閉ざされたまま。孤灯は半ば垂れ、孤衾は半ば偏り、蕭蕭とした孤影と汪汪たる涙だけ。あなたと婚姻を結ぶ日のことを思う、恋しい思いは尽きない、春夢は天涯を繞る。）

唐寅が主人公であるから、恋の不成就を恨めしく思う男性の姿が詠まれていることになる。この曲を見た家主も「壮年鰥処、不無感傷（若者のやもめ暮らしだから、思うところなきにしもあらず）」と解釈する。小説は、唐寅が侍女秋香を娶り、家主とも再会して無事団円し、「至今呉中把此事伝作風流話柄（いまに至るまで蘇州ではこの出来事を風流話として伝えている）」と述べて終わる。小説には唐寅の他の詩詞も引用されていて、話柄とともにそれら作品が伝播したことがわかるのであるが、その中に散曲小令も含まれていることが注目される。詩詞と同様に、曲も読解されるテクストとして民間に流通・伝播する対象であったことが確認されるのである。

小説に引用されたこの曲は小説の作者・編者により改竄されている。唐寅の原作は次のようなものである。

風雨送春帰、杜鵑愁、花乱飛、青苔満院朱門閉。灯昏翠幃、愁攅翠眉、蕭蕭孤影汪汪涙。惜芳菲、春秋幾許、碧草繞天涯。

（風と雨が春の過ぎるのを見送る、杜鵑は愁い、花は乱れ飛ぶ、青苔が庭に満ち朱門は閉ざされたまま。灯火は翠の幃にほの暗く点り、愁いのあまり翠眉は寄り集まる。蕭蕭とした孤影と汪汪たる涙だけ。花の美しさが惜しまれる、年月は幾許か、碧草は天涯を繞る。）(3)

傍線部が小説で改作を受けた個所だが、こちらで読むと登場人物は女性であり、過ぎゆく春を惜しむ表現がちりばめられていることがわかる。乱れ飛ぶ花、緑なす苔・幃・眉・草、どのくらい残されているのかわからない時間、美しさの失われゆくことへの怯え。これらの語が印象的に用いられているといえる。改作者は唐寅原曲のそうした特色を理解した上で、小説の筋に合わせて文字を改変しているが、それはとりもなおさず唐寅曲の文学的な特色を示してもいる。唐寅の故事伝説と散曲作品が通俗文学としてセットで流布する出版環境が明末の江南社会には存在したのである。そこで以下では伝統文学と通俗文学の混淆という視点から唐寅の曲作品を捉えることを試みたい。

二、作品の整理

まず現存する唐寅の散曲について概観しておく。何大成刻『唐伯虎先生外編続刻』十二巻（何刻続刻本と略称する）の書誌情報に「曲十六套、散曲四十四闋」という数字が挙げられている。(4) この套数十六套、小令四十四首というのが、早い段階での散曲の残存数である。この版本は万暦四十二（一六一四）年の刊行であるから、唐寅の死後約九十年である。[5]

江兆申は唐寅の詩文創作活動において驚くべき点が二つあると述べる。一つは世に名を響かせる師に師事していないこと、もう一つは作品を網羅するような詩文集が整理されず、系統的にその文学作品が伝えられなかったことである。[6] 死後十一年という最も早く編纂された詩文集である嘉靖十三年袁袠刻本に付された袁袠の序文には「唐伯虎集二巻、楽府と詩あわせて三十二首、賦二首、雑文十五首、その中で金粉福地賦は欠けていて伝わらない。伯虎の他の詩文もたいへん多いけれども、それらの文体はこれらの類に属しない。これらの多くは若い頃の作品であり、たいへん六朝風を尊重している。ただ金焦、匡廬、厳陵に遊ぶ、鰲山を観るなど諸詩及び嘯旨後序は中年の作品であり、選集に入れるべきものなので、選集に附録した」とある。[7] すなわち嘉靖十一年の段階では、曲は未整理の状態であったか、重要な作品であるとの認識がなかったのである。いずれにせよ唐寅自身が曲の整理保存に努めたとは考え難い。

二十世紀、『全明散曲』が出て、唐寅の曲の総集が初めて編纂された。[8] 唐寅の曲作品として小令五十首、套数二十套を収め、さらに他者の作としても見える複出套数三套を掲載する。複出套数を除いた小令五十首、套数二十套という数字が、唐寅の曲作品の現存総数を示すものとして、しばしば引用される。[9]

これに対し『唐寅集』は異なる編纂を行っている。『全明散曲』所収作品との対応表を挙げておこう。『全明散曲』の【　】は宮調・曲牌を示し、○数字は小令作品、〈　〉数字は套数作品、アルファベット小文字は複出套数作品として掲載されたものを示す。（　）内は収集先である。『唐寅集』の套数には（　）数字、小令にはアルファベット大文字をあて、後ろの（　）内に収集先として先頭に掲載されているものを代表例として挙げた。なお最後の『唐伯虎全集』は北京市中国書店が出版したもので、総集化される前の姿を反映していると思われるので参考に記した。[10] 収録されていれば○、数字は掲載順、雑は「曲」とは別に、「伯虎雑曲」として収録されているものであることを示す。

曲作品対応表

『全明散曲』	『唐寅集』　　『唐伯虎全集』
〔小令〕	
Ⅰ【南商調黄鶯児】	
①「詠美人浴」（伯虎雑曲）	小令Ｂ詠美人浴（何刻続刻）　○（４の後の後）
②～⑬「失題十二首」 （全て伯虎雑曲）	小令Ａ（何刻続刻）　②～⑥＝○（４の後） ⑪～⑬＝○雑２～４ ⑦～⑩＝○雑17～20
Ⅱ【南仙呂桂枝香】	
⑭春情（伯虎雑曲）	（7）春情－１（何刻続刻）　○７
⑮～㉑失題七首 （全て伯虎雑曲）	⑮⑯⑰＝（7）春情－２・３・４（何刻続刻）　○７ ⑱⑲⑳㉑＝小令Ｅ（何刻続刻）　○雑21～24
Ⅲ【南商調集賢賓】	
㉒～㉖失題五首 （全て伯虎雑曲）	㉒＝小令Ｃ　○雑１ ㉓㉔㉕㉖＝小令Ｄ（何刻続刻）　○雑26～29
Ⅳ【南商調山坡羊】	
㉗～㊲失題十一首 （全て伯虎雑曲）	小令Ｇ（何刻続刻）　㉗～㉟○雑５～13 ㊱・㊲○雑31・32
Ⅴ【南仙呂羽調排歌】	
㊳詠纎足（伯虎雑曲）	小令Ｆ（何刻続刻）　○雑16・按語
Ⅵ【南仙呂二犯月児高】	
㊴～㊷失題四首 （全て伯虎雑曲）	閨情（16）（何刻続刻）　○雑30套数 ・（補１）（呉騒合編）
Ⅶ【北双調対玉環帯清江引】	
㊸～㊿嘆世詞八首 （全て伯虎雑曲）	㊸㊹㊺㊻＝嘆世詞（17）（何刻外編巻外） ○雑43套数 ㊼㊽㊾㊿＝嘆世詞（補６）（珊瑚網書録巻16）

〔套数〕	
〈1〉春景（伯虎雑曲）	怨別（1）春景（何刻続刻）　○ 1
〈2〉夏景（伯虎雑曲）	怨別（2）夏景（何刻続刻）　○ 2
〈3〉秋景（伯虎雑曲）	怨別（3）秋景（何刻続刻）　○ 3
〈4〉冬景（伯虎雑曲）	怨別（4）冬景（何刻続刻）　○ 4・識語
〈5〉失題（伯虎雑曲）	（9）欠題（何刻続刻）　○ 9
〈6〉失題（伯虎雑曲）	（10）欠題（何刻続刻）　○ 10
〈7〉失題（伯虎雑曲）	（11）欠題（何刻続刻）　○ 11
〈8〉秋思（伯虎雑曲）	（14）秋思（何刻続刻）　○雑 14 套数
〈9〉失題（伯虎雑曲）	（13）恨別（何刻続刻）・按語　○雑 25 套数
〈10〉傷春（伯虎雑曲）	（12）傷春（何刻続刻）　○ 12・識語 ・伯虎雑曲識語
〈11〉春情（伯虎雑曲）	（6）春情（何刻続刻）　○ 6
〈12〉失題（伯虎雑曲）	（5）緑窗春思（何刻続刻）　○ 5
〈13〉春情（伯虎雑曲）	（8）春情（何刻続刻）　○ 8
〈14〉情柬青楼（伯虎雑曲）	（15）情柬青楼（何刻続刻・原注）　○雑 16 套数
【南北双調合套】 〈15〉失題（伯虎雑曲）	小令ＨＩＪＫＬＭＮＯＰＱ（何刻続刻） ○雑 33 ～ 42
〈16〉閨情（呉騒合編）	無し
〈17〉詠遇（呉騒合編）	（補 2）詠遇（呉騒合編）
〈18〉情怨別離（昔昔塩）	無し
【南北双調合套】 〈19〉四景閨情（群音類選）	（補 4）閨情（呉騒合編）
〈20〉閨怨（群音類選）	（補 3）夜思（呉騒合編・太霞新奏評）
〔複出〕套数	
a 詠妓	（補 5）（古今奏雅巻 6）
b 湖景	無し
c【香羅帯】	無し

『全明散曲』は主に「伯虎雑曲」に依拠し、各種散曲選集から唐寅作と注記されている作品を取捨選択して編纂されたものである。『唐寅集』は何刻続刻本等版本をもとに整理し、散曲選集に見える作品を補遺としてまとめているが、『全明散曲』で唐寅作と判断した曲を削除する場合や、複出のため存疑とされていた曲を補遺に含める場合、あるいは套数とされていた作品群を小令とするなど、それぞれの編纂方針が異なるケースがあり、錯綜している。

ところで、『唐寅集』は套数（13）の後に按語を付し、何刻続刻本では套数（12）の後に「右曲十三套は、『詞林選勝』に見える」という注記があると述べる。北京市中国書店本『唐伯虎全集』巻四の套数（12）の後にも同じ注記が見える。

『唐寅集』と以前のテキストで「十三套」という注記の場所が異なるのは、以前のテキストでは套数（4）と套数（5）の間に小令「黄鶯児」六首が挟み込まれ、それを一套として算入しているためである。ではなぜ小令の挟み込みが起ったのか。『唐寅集』の按語は続けて趙雲度の手紙に触れている。これは北京市中国書店本『唐伯虎全集』巻四の排歌「繊足を詠む」の後ろに附された趙元度の手紙と同一である。趙元度の手紙には、「伯虎集捜訪極博矣。敬服敬服。第「楼閣重重」一套、「因他消痩」一套、□□（二字欠）見其為古詞、元末国初人作、非唐先生者。而「春去春来」一套、乃真唐作矣。乞入此而去此両套、庶為善本」と記されている。すなわち套数（1）と套数（13）は唐寅の作ではないので、伯虎集から削除すべきであり、かわりに「春去春来」の一套を入れるべきだ、という内容である。「春去春来」は「嘆世詞」のことであろう。北京市中国書店本『唐伯虎全集』巻四には、その後にさらに批語が続き、末尾で「刻成不忍削去、姑両存以便歌者」と述べる。すなわち刻版が終わっているので削り取るのに忍びなく、しばらくは両者とも残しておく、という刻版者の按語である。こうした意見を受けて、どこかの段階で「因他消痩」一套が「十三套」から外され、伯虎雑曲に残され、かわりに「黄鶯児」六首が挿入された姿を北京市中国書店本『唐伯虎全集』は示していると推測される[11]。それがさらに『唐寅集』編纂の段階でもとに戻されたのであろう。

なお「楼閣重重」の一套については、套数（4）の後に何大成の批語があり、次のように述べる。「伯虎閨情四闋、世所伝者祇「楼閣重重」一套耳。偶閲詞林選勝、其三闋倶全。且如皂羅袍「柳絲」句、坊刻作「綰断」、今本作「暗約」、香柳娘「夢回」句、坊刻作「巫山杳」、今本作「巫山廟」。意調迥別、的為別本、因覆録之、不妨並載云。万暦丙辰花生日、慈公識」。[12]これによると、『詞林選勝』にもとづいて、この四套を唐寅作の一連のものとみなし、なおかつ坊刻本の字の誤りを正すことができ、唐寅曲の意境を十全に表現することができる資料価値の高いものと判断されることから、この四套をまとめて版刻したことがわかる。万暦丙辰とは万暦四十四（一六一六）年であるから、つまるところ何刻続刻本が出版された明代万暦期において、『詞林選勝』に掲載された十三套が、まとまった形での唐寅の散曲として認識されていたということができる。

『詞林選勝』に関しては、何大成の別の批語にも見えており、唐寅曲の収集が大きくこの書物に依拠していることが述べられている。[13]批語はまず蘇州の繁華なさまと大叔父の回想から始まる。

何大成は六如先生の曲譜を読み、ため息をつき、感じるところが有った。以前、私の母方の大叔父の西巌秦氏は、とくに音律に詳しかった。かつて南京郷試を受験したことがあったが、八月十六日であったので、足の赴くままに桃葉渡のあたりを散歩すると、蘇州中の男女がきらびやかに着飾り、人垣ができるほどの人出であった。府学の秀才たちや遊里の女性たちが打ち揃い、歌舞が入り混じり、画舫が犇めいていた。西巌はそこで念奴嬌序一闋を歌い、低い節回しで慷慨を込め、傍若無人な様であった。渡し橋を取り囲んで聞き入る者は数知れないほどであった。[14]

「六館」は普通、国士監の学生を指すが、ここでは蘇州の府学の学生を指すであろう。「念奴嬌序」は、南大石調過曲の曲牌の名称の一つである。[15] 唐寅の曲作品を読み、感慨を催して蘇州の思い出を述べたものである。

しばらくして、月が堤防に沈み、時が経ち蝋燭も溶け始めたころ、先ごろの女性たちが、先を争って席について遊びを始めた。檀板を手に持って曲の調子を取り、琴を抱えて意を表し、周郎の盼睞がまとわりつき、枕を襄王に進めることを祈り、李謩の譜詞を悦び、簫を秦女に吹奏させ、まことに楽しいものであった。あれからまだ数十年も経たないと言うのに、風流は頓に尽きてしまい、……私の大叔父の鳳巌公はいつも私にそう言うと、きまってすすり泣いて顔中を涙で濡らすのであった。[16]

以前経験した風流と今はそれが失われたことを述べた後、『詞林選勝』について言及する。

ああ、人は時代とともに衰え、音曲の調べも時代とともに違う。雑然とした音が句を重ね、徒らに白苧の篇を伝え、音韻を捻じ曲げて曲調を埋め、ただ紅泉の帙を美しく見せかけるばかり。どうして詳しく調べて曲に合わせて填詞し、弁別して決まりを守り、曲譜に従って曲調を合せ、かならずその主旨に沿わなければならない。たやすく少しばかりの知識でもってみだりに言うことなど叶わないのである。『詞林選勝』の一編は、魏良輔が点板したものであり、六如の曲を大変多く掲載していて、私はそれをメモに取っておいた。その曲詞に秘められた意は、伝えられていないものが種々ある。論評者たちにより出鱈目な題評を書かかれ、街中どこでも勝手に改竄されている。鶯声柳色も、ただ亥豕魯魚の音を聞くばかり、鳳管鸞箏も、浮沈清濁をきちんと分けていない。繊妍さは具わっているけれども、妙義から全く乖いてしまっている。私は曲については不学ではあるが、伯牙を慕う心で、資財を拠出して刻工を募り、繕写を尽くした。また更に諸本の刊誤についても、一一列挙して附した。……丙辰三月禊日、虎邱漫りに志《しる》す[17]。

何刻続刻本の裏事情が語られていることから見ても、『詞林選勝』が唐寅の曲の編纂に大きな位置を占めたことがわかる。唐寅曲の流布は、このような散曲選集の出版に依るところが大きいことが確認される。嘉靖から万暦への時代の移行とともに、唐寅曲の「再発見」が進んだのであろう。

　唐寅の套数作品の全体像を探る作業は別の機会に委ねるが、ここではその一部だけ紹介する。江兆申は、不学であるとの理由で唐寅の曲についての論評を避けるが、套数（7）「春情」第四曲「桂枝香」を代表例として挙げる[18]。「桂枝香」は曲牌名。『全明散曲』はこれを小令として扱っている。

子規啼切、空叫東風寒夜。春光已去多時、猶道不如帰也。故添人怨嗟、故添人怨嗟、不念我芳容消怯。愁対孤灯明滅。月初斜、聴残玉漏声将歇、欲夢陽台路転賒。

（ほととぎすが哀切に鳴く、春風吹く寒い夜にむなしく鳴く。春の日差しが過ぎ去ってもうすでに随分時がたつが、それでもいまだに「帰った方が良い」と鳴く。怨む思いは強まるばかり、怨む思いは強まるばかり、わたしが容姿の衰えに怯えることなどお構いなしに。愁いを抱いてぽつんとした灯りがちらちらと燃えるのを見つめる。月がようやく傾き、水時計の残りも尽きようとする音を聴く、陽台で夢に会いたくとも道は遥かに遠くて会いに行けない。）

陽台は宋玉「高唐賦序」に出てくる場所。女仙が「巫山の陽、高丘の岨」で朝には雲となり、晩には雨とならんと言い残した場所であり、女性が男性と会う場所を指す。登場人物は女性であり、閨怨がテーマである。「不念我芳容消怯」と一人称「我」が登場し、春の時間の推移とともに衰える容色、容色の衰えとともに消えるであろう男性の自分に対する愛情、こうした女性の内面のおそれ、おびえが詠み込まれている。句の主語が「子規」であることで、登場人物が聞き手となる仮構が成立し、読者と登場人物の同化を促す、曲らしい表現であるといえる。また下向きの視線の捉える近景の孤灯、上向きの視線の捉える遠景の月という視覚描写と漏刻の音という聴覚描写を続け、最後に典故を応用して女性の絶望と孤独を述べる。唐寅曲の修辞の華麗さが出ている作品である。次に、これらの唐寅の曲作品はどのように評価されてきたのかを考えてみたい。

三、唐寅の曲をめぐる評価

唐寅の曲の資料として套数十三套がひとまとまりとして扱われていた状況を見てきたが、唐寅曲の評価としては、小令の方が言及されることが多い。典型的には王世貞の次の評語が挙げられる。

吾が呉中に南曲を以て名ある者は、祝京兆希哲、唐解元伯虎、鄭山人若庸である。希哲は能く大套を為し、才情に富むも駁雑が多い。伯虎の小詞は翩翩として致有り。鄭の作りし所の玉玦記が最も佳く、他は未だ是と称せず。(『芸苑巵言』附録巻、後に『曲藻』として単行された)(19)

この評語は、ほぼそのまま『衡曲麈譚』にも見える。『衡曲麈譚』は明末の散曲集『呉騒合編』に掲載された論著である。『呉騒合編』は張琦の編であり、『衡曲麈譚』も同人の著と推定されている。

吾が呉中に南曲を以て名ある者は、祝希哲、唐伯虎、鄭若庸の三人が媲美たり。京兆は能く大套を為し、富麗なるも駁雑が多い。解元の小詞は繊雅にして絶倫たり。鄭の為りし所の玉玦記に其の一斑が見わるるも、ほかは未だ道うに足らず。(20)

「翩翩有致」が「繊雅絶倫」となっている。「上品で趣深い」という印象が「細やかで風雅で他に類を見ない」という評価へと変化しているが、小令を高く評価することに違いはない。また王驥徳『曲論』「雑論」にも数カ所で言及がある。

近ごろの詞を為る者は、……南は則ち金陵の陳大声、金在衡、武林の沈青門、呉の唐伯虎、祝希哲、梁伯竜にして、陳・梁が最も著われる。唐・金・沈の小令は並びに斐亹にして致有り。祝の小令も亦た佳なるも、長套は草々たり。(21)

小令は唐六如、祝枝山の輩の如き、皆小しく致有り、しかれども祝は漫語多し。(22)

前者の「斐亹」は、孫綽「天台山に遊ぶ賦」に「彤雲斐亹として以て檽を翼す」とあり、李善注「斐亹は、文彩の貌」を踏まえれば、色鮮やかで美しいことの意味である。(23)「南」は、「北詞」つまり北曲との対で使用されているので南曲の意味に解す。南曲の小令では蘇州の唐寅、南京の金鑾、杭州の沈仕の三者の作品が「斐亹」で「有致」な作品であるという評価である。後者の「小致」も「有致」と同様の評価であろう。

『明史』巻二百八十六文苑伝の唐寅伝は「若年は才情に溢れ、晩年は頽然自放となった。「後世の人が私の意がここにはないことを分かってくれるだろう」と言っていたが、傷ましいことである。呉中の祝枝山の輩とともに世間に放誕不羈として人目を引いたが、文才は軽艶にして、流輩を傾動し、伝え説く者が増益して附麗し、往往にして名教の外に出た」(24)と評価するが、「文才軽艶」という評語が散曲小令の「有致」「小致」と通じるところであろう。また沈徳符の『万暦野獲編』補遺巻四「祝唐二賦」は、曲ではない文体についても「有致」という評語を用いている。

> 成化・弘治年間のこと、呉中の祝枝山、唐六如は前後して雋声を負い、艶藻に豊富であった。唐寅に大変美麗な『金粉福地賦』があったが、惜しむらくは私はまだ見ていない。祝允明に先に『煙花洞天賦』が有り、正に唐作と対を作すことができる。その後又『風流遁賦』が有るが、皆俳語であった。私は若い時に曽て友人と鈔本を目睹したことがあり、なお一二聯を憶えている。……その他は皆書くまでもない。詞は淫媟ではあるが、また自ずから致が有る。おそらく二公とも老いて公車に志を得ず、跡を平康に寄せて、その壮心を銷《け》そうとしたのである。礼法の士に嗤われようとも、相手にするものではなかった。(25)

「呉中四才子」と呼ばれ、科挙で挫折し、そして桃花塢に居を構えた頃の唐寅の文学に対する評価を伝える一文である。あるいは唐寅に対して「有致」と評価するのが定説であったのかもしれない。

ではこのような、小令などに対する「有致」「小致」（あるいは「軽艶」）という評語が捉える内実はどのようなものであるのか。端的に言ってそれは、曲の詞化、曲の雅化、すなわち曲と詞の混淆であると言ってよい。(26)

内実の探索の前に、唐寅の曲をめぐる明代の議論についての一例を挙げよう。墨憨斎馮夢竜が編纂した散曲選集『太霞新奏』は唐寅の「夜思」套数一曲を収録している。そこに附された編者馮夢竜のコメントによると「この套詞はたいへん本色であるけれども、しかし腔は多くが叶っていない。三籟は非常に律調に厳しい。それなのにこれを推薦して上乗としているが、私には理解できない。墨憨の改本を得たが、一快と為す」[27]と評している。套数曲のことを「套詞」と称し、曲と詞を区別していないことは明白である。また評価に関して「本色」と「律調」に言及していることが注目される。ともかく、この曲はその後、『呉騒合編』越調巻三に収録され[28]、さらにそれが『唐寅集』の補輯巻五に収録された。対応表で（補3）と記したものがそれである。

「本色」については後に述べることとして、批判を受けた「三籟」とは、即空観主人凌濛初の編纂した散曲と南戯の撰集『南音三籟』のことである。その即空観主人の序文は「楽の今の世に伝わらざることより、声音の道の天地間に流行するは、ただ詞曲一種のみ」[29]と述べる。「詞曲」の正統性を歴史化して述べる内容であるが、ここでいう「詞曲」は選集の構成からみて散曲と戯曲を指し、しかも「南音」であるから南曲の宮調を用いた散曲と戯曲に特化している。そして音楽の道はこれら南曲の散曲と戯曲によって今の世に伝えられているのだと主張するのである。こう主張すること自体が、北曲に対する劣等意識の裏返しであろうが、積極的な理由としては、従来の詩文に飽き足らぬ要素を「南音」の「詞曲」が持っていたからである。凌濛初はそれを「自然の音節」と言う。「夫れ籟とは自然の音節である、蒙の荘子は之を分別して三と為し、その要は皆自然を以て宗と為す、故に凡そ詞曲の字に平仄有り、句に短長有り、調に合離有り、拍に緩急有り、其れ所謂宜と不宜となるは、正に自然と不自然との異なれるを以て茫忽の間に在り」と述べる[30]。また「凡例」の一つでは「曲は三籟に分かれる、其の古質自然、行家本色なるものを天と為し、其の俊逸有思、時として質地を露わすものを地と為し、若したただ粉飾藻繢、沿襲靡詞なるものは、名が詞流に重く、声の里耳に伝わると雖も、概ね之を人籟と謂うのみ」と述べる[31]。詞曲を天籟・地籟・人籟の三つに分け、「古質自然」で「行家本色」なるものを天籟とし、「俊逸有思」なもので、本来のよさが表れてもいるものを地籟とし、たんに美辞麗句の常套語を連ねているだけのものは、たとえ有名な作者の作品で、俗耳に馴染んだものであっても、一番低い人籟とする。凌濛初の評価基準が「行家本色」と音律にあったことがわかる。その『南音三籟』散曲編に採録された唐寅の散曲は次の四首である。

・南呂宮・香遍満「春風薄分」（套数（14）「秋思」）＝人籟
・越調・亭前柳「瓶墜宝簪折」（補（3）「夜思」）＝天籟
・仙呂入双調・歩歩嬌「楼閣重重」（套数（1）「怨別」）＝地籟
・附録小令・羽調排歌「第一嬌娃」（小令F）＝地籟

その中で天籟と評価されたのが「亭前柳」の一套であった。凌濛初は後評で『呉騒集』の評語を引用しながら、その判断の根拠を述べている。(32)

『呉騒』に「袁了凡先生の論文に、文は真を貴び、深を貴ばずという。文が真でないのは、学問が誤らせるのである。曲は小技と雖も、実に一致のみ。今人は専ら藻絵に務め、本色を剗去するが、呉歌の「掛枝児」が、反って情に近いことにかなわない。曲のように、庸言を直述し、閨吻を具さに真似ることができるものがあろうか。真に詞家の上乗なり」という。『呉騒』の去取識別は、まったく当たっているという訳ではないが、しかしこの議論については当を得ていて、曲を論ずることができることがわかる。(33)

『呉騒集』は袁了凡を引き、「真情」と「学問」を対比させ、「真情」を肯定する。散曲は末技にすぎないが、真を目指す点において優れている（「一致」）。だが今の曲の作者は修辞に凝るばかりで「本色」を削り取ってしまっている。むしろ呉の俗曲「掛枝児」のほうが「情」に近い。なによりも曲が曲であるのは、口語（「庸言」）を使用し、女性の口ぶり（「閨吻」）を直接描写し得ることにある。それこそ曲作品（「詞家」）の最上（「上乗」）のものであると述べる。凌濛初は唐寅の套数に対する評価として、これに賛同している。評価点は、やはり「本色」であった。馮夢竜は唐寅の曲が「本色」であるのを認めた上で、曲調の観点から凌濛初の評価に異議を申し立てたのであった。

『太霞新奏』と『呉騒合編』が墨憨斎改本と明記する補（３）「夜思」について『南音三籟』と比較して見ると、『太霞新奏』の眉批に「旧」として掲載された文字が、そのまま『南音三籟』に見えることがわかる。例として第一曲「亭前柳」について、『南音三籟』（南）、『太霞新奏』（太）、眉批「旧」の三者を比較すると、次のようになる。

（南）瓶墜宝簪折、人遠信鸞絶。又早黄昏到、欹枕暗傷嗟。（合）被児被児温不熱、冷似鉄、涙点児都漸成血。
（太）瓶墜宝簪折、人遠信音賒。又早黄昏到、欹枕暗傷嗟。（合）被児怎地温得熱、冷似生鉄、涙滴点漸成血。
（旧）旧云、冷似鉄、涙点児都漸成血、欠叶。

原作に対して「叶を欠く」つまり曲調に合わないとされた個所が丁寧に改作されているのがわかる。また他にも何の指摘なしに改作されている個所も見られる。補（３）は馮夢竜による改作テキストであることが明言されていながら『太霞新奏』と『呉騒合編』の文字を採用している。資料の整理が未だ十全でない所以である。

ここで「本色」という評語について簡単に触れておこう。「本色」とは本来の曲らしさという意味で、曲に対する理念的で理想的な在り方を示す語である。[34] 現実の戯曲を論評する際の思考の出発点として提出される理念が「本色」であるといってもよい。曲はもともと登場人物が語り歌う文芸であるから、登場人物らしい言葉遣いや歌詞が良い作品となる。だが時として作者の文才に傾くものも生まれる。文彩に傾く作品は「文詞家」と呼ばれ、「本色」

に照らして批判の対象となる。王驥徳の議論を見てみよう。

曲の始まりは、止だ本色の一家のみ。元劇及び琵琶、拝月の二記を観れば見らるる可し。香嚢記の儒門の手脚を以て之を為す自り、遂に濫觴して文詞家一体有り。近くは鄭若庸の玉玦記の作るや、益々修詞に工に、質幾んど尽く掩われる。夫れ曲は物情を模写するを以て、人理に体貼し、取る所委曲宛転たりて、以て詞を説くに代わる。一たび漢續に渉れば、便わち本来を蔽う。然るに文人学士、積習未だ忘れず、其の靡なるに勝えず、此の体遂に廃す能わず、猶お古文六朝の秦漢に於けるがごとし。（『曲律』「論家数」第十四）(35)

「本色」すなわち本来あるべき姿に反して、儒家の教養を背景とするような典故を多用し、修辞の華美さを誇るスタイルが批判の対象となる。その先蹤となった作品が『香嚢記』であったとされている。だが王驥徳は単純な「本色」原理主義者ではなく、「本色」と「文詞」をともに曲におけるスタイルとみなし、両者のバランスを取ることを提唱する。

大抵、本色を純用せば、寂寥を覚え易し。文調を純用せば、復た琱鏤に傷む。拝月は質の尤なる者、琵琶は兼ねて之を用い、小曲の如きは語語本色なり、大曲の引子の「翠減祥鸞羅幌」、「夢遶春闈」の如き、過曲の「新篁池閣」、「長空万里」等の調の如きは、未だ嘗て綺繍満眼ならざるなし、故に是れ正体なり。玉玦の大曲は、佳処無きに非ず。小曲に至りては亦た復た学問を填垛し、則わち第だ聴く者を令て憒憒たらしむ。故に作曲する者は須らく先ず其の路頭を認め、然る後に徐に工拙を議す可し。本色の弊に至っては、俚腐に流れ易し。文詞の病は、毎《つね》に太《はなは》だ文なるに苦しむ。雅俗浅深の弁は、微茫に介在し、又た善く才を用いる者の之を酌むに在

るのみ。（同前）[36]

「本色」だけでは文芸としては寂しい、「文詞」だけでは修飾過多で文意が取りにくい。前者が俗で浅、後者が雅で深であるとするならば、その両者の間に居ること、あるいはその両者の間を行き来することが、曲の魅力であるという主張に読める。

このように唐寅の曲への評価を見てくると、「有致」と「本色」が同時に存在することに気付く。「有致」を典故の多用、つまり文彩への傾きと捉え、「本色」を口語的表現や女性の口吻、つまり曲らしさと捉えるならば、唐寅の曲は、その間を行き来する作品であると評価されていたことにならないだろうか。唐寅の曲の魅力は、そこにあると感じられていたのではないだろうか。

もう少し唐寅の曲と「本色」の関係について資料を見てみよう。沈徳符『万暦野獲編』巻二十五「詞曲」に「南北散套」という記述がある。南曲と北曲それぞれの散曲小令と套数について述べた文章である。その「南詞」（南曲）の部分を引いて見てみよう。

南詞は陳・沈諸公の外にも、「楼閣重重」、「因他消痩」、「風児踈刺刺」等の套は、尚お是れ成・弘の遺音なり。此の外、呉中の詞人に唐伯虎、祝枝山の如きあり、後は梁伯竜、張伯起の輩と為す。縦え才情有りとも、倶に本色に非ず。[37]

沈徳符は成化・弘治年間の南曲作家として「陳・沈」二氏を挙げる。これは前掲『曲律』「雑論」に名が見えた「金陵の陳大声」と「武林の沈青門」であろう。「楼閣重重」、「因他消痩」、「風児踈刺刺」などの套数は、成化・弘治の頃の成果を留めている。他にも蘇州の唐寅や祝允明らがおり、後は梁辰魚や張伯起らが輩出した。才情豊かではあるが、いずれも「本色」ではないという内容である。沈徳符の評価は「本色」寄りであり、「才情」をより低く扱っている。それゆえであろうか、唐寅と祝允明への評価は「成弘遺音」と「才情」と「本色」の間で微妙に揺れ動いているようである。

「成・弘の遺音」として引用した套数三例について、沈徳符は作者名を明かしていない。作者を意識しないほど流布していたと想像されるが、現在から見て前二者は唐寅の作品であると推定できる。三番目については不明とする。

まず「楼閣重重」は套数（1）「怨別」の「春景」である。套数（1）から（4）は春夏秋冬に割り振られており、「春景」はその第一である。先述した何大成の批語は「伯虎閨情四闋」のうち、世に伝えられるのは「楼閣重重」一套だけで、『詞林選勝』を見てようやく他の三闋も見ることができたと報告している。「楼閣重重」を唐寅の作とし、全貌を探求する者も万暦期には存在していたのである。次に「因他消痩」は套数（13）「恨別」である。この二套は趙元度の手紙の中で唐寅の作品ではないから版本から削除すべきだとの意見が表明されていた。沈徳符が唐寅、祝允明とは別に取り上げているのも、こうした考えに同調したものであろう。

「楼閣重重」と「因他消痩」は、曲の最初の一句を取って題名としているが、他の作者の作でないことは、『曲律』の文章から推定できる。王驥徳は『曲律』「雑論」で「小令は唐六如、祝枝山の輩の如き、皆小致有り」と述べた後、曲の良し悪しについて友人たちと討論する形で具体例を挙げている。

因りて帙の中の人の常に唱うる所にして世の皆が賞するに以て好き曲と為す者、「窺青眼」、「暗然当年羅帕上曾把新詩写」、「因他消痩」、「楼閣重重東風暁」、「人別後」諸曲の如きを挙げて問いを為す。余謂う、前三曲は、已に前論第十六、第二十四篇中に載す。即ち後二曲は、意の庸なると語の腐なると論毋《な》く、曲と言うに足らず。
亦た疵病種種ありて、挙ぐに勝う可からず。(38)

続けて王驥徳は「楼閣重重東風暁」の一句一句について「疵病」を指摘する。それがすべて現在の唐寅曲に見える語句なのである。「疵病」として指摘された点は、大半が同じ意境を語句を変えて繰り返すことについての指摘である。平仄の合わない個所も申し訳程度に挙げているが、大部分は意境の重複についてである。例として冒頭の三例を見てみよう。

「楼閣重重」一曲の如きは、前に「東風暁」と曰い、後に又「風雨清明到」と曰い、又「東風画橋」と曰う。あるいは前に「垂楊金粉消」と曰い、後に又「柳糸暗約玉肌消」と曰う。あるいは前に「緑映河橋」と曰い、後に又「東風画橋」と曰う。(39)

「東風暁」と言えば「春の風」がモチーフになるのが自明であるのに、後で「風雨清明到」と言い換え、さらに「東風画橋」と繰り返す。同様に「垂楊金粉消」と言えば「柳の枝が垂れる」風景と「美しい粧が崩れる」様子が描かれることがわかるのであるが、「柳糸暗約玉肌消」と言い換える。「緑映河橋」と言えば「橋の懸る川面に川辺の柳の枝が映っている」風景が詠まれていることがわかるのであるが、「東風画橋」と同じ風景を繰り返す。こうした重複は、曲牌ごとに制限される音節数の無駄使いであるという主張である。指摘の大半はこのような「前曰…、後又曰…」の形式、あるいは更に畳みかけた「前曰…、後又曰…、而…句又与…重」という形式である。他には押韻字重複の指摘もある。「又一曲にして二つの「暁」字、三つの「消」字、二つの「橋」字、二つの「到」字、二つの「早」字、二つの「悩」字を押す」[40]というのはつまり押韻字の工夫が足りないとの意であろう。表現の問題としては「又「緑映河橋」、「月明古駅」、閨中語に非ず」[41]と指摘する。深窓の女性の口吻に似つかわしくないという「本色」に抵触する指摘である。あるいは次は対句の指摘。「又、「酔扶帰」の首二句、「皂羅袍」の中四字句は、倶に宜しく対すべきにして対せず」[42]と述べ、対句とするべきところをしていないと指摘する。優れた表現についても指摘がある。「中に僅かに「恨人帰不比春帰早」及び「落花和涙都做一様飄」の二語はやや俊なり。末に至って「可惜粧台人易老」は又語を成さず」[43]と述べ、末句が語を成していないと批判する。なお末句についてであるが、「尾」の句中にあり、「易」字は『唐寅集』では「自」に作り、「詞林、奏雅は「易」に作る」と注を附す。確かに「易」では「化粧台の前では、人はすぐ老いてしまう」となり、指摘の通り意味を成さないが、「自」ならば「化粧台の前で思わず老いを感じる」となり、「語を成さず」との批判は浴びなかったのかも知れない。伝播における文字の揺れが評価に影響を与える様子が伺える。王驥徳はさらに沈璟の評価も引用する。「詞隠亦たおもうに、「不思量宝髻」の五字は当に「仄仄仄平平」に改作すべし、「花堆錦砌」は当に「去上去平」に改作すべし、「怕今宵琴瑟」の「琴」字は当に仄声に改作すべしと、故に次上に列するに止まる」[44]。平仄の不適切な個所があるために詞隠先生沈璟の評価が「次上」にとどまっているのだ、と述べる。

明末の曲論は非常に詳細な点にまで及んでいた。曲は想像以上に広汎に流布していたのである。その流布の中に唐寅の曲は入っていた。そして論評の否定的観点は、唐寅が曲の詞化、曲の雅化を試みたことを反証しているだろう。ここで指摘されたような用語の重複、意境表現の言い換えと繰り返しは、まさに唐寅の工夫の個所を浮き彫りにしているのである。

次に「因他消痩」については、王驥徳本人が言うように『曲律』「論套数第二十四」に記述がある。套数を北曲と南曲とに分けて、次のように述べる。

余謂う、北曲は尚お佳き者有り、惟だ南曲は最も得易からず。……已む無くんば、則ち陳大声「因他消痩」の一曲、又首調の「羞問花時還問柳」数語はただ是れ請客なり、次調「懶画眉」の「繍戸軽寒透、十二珠簾不上鈎」の二句は湊挿なり、第三調「金索挂梧桐」の「黄鶯似喚儔」の四句は又是れ請客なり。ただ「浣渓沙」以下の数調は、語意流麗、頗る自ずから人によろしけれど、前段終に完璧に非ず。才難しの嘆、ここに於いて益々信なり。大略、長套曲を作るは、ただ是れ一片に打ち成し、各調をもって臚列し、他が来たりて我が機軸に湊するを待つのみ。一調を倣り了り、又一調の意思を尋ねる可からず。(45)

王驥徳は「因他消痩」一曲を陳大声の作品として論評を加えている。『唐寅集』は何刻続刻本に従って唐寅作とするが、按語を附して「此の「因他消痩」一套、『呉騒合編』は陳秋碧作に作り、『呉騒集』は又唐寅作に作る」と述べる。万暦時代には流布の過程で作者に異説が生じていたのである。評価に用いられた「請客」とは、「招く、ご馳走する」の意味である。現代中国語でも「請客吃飯」と熟して用いる。宴会での応酬のような凡庸な語句という評価であろうか。「湊挿」は、つなぎとして挿入した語句という評価であろうか。「「浣渓沙」以下の数調」は南呂調に属し、そこだけは見るべきものがあると評価する。続けて曲調と措辞と意境の構成的一貫性が重要なのだが、套数曲の場合、往々にして羅列に堕し、連関性が感じられないという套数論を展開する。厳しい論評のポイントを見ると、唐寅曲の口語的な平易さが却って裏づけられる。こうした論評に言及された字句が、すべて『唐寅集』と一致するのである。

以上、唐寅の曲への評価、あるいは「成・弘の遺音」と評された套数曲の評価を見てきたが、それらが示すものは、唐寅の曲は「本色」であり、かつ文彩豊かな、独特のスタイルであった。宴会の席での応酬とまで評された平易さは、言い換えれば浅俗さは、どこから由来するのか。おそらくそれは時調曲と呼ばれた民間俗曲の曲調への愛好から生まれる性格であろう。次に民間俗曲と唐寅曲の関係について見てゆくこととする。

四、民間俗曲と唐寅曲

『唐寅集』をもとに小令の曲調を整理すると、次のようになる。

A（十二首）・B（一首）：黄鶯児
C（一首）・D（四首）：集賢賓
E（四首）：桂枝香
F（一首）：排歌
G（十一首）：山坡羊
嘆世詞（八首）：対玉環帯清江引
H・I・J・K・L・M・N・O・P・Q（各一首）：新水令・歩歩嬌・折桂令・江児水・雁児落・僥僥令・収江南・園林好・沽美酒・清江引

HからQは『全明散曲』では南北双調合套の套数一首として扱われている。また嘆世詞の「対玉環帯清江引」は帯過曲と呼ばれる複合形式の曲である。(46) 従って、小令の曲調として単独で用いられているものとしては「黄鶯児」と「山坡羊」が際立って多いことがわかる。次いで「集賢賓」、「桂枝香」である。多用された二つの曲調の背景には江南文人社会における民間俗曲の尊重という時代の趨勢を想定することができる。以下、少し詳しくこの二つの曲調について見ておこう。

まず「山坡羊」については、よく引かれる文章であるが沈徳符『万暦野獲篇』巻二十五「詞曲」の「時尚小令」に次のように述べられている。

元人の小令は、燕・趙に行われ、後に浸淫して日に日に盛んとなり、宣徳・正統から成化・弘治年間にかけて、中原にはまた「鎖南枝」、「傍粧台」、「山坡羊」の属が行われた。李崆峒先生初めて慶陽より居を汴梁へ徙し、之を聞き以て国風の後を継ぐべしと為す。何大復継いで至り、亦た之を酷愛す。[47]

唐寅の生きた成化以降に正に新たに流行した曲調の一つが「山坡羊」であった。李夢陽、何景明らにより、『詩経』国風の後を継ぐ民間の俗曲であるという評価を得たことが流行を後押しした。次に李開先の「市井艶詞序」を見てみる。

憂いて詞哀しみ、楽しみて詞褻たるは、此れ今古に情を同じくするなり。正徳の初めは「山坡羊」を尚び、嘉靖の初めは「鎖南枝」を尚ぶ。一は則ち商調、一は則ち越調なり。商は傷なり、越は悦なり。時は考え見るべし。二詞は市井に譁《かまび》すしく、児女子初学と言える者と雖も、亦た知りて之を歌う。但し淫艶褻狎にして、耳に入るに堪えず、其の声は則ち然り。語意は則ち肺肝より直出し、彫刻を加えず。倶に男女相与の情、君臣有朋と雖も、亦た多く此れに託する者有るは、其の情尤も人を感ぜしむるに足るを以てなり。故に風は謡口より出で、真詩は只だ民間に在るのみ。三百篇の太平に風を采るものは帰奏す、予の今古に情を同じくすと謂うは、此れなり。嘗て一狂客有り、予に涴《けが》して其の体に倣わしめ、以て一時の謔笑を極めしむ。命に随いて筆をとり並びに伝歌の未だ当ならざる者を改竄し、積みて一百以て三と成り、紘に応ぜず、小僕をして合唱せしむ。[48]

明末に隆盛した「真詩」評価の典型例としてしばしば言及される一文である。「山坡羊」などが高く評価された理由は、やはりそれが『詩経』国風につながる民間歌謡だからであり、具体的にはことばを飾りたてずに心情を直接表出した真率さという点において「真詩」だからであり、それにより風刺の大義を託することができるからである。この「市井艶詞序」は、李開先が俗曲に倣って作詞した作品を集めた書物に附すものであり、そうした文学行為が普通に行われた時代であったことがわかる。また凌濛初『譚曲雑劄』にも言及がある。

元曲は古楽府の体に源流す、故に方言、常語の、沓として章を成し、一毫の故実も着し得ず。即ち用いる有るは、亦た其の本色の事にして、藍橋、祆廟、陽台、巫山の類の如し。之を拗出するを以て警俊の句を為すも、決して直ちに詩句を用いず、他の典故にて実を塡するに非ざるなり。一変して詩余集句と為すは、当に可とすべきに非ざるも、未だ厭う可きにあらず。再び変じて詩学大成と為し、群書より摘錦するは、厭う可きなれども、未だ村煞にあらず。忽ち又変じて文詞説唱となり、蓮花落を胡謅し、村婦の悪声、俗夫の褻譃　一として備わらざる無し。今の時行曲、一語の唱本「山坡羊」、「刮地風」、「打棗竿」、「呉歌」等中の一妙句の如きを求むれども、必ず無き所なり。[49]

「山坡羊」など俗曲の曲詞をテキスト化した「唱本」が存在し、そこにしばしば文人の拗出した語句よりも優れた妙句が見られると述べる。唐寅の文学も「乞食の唱う蓮花落」と蔑まれたことがあるが、[50]俗語の使用は評価される理由ともなる。凌濛初の『南音三籟』は、そうした「妙句」を集成した書物に他ならない。なお『譚曲雑劄』は単行された形跡がなく、現在残るのは『南音三籟』の附刻本のみである。

　このように唐寅が「山坡羊」を多く使用するのは、その背景に「真情」重視の時代的精神があったからである。唐寅は、文人が民間俗曲に積極的に関わるようになる先駆的存在であるともいえる。

「黄鶯児」については、「山歌」の中の、曲と白（念誦）を交互に織り交ぜる形式の長篇の曲調として常用されたことがわかっている。[51] やはり明末江南文人の愛好した民間歌謡の曲調である。

　こうした民間俗曲と文人の繋がりは、常に「真情」という価値観により結ばれていた。そして「真情」は、真率さという点で「本色」とも遥かに響き合う。唐寅を「真情」を重んじた、個性を尊重する文人として捉える観点が生じるのは、このためである。[52] そして俗曲の民間性と「真情」は、俗の雅への浸透、俗と雅の混淆をもたらして、明末文学の成立基盤を形成する。馮夢竜や凌濛初といった民間出版人が関与するようになり、エピソードが白話小説化されたのも必然であった。

　では唐寅自身は特定の俗曲の曲調の多用について考えを有していただろうか。それが意識的な選択であったことを伺わせる資料が存在する。北京故宮博物院蔵『唐寅自書詞巻』である。[53] 題名の「詞」は曲のことで、「集賢賓」四首、「錦衣公子」十首、「山坡羊」十首の計二十四首が行書で「自書」されている。すなわち、この巻物は唐寅による自選自書散曲集であるといえる。制作の経緯は不明だが、この三種の曲牌の二十四首の選択は唐寅の自負の表れとみてよいだろう。

　対応表でみれば『唐寅自書詞巻』の「集賢賓」四首は、『唐寅集』小令Dの四首（ただし小令Dの第一首、第三首、第四首、第二首の順で書かれている）に対応し、同じく「錦衣公子」十首は、小令A「黄鶯児」十二首のうちの十首（小令Aの第七首、第八首、第九首、第六首、第一首、第二首、第三首、第十首、第十一首、第十二首の順で十首が書かれており、第四首と第五首が書かれていない）に対応し、「山坡羊」十首は、小令G十一首のうちの十首（小令Gの第一首、第十首、第三首、第五首、第七首、第二首、第四首、第八首、第九首、第十一首の順に書かれており、第六首が書かれていない）に対応する。「錦衣公子」の名称は、唐寅がまとまりのために付けた可能性が高い。すなわち「錦衣公子」の曲牌は「黄鶯児」であり、つまり三つの曲牌は南曲商調で揃えられていることがわかる。南曲商調に唐寅のどのような内在的理由が存するかは不明であるが、これが意識的な選択であることは間違いないだろう。

これら二十四首に対して、『唐寅集』は『経訓堂法書』のテキストを参照したと注記する。経訓堂とは清の畢沅のことである。これらの散曲が『経訓堂法書』に含まれており、何刻続刻本としばしば大きく文字が異なっている。そして『経訓堂法書』の文字と『唐寅自書詞巻』の文字は一致するので、前者は後者を収録したものであることが推測される。そもそも「錦衣公子」という題名にしても、そう記載するのは『唐寅自書詞巻』と『経訓堂法書』だけである。「自書」だからこそ、バリエーションが生じる可能性はあろう。どちらを正式な曲詞とするかは、にわかには断じがたいところである。[54]

ともあれ、「有致」と評された小令で、この『唐寅自書詞巻』に「自書」された作品を見ることで、「有致」の内実がいかなるものであったのかについて考えてみたい。それがとりもなおさず唐寅の曲の特色となるであろう。

五、唐寅の曲の特色――『唐寅自書詞巻』から見て

『元明清散曲選』は唐寅の散曲を三首選ぶが、三首とも『唐寅自書詞巻』に見える。[55] 選ばれた三首は「黄鶯児

十二関」第七首、「山坡羊十一関」第九首と第三首である。まず「黄鶯児」第七首を見てみよう。

細雨湿薔薇、画梁間、燕子帰。春愁似海深無底。天涯馬蹄、灯前翠眉、馬前芳草灯前涙。夢魂迷、雲山満目、不弁路東西。

（細雨が薔薇を湿らし、画梁の間に、燕子帰る。春の愁いは海の深く底無しに似たり。天涯の馬蹄、灯前の翠眉、馬前の芳草と灯前の涙。夢魂迷い、雲山満目として、路の東西を弁《わか》たず）

霧雨と薔薇、画梁と燕という春景の描写から春愁を導き、その理由として馬蹄と芳草で男性の遠遊を示し、灯前の翠眉と涙で女性の愁いを象徴させる。最後に夢の中に魂となって男性を訪ねるも、行く道がわからず、一面の雲山を前に茫然と迷うばかりという女性の魂を詠む。女性を登場人物とし、その視線を追いはするが、人物が心情を直接訴える形式ではない。いわば三人称の物語的な描写である点が特徴といえる。続いて「山坡羊」第九首と第三首の二首を見てみよう。

嫩緑芭蕉庭院、新綉鴛鴦羅扇。天時乍暖、乍暖渾身倦。整歩蓮、鞦韆画架前。幾回欲上、欲上羞人見。走入紗廚枕底眠。芳年、芳年正可憐。其間、其間不敢言。

（やわらかに緑なる芭蕉の庭院、新たに刺綉せる鴛鴦の羅扇。天は時として乍ち暖かく、乍ち暖かくして渾身倦む。歩蓮を整える、鞦韆《ブランコ》の画架の前。幾回か上らんと欲し、上らんと欲して人の見るを羞ず。紗廚に走り入りて枕底に眠る。芳年、芳年は正に憐れむ可し。其の間、其の間は敢えて言わず）

信迢迢無些凭準、睡惺惺何曾安穏。東風吹散、吹散梨花影。軟弱身軽、身軽草上塵。只愁鏡里、鏡里朱顔損。栲栳量金買断春。傷神、傷神額黛顰。堪嗔、堪嗔薄幸人。

（信は迢迢として些かの凭準《たよりと》するものとて無く、睡りは惺惺としてなんぞ安穏たらん。東風吹き散ず、吹き散ず梨花の影。軟弱にして身は軽く、身は軽し草上の塵。只だ愁う鏡里の、鏡里の朱顔損なうを。栲栳《ざる》もて金を量りて春を買い断たん。神を傷ましめ、神を傷ましめて額黛顰す。嗔るに堪えん、嗔るに堪えん薄幸の人）

「山坡羊」の二首も女性を登場人物とする。第九首のテーマは若い女性のやり場のない恋心であるが、舞台設定に特徴が伺える。緑の芭蕉、中庭、鴛鴦の刺繍をする絹の団扇、春の暖かさと気怠さ、纏足を示す歩蓮の跡、中庭に架けられた美しく装飾された鞦韆、薄絹のカーテンの引かれた寝室そして枕元。女性の表象として植物を点描する点は注意をしておこう。纏足とブランコ、逡巡、寝室へ駆け戻って枕に頭を埋めるという一連の動作の描写は、前半の舞台設定と見事に対照をなす。やはり物語の一場面のような内容であり、客観的な描写である[56]。

第三首は、春閨の寂しさと怨みをテーマとする。便りが来ず寝ることさえままならないという登場人物の設定から、春の経過と自身の容色の衰えへ移るが、それを軽さとして表現しているところが特徴的である。梨花は東風に吹き散じ、登場人物の身も、草の上の塵のように軽い。草花と女性の表象関係も注意しておこう。栲栳は、ザルで金をすくって数えるの意。春という時間の経過を金銭で買い断ちたいという表現はいかにも明代らしい浅俗さである。最後に眉を顰める女性の顔から恨めしい気持ちを詠む。これもやはり物語的な人物描写である。

ここまで見てきて、いくつか特徴が伺える。曲であるよりも詞に近いこと、人物描写が三人称の物語的であること、そして草花の女性の表象としての点描が見られることである。これらの特徴は他の作品でも共通するのだろうか。次に小令D「集賢賓」の四首を検討しよう。「集賢賓」の四首は『唐寅自書詞巻』冒頭を占めながら紹介されることはなかった。まず第一首は次のような作品である。

紅楼画閣天縹渺、玉人乗月吹簫。一曲梁州声裊裊、到此際離愁多少。青鸞信杳、魂夢断十洲三島。春色老、看満地桐花風掃。

（紅楼画閣は天に縹緲たり、玉人は月に乗じて簫を吹く。一曲の梁州　声裊裊《じょうじょう》たり、此の際に到って離愁多少ぞ。青鸞の信は杳かなれば、魂夢は十洲三島を断つ。春色老い、満地の桐花　風の掃うを看る）

一見して舞台背景として「長恨歌」を借用していることがわかる。「色鮮やかに装飾された楼閣は天高く聳え」は皇帝の宮殿の形容であるが、「長恨歌」の楊貴妃の魂の住む蓬莱宮の描写「山は虚無縹緲の間に在り、楼閣は玲瓏として五雲起こる」(57)のコラージュである。「玉人」は皇帝を指す美辞。「月に乗じて簫を吹く」皇帝といえば玄宗皇帝以外にはいない。出典は「長恨歌」ではなく『太平広記』巻二十六に引かれた『集異記』に見える葉法善の道術の物語である。(58)玄宗は葉法善の術によって月宮へ遊び、そこで「紫雲曲」を聴いた。音楽の才能のある玄宗は帰ってから見事に再生して、これを「霓裳羽衣」と名付けた。月から帰る途中、潞州上空を通りかかり、宮中から笛を取り寄せて一曲演奏したという伝説である。「梁州」は地名で、州知は汧陽に置かれた。後に漢中郡となる。すなわち蜀の地であり、ここから再び「長恨歌」へ戻る。蜀の地での音曲は細々とした響きであった。「此の際に到り」は、蜀地から長安へ戻る際に再び馬嵬を通る時の「長恨歌」の「此に到って」という語を下敷きにすれば、それが楊貴妃との死別を指すことが判明する。死別の憂愁はいかばかりであろうか。西王母の到着を知らせるという青い鳥の便りも、いつまで待っても届かない。「魂は夢にも現れず」も、「長恨歌」の「魂魄　曾て来って夢に入らず」

を「魂夢」の二字に凝縮したもの。「十洲三島」は、例えば『雲笈七籤』巻二十六に見える三神山と十福地であり、[59]楊貴妃の魂魄の帰所となった蓬莱山が三神山の一つとされる。蓬莱山の宮殿が蓬莱宮であるが、そことの回路も断たれてしまったと嘆くのである。ここまでは全く「長恨歌」の引き写しであるが、最後の二句が唐寅の付加した部分である。すなわち「春色は老いゆき、地面に散り敷く桐の花が風に掃かれるのを見る」という結び。この結びとそれまでの曲の内容に必然的な関連性は認められない。「長恨歌」からの本歌取りを貫くなら「梨花一枝　春　雨を帯ぶ」を踏まえるところだが、それを「桐花」に変えている。花の種類の変更は措くとしても、ではその「桐花」を「看」る主体は誰か。「長恨歌」ならば、「梨花」は蓬莱宮に咲き、楊貴妃の魂に対する装飾の役割を担い、それを見るのは蓬莱宮を訪れた道士である。つまり道士の視線を通して、読者は楊貴妃の魂と対面する。では「桐花」を見るのは誰か。道士という仮構が表面化されていない以上、それは作者唐寅に他ならない。唐寅の視線を引き立てるために「長恨歌」が引用されていた。したがって、結びに込めた意境の美しさこそがこの曲の中心であり、それまでの部分は結びのための舞台設定に過ぎない。これは限りなく伝統的な詩詞の作り方に近く、散曲が元来有した性格とは一致しない。なぜなら元代散曲は登場人物の口吻を写すことによって諧謔性や庶民性を獲得したからである。[60]登場人物の口吻を捨象して唐寅のこの曲は成立している。作り手の意識のこのような変化を指して、曲の詞化と呼ぶ。明代中期以降に起こった俗の雅化現象の先駆的な態度である。

そのような意味で、この一首は唐寅の散曲小令の典型であるといえるだろう。まず「長恨歌」の表現のコラージュに見られるように、散曲としての表現の追求よりも、より詩詞に近い場所で曲詞を作成していること、次に花とりわけ落花への視線が突出していることとである。「長恨歌」は別離の憂愁が設定でき、かつ措辞のコラージュがわかりやすい典故であり、その物語性を承けて「桐花」の落花表現が生かされていると言い換えてもよい。

少し視点を変えて「集賢賓」という曲牌について見ておこう。『南曲九宮正始』第六冊商調に見られ、[61]元散套の例が正格として挙げられている。唐寅の小令と比べると、二句目が正格例では五字のところを、唐寅は六字にする。それ以外は字数は正格例通り。押韻個所も各句末で同じ。ただし唐寅のものは韻目が〈篠・蕭・篠・篠・篠・皓・皓・皓〉と協韻となっており、やはり二句目がやや不出来である。

「桐花」の個所の平仄を見ると、正格例は〈去・平・去・去・平・平・上（這滋味那人知否）〉となっており、去声であるべきところであるが、「桐花」は〈平・平〉で異なる。「梨花」であっても同様であるから、異例である点ではどちらも同じ。

『南曲九宮正始』は「沈譜」から評語を引用して次のように述べる。「此の調、作者甚だ多けれども、合調なる者は甚だ少なし。如えば、……「那」字……に平声を用いる……、皆な不協律の甚だしき者なり。『香嚢記』の「離愁多少」の「離」字の如きは、甚だ不協律なり」[62]。「沈譜」の論に対して『南曲九宮正始』の編者は「詞隠先生」と呼ぶことから、これが沈璟の議論であることがわかる。「集賢賓」を用いて散曲を作る者は大変多いが、律に叶っているものは大変少ないと述べ、例として挙げる中に「桐花」の個所も含まれている。本来去声であるべきところを、平声で作る者が多いが、これは律に叶っていない、と批判しているのである。唐寅の作詞法が正にその通りなのであるが、識者の憤慨を招くほどに、曲として「不協律」な形式が流行していたともいえよう。そうした中での「桐花」の選択であった。

ここで『香嚢記』が引き合いに出されているが、『六十種曲』本[63]で見ると、その第二十九出「郵亭」に「集賢賓」が使用されていて、「離愁多少」の語が見える。さらに「初更画角声嫋嫋」のような同じ表現も見られるので、唐寅の意識に上っていたことは明らかだろう。しかし落花は出てこないのである。

そこで以下では、花とりわけ落花への視線に着目してみよう。小令Dの四首から、花あるいは落花に関する表現を拾うと次のようになる。

・春深小院飛細雨、杏花消息如何。（春深く小院に細雨飛ぶ、杏花の消息は如何）（Ｄ２）
・残花弄影、明日是満枝青杏。（残花　影を弄び、明日は是れ満枝青杏ならん）（Ｄ３）
・窗前好花香旖旎、藕花深処亭池。（窗前の好花　香り旖旎たり、藕花　深き処は亭池）（Ｄ４）

第一首の「桐花」から「杏花」「好花」「藕花」と連続し、「残花」（後に「青杏」とあるのでやはり杏花を指すのであろう）は落花への予感に満ちている。「杏花」は「細雨」に落花することを恐れている。

この四首は青門山人こと沈仕の作とする選集もあることが、何刻続刻本の附語に述べられている。沈徳符が陳大声とともに「南詞」の代表として挙げた人物である。また小令Ｄ４は『唐寅自書詞巻』の「集賢賓」の第三首であるが、文字の異動がたいへん多い。小令Ｃはその『唐寅自書詞巻』に依拠した文字を採用して独立させているので、本来同一の作品のバリエーションを掲出していることになる。その小令Ｃは「窗前好花」を「氷肌玉骨」と作る。確かにこちらの方が花の重複を避け、「藕花」への視線がより突出する。

他の二つの曲牌ではどうだろうか。まず「黄鶯児」（小令Ａ）から花あるいは落花に関する表現を拾うと、次のようになる。

・王孫浪遊、光陰水流、梨花冷淡和人瘦。（王孫は浪遊し、光陰は水のごとく流れ、梨花は冷淡にして人とともに痩せたり）（Ａ１）
・羅袖怯春寒、対飛花、涙眼漫。（羅袖は春寒に怯え、飛花に対し、涙　眼に漫たり）（Ａ２）
・蝴蝶杏園春、惜芳菲、紅袖人。（蝴蝶　杏園の春、芳菲を惜しむ、紅袖の人）（Ａ３）
・寒食杏花天、鳥啼春、人晏眠。（寒食　杏花の天、鳥　春に啼き、人晏眠す）（Ａ６）

・細雨湿薔薇、画梁間、燕子帰。（細雨　薔薇を湿らせ、画梁の間、燕子帰る）（A7）
・風雨送春帰、杜鵑愁、花乱飛。（風雨　春帰を送り、杜鵑愁え、花乱飛す）（A8）
・秋水醮芙蓉、雁初飛、山万重。（秋水　芙蓉を醮《ひた》し、雁初めて飛び、山万重たり）（A9）
・灯火夜闌珊、繍簾風、花影寒。（灯火　夜　闌珊たり、繍簾の風、花影寒し）（A11）
・日転杏花梢、送春帰、把酒澆。（日　杏花の梢に転じ、春帰を送る、酒を把りて澆ぐ）（A12）

いずれの花も時間の流れに逆らえない悲哀の表象として現れている。梨花は水のごとき時の流れに冷たく痩せ衰え、飛花は涙の内に飛び、杏園の花は色を失い、杏花は寒食の日を迎え、薔薇は霧雨に濡れて、花は春の終わりに風に吹かれて舞い、そして太陽がその枝先から零《こぼ》れ落ちてゆく。美しいはずの春の花はどこにもない。小令Bの一首も「黄鶯児」を用いるが、「詠美人浴」というタイトルの通り戯作である。「衣褪せ半ば羞を含み、芙蓉に似て、素秋に怯ゆ。重々たる湿は胭脂を透るを作《な》す。桃花は渡頭に在り、紅葉は御溝に在り、風流一段　誰か消受《たの》しまん……」という曲中の「芙蓉」は「美人浴」とともに「長恨歌」を思わせる。だがここでは華やかさはなく、秋の到来に怯えている。やはり花に迫る変化を描写することの表現効果を狙ったものである。「桃花」は「紅葉」との対比で用いられているが、むろん「桃花源」を想起させる。「紅葉」は「御溝紅葉」故事が典故。婚姻の出会いを示す物語であり、バリエーションがいくつかあるいが、物語性は「芙蓉」が担い、「紅葉」は「桃花」とともに出会い、姻縁を示す記号に止まっている。

もう一つの「山坡羊」（小令G）十一首から、同じように表現を拾うと、次のようになる。

・新酒残花迤逗、寒食清明前後。羅衣冷落、冷落腰肢痩。独自愁、何時有住頭。剛能撥遣、撥遣還依旧。芳草

天涯人在否。登楼、登楼望遠遊。低頭、低頭涙暗流。（G１）

（新酒　残花迤逗たり、寒食清明の前後。羅衣冷落とし、冷落として腰肢痩せたり。独自に愁う、何れの時にか住頭有らん。剛く能く撥遣し、撥遣して還た依旧たり。芳草天涯人在るや否や。登楼し、登楼して遠遊を望む。低頭し、低頭して涙暗かに流る）

・東風賺得、賺得鶯花老。（東風賺ち得たり、賺ち得たり鶯花の老いるを）（G２）

・東風吹散、吹散梨花影。（東風吹き散ず、吹き散ず梨花の影）（G３）

・海棠報道、報道花開早。（海棠報せて道う、報せて道う花開くこと早しと）（G４）

・牡丹芍薬都難比。（牡丹芍薬都て比べ難し）（G７）

・数過清明春老、花到荼蘼事了。光陰估値、估値銭多少。望酒標、先攛典翠袍。三更尚道、尚道帰家早、花圧重門帯月敲。滔滔、滔滔酔一宵。蕭蕭、蕭蕭已二毛。（G11）

（数しば清明を過ぎて春老い、花荼蘼《とび》に至って事了る。光陰估値する、估値するに銭多少ぞ。酒標を望み、先ず翠袍を攛典す。三更尚お道う、尚お道う帰家には早しと、花は重門を圧して月を帯びて敲く。滔滔とし、滔滔として一宵酔う。蕭蕭とし、蕭蕭として已に二毛たり）

第一首と第十一首は全文を挙げたが、両者の呼応関係が見て取れる。第一首では新酒の醸される頃、寒食、清明という季節になり、春の花は枯れ残り斜めに姿を留めるばかりと詠む。第十一首で再び清明という季節を用いるが、このとき春はすでに老い、春の花も荒れ草と草の芽ばかりとなり花としての命も終えたと承けている。この二首は『唐寅自書詞巻』においても「山坡羊」十首の第一首と第十首に置かれており、構成の枠組みとしての意識が伺える。この十一首で詠まれている花も、多くは時間の経過の中に存在するものとして描かれている。「花」は春の風のために鶯とともに老い、「梨花」は春の風に吹き飛ばされて影を舞わせ、「海棠」はもうすでに「花」が咲いたことを知らせて、時間が経過することを示す。「海棠」の「花」そのものは衰えていないが、開いたことを変化の相として描いている。この個所は李清照の「如夢令」詞の句「試みに簾を巻く人に問へば、却って道ふ　海棠は旧に依ると」(64)を下敷きにしている。「如夢令」では夜来の風雨にも海棠の花は無事だったとの返事に対し、「知るや否や、知るや否や、応に是れ緑は肥え紅は痩せたるなるべしを」と反応する。花は無事であったかもしれないが、それでも風雨を経て、葉の緑は濃くなり、花の紅は褪せてゆくという変化の相を見逃さない。唐寅は、より直截的に「花」そのものに変化の相を見ている。「牡丹」と「芍薬」は美人の形容。唐の劉禹錫の詩に「庭前の芍薬は妖なれど格無く、池上の芙蕖は浄なれど情少なし。唯だ牡丹のみ真に国色有り、花開く時節　京城を動かす」(『劉賓客集』巻二十五、雑体詩)(65)とある。「芍薬」や「国色」たる「牡丹」も比べ難いほどの美人という意味であり、記号的使用である。

第十一首に到って花は命を終え、李清照の恐れた通り、荒れ草と草の芽に取って代られる。春の時間の貴さを蘇軾は「春宵一刻値千金」(66)と詠んだが、唐寅は明代中期の人間らしく「光陰は見積もると、見積もるといくらの金額になるか」と詠む。酒旗を見つけて、とりあえず上着を質に出す。夜更けになっても、家へ帰るのにはまだ早い。「花は重なる門を圧し」は杜甫の「春夜　雨を喜ぶ」の一句「花は錦官城に重し」(67)を想起させ、「月を帯びて敲く」は賈島と韓愈の故事(『唐詩紀事』巻四十)(68)を想起させる記号的引用である。月夜に乗じて花に飾られた門を敲いて歩こう、という意味。水が流れるように、一夜酒に酔い、ものさびしく、すでに白髪頭の老人になったと嘆いて曲は終わる。

ところで、第十一首で老人になったと嘆く主体は作者唐寅自身に他ならない。第一首では、それでもまだ女性が登場人物として描かれている。遠遊する人を想い、愁いに痩せ、ひそやかに涙を流すのは女性の人物形象である。

しかし第十一首に到って仮構は取り払われ、作者唐寅自身が嘆く。時間の経過に打ち震え、衣服を質草にして酒を飲み、一晩中酔った後に自身の老いに立ち戻る。花はこうした一連の嘆きのプロセスを始めるきっかけを作り、先取りして象徴的に描く働きをしているといえよう。

花が出てこない曲も当然のことながら存在する。例えばＡ４は秋を舞台設定とし、「疏雨滴梧桐、聴秋声、万籟風」(疏雨　梧桐に滴り、秋声を聴く、万籟の風）と秋雨の滴る「梧桐」を点描する。この「梧桐」は、秋風の物寂しげな音へと連想してゆくので、花ではなく樹木として点描されている。Ａ５は春を舞台とするが、花の代りに「満春衫、涙漬紅」（春衫に満つ、涙　紅に漬かる）と血涙に染まる「春衫」を点描する。Ａ９は秋を舞台としつつ、秋の冴え冴えとした水に浸る「芙蓉」から詠み起こす。むろん「芙蓉」は春の花ではない。だが「芙蓉」の持つ清らかさには目を向けず、寒さへ向かう変化の中にいる花として描く点では、春の花と同じである。次に全文を挙げておこう。

秋水蘸芙蓉、雁初飛、山万重。行人道路佳人夢。朝霜漸濃、寒衣細縫、剪刀牙尺声相送。韻叮咚、誰家砧杵。敲向月明中。
（秋水は芙蓉を蘸し、雁は初めて飛ぶ、山は万重たり。行人の道路は佳人の夢。朝霜漸く濃く、寒衣細かく縫う、剪刀牙尺　声相い送る。韻　叮咚たり、誰が家の砧杵か。敲いて月明中へ向かう）

視線はまず下降して「芙蓉」へ向かい、次に上昇して秋の空の雁へ向かう。旅路の男性との連絡も女性の夢の中での再開も途絶える。再び視線は下降して朝霜はいよいよ白さを増しと描き、寒衣を打つ音がトントンと秋月の中で響くばかりという聴覚描写で承けて、最後に再び視線を上昇させて聴覚と視覚を一体化させている。たいへん技巧的な作品である。A10は「孤枕伴残灯」（孤枕　残灯に伴う）と「残灯」がまず点描され、「濃霜打瓦鴛鴦冷」（濃霜　瓦を打ち鴛鴦冷やかなり）と承けて秋の寒さを描く。この「残灯」がA11の「灯火」へ引き継がれて（『唐寅自書詞巻』でも最後の三首は『唐寅集』と同じである）「花影寒」を引き出していることより、A11も舞台は秋であろう。

「山坡羊」についても見ておこう。G5とG6はつれない女性を嘆く妓館の男性客を描く戯作であろうか。G8は、まず「明月梧桐金井」と秋の舞台設定をし、次に「遊子風塵萍梗」と戻らぬ男性を嘆く女性の主人公を描く。G9は「嫩緑芭蕉庭園」とまず樹木を点描し、「芳年正に可憐《あわれ》」と時間の経過に煩悶する女性を描く。G10は「情和愁、纏人沈酔」（情と愁いと、人の沈酔に纏まる）と、一転してまずテーマを突出させ、「月和灯、明人心地」（月と灯りと、人の心地を明らかにす）と承けて内面を描き、以下、次のように続ける。「為冤家使得心都砕。骨髄情、怎教人心棄毀。藍橋路阻、路阻春来水。深院黄昏珠涙垂。徘徊灯火焼做灰、荼蘼闌干辺、飛作堆」（冤家の為に心を使い得て都て砕かる。骨髄の情、怎か人心をして棄毀せしむ。藍橋路阻まれ、路阻まれたり春来の水。深院黄昏珠涙垂る。徘徊し灯火焼けて灰と做《な》り、荼蘼闌干の辺、飛んで堆と作《な》る）。女性の心情を描くが、ここの「春」は季節であるとともに、G9の「芳年」と同じ意味合いも含むだろう。「灯火」の「灰」が「堆《つ》」もることで時間の情け容赦のない経過が描かれるが、この灯火は小令Aでも使用されていた。注目すべきは「灯火」の「灰」が「堆」もるのが「荼蘼闌干辺」であることだ。この「荼蘼」はG11では「花」の成れの果てとして描かれている。G10は『唐寅自書詞巻』では二番目に置かれている。枠組みとしての構成をより強く意識した配置といえるであろう。

唐寅の曲の中から『唐寅自書詞巻』の曲だけを取り上げて花あるいは落花に関する表現を見てきたが、その特徴は次のようにまとめられるだろう。素材として春の花を描くことは確かに多く見られる。だがそれは花の美しさを描くためのものではなく、花を変化するものとして捉える視線が突出していた。しかも花の変化の相を美しさの喪失や欠落として捉えるばかりでもなく、花を変化する実存そのものとして捉えており、花の存在自体が時間の変化の相として捉えられていた。そして秋の花や植物、また春の衣服や灯火なども、変化するものとして描かれることがあることが確認される。無常なる変化は、変化して別のものとなりゆく変化ではなく、変化の先にあるものは衰微であり、老いであった。花と衰微と自身の老いを結びつける視線を、唐寅の曲、少なくとも『唐寅自書詞巻』に見られる特徴と位置付けることができるだろう。

そして、この特徴は、そのまま「嘆世詞」八首の主旋律ともなっている。『唐寅集』の第一首は次のように詠む。

春去秋来、白頭空自挨。花落花開、朱顔容易衰。世事等浮埃、光陰如過客。休慕雲台、功名安在哉。休想蓬莱、神仙真浪猜。清閒両字銭難買、苦把身拘礙。人生過百年、便是超三界、此外別無他計策。

（春去り秋来たり、白頭は空しく自ずから挨《う》く。花落ち花開き、朱顔は容易に衰える。世事は等しく浮埃、光陰は過客の如し。雲台を慕うを休《や》めよ、功名安くに在らんや。蓬莱を想うを休めよ、神仙真に浪猜たり。清閒の両字は銭もて買い難く、苦《はなは》だ身を把りて拘礙せしむ。人生　百年を過ぐれば、便わち是れ三界を超え、此の外に別に他の計策無し）

従来は「嘆世詞」を唐寅の不遇感情の表出とする。だがこれまで見てきたように、変化の中にいるという表現は、唐寅曲に比較的普遍的に見られる傾向である。儒家の功名の道はすでに閉ざされた。道教の神仙も求めがたい。では唐寅は仏教的な悟りの境地を求めたかというと、清浄な境地は金銭でも買えないからと、これも身をかわしてしまう。[69] むしろどこかに身を置くことから逃れているようにさえ見える。こうした態度と、花を端的な表象とする時間の経過への視線が重なるように詠まれているのが、唐寅曲の特徴である。唐寅の人生観を簡単に言うことはできないが、享楽的態度に陥らず、救済も求めず、かといって悲観的、諦念的な静かさをまとわずに生きる場所はどこか。唐寅の場合、敢えて言えば、それは遊びの中に見出されている。花は、遊びを居場所とする唐寅の視線を端的に示す対象物であるとするのは言い過ぎであろうか。

六、おわりに

明代において散曲はさまざまな役割を賦された文学であった。王驥徳の『曲律』「雑論」に見える散曲観からは、曲であるゆえんが真情の理論的支柱になっていたことが伺える。

詩は詞に如かず、詞は曲に如かず、故に是れ漸く人情に近し。夫れ詩の律と絶とに限らるるや、即ち意において尽くさず、一字の益すを為さんと欲すれども、得べからず。詞の調に限らるるや、即ち吻において尽くさず、一語の益すを為さんと欲すれども、得べからず。曲の若き、則ち調は累用す可く、字は襯増す可し。詩と詞は、諧語方言を以て入るを得ず、而して曲は則ち惟《た》だ吾が意の至らんと欲し、口の宣べんと欲するを、縦横に出入し、之無きも可ならざる無きなり。故に吾れ謂《おも》う、「人情を快ばしむれば、曲より過ぐること毋からんと要す」と。(70)

曲は必要に応じて曲調を増加してゆくことができ、また襯字を足して調子を損なわずに表現を豊かにできる。詩や詞と異なって諧謔の口調も俗語や方言の使用も許容される。だから言いたいことが存分に表現され、したがって享受する側も我が意を得たりと心地よい気持ちになる。文体としての曲の可能性を表現内容や措辞の豊富さに求めている。時調曲の俗曲も同様の理屈によって文人たちが関与する文学となった。

だが文学が個人の救済である伝統と歴史も存在する。言語表現であるからには何を扱うかとともに、どう扱うかの探求も文学の本来の姿である。唐寅の場合、花への視線が、唐寅という人物と等価として詠まれている。唐寅の精神面を象徴する出来事として花は捉えられている。花への執着は、およそ経世済民とは無関係な個人の内面の世界であるが、その個人の内面（真情）をこそ大切に守り、むしろ価値あるものとする立場（真詩の称揚）からすれば、唐寅は、すなわち真人であるということになる。

唐寅の曲に魅力があるとすれば、それはまさしく「文詞」と「本色」の両者が混在する点に求められる。唐寅の曲には、比較的多く典故が使用されている。かりに曲調を考慮しなければ、ほとんど詞と区別がつかない。李清照の詞の本歌取りのような作品が見られるのも、詞と曲を表現媒体として厳密に区別する意識が希薄なためであろう。

人物描写の角度も詞に近い。唐寅の曲は、女性を登場人物として多く描くが、登場人物の女性が心情を直接表白することはない。多くは客観的に観察するように女性の置かれた状況を描写する。そのとき『詩経』の興のように花を点描するが、花への視線はもはや登場人物のものではなく、作者唐寅自身の花に対する感覚であり、それは不遇感を吐露するような「嘆世詞」とも共通してくる。唐寅において、曲は詞と合流していたといえる。明代中期の詞曲合流という傾向は、成化、弘治期の文人才子の散曲作家たちの手により、すでに相当程度突出して表現されていた。散曲の雅化傾向の過程において、唐寅はその典型なのである。

一方で、詳しく論じなかったが、唐寅の曲には多くの口語表現が使用されている。『唐寅自書詞巻』に集められた曲牌は流行俗曲として記録に見えるものであった。こうした俗なる文体を敢然と取り上げるところもまた唐寅の個性である。

浅俗なる文体と高雅な詞、曲でありながら客観的な人物描写、典故の多用と唐寅自身を象徴するかのような花への視線。唐寅の曲は、生きることを遊びの中に選んだ唐寅をよく反映した文学といえるのではないだろうか。

注

(1) 唐寅の生涯については、江兆申『関於唐寅的研究』、国立故宮博物院故宮叢刊、民国六十五年六月、内山知也「唐寅の生涯と蘇州文壇」、『明代文人論』第五章、木耳社、一九八六年、及び周道振、張月尊輯校『唐寅集』、上海古籍出版社、二〇一三年を主に参照。生没年について諸説あるが、ここでは内山論文に従う。また唐寅の曲作品については、上海古籍出版社本『唐寅集』を底本とする。なお上海古籍出版社本『唐寅集』は、同両氏編『唐伯虎全集』、中国美術学院出版社、二〇〇二年の再版である。

(2) テキストは古本小説集成本『警世通言』を使用。

(3)『唐寅集』「黄鶯児十二闋」、一二百八頁を参照。

(4)『唐寅集』「前言」を参照。

(5) 何刻続刻本の後、清、嘉慶六（一八〇一）年に唐仲冕編『六如居士全集』七巻が刊行される。一九八五年に北京市中国書店が、一九二五年大道書局活字版を影印印刷した『唐伯虎全集』を出版し、その巻四が「曲」、「附伯虎雑曲」となっている。この『唐伯虎全集』は唐仲冕編七巻本に依拠する版本であろう。唐寅の曲の編纂の早期の姿を反映していると考えられるので付言しておく。

(6) 前掲注江兆申書の三「六如居士之遊蹤与詩文」の二「唐寅的詩文」を参照。

(7) 唐伯虎集二巻、楽府詩総三十二首、賦二首、雑文十五首、内金粉福地賦闕不伝。伯虎他詩文甚多、体不類此。此多初年所作、頗宗六朝。惟遊金焦、匡廬、厳陵、観鰲山諸詩及嘯旨後序、乃中季所作、亦可入選、故附入選。『唐寅集』附録一を参照。

(8) 謝伯陽編、斉魯書社、一九九四年三月。

(9) 劉暢「唐寅散曲略論」、『哈爾濱学院学報』第二十九巻第一期、二〇〇八年一月がある。

(10) 前掲注を参照。

(11) むろん前掲注の中国美術学院出版社本の段階で、という意味である。

(12) 『唐寅集』一七三から一七四頁を参照。

(13) 何大成のこの批語に言及する論著としては、邵曼珣「明代戯曲文学的接受与伝播歴程」がある。台湾、元培医事科技大学のホームページ上の業績リストによれば、「第十屆社会与文化国際学術研討会」民国九十三（二〇〇四）年に提出された論文のようである。明代文人作品の伝播の一例として言及されている。

(14) 何子読六如先生曲譜、而喟然有感焉。往予外叔祖西巌秦氏、尤精音律。嘗応試南都、以八月既望、縦歩桃葉渡、三呉士女靚妝炫服、遊者如堵。已而六館英豪、平康姝麗、笙歌雑沓、画舫鱗次。西巌乃浩歌念奴嬌序一闋、低回慷慨、傍若無人。環橋而聴者、不可勝紀也。『唐寅集』一九七から一九八頁を参照。

(15) 歴代曲話彙編・新編中国古典戯曲論著集成・清代編、兪為民、孫蓉蓉編『南曲九宮正始』、黄山書社、二〇〇八年を参照。

(16) 頃之、月堕沙堤、漏残銀蝋。向之姝麗者、争前席交歓焉。捧檀板以度曲、挟雲和而授指、綣周郎之盼睞、祈薦枕于襄王、悦李謨之譜詞、効吹簫于秦女、洵可楽也。曽未数十年、風流頓尽、……予外祖鳳巌公毎向予道之、未嘗不涕泗唏嘘也。『唐寅集』一九七から一九八頁を参照。

(17) 嗟夫、人与世衰、韻随代舛。蕪音累句、徒伝白苧之篇、拗韻顛腔、祇艶紅泉之帙。詎審填詞按曲、別準金科、畳譜和腔、須逢繍指、未易以一二為盲道矣。『詞林選勝』一編、乃魏良輔点板、所載六如曲富甚、予備録之。其微詞秘旨、種種不伝。惜為三家学究、漫置題評、十市街頭、私行改竄。鶯声柳色、第聞亥豕魯魚、鳳管鸞箏、莫弁浮沈清濁。繊妍雖具、妙義全乖。不佞耳慚師曠、心賞伯牙、捐資募工、亟為繕写。更以諸本刊誤、附列如左。……丙辰三月禊日、虎邱漫志。

同前。

(18) 前掲注江兆申書八十二頁を参照。

(19) 吾呉中以南曲名者、祝京兆希哲、唐解元伯虎、鄭山人若庸。希哲能為大套、富才情、而多駁雑。伯虎小詞翩翩有致。鄭所作玉玦記最佳、他未称是。王世貞『曲藻』、『中国古典戯曲論著集成』巻四、中国戯劇出版社、一九五九年を参照。

(20) 吾呉中以南曲名者、祝希哲、唐伯虎、鄭若庸三人媲美。京兆能為大套、富麗而多駁雑。解元小詞、繊雅絶倫。鄭所為玉玦記、見其一斑、它未足道。張琦『衡曲麈譚』「作家偶評」、前掲注『中国古典戯曲論著集成』巻四を参照。

(21) 近之為詞者、……南則金陵陳大声、金在衡、武林沈青門、呉唐伯虎、祝希哲、梁伯竜、而陳、梁最著。唐、金、沈小令、並斐亹有致。祝小令亦佳、長則草草。王驥徳『曲論』「雑論」、前掲注『中国古典戯曲論著集成』巻四を参照。

(22) 余為言、小令如唐六如、祝枝山輩、皆小有致、而祝多漫語。王驥徳『曲論』「雑論」、前掲注『中国古典戯曲論著集成』巻四を参照。

(23) 李善注『文選』巻十一、中国古典文学叢書、上海古籍出版社、一九八六年を参照。

(24) 寅詩文、初尚才情、晩年頽然自放、謂後人知我不在此、論者傷之。呉中自枝山輩以放誕不羈為世所指目、而文才軽艶、傾動流輩、伝説者増益而附麗之、往往出名教外。『明史』、中華書局、一九七四年を参照。

(25) 成化弘治年、呉中祝枝山、唐六如、先後負雋声、饒艶藻。唐有金粉福地賦甚麗。惜予未之見。祝先有煙花洞天賦、正堪与唐作対。其後又有風流遁賦、則皆俳語也。余少時曽与友人睹鈔本。尚憶得一二聯。……其他皆不及記。詞雖淫媟、亦自有致。蓋二公皆老公車不得志、寄跡平康以銷壮心。即見嗤於礼法士、非所計也。元明史料筆記叢刊『万暦野獲編補遺巻四、中華書局、一九五九年を参照。

(26) 趙義山「論詞場才子之曲与明中葉散曲之復興」、『河北師範大学学報（哲学社会科学版）』第二十六巻第六期、二〇〇三年十一月は、明代中期における散曲の復興は唐寅ら詩詞に長けた江南の文人才子たちが関与したことによると述べる。また前掲注の劉暢論文は趙論文を踏まえて唐寅曲の詞化と雅化について述べている。

(27) 此套詞甚本色、而腔多不叶。三籟頗厳於律調、乃推為上乗、吾不解也。得墨憨改本、為之一快。魏同賢主編『馮夢竜全集』第十五冊、上海古籍出版社、一九九三年を参照。

(28) 海王邨古籍叢刊、中国書店、一九九一年を参照。

(29) 自楽不伝于今之世、而声音之道流行於天地間、惟詞曲一種而已。魏同賢、安平秋主編『凌濛初全集』第四冊、鳳凰出版社、二〇一〇年を参照。

(30) 夫籟者自然之音節也、蒙荘分別之為三、要皆以自然為宗、故凡詞曲字有平仄、句有短長、調有合離、拍有緩急、其所謂宜不宜者、正以自然与不自然之異在芒忽間也。同前。

(31) 曲分三籟、其古質自然、行家本色為天、其俊逸有思、時露質地者為地、若但粉飾藻績、沿襲靡詞者、雖名重詞流、声伝里耳、概謂之人籟而已。同前。

(32) 『呉騒』は『呉騒集』のことであろう。万暦三十四年、王穉登編とされる書物である。平塚順良「『呉騒三集』について」、『日本中国学会報』第六十六集、二〇一四年は、王穉登編という説について、凌濛初の『南音三籟』に見えるコメントを引いて疑義を提出しているが、『呉騒』が『呉騒集』を指すことは異論がない。

(33) 呉騒云、袁了凡先生論文云、文貴真、不貴深。文之不真、学問誤之也。夫曲雖小技、実一致耳。今人専務藻絵、剗去本色、不若呉歌掛枝児、反為近情。孰有如此曲者、直述庸言、具肖閨吻、真詞家上乗也。呉騒去取識別、倶不甚当、而此段議論、直得三昧、知此可以論曲矣。前掲注『凌濛初全集』第四冊を参照。

(34) 「本色」という評語については、廣瀬玲子「戯曲　本色　文学—明代後期の戯曲評論—」『東洋文化研究所紀要』第百二十七冊、東京大学東洋文化研究所、一九九五年三月を参照。

(35) 曲之始、止本色一家、観元劇及琵琶、拝月二記可見。自香囊記以儒門手脚為之、遂濫觴而有文詞家一体。近鄭若庸玉玦記作、而益工修詞、質幾尽掩。夫曲以模写物情、体貼人理、所取委曲宛転、以代説詞、一渉藻績、便蔽本来。然文人学士、積習未忘、不勝其靡、此体遂不能廃、猶古文六朝之於秦、漢。前掲注『中国古典戯曲論著集成』巻四を参照。

(36) 大抵純用本色、易覚寂寥。純用文調、復傷琱鏤。拝月質之尤者、琵琶兼而用之、如小曲語語本色、大曲引子如「翠滅祥鸞羅幌」、「夢遶春闈」、過曲如「新篁池閣」、「長空万里」等調、未嘗不綺繍満眼、故是正体。玉玦大曲、非無佳処。至小曲亦復填垜学問、則第令聴者憒憒矣。故作曲者須先認其路頭、然後可徐議工拙。至本色之弊、易流俚腐。文詞之病、毎苦太文。雅俗浅深之弁、介在微茫、又在善用才者酌之而已。同前。

(37) 南詞自陳沈諸公外、如「楼閣重重」、「因他消瘦」、「風児疎刺刺」等套、尚是成弘遺音。此外、呉中詞人如唐伯虎、祝枝山、後為梁伯竜、張伯起輩、縦有才情、倶非本色矣。前掲注『万暦野獲編』巻二十五を参照。

(38) 因挙帙中人所常唱而世皆賞以為好曲者、如「窺青眼」、「暗然当年羅帕上曾把新詩写」、「因他消瘦」、「楼閣重重東風暁」、「人別後」諸曲為問。余謂、前三曲、已載前論第十六、第二十四篇中。即後二曲、毋論意庸語腐、不足言曲、亦疵病種種、不可勝挙。前掲注『中国古典戯曲論著集成』巻四を参照。

(39) 如「楼閣重重」一曲、前曰「東風暁」、後又曰「風雨清明到」、又曰「東風画橋」。前曰「垂楊金粉消」、後又曰「柳糸暗約玉肌消」。前曰「緑映河橋」、後又曰「東風画橋」。同前。

(40) 又一曲而押二「暁」字、三「消」字、二「橋」字、二「到」字、二「早」字、二「悩」字。同前。

(41) 又「緑映河橋」、「月明古駅」、非閨中語。同前。

(42) 又「酔扶帰」首二句、「皂羅袍」中四字句、倶宜対而不対。同前。

(43) 中僅「恨人帰不比春帰早」及「落花和涙都做一様飄」二語稍俊、至末「可惜粧台人易老」又不成語。同前。

(44) 詞隠亦以為「不思量宝髻」五字当改作仄仄仄平平、「花堆錦砌」当改作去上去平、「怕今宵琴瑟」琴字当改作仄声、故止列次上。同前。

(45) 余謂北曲尚有佳者、惟南曲最不易得。……無已、則陳大声「因他消痩」一曲、又首調「羞問花時還問柳」数語祇是請客、次調「懶画眉」「繍戸軽寒透、十二珠簾不上鈎」二句湊揷、第三調「金索挂梧桐」「黄鶯似喚儔」四句又是請客。只「浣渓沙」以下数調、語意流麗、頗自可人、前段終非完璧。才難之嘆、於斯益信。大略作長套曲、只是打成一片、将各調臚列、待他来我湊機軸。不可做了一調、又尋一調意思。同前。

(46) 明代散曲の帯過曲の形式については、陳貞吟「試論明散曲中的北曲帯過曲」、『高雄師大学報』第二十期、二〇〇六年を参照。

(47) 元人小令、行於燕趙、後浸淫日盛。自宣正至成弘後、中原又行鎖南枝、傍粧台、山坡羊之属。李崆峒先生初自慶陽徙居汴梁、聞之以為可継国風之後。何大復継至、亦酷愛之。前掲注『万暦野獲編』を参照。なお、明末の俗曲については、大木康『馮夢竜『山歌』の研究』第二章「四句山歌の来歴—場の考察」第四節「妓楼の歌」、勁草書房、二〇〇三年、同「晩明俗文学興盛的精神背景」、胡暁真主編『世変与維新—晩明与晩清的文学芸術』、台北、中央研究院中国文哲研究所紂籌備処、中国文哲専刊十八、二〇〇一年を参照。

(48) 憂而詞哀、楽而詞褻、此今古同情。正徳初尚「山坡羊」、嘉靖初尚「鎖南枝」。一則商調、一則越調。商、傷也、越、悦也。時可考見矣。二詞譁於市井、雖児女子初学言者、亦知歌之。但淫艶褻狎、不堪入耳、其声則然矣。語意則直出肺肝、不加彫刻、倶男女相与之情、雖君臣有朋、亦多有託此者、以其情尤足感人也。故風出謡口、真詩只在民間。三百篇太平采風者帰奏、予謂今古同情者、此也。嘗有一狂客、浼予倣其体、以極一時謔笑、随命筆並改竄伝歌未当者、積成一百以三、不応絃、令小僕合唱。卜鍵箋校『李開先全集』「閑居集之六」、文化芸術出版社、二〇〇四年を参照。

(49) 元曲源流古楽府之体、故方言、常語、沓而成章、着不得一毫故実。即有用者、亦其本色事、如藍橋、祆廟、陽台、巫山之類。以拗出之為警俊之句、決不直用詩句、非他典故填実者也。一変而為詩余集句、非当可矣、而未可厭也。再変而為詩学大成、群書摘錦、可厭矣、而未村煞也。忽又変而文詞説唱、胡謅蓮花落、村婦悪声、俗夫褻謔無一不備矣。今之時行曲、求一語如唱本「山坡羊」、「刮地風」、「打棗竿」、「呉歌」等中一妙句、所必無也。前掲注『中国古典戯曲論著集成』巻四を参照。

(50) 王世貞の評語として「其詩如乞食唱蓮花落、其少時亦復玉楼金埒」が伝えられている。『西園題跋』巻二題唐寅落花詩巻、『唐寅集』附録四、六〇九頁を参照。

(51) 前掲注大木書二〇〇三年の第三章「巻七～巻九所収中・長篇山歌について」第二節「巻八の諸編」を参照。

(52) 羅宗強『明代後期士人心態研究』第三章「徘徊于入仕与世俗之間的士人」第四節「徘徊于入仕与世俗之間：唐寅」、南開大学出版社、二〇〇六年、同『明代文学思想史』第七章「独抒情懐的文学思想在呉中的発展」、中華書局、二〇一三年などは、唐寅を個性・真情を重視する文人グループの一員として位置づける。章培恒、駱玉明主編、井上泰山、四方美智子共訳『中国文学史新著（増訂本）』下巻、第七編第一章第一節「弘治・正徳期の詩文の発展」「四、祝允明と唐寅」、関西大学出版部、二〇一四年、八十八頁から九十五頁も、同様な位置付けで唐寅を論じている。唐寅詩が真詩である特徴として俗語の使用と人間性の肯定的態度を挙げる。また「清新艶麗」な用語、絵画的な趣き、花への執着なども挙げられている。花に関しては、居住地を桃花庵と名付け、花を植えていたこと、落花があれば、それを惜しみ、錦嚢に入れ埋葬したというエピソードが紹介されている。唐寅の落花詩の『紅楼夢』へ与えた影響を指摘する論文もある。例えば森中美樹「『紅楼夢』における情愛描写と桃花」、広島大学文学部中国中世文学研究会『中国中世文学研究』第四十七号、二〇〇五年、五十七頁から七十一頁を参照。

(53) 故宮博物院ホームページ上の画像データを参照（二〇一五年十月三日）。その書誌事項には「明、唐寅書、紙本、縦二十三・三センチメートル、横五百五十一・三センチメートル」と記載されている。

(54) 『経訓堂法書』は現在の所在がわからないという。河内利治氏のブログ「筆記～書の虎の巻」（二〇一〇年五月二日）を参照。

(55) 王起主編、洪柏昭、謝伯陽選注、高等学校文科教材、人民文学出版社・北京、一九八八年。中国の大学生向けの教材

である。同書には唐寅についての概略的な説明が附されている。テーマは閨情閨怨を描くものと世を嘆く作が多いこと、南曲の散曲作家として比較的早い時期に活躍した人物であること、元曲にみられるような庶民性や滑稽性はなく、詩詞の影響を受け、こまやかで美麗な措辞に傾くこと、前句末の語句を承け、繰り返し続ける「聯珠体」（「頂真句」とも）が多用されることなどである。過不足なく特徴を捉えている。

(56)『元明清散曲選』の注釈は湯顕祖『還魂記』の一場面との共通性を指摘し、主人公杜麗娘の人物形象と比較している。『六十種曲』巻四『還魂記』（中華書局、一九五八年）の第十齣「驚夢」で、杜麗娘は中庭を散策し、春の愁いに沈み、「常観詩詞楽府、古之女子、因春感情、遇秋成恨、誠不謬矣。吾今年已二八、未逢折桂之夫。忽慕春情、怎得蟾宮之客。昔日韓夫人得遇于郎、張生偶逢崔氏。曾有題紅記崔徽伝二書。此佳人才子、前以密約偸期、後皆得成秦晋」（常に詩詞楽府を観るに、古の女子は、春に因って情を感じ、秋に遇って恨みを成すが、誠に謬たず。吾今年已に二八の年なるに、未だ折桂の夫に逢わず。忽ち春情を慕うも、怎でか蟾宮の客を得ん。昔日の韓夫人は于郎に遇うを得、張生は偶々崔氏に逢う。曾て題紅記・崔徽伝二書有り。此の佳人才子は、前に密約を以て期を偸み、後に皆秦晋と成るを得たり）というセリフを述べ、わが身のはかなさを嘆いて、「山坡羊」の曲を歌う。ここに述べられた「春の情」と「秋の思い」は唐寅の散曲のテーマに他ならない。そして杜麗娘は「山坡羊」を歌い終わり、倦怠を覚え、居眠りをしたその夢の中で、男性主人公と出会う。まさにストーリーの山場の場面であり、山場を導く曲が「山坡羊」であった。これが唐寅曲の直接的影響とは言えないが、しかし唐寅曲の享受者が共有したであろう情景の一つの具現化・舞台化として『還魂記』の一幕があるとみても、あながち無理な詮索とはいえないだろう。散曲と南戯の享受層が近い位置にあったと考えてもおかしくはない。曲が雅なる文人趣味の世界へ移行しつつあった時代の典型的な表れということができるのではないか。

(57) 朱金城箋校『白居易集箋校』、中国古典文学叢書、上海古籍出版社、一九八八年を参照。「長恨歌」については以下同じ。

(58) 中華書局、一九六一年を参照。

(59) 書目文献出版社、一九九二年を参照。

(60) 田中謙二『楽府　散曲』、中国詩文選、筑摩書房、一九八三年を参照。

(61) 前掲注書を参照。

(62) 此調作者甚多、合調者甚少。如……「那」字……用平声……、皆不協律甚者。如『香嚢記』「離愁多少」之「離」字、甚不協律。同前。
(63) 前掲注書を参照。
(64) 徐培均箋注『李清照集箋注修訂本』、中国古典文学叢書、上海古籍出版社、二〇一三年を参照。
(65) 『四部備要』、上海中華書局を参照。
(66) 『蘇軾詩集合注』「春夜」、中国古典文学叢書、上海古籍出版社、二〇〇一年を参照。
(67) 『杜詩詳注』、中国古典文学基本叢書、中華書局、一九七九年を参照。
(68) 上海古籍出版社、一九八七年を参照。
(69) 仏語の使用も俗語の使用との関係で論じらている。黄毅「唐寅詩歌中的人生意蘊」、大阪府立大学『人文学論集』第二十六号、二〇〇八年は、市民意識、仏教観念、儒家的観念の三点から唐寅の詩文を論じている。
(70) 詩不如詞、詞不如曲、故是漸近人情。夫詩之限於律与絶也、即不尽於意、欲為一字之益、不可得也。詞之限於調也、即不尽於吻、欲為一語之益、不可得也。若曲、則調可累用、字可襯増。詩与詞、不得以諧語方言入、而曲則惟吾意之欲至、口之欲宣、縦横出入、無之而無不可也。故吾謂、快人情、要毋過於曲也。前掲注『中国古典戯曲論著集成』巻四を参照。

唐寅の虚像と実像

有澤晶子

はじめに

唐寅（一四七〇～一五二三）を主人公とした伝統演劇の舞台は、今日でも様々な地方劇で見ることができる。京劇、昆劇、秦腔、川劇、越劇、評劇、莆仙戯など東西南北を問わず拡がりを見せている。弾詞でも長編の語り物を弾き語る。いずれも、唐寅が見初めた美女を追って屋敷の使用人にまで身をやつし、ついには恋は成就するという恋愛ものであり、喜劇である。美女の身分も名も上演台本の原作となる戯曲によって異なる。京劇を例にあげれば、清初の雑劇が基になった同名の『花舫縁』（別名『三笑縁』）、説唱が基になった八本続きものの連台本戯『笑笑笑』がある。三度の笑いは唐寅の心を虜にした美女秋香による微笑みである。[1] ただし、越劇（上海）『唐伯虎』（薛允璜作、一九八四年）では、唐寅の冤罪入獄事件から落魄後までの史実を軸に舞台化し、翌年には唐伯虎役を茅威涛（浙江小百花越劇）が演じて映画化もされ、耳目を一新するものと評される新しい傾向もあらわれた。

昆劇では清の乾隆年間に『三笑縁』または『笑笑笑』が編集上演され、刊本はなく上演用の抄本のみで続いた。上演の変化も生まれ、使用人に身をやつした唐寅が侍女の秋香に三度袖にされる滑稽を軸にした内容の『桂花亭』（『送飯』『奪食』『亭会』『三錯』の四場のみ）が主に演じられるようになる。趙景深によると、『桂花亭』は本来一八齣で、弾詞『笑中縁』から抜粋したものだとして対照させており、その後縮小させたものであろう。二〇世紀には昆劇を代表する名優周伝瑛（一九一二～一九八八）が唐寅役を自身の十八番に加えている。[2]

だがその唐寅は、「傀儡《くぐつ》一棚真か假か、髑髏満眼の笑みで迷わす」、「事を生じ事は生まれ何日了《いつお》わらん？人を害し人は害され幾時休《いっ》まん？」（「歎世」巻第二、七言律詩）[3]などと醒めた人生観を詩には滲ませている。詩書画に残された多様な唐寅像と比べて見ると、あまりに痴情と喜劇性の一面だけが強調され、唐寅像をゆがめたものにしているようにも見える。ではなぜこのテーマだけが時も空間も超えて今日に生き続けているのか、その系譜をたどりながら唐寅の虚像と実像とを考えてみたい。

一、映画における唐寅の物語

唐寅を主人公にした無声映画『唐伯虎点秋香』が封切られたのは一九二六年のことである。（制作上海天一電影公司、監督邵酔翁）残念ながら実際のフィルムの存在は不明だが、当時のちらしによるとモノクロでなんと、全二〇本、三〇〇分におよぶ大作で放映は上下二本立てとなっている。サイレント映画の時期ではあるが、中国映画資料館のまとめた文献資料によると、このような純国産の古典的題材に腐心できたのは、当時流行っていた才子佳人の通俗恋愛小説である鴛鴦蝴蝶派小説の熱心な読者層や喜劇的要素をふんだんに盛り込んだ劇場演劇文明戯の観客層を取り込むことができたからだという。[4]『唐伯虎点秋香』の監督も、上海の文明戯「笑舞台」の劇団員から転身して、この前年に映画製作会社を立ち上げたばかりだった。[5]当時、映画で観客をつかむためには、描写が鮮明で奇抜であるうえに、戯曲や小説の常套であった「離合悲歓（別れの悲しみと出会いの歓び）」の展開を踏襲していることが求められていた。『唐伯虎点秋香』はちょうどそれに適合する作品だったといえる。

映画ではこの後、一九七五年二月に粤劇《えつげき》『三笑姻縁』の映画版が香港で制作上映される。同じく一九九三年七月に香港で同名の映画（二〇二分、監督李力持、キャストは唐伯虎に周星馳、秋香に鞏俐）が制作上映されるが、これは唐伯虎が実は武術の達人でもあったという奇想天外な設定で、アクションがふんだんに盛り込まれ、書画を仕上げる様はもはや人間業ではない、全編コメディータッチのアクション映画となっている。文武両道にたけていながらそれを秘し、権力や地位身分の格差、面子も歯牙にもかけず、一目惚れした女性に命をかける痴情が最大限強調されて成ったものといえる。この題材の映画は他に一七版あるともされる。

虚構の物語は本人の亡き後に、時代や大衆の願望、理想が投影されて実態とは離れたものへと展開していくことを常とする。唐寅のエピソードが附会された内容であることは清末には明らかにされている。唐寅が世を去って時がたつほどにその詩文書画は光彩を放つ中で、立身出世や才子佳人とは異なる文人像への希求が唐寅に仮託され、伝聞、説話、筆記小説、説唱、戯曲、映画とさまざまなジャンルによる創作が相互に影響しあいながら今日に至っている。鄧暁東は、『唐寅研究』(6)の最初に、蓄積された研究傾向を大別し、唐寅に附会した自由闊達な才人の浪漫を強調した『三笑』とその派生に関する関心は二〇世紀前半までの主流をしめ、近年では、それとは反対の貧困と病に苦しむ唐寅の形象にその対象が移ったとその傾向を指摘している。近年では、三人の妻との関係を分析し、附会の原因を「彼の生涯と作品が表現しているのは志を得られないために異性のよいところをくみとって、自己の価値の肯定を求めようとする心のあり方が最も大きく、直接的な原因でもある」との分析もある(7)。

ところで、一連の三笑姻縁研究であげられる系列作品の中には、唐寅が登場しないものが混在している。それは唐寅在世の前後を問わない。そのことは三笑姻縁の誕生は唐寅だけの専属物語ではなく、類似の作品群が一つの類型として存在しているということを意味している。まずは唐寅の登場しないパターン群の主だったものからその定型化の特徴を考えたい。

二、三笑姻縁の系譜――身をやつす愛の形

唐寅と秋香の情愛物語については、早くは清の兪樾（一八二一～一九〇六）が『茶香室叢鈔』の「秋香」[8]において三編の作をあげ、唐寅に仮託した虚構である、と結論づけている。その後、趙景深は『文学』に発表した「三笑姻縁的演変」[9]で、民国当時、弾詞『三笑姻縁』が、二〇万語七四回もの長編となって南方で盛んに語られている事実をあげ、多くの筆記や小説を中心にそこまでにいたる変容を詳述した。これは三笑姻縁の研究に大きな弾みをつけたといえるだろう。

こういった一連の論考で取りあげられた作品を軸に、唐寅の登場しない作品群を見てみると、一つの特徴がうかびあがってくる。それは、男が社会的身分を顧みず、話も交わしたことのない一人の想い人を追って、女の屋敷の使用人に身をやつし、結婚までこぎつける、というパターンである。

身を「やつす」ことは、日本においては、みすぼらしく目立たないように姿をかえるという意味として、『東大寺諷誦文』（平安初期八三〇年頃の書写）「故《ことさら》に形を費（ヤツシ）、身心をば一切の人の下に作し」という古事例が『日本国語大辞典』にあげられている。漢字としては一般に「窶す、俏す」があてられる。窶すは『説文解字』[10]に「礼無きの居なり」とあり、貧しくて礼をつくせるような居室をもたない状態を原義とする貧困の意味で『詩経』にすでに用例が見られる。『字通』[11]では、「廟中に仕える女がみだれ髪のまま簪飾りを加えない姿であるから、貧苦の意となるのであろう」としているように貧しいの原義が強い。他方、俏すは、似るとか容姿の美しさを意味する。こ

のように言葉の意味から見ると、〈やつす〉は貧しさと容姿の美しさとの両方を兼ね備えている。

その後、歌舞伎において、やつし事というひとつの藝の形態と、それを演じる役柄であるやつし方を確立したのが、元禄上方歌舞伎で座元をつとめた嵐三右衛門《あらしさんえもん》（一六三五～一六九〇）とされる。(12) 歌舞伎舞踊の形態が熟成されてきた様が記されている『舞曲扇林』（河原崎権之助作、一六六四年～一六八六年頃）(13)には、「古今の若衆」の演技について述べた中で、〈やつし〉について、「やつしといふは、方便《てだて》にいやしき業をするか。世におちてするか、此二ッ也。しからばよくにするほどあしかるべし」とあり、裕福なものや身分の高いものが、勘当されたり、身の危険を避けるその手立てに、髪結いや下男といった職業人の庶民として身を隠すという役が多く作られるようになり〈やつし〉という演技形態が生まれたとされる。そこに求められるのは、やつし身の窮乏、深刻さや職人らしさがリアルすぎてもだめであり、本来の性根《しょうね》をにじませるために、「鷹揚さや軽味・おかし味が演技に要求」されて発展してきた、とする今尾哲也は、日本神話や説話に存在する「貴種流離譚」のジャンルの系統の流れをくむと位置づけている。ただ貴種流離譚は、折口信夫が造語して定着したが、日本独自というわけではなく他国でもまた類型のものが存在する。ただし、歌舞伎のようにひとつの演技様式として意識され発展してきたものは、他にはないであろう。中国の演劇でもやつしとして特に展開してはいない。だが、この唐寅の三笑姻縁の系譜はあきらかにやつしが物語の展開の軸となっている。そこで、具体的に三笑姻縁の系譜の戯曲を中心に時系列で追いながら、やつしを軸にその成立と意味を明らかにしたい。

（1）元雑劇『金銭記』——やつし身の恋

元雑劇『李太白匹配《ひっぱい》金銭記』四折（略称『金銭記』）、匹配はつれあいを意味する。喬吉（?～一三四五、字は夢符）作。(14)

『金銭記』は洛陽の青年文人の韓翃《かんこう》が主人公だが、実在する人物がいる。唐の詩人（生没年未詳、字は君平、南陽の人）で、実際には七五四年に進士に受かり、仕官するが辞職して一〇年あまりは浪人の身となる。九代目皇帝徳宗（在位二六年、七七九〜八〇五）にその詩『寒食』が気に入られ、中書舎人に抜擢されたという。その友人として登場する盛唐詩人の賀知章（六五九〜七四四）もまた実在の人物で、作中では韓翃の理解者として兄貴分の役回りである。実際でも交友関係があった。

韓翃は韓翊《かんよく》の名で唐代伝奇小説に描かれる「柳氏伝」（許尭佐作『太平広記』所収）に柳氏との情愛物語があり、『章台柳』の詩は殊に有名だが、この戯曲とは内容を異にする。以下、恋の顛末を追ってみる。なお便宜上、折ごとに小見出しをつけた。

〔第一折〕運命の出会い

朝廷に三〇年仕えてきた長安府の長官の王輔（冲末の役柄）は「賄賂を得て法を曲げたりしたことがない」清廉潔白で忠義の人である。夫人は早くに亡くなり、一人娘柳眉児（旦の役柄）は一八歳になるがまだ許嫁もいない深窓の佳人。一方、韓翃（字は飛卿、正末の役柄）は「学成って身には学問いっぱい」なのに仕官に熱心ではない。二人の出会いは、三月三日、この日城下の者は身分を問わず、みな九龍池で楊家の牡丹「一捻紅」を鑑賞に来るようにとの玄宗皇帝の詔がでたことにより、普段は出会いのあるはずのない二人に運命的な機会がめぐってくる。韓翃は柳眉児に「魂が身体から離れるよう」に一目惚れする。柳眉児も「思わず知らず心が動き、おさえようがない」と感じ、別れ際に「我が心のすべての哀しみ苦しみを、顧みるこの一瞥の中にこめます」という言葉と、その愛の証しとして、父親からもらった開元通宝金銭を残して去る。それは父の王輔が皇帝から賜った家宝だった。韓翃は見返り美人の言葉を反芻し「私も生死を顧みず、どこへなりと追っていく」と決心する。

〔第二折〕身をやつす

韓翃はなりふりかまわず必死に柳眉児を追って王輔の屋敷に入り込むが、王輔に見つかってしまう。賊ではないかと疑われた韓翃はあれこれいいわけをするものの、ついに縛られ吊し上げられてしまう。そこへ賀知章（外の役柄）がやってきて素性が明かされると、王輔はその名と才を聞き知っていて歓び、それなら屋敷に住み込みの「門館先生」つまり家庭教師になってくれないかと依頼する。それに対し賀知章は、韓翃という人間は「腹には司馬の才を隠し、心には禰衡《でいこう》の傲慢さをもち、内心は激しく剛毅、態度は不遜」だからまずは無理だろうと答える。それでもともかく頼んでほしいと請われるので、韓翃に打診すると、意外にも二つ返事で承諾した。韓翃にとっては柳眉児に会える願ってもない好機だったのだ。

〔第三折〕発覚

王輔の息子王正（浄役）と他家の役人の息子（丑役）はどちらもできが悪いが、その二人が口を揃えて韓翃がきて一ケ月、何も教えてくれないばかりか、毎日青息吐息、奥の間で大声をあげて泣いているという。この場面は、台詞も情景も滑稽に彩られている。柳眉児に全く会えない韓翃は、「朝に夕にただ思うのはあのひとのこと、いったいいつになったら会えるのか」と嘆いて夢にまでみる。そして柳眉児が残してくれた開元通宝金銭を取り出して占いを始めたさなか、王輔が酒を一緒に飲もうとやってくる。慌てて金銭を隠すものの、ついに見つかってしまう。王輔は激怒し、娘を呼びつけ、あるまじき行為を怒り、女の道をまくし立てる。韓翃はまた吊し上げられる。そこへ、賀知章がやってきて、皇帝が韓翃の科挙の答案を気に入り、「この者の文章は李太白にひけをとらないので、宮中に参内し官職を受けることになった」と告げる。王輔の怒りはようやく解け、娘と韓翃との婚姻を進めるように賀知章に頼む。

〔第四折〕成就
王輔は韓翃が状元を得たことに驚きが冷めやらない。彩楼が設けられ、娘が手毬を想いの人に向かって投げるという婿取り儀式が進められる。しかし韓翃は態度を一変させ結婚しないといいだす。当初はこの婚姻に命まで省みなかったのにどうしたわけだと賀知章はいぶかる。韓翃は、自分は日頃人に頭を下げない人間で、〔歌唱〕「あのひと（王輔）は、私がうまく合格し名利の道を進むことがわかったとたん、顔をあわせば娘の婿にしようとする」と憤る。しかし李白が皇帝の命として、この婚姻を成就させるようにと告げに来る。そこでようやく韓翃は婚礼に同意するのだった。

ここでは三つの内容に注目したい。一つは第一折における恋する柳眉児の死をも厭わぬ命がけの姿勢である。封建道徳も親への懼れも障りにならないほど情愛が鮮明で、振り返ることで万感を後ろ姿に余韻として残し、強烈な印象をもたらす。もっとも結婚の場面の第四折ではまったく心情表現がなされておらず、存在すら消え入りそうではある。

二つには、韓翃が無防備に柳眉児を追って官吏の邸宅にはいりこみ、しかも身を屈して屋敷の家庭教師となることである。これはやつしの初期段階の様相を呈している。つまり自分の素性を隠して別人に変身して偽るまではいかないが、身を落として住み込みの門館先生になるのである。

三つには、特に第三折で示されるが、全体を通して貫かれる喜劇性である。韓翃が全く働かないで青息吐息の上に大声で泣く、というのも、やつしのおかし味を如実に滲みだしている。封建道徳を象徴している王輔が女の道をまくし立てる場面も、韓翃を二度にわたって吊し上げる場面も、深刻な内容を滑稽に仕立てて諷刺をきかせている。

これらの要素は、三笑姻縁につながる共通項として見いだすことができる。また、実在の人物に対する虚構創作における許容度の幅広さを示すものともなっている。

明の李開先（一五〇一～一五六八）は戯曲論『詞謔』[15]で自ら選曲して編んだ「詞套」に、この演目の第二折を輯録しており、当時愛好されたことがわかる。明代の評価は高く、その影響を次に見ていく。

(2) 明雑劇『碧蓮繍府』――やつし身の恋の深化

『金銭記』であげた三点と近似、進展させた戯曲として明の葉憲祖（一五六六～一六四一）による雑劇『陳碧蓮出閣成親』八折（略称『碧蓮繍府』）[16]がある。唐寅没後の明代の作品である。『碧蓮繍府』は、葉憲祖の他の三作『丹桂鈿盒』『素梅玉蟾』『夭桃紈扇』と合わせて〈四艶記〉と称され、劇目の前の二字が女主人公の名前でそれぞれ春夏秋冬の季節の花の名をつけ、後半の二文字が愛の証しの物を示し、男女の情愛の成就が展開する。[17]

やつしに関する部分を中心に、『碧蓮繍府』の全体像を追ってみる。なお、折ごとに便宜上小見出しをつけた。

〔第一折〕龍船見物

「風流な性格」の書生章斌（生役）は昨年の郷試のあと、あちこち立ち寄りながら故郷へ帰る道すがら、端午節の折、ちょうど揚州にさしかかった。友の韓相公（小生役）を誘って龍船を見にでかけ酒楼で龍船が通るのを待っている。そこへ秦夫人（丑役、今は亡き秦侍中の夫人）一行、つづいてその息子秦子魚（浄役）一行も龍船を見にやってくる。銅鑼太鼓が鳴り響き賑わいを増す中、川端まで見に行くことにする。

〔第二折〕運命の出会い

秦侍中の側室だった陳碧蓮（旦役）は、秦夫人の嫉妬のために、一人家に取り残されている。寂しさと無聊をなぐさめようと、見晴らしのいい小楼にあがる。そこへ雑踏で韓を見失った章斌が通りに迷い込んできて、偶々屋敷の小楼にいた陳碧蓮の姿を目にする。二人の心が互いにときめく場面は次のように展開する。

章斌〔旦を見かけ、じっと目を凝らすしぐさ〕（歌唱）「美しい人あり、ふたたびぬすみ見、目を凝らしうかがわん」一方、陳碧蓮〔生を見かけ、避けるしぐさ〕（歌唱）「どこから来たのか、若きひと、隠れなくては、でも振り返りたい」

ここであいにく秦夫人が帰ってきたので陳碧蓮は慌てて降りていく。章斌は「ああ此の世にこんなたぐいまれな美しいひとがいたとは」と、陳碧蓮が落としたお守り袋を拾う。屋敷の使用人に家の素性を尋ねるうち、書記を雇いたがっていることを知る。まさにいい機会と（歌唱）「私は流浪の途上、書史は習い覚え、書簡もあらあら一通りこなします」と売り込み、翌日から屋敷の書記として住み込むことになる。

〔第三折〕書記に身をやつす

秦子魚は学問はできないが、家は裕福なので教養がなくても将来に憂いはないと豪語するが、ただ書簡がきちんと書けないことが悩みのタネだった。章斌は「青春はうつろいやすく、絶世の美女もあうこと難し、名前を孔兼と改め書記として雇われるにしくはない」と住み込みの書記に身をやつす。秦公子は孔兼のことを、どう見ても「風流で美男で雅やかだ」とその正体をいぶかる。

〔第四折〕夫人の嫉妬

秦夫人は夫が亡くなった今でも陳碧蓮に対する嫉妬は根深く、陳碧蓮が奥の部屋からでてこないように、自分の腹心の侍女青奴（老旦）に監視をしっかり続けるよう言いつける。

〔第五折〕替え玉受験

学問と聞くと憂鬱で死にそうになる秦子魚は、郷試受験を目前に悩んでいると、孔兼（章斌）が替え玉受験を快諾する。ただし役所には金銭をばらまいておく手はずをぬかりなく整え、二人は衣冠を取り替える。受験生の点呼がおこなわれるが、賄賂をもらえなかった一人が、これは替え玉だと試験官に密告する。試験官は孔兼に問いただすが、すでに事情を折り込み済みの孔兼は、秦子魚の父親の名をあげる。試験管はそれは自分の師匠ではないかと秘かに思い、ここは名誉を守ってやらねばと、秦子魚に間違いなしと宣言し、密告者は逆に鞭打ちとなる。問題文が提示され、孔兼の答えた詩文が第一位を獲得する。

〔第六折〕赤い糸

監視役を命じられた青奴だったが、孔兼からお守り袋を托され陳碧蓮の気持ちを聞いてほしいといわれ、きっと二人はいい夫婦になるだろうと思う。陳碧蓮は悶々とした希望のない前途を嘆き日増しにやつれていた。陳碧蓮は孔兼がずっと思ってくれていたことを知り心を動かすものの不安をぬぐえない。青奴は二人は姻縁あって赤い糸で繋がっている、と励ます。

〔第七折〕婚姻計画

章斌はいよいよ計画の最終段階を前に一人思いをめぐらす。「楼上の美人のためにここでお雇い書記にかこつけてすでに二年の月日がたった。幸いにして主人とは意気投合」。昨日はお守り袋を托して陳碧蓮の気持ちも知ることができた。次は秦子魚を動かす必要がある。秦子魚に向かって、辞職し故郷へ帰って結婚をすると願い出る。あらかじめ申し合わせてあった秦子魚の付き人は、いいお相手として陳碧蓮がいる、と助言する。秦子魚はもろてをあげて賛成するが、問題は秦夫人の説得だった。

〔第八折〕真実

秦子魚は母親の秦夫人に対し、書記に陳碧蓮を娶せるよう勧めるが、夫人は激怒する。秦子魚は「ならば母の前で死んだほうがましだ」といって倒れる。夫人はやむなく結婚を許す。さっそく婚礼がとりおこなわれる最中に、友人の韓相公がやってくる。そこでついに章斌の正体とここまでの次第が明かされる。みな祝いに涌く。その一方で、

「天があたえた才覚と容貌、これまで積み上げてきたものを、相愛の情で一夜にして捨てようとは」と韓相公は章斌の性格を嘆いてもいるのだった。

この戯曲では、文人章斌が一目惚れした女性を追って雇われ書記に身をやつして入り込む運命の出会いの部分が、前半の眼目である。章斌が身をやつすという設定がすべての物語のはじまりとなっている。その後、二年もの間、全く想いの女性陳碧蓮とは会った形跡もなく、二人の相思相愛のやりとりそのものもない。そのことは強権的な女主のもとでの不合理な家族関係を際立たせている。喜劇的に描かれるのは、主人公章斌ではなく、その愛を阻むものとして対極にある嫉妬深い秦夫人で、道化役が扮することで人格と行為の残虐性を笑いに転じていく。さらに、秦子魚の無能ぶりと替え玉受験での試験場の腐敗ぶりも深刻だが、喜劇的に表現し諷刺をきかせている。

他の三本は、翰林院学士を辞退した文人権次卿が禅林庵で丹桂に一目惚れして、音信不通の甥になりすます『丹桂鈿盒』。書生鳳来儀と父母を亡くして兄の家で暮らす楊素梅とは互いに心寄せてはいても、それぞれ家同士の結婚が進む。ところが最後にふたをあけてみれば思いの人であったという『素梅玉蟾』。文人石中英は恋する妓女任天桃が他家へひきとられたと誤解失望するが、二人の仲をとりもつための粋な計らいだったことがわかり、恋が成就する『天桃紈扇』など、文人書生の素性は伏せられて別人になりすますことが眼目となってストーリーが展開していく。いずれも、主人公が一番大切にする愛情に対する価値観と、封建社会におけるそれとの間には埋められないギャップが存在している。

(3)　明代筆記『露書』―やつし身の恋

多くの文人の筆記に引用された姚旅の『露書』[18]はその後の戯曲創作にも影響を与えたので言及しておこう。

姚旅（生没年不詳だが明の隆慶、万暦、天啓年間頃、一五六七～一六二七年頃に生きたと推測されている。字は園客）、明の詩人であり学者だが科挙には及第しなかった。『露書』は一六〇六年から始まり一六二三年頃まで書かれたものではないかとされる。書名の由来である「口は明言に努め、筆は文を露わにすることに努める」とは、東漢の王仲任の言葉によると序で述べられているごとく内容は多岐にわたる。俗説の傍証に努めたと評される。この書の「秋香」は清代の複数の筆記に引用されており、関心がもたれたことがわかる。たとえば、清の梁章鉅（一七七五～一八四九）は、筆記に明代小説や戯曲のことに関して多く記す中で、「秋香」の見出しで引用し、「思うに今このことを演じて芝居にしているものは唐伯虎の事跡としている」と最後に述べている。

『露書』所収「秋香」は以下のような内容となっている。

吉道人（名は之任、字は応生、本姓は華、江陰の人）の父は時の権力者厳嵩を諫めたために廷杖の刑で亡くなり、七歳で家を継ぐことになる。一七歳の年に客人と虎丘に登ったおりに、侍女をつれた上海の官吏の夫人の遊行の一行にであう。中でも秋香がなかなかの器量よしだった。道人は姉の喪に服すために着ていた白い喪服の下に紫の綿入れに赤のズボンをはいていたが、風ですそが捲れ、秋香はそれを見て笑った。道人は自分への好意かと勘違いしこれと好《よし》みを結ぼうとした。名を葉昂と変え、衣服もみすぼらしくして、役人の家筋のものに賄賂をおくって顔つなぎをしてもらい身を売って使用人になった。役人の家では、男の物腰が優雅であったので二児の読書に侍らせたところ、二児はよくこれになついた。道人は帰郷して結婚したいと申し出る。そこで二児は「帰らないでほしい、父親に話して、相手を見つけてあげるから」という。道人は「私に相手を見つけてくれるというのなら、夫人の侍女秋香をもらいたいが、本人はどうであろうか」というので、二児は尽力し実現にこぎつける。婚約の夕べに、道人は着替え、もとの紫の綿入れと赤いズボンを身につける。秋香はじっとその様子に目を凝らしていたが、口をひらいてたずねた。「あなたは虎丘にいたお方ではないですか。あなたは身分のあるひとなのに、なぜ使用人になったのですか」。道人は「あなたの微笑みのせいです。ただあなたのために身を屈したのです」（略）役人の家では道人の顛末を知り、数百金をもたせて嫁入り道具を調えて秋香を道人のもとへ送り出した。

ここでは、秋香の一度の微笑みを自分への思いと勘違いした青年文人が心をときめかせるという新たな展開がみえる。

このようにいずれも、身分や金のある文人が、その地位や立場を悩んだり考えることなく、心動かされた女と結婚するために長期間にわたって屋敷の使用人に身をやつすことを厭わない。そしてその文才によって、最後は思いの女性と結婚にいきつき、素性は明らかにされ、みんなから祝福される、という展開をたどっている。

三、唐寅実名のやつしの恋の物語

三笑姻縁系の唐寅実名戯曲が創作される以前に、唐寅と秋香を描いた筆記の存在が知られている。秋香については、唐寅には秋香を詠んだ詩はないが、唐寅の友人である祝允明（一四六〇～一五二七）に秋香を詠んだ詩があり、秋香は明の成化年間（一四六五～一四八七）の南京の妓院の女性を指すことがすでに明らかにされている。これらの一連のことも、唐寅の虚構に素材を提供することになったようである。まずその内容と特徴にふれておきたい。

（1） 筆記『蕉窗九録』――唐寅と秋香の物語の出現

筆記『蕉窗九録』項元汴（一五二五～一五九〇）著[19]

この筆記ではじめて唐寅と秋香とが結びついている。これについては、内山知也「唐寅の生涯と蘇州文壇」[20]に訳文およびその後の書誌経緯があり、一連の小説が「唐寅の性向を伝えてはいるが、事実とは異なっている」との指摘がある。

唐寅が釈放された後、画舫（遊覧船）に乗っていた美女が、笑顔で唐寅を振り返ったので、唐寅は女性を追って落魄した身なりをしてその屋敷に雇われ、屋敷の二児に文を教えて気に入られる。二児は、唐寅が出て行かないように、侍女の中で好みの者を選ばせ、唐寅は秋香を選び結婚の運びとなる。秋香はなぜ身を落としてまでこのようにするのか、と問うのだが、唐寅は、「あなたが以前私を振り返ったのが忘れられなかったから」とその理由を言い、秋香は「以前、若者たちがあなたを囲んで白扇をさしだして書画を頼んでいるのを見かけました。あなたは流れるように筆をふるい、そのうえ歓声をあげて酒を飲み、周りの人を気にかけずにいらっしゃった。私の船をじっとみていらして、あなたが非凡な士だとわかったので、微笑みかけたのです」と応じると、「なんという女性だ、そんな境遇で私のような文人の気持ちがわかるとは」とますます意気投合する。

この筆記の記述で新たに加わったのは、唐寅の身元が明かされた後に、笑みの理由が詳細に秋香本人の言葉として記されて、今まで個性があまり発揮されなかった女性の意思が明示されたことにある。

（2） 馮夢龍による唐寅への傾注

馮夢龍（一五七四～一六四五）による白話短編小説「唐解元一笑姻縁」（『警世通言』巻二六）は、その後の『今古奇観』の普及により広い影響力をもっている。この創作より前に、馮夢龍は『情史』において「唐寅」のタイトルで、『涇林雑記』を出典とする記述を掲載し、『耳談』の同類の筆記記事も付している。

①『涇林雑記』『情史』馮夢龍

蔵書家であった馮夢龍は、多くの説話筆記を蒐集し、それに手を加えて、創作もしている。情史の一話として「唐寅」のタイトルで始まる記載では、最後に『涇林雑記』からでたと出典を記しているが、馮夢龍の手が加わっていることは、附録の『耳談』との扱いが異なることからもわかる。[21]

唐寅については、特徴を次のように描いている。「唐伯虎、才高く気高く、世を睥睨する。落魄して束縛を嫌い、なりふりをかまわなかった。妓楼の宴で会心するとややもすれば我を忘れる。その詩書画は常に珍重された」。出会う女性は、秋香ではなく桂華という名で、華学士の家の侍女となっている。華学士は、唐寅とは面識はないがお互いに詩文のつきあいで尊敬しあう仲である。

唐寅は友と茅山へ船に乗ってお参りに行って帰る途中、女性達の一行の中に見かけた一人の美しさに心惹かれ後についていき、華学士の家の侍女だと知る。この後、船にもどった唐寅が、一計を案じて身をやつすまでの過程が詳述されている。

唐寅は、「心惑って、眠れず何度も寝返りをうつ。夜中に突如一計を思いつく。悪夢にうなされたかのように髪ふりみだして叫びをあげる。皆驚いて理由を尋ねる」。すると夢に神が金棒をもってあらわれ、お参りの態度が不敬だといって打たれ、しかもこのままだと禍をまねくということなので、再度一人引き返してお参りをしなおす、といって、「憤然と岸にあがり、大急ぎで去っていった。ついてくる者がいるとひどく怒り、すぐ帰された」。唐寅はめざす華学士の屋敷にやってくると「謙ったことばで、態度も平身低頭」で屋敷の帳簿係に雇ってほしいと申し出る。唐寅は華安という名をつけてもらう。華安はその文才により信用を得て、ついに想い人の桂華と結婚することになるが、その間、華安と桂華とのやりとりは全くない。

結婚して数日後、二人は「相思相愛意気投合し、唐はついに真相を語っていう。『私は本当は唐解元という。あなたの美しさに恋慕して、身をやつすことにしたのだ。今願いがかなって一緒になれたのはこうなる縁があったため。しかしこの地に久しくとどまるわけにはいかない。秘かに身をくらませ蘇州に帰ろう。ともに末永く共白髪まで、どうだろう』、女は喜んでこれに従った」。一年後、華学士はよく似た人がおり、それが唐寅だとわかり、真相を知ろうと会いにいくが、唐寅は生返事ばかりして時間を引き延ばしていた。そしてついに着飾った桂華に引き合わせ、共に大笑いして別れた。その後、華学士は嫁入り道具を調えて贈り、ついに姻縁は成就した。

このように、唐寅は社会のアウトサイダーになっても、その存在は肯定的に描かれる。唐寅を突き動かすのは、道徳倫理ではなく情であり、それが突飛もないやつしの行動へ結実する。最後の蘇州でのくだりは、じらして生返事ばかりの唐寅と謎解きを急きながら暖簾に腕押し状態の華学士のやりとりにおかしみを含ませている。

②『耳談』

明の王同軌（生没年未詳）の筆になる一九五〇年初刊、一六〇三年増訂で『耳談類増』五四巻となる。[22] 先にあげた清の兪樾『茶香室叢鈔』で、「董恂（一八〇七～一八九二）が『宮闈聯名譜』で王行甫（ママ、字は行父）の『耳談』にある陳玄超と秋香との話をあげて、「按ずるに世に伝わる唐解元の事はつまりはこの話である」と記している。

主人公は唐寅ではなく、陳玄超で、呉の人、役人だった父を早くに亡くした文人の事として展開する。虎丘に登ったおり、官吏の美しい侍女秋香が笑って自分を振り返ったのを見て追っていく。粗末な身なりをして落魄の身になって、屋敷の書記として住み込み、そのあとの秋香と結婚するまでのくだりは『涇林雑記』とほぼ同じように展開する。結婚後、折しも賓客があって陳が偽の衣冠姿で客をもてなし、中央政府の役人白吏部に話がおよんだ。それは陳の岳父で、まさに国政を担う大物だった。主人は大変驚き、百金で嫁入り道具を調えて秋香に贈った、となっている。

唐寅亡き後の三笑姻縁関連の筆記の数々は、どれが前後かということの探求はあまり重要ではなく、この時期に多くの筆記が生まれたその風潮にこそ意味がある。各筆記には、それぞれさまざまな新しい情景が付け加えられている。それは唐寅への愛惜であったり、共感であったり、失意であったりする。そういった曖昧なものを文藝として昇華させていく、その典型として馮夢龍による白話短編小説の結実がある。

③白話短編小説『唐解元一笑姻縁』――唐寅へのオマージュ

馮夢龍による白話短編小説『唐解元一笑姻縁』（『警世通言』所収）[23]は、上記二編の筆記の内容を取り込みながら、筆記にはない、唐寅の詩文そのままの引用および詩文のアレンジという二種類の工夫が絶妙に配置されていることが特徴的で、それはあたかも唐寅本人の作で、唐寅の実話のような錯覚を抱かせる力をもつ。趙景深は、詩が巧妙に変更されて用いられていることについて肯定的ではない。しかし実際、唐寅の詩文を情景描写に用いることによって、信憑性を高める効果をもたらすことは確かであろう。『唐解元一笑姻縁』は、情景に合わせてはめ込まれた詩文が唐寅のプラス面の人柄をより鮮明にさせる作用が見られ、唐寅へのオマージュという傾向が強い。

全体に配される詩は八首、曲一首で、まず冒頭に唐寅のおかれている心境を詠ってそのまま用いてはめ込んだ詩「早く起きて偶々成る」（巻第二、七言律詩）が配される。袁宏道（一五六八～一六一〇）による評には「傲っているようでもあり達観しているようでもある」とある。時の否応ない早さと、ままならない世事に対して、酒で憂さをはらそうという詩である。

二、三首めは、唐寅の勢い盛んな頃、『花月吟』十余首の内、愛唱された二首の部分を引く。

科挙不正に連座することになって立身出世の道がとざされて、売文生活をすることになり、「常日頃の心中の喜怒哀楽を画に込めた」。唐寅直筆の詩書画は小品でもたいそうな宝物を得たように喜ばれた。

四首めは、そのことを詠ったという『言志』という名をあげているがこれは唐寅の詩にはない。しかし最初の一句だけ同文の作がある。それは唐寅の七言律詩「感懐」（巻第二）で、次のように詠っている。

錬丹もせず座禅もせず
饑え来れば飯を食い倦めば睡る
生涯書画の筆は詩文の筆を兼ね
蹤跡《ゆくさき》は花のありかと柳のほとり
鏡裏の形骸春とともに老い
燈前の夫婦月と同じく圓く
満場の快楽千場の酔い
世上の閑人地上の仙人

小説中の詩では、画だけで生活をする様が詠われている。一方、唐寅の詩からは、平穏な日常を詠いながら、閑人を謳歌している様が際立つ。ところが、唐寅四九歳の時に詠んだ七言絶句八首からは長く続く閑人の生活の陰りも見うけられる。

「風雨が一〇日間もつづいたため厨房の煙も途絶えてしまい、硯を滌ぎ筆を吮《なめ》るばかりで寂しきこと僧侶のようである。よって絶句八首を孫思和に贈る」（巻第三、七言絶句）珊瑚網版では「正徳戊寅四月中旬、呉郡、唐寅作、於七峰精舎」とある。この年は年表によると一五一八年、丹陽に行っている。丹陽では、「孫育、字は思和、号は七峰、隠居して仕えず。古文辞に精通し詩がたくみで曲もよくし名は海内に聞こえる。四月にその七峰精舎で丹陽景図を画き、七絶八首を題する」とある。(24)

十日つづきの風雨　苦しく昏迷す
家族八人妻手を握りて　かつまた飢餓を告ぐ
信ずるにこれ天の　真に我を戯《もてあそ》ぶか
買い来る人なし　扇頭詩

ここには傲慢も達観もなく、苦衷が吐露されている。

だがもちろん、馮夢龍の描く唐寅はまだ若い。五首めは一転して蘇州の賑わいの盛んな閶門《しょうもん》のようすを詠み、袁宏道が「実録」と評する唐寅の詩「閶門即事」（巻第二、七言律詩）で物語が動きだす。一文字変えただけで「世間の楽土は是れ呉中、中の閶門はひときわ雄壮」に続く句が部分的に引用されている。

曲一首が用いられるのは、一目惚れした女性が秋香という名で夫人付きの侍女であることがわかったものの、会う方法もなく、賦「黄鶯調」をつくって嘆いたというくだりである。実際の唐寅の曲「黄鶯児二関」（巻第四、曲）の一つを改編してある。本来のものは、女性になりかわって女性口調で歌をつくったところである。馮夢龍はこれを、唐寅が男として詠んだものにつくりかえている。

風雨が春をあともどりさせれば、

杜鵑は愁い、花は乱れ飛び、
庭は苔むし朱門は閉じる。
ほのかな灯りが帳を照らし憂いで眉を寄せる。
（小説）孤灯は暗く、独り寝のさびしさよ。　（右線部が変更箇所）
蕭蕭とものさびしい孤影に涙溢れる。
芳しさを惜しみ春の愁いはいかばかりか、碧の草天涯に遍く。
（小説）帰る時を思えば、この思い未だ成らず春の夢天涯を彷徨う。

六首めは、秋香との結婚が許されたものの、まだ現実にそのとおりになるのか、唐寅は期待と不安にかられて、月光の中を彷徨ってつくった詩として詠まれる。

いたずらに身をおこす無聊の夜ふけて
緑楊風静かにして鳥は枝にひそみ
心のうちを人には言い難し
ただ夜空と明月だけが知っている

これは唐寅の原作では、「愛月夜眠遅」（巻第三、七言絶句）の以下の詩で、本来は、女性の気持ちになって詠んだものである。

乱れ髪佳人月を愛でる夜更け
梨花風静かにして鳥は枝にひそみ
（下の二句は同様）

七首めは、秋香とともに屋敷を逃げ出すにあたって壁に自分の身分をあかすヒントを盛り込んだ謎解きのための詩で、これは唐寅の原作にはない。

最後の八首めは、小説の最後に、唐寅が「自らの生涯心境を詠んだ最も優れた詩」として「焚香黙坐歌」（巻第一、七言古詩）を付している。袁宏道は「似非《えせ》道学を言い尽くす」と評している。その詩の最後はこのように詠んでいる。

心にもないことを口にするは、
どれだけ人を欺き天理にもとるか。
陰で不善をなし表を掩うは、
何の益あろうや徒労のみ。
どうか静かに我が言葉を聞きたまえ、
だれしも生あらば必ず死あり。
死にて閻魔に恥じぬ面、
それこそ堂々好男児。

これが馮夢龍が選んだ唐寅の詩である。小説の最後には、唐寅と会って事の真相を知った華学士に、「やはり礼儀をわきまえた人なのだ。さすが名士の風流というべきものだ」と言わせている。そして、その後も唐寅との往来は途絶えることなく、「今に至るまで、呉の地方ではこのことは風流譚として伝えられている」と結んでおり、馮夢龍の唐寅に対するオマージュの表出を見て取れる。

(3)　筆記『桐下听然』——唐寅の姿

筆記『桐下听然』は褚人穫（一六三五年〜？）著『堅瓠集』所収[25]で、わずかな記載ではあるが、身なりもかまわぬ磊落豪放な姿が描かれ、それはその後のさまざまな記載とは異なる姿が見える。ただし、華学士鴻山の年代と唐寅の年代が合致しないことは趙景深がすでに指摘している。全文は以下のように記載されている。

華学士鴻山（華察、字は子潜、無錫の人。官は侍読学士。華氏は裕福な家系で、高位の家柄）は、呉門で船の支度をしていると、隣の船に独り酒席を設け酒壺を前に大きな觥《さかづき》（七升入りの一角獣兕牛《じぎゅう》型）を酌んでいる。帽子もつけないで口を極めて觥をけなしている。しばらくして袂を振り上げて觥をかかげてこれを飲もうとして、そのつど眉をよせては觥を置く。狂ったように叫んではつくえを叩き、ほろ酔いのため、飲もうとしてもうまく飲めないでいるのだ。鴻山は久しく注視して言った「あれはきっと名士にちがいない」。訊ねてみると、やはり唐解元子畏だった。大変嬉しく思い、衣冠をただして船へ渡って会いにいった。子畏は無帽のまま向かい合った。冗談をいってようやく打ち解ける。学士は飾らない性格で気が合い、知らず知らず觥を飲み干し、それでまた大笑いして大いに歓談した。日も暮れて、ずいぶん酔っ払った。談笑しているときに、華家の侍女が御簾をへだてて覗き笑った。子畏は嬌女篇を作って鴻山に贈った。鴻山は中酒歌をつくって応じた。後の人が思いのままに、雇われ書生が秋香を娶ったと偽ったのである。

三笑姻縁の話はこんな情景から作られた虚構だというのである。ここでは、唐寅の姿や態度に注目してみる。唐寅は無帽であり、身分のある客人が挨拶をするのを受ける時でさえも無帽のままであった。服装に関しては、明代にはいって漢民族が為政者として復帰し、前の王朝と決別するために服装に関して、詔がだされる。官吏であれば烏紗帽、士子（読書人）百姓は四帯巾、教坊司の楽師は青色卍字頂帽というふうに定められている。[26] 唐寅の場合なら頭巾をかぶるところである。無帽ということが二度も繰り返し記されて、通常の体裁や人目を憚ることもない、また相手によって態度を変えることもない、そういう唐寅の日常の姿を映し出している。

（4）筆記『西神叢語』―やつしの拡散

先にもあげた清の兪樾が『茶香室叢鈔』であげた伝聞は、黄蛟起『西神叢語』のもので、兪見安が富家の侍女を見初めて下僕となってついには侍女を富家の養女として嫁がせる、という話をあげ、今の人はこれを唐寅のこととしているが、「おそらく好事家が手を加えて子畏と言ったまでのことだ」との言説を引用している。そしてさらに、作者に関して「黄蛟起、字は孝存、無錫の人である。著作『叢語』は無錫のことを記したものである。してみると、兪見安はもとより無錫の人で、しかも婢家は蘇州であるが、世に伝わる唐子畏は無錫に至り華氏の婢をたずねているので、ちょうど（行き先が）反対になる。ただ唐子畏のこの件は、世間ではその仮託を知ること人によって異なる。ここに当説を載せるのは世の中に知る人少ないがゆえである」。

さまざまな筆記に少しづつ形を変えて類似の物語が記載されるのは、類型化の表れでもあり、関心の高さを意味してもいるだろう。またこれらが、戯曲創作への想像を促すものともなっていったと考えられる。

北雑劇『花前一笑』（五折一楔子）の作者、孟稱舜（およそ一六〇〇〜一六五五以降）は明末から清初を生きた浙江会稽（今の紹興）の人である。自ら編纂した『古今名劇合選』に五六本の元明雑劇を集め、その中に自身の作品も四本を輯録した。先にあげた『金銭記』について孟稱舜は評価を記している。「本色の中にも華麗さ秀逸さを意識するのは、もとより大著作家である。その巧みさは字句の問題ではなく、朗々と読めば自ずと違いがわかる」（「金銭記総評」）[27]

(5) 北雑劇『花前一笑』—やつしによせる女の心情

明末の祁彪佳《きひょうか》（一六〇二〜一六四五）は雑劇二四二種を評する『遠山堂劇品』で、「逸品」二八種の中に孟稱舜の『花前一笑』（原文では笑の古字〈咲〉で表記されているが、ここでは〈笑〉に統一する）と卓人月の『花舫縁』を掲載している。[28]

まず『花前一笑』については、以下のように評する。「唐子畏は雇われ書記になって沈素香を得た、これまさに才人無聊の極みであり、そのため痴情をなす。しかしながら孟稱舜がこれを伝えたものではなく、呉の屋敷にさく草花のように煙のごとく広がった。この芝居は『西廂記』がはぐくみ、『牡丹亭』でツボを得た、ゆえに目に触れるところ俊語をそなえている」。一四世紀元の王実甫（生没年未詳）による『西廂記』における書生張君瑞と鶯鶯の恋物語と、明末の湯顕祖（一五五〇〜一六一六）による『牡丹亭還魂記』（一五九八）の書生柳夢梅と杜麗娘の恋はいずれも封建倫理道徳の壁を命がけの愛によって乗り越える恋物語であり、その流れのなかにあると捉えられている。孟稱舜自身は、戯曲について「作者が身をすべての物の言葉と行動の窮みに置くことなく、心を七情（喜怒愛憎欲憂い懼れ）の生き生きとした要に通じることなくば、戯曲はどうして巧みにできようか！」[29]と述べ、また「戯曲をつくるものは、その身を戯曲の中にとけこませないでは戯曲をなすことはできない」とも『古今名劇合選』自序の中で明言している。「一語の文辞の美しさは魂を絶えさせるほどで、一字の巧みさは色を飛ばす」とはまた自らの作品にも通づるものであろう。

この曲の眼目の一つは、先にみた『蕉窗九録』で示される唐伯虎と女性との関係を引き継ぎ、唐伯虎が一目惚れする沈素香が、唐伯虎の優れていることを見抜く慧眼をもっている、というところにある。さらにもう一つは、唐伯虎の友人である祝允明、文徴明が窮地を救ってその身分を明かすといった新たな展開が作られていることである。

そしてこれを下敷きに、改編を加えたのが、卓人月による『花舫縁』である。これについては、次のように評する。「これは孟稱舜による唐子畏についての元本があり、雇われ書記を使用人（奴）に変え、養女を婢に変えている。曲の中に佳作の句があり、孟稱舜の戯曲を超えようとする意欲が見え、しかも韻は正しく損なわれてはいない、加えて調子はしっかりと整っておりさらに孟稱舜を超える。しかも韻を用いるに雑多になっておらず、どちらも似通っている」。以下で『花舫縁』を中心に具体的に見ていく。

(6)　北雑劇『花舫縁』——唐寅のやつし

『唐伯虎千金花舫縁』略称『花舫縁』（四折一楔子）正名「申女郎一笑相思病、唐伯虎千金花舫縁」(30)は冒頭に「山陰子若孟稱舜原本、錦江珂月卓人月重編」と孟稱舜の改編であることが明記されている。卓人月（生没年未詳、一六三五年に貢生となる）、詩文詞曲をよくし、孟稱舜との交流も深かったという。

実際、孟稱舜の『花前一笑』と比べると、折の数、楔子の位置など構造そのものが異なる。曲牌の用い方は折の中で移動はあるものの同様の曲牌を用いているが、填詞すなはち歌詞が全く異なっている。便宜上、齣ごとに小見出しをつける。

〔楔子〕沈家の事情
金陵の役人沈は身体の具合が悪く、休暇をとって半月蘇州の山水をめでていたが、夫人とともに船で帰ることにする。申慵来（正旦）はこの家の侍女になったが、娘のいない夫人に愛娘のように可愛がられている。
〔第一齣〕見返り美人
唐寅（正末）は骨肉の友文徴明（冲末）と祝允明（外）とともに蘇州で外遊の約束をして待ち合わせ酒を飲み始める。唐寅が、「この半生におこったことを考えるとまったく嘆かわしくなる」と嘆くのを二人は慰める。そのあと唐寅は次々と画に賛を書きはじめる。
文徴明がそれを一幅とりあげ詠じる。その詩は実際の唐寅による『姑蘇八詠』（姑蘇八景詩）其二をそのまま用いている。（巻第一、七言古詩）

高台近く築くは姑蘇の城《まち》
千年改めぬは姑蘇の名
棟の畫《え》、楹《はしら》の雕《きざみ》、羅綺《らき》結ぶ
〔羅綺《らき》（＝綺羅、華麗な栄華を極める）〕
面面の青山、屏風の如し
呉姫は窈窕《ようちょう》にして絶色《ぜっしょく》と称《たた》えられるも
〔呉姫（呉の美女）、窈窕《ようちょう》（しとやか、『詩経』周南）、絶色《ぜっしょく》（すばらしい）〕
誰知ろう、一笑の人国を傾けるを！
憐む可し、遺跡の荒涼を俱するを
空林落日、煙織寒し
〔空林（ひとがいない寂しい林）、煙織寒し（立ちのぼる竈のあやなす煙がほとんどない）〕

袁宏道はこの詩に「畫」と一言評している。まさに画を見るがごとしである。この詩をこの場に用いたのは、美女の笑みを伏線にする意図が見て取れる。このとき同時に沈夫人の女性達の一行が姿をあらわす。唐寅は酒を勧められ頭をあげるとその中の一人に釘づけになる。「や、あの女性達が乗っている船中の青衣の人はなんと魅力的なんだろう」。〔旦役（申慵来）は微笑みをうかべて振り返り、去る〕と展開し、唐寅は虜になってしまう。

〔第二齣〕やつし身

船を追って金陵にやってきた唐寅は、小さな帽子に青衣という使用人の出で立ちで、身を売って屋敷の使用人になり早一月たつも、まだ思う女性に会えないままである。唐寅は唐畏と名乗っている。ここまでのいきさつを唐寅は回想して独白する。「独り言を言っているうちに、突如我が身の生まれついての色好み、落魄の身であることを急に思い出した。だがどうしたらここにとどまることができるのか、わかっているのは、酔ってもいるし、醒めてもいる、夢でもあり、覚めてもいるということだ」。懊悩する唐寅は、花の陰に身を隠していると、申慵来もまた、あの日以来、唐寅のことが頭から離れないでいることを独り吐露している。これを聞き唐寅はなんと幸せとばかりに姿を現す。ところが間の悪いことに屋敷の二人息子が現れて申慵来は去ってしまう。二人は友達から春夏秋冬の詞のお題をだされ、詞作を求められているが作れなくて困っていた。唐寅は瞬く間にさらさらと書いて渡し、すっかり二人の歓心を買う。

その詞は、実際の唐寅による「踏莎行四闋」（巻第四、詞）の春夏秋冬を詠んだ詞のうち、春と冬の詞である。このうち春の最後の詞句に「花を尋ねて蝶を愛でてともすれば光陰をすごすも、何ぞ一歩ごとに見返る必要があろうか」とあり、巧妙に実際の詞句が布石され、あたかも実際におこったことのような効果を生んでいる。

このあと、唐寅は婚姻の世話を請うと、屋敷の侍女がさまざまな化粧をして二人づつ登場してくる。おそらく抱腹絶倒の上演となったであろう。申慵来は夫人のお気に入りで別格だが、二人は秘かに唐寅にその姿を見せる。

〔第三齣〕婚姻

季節は秋となり紅葉も舞い雁も飛び、感傷的になっている申慵来は、唐畏がなぜ身をやつして屋敷にいるのか、不審をいだきながらも、ずっと忘れないでいた人が同じ屋敷の上と下にいると知り、悶々と切ない思いを唱う。毎日のように息子たちが夫人を説得したおかげで夫人は申慵来の婚姻に同意した。二人はようやく対面し、唐寅は実名を明かす。申慵来はあなたは「江南第一の風流才子」といわれるあの唐寅かと驚く。唐寅はもうここにはとどまれないからと置き手紙をしたため、さらに自分の書画数十幅は値千金になるからと書画を残して去ることにする。

〔第四齣〕身をあかす

船上の文徴明と祝允明は、半年以上前に別れて姿を消した唐寅のことを考えている。そして向かいの船に唐寅を見つけ、同乗して事の顛末を聞き出して驚く。沈家の主人は、自分が憧れていた唐寅だったと知って、申慵来に嫁入り道具を準備して追って来る。みな江上で再会を果たす。

さて、この戯曲と、先の唐寅を主人公としない雑劇を比べてみると大きな違いは、唐寅の才気がより強調されていることと、書画を残して去るなど、洒脱さが増幅されていることがあげられる。さらに第二齣やつし身の段は、唐寅の才知とおかしみが貫かれ、喜劇性がより鮮明となる。中庭で身を潜めたり、会えずに懊悩する一途な痴情は、軽妙さを加えて粋な人物像がきわだっている。

(7) 清の戯曲伝奇—滑稽がもたらす普遍性

清初には朱素臣（生没年未詳、江蘇吾県の人）が戯曲一九本を創作しており、その中の一つ伝奇『文星現』上下巻二六出が三笑姻縁の系列に属す。さまざまに伝聞がある虚構も盛り込んでいる。[31] また、それを土台にして改編されたであろうとされる清の作者未詳の伝奇『三笑姻縁』[32]がある。上演台本の抄本が多数残されており、乾隆年間には多くの観劇詩が詠まれたことがわかっている。全三四出の前に「仙議」の段が加わっている。そこでは唐寅と周文彬が仙道を誹謗するので、人間界に情感にまつわる騒ぎを巻き起こして懲らしめようとした、という設定が仕組まれている。

さらに唐寅が船上の秋香の美しさに見とれる様や追っていく様の描写が詳細に描かれ、また書記に身をやつして雇われるための過程も詳しく描写される。そこでは唐寅は「美少年」であり「眉目秀麗のお役人のよう」で、その性根は抜けない。やとってもらう前にまず衣服をすべて労働者の衣服に着替える長いくだりで、唐寅は最初はいやがる描写があり、やつしの過程が詳細に意識的に表現されていく。唐寅の挙動も、それをとりまく周りの人物にも随処に滑稽味が加えられ、軽快に会話が展開していくのである。会話の描写は克明になるのに反比例して唐寅の実像は遠のいていく。

一連の変化からは喜劇性が強調されパターン化されていく過程を如実に見ることができる。人物は唐寅でなくても成り立つし秋香でなくてもよいのである。もはや唐寅の実話として見る人はいなくなり、虚像としての唐寅の比重がずっと大きくなっていくのである。

四．唐寅と奇

以上、元明清の戯曲を中心に見てきたが、唐寅を主人公とするものとそうではない同様の構造と展開をもつ戯曲は同時並行で存在していることがわかる。

戯曲創作ではしばしば作者の思いが反映される。これまで取り上げた戯曲の作者は、唐寅と多かれ少なかれ社会の中での立場や生き方に共通する要素を見いだすことができる。

(1)共鳴する文人作者たち

『金銭記』の作者の喬吉は同時代の元の鍾嗣成『録鬼簿』[33]によると太原の人で、「風采は美しく、文章をよくした。威厳をもって自ら謹み、敬い畏れられた」。「世間を渡り歩いて四〇年、作った詩文を刊行しようとしたが、ついに果たせなかった」。また戯曲付随の小伝によると「情にまかせて詩酒をたしなみ、自ら江湖状元、江湖酔仙と称した」とある。生涯官職につくことなく漂泊したのち杭州に住まいした。「一生を詩酒風月の歳月に費やした、その雑劇は同様にこういった文人の趣味と情調を反映している」(張庚、郭漢城『中国戯曲通史』[34])とか、「才子佳人に属する」(周貽白『中国戯曲発展史綱要』[35])といった批判的な評では才子佳人の常套というとらえ方がある。一方で、「全体が一気呵成で変化があって次第に緊張感が高まる上等の戯曲である。詞句は極めて艶麗で、とりわけ前の二折がよい」(邵曾祺『元雑劇六大家略評』[36])との評価が時代精神と関わりなく当を得ていると考えられる。明代当時においては、李開先による次のような評価が同時代文人の共鳴する心情を代弁しているだろう。「夢符の詞は傑出している。…みんなの評価はその雄健ばかりを言うのみで要を尽くしてはいない。私が評価するとすれば、含蓄があり、粋で笑いがあり、種々の奇が盛り込まれ怪を失っておらず、それが多ければ多いほどよく、煩わしさはない。随処に俗語をもりこみながら典雅さは失わない。もとよりおもしろさの伝神、神髄というべきである。夢符が生き返ったらきっと頷いてくれるだろう」。(姚燮《ようしょう》『今楽考証』[37]記載)

『碧蓮繍府』の作者葉憲祖は雑劇を全部で二四本つくっている。しかも屋敷に役者たちを養う没頭ぶりであったようで、黄宗羲(一六一〇~一六九五)が墓誌銘に記している。黄宗羲は葉憲祖の娘婿にあたり、身近で見聞した身内による記録として貴重である。

「朝に花を愛で夕に月を詠じ、歌をつくり曲をつくる。一作書き終われば役者にこれを習わせ日々演技を磨かせる。まるで唐宋士大夫の風流を見るようである」[38]。戯曲作りに文人の嗜好が強く投影していたということであろう。さらに「古淡本色、街談巷語も亦新奇と化す、元人の髄を得たり」とあり、出処が街談巷語、巷で耳にする伝聞であったものを、唐寅と共通する文人好みに変えていったことがうかがえる。

『蕉窗九録』の作者項元汴は、蔵書家で浙江嘉興に「天籟閣」と名づけた蔵書楼をつくった読書人であり、仕官の誘いをことわって在野で趣味に生きた。

『唐解元一笑姻縁』の作者馮夢龍に関しては、徐朔方が詳細な「馮夢龍年譜」[39]を作成している。科挙との相性はよくはなく、二〇歳頃は「青楼にいくといつも人の供応にあずかって当然のことのように思っている」といった放蕩ぶりでもあったようだ。漸く貢生に受かったのが五七歳の時で、それまでは、民間歌謡の価値に気づき蒐集に精力を傾けた。しかし『情史』の冒頭「龍子猶序」（龍子猶は馮夢龍の別号）には「落魄奔走し、文筆暮らしは荒果てている」[40]という困窮ぶりを吐露している。ただ幸いにして「家蔵の話本小説甚だ豊富」で古代における屈指の出版家と徐朔方に言わしめるほど、三言をはじめ、おびただしい数の筆記小説の出版に精力を費やしたことはよく知られている。「龍子猶序」の最初には、馮夢龍の情に対する考え方や想いが如実に示されており、『唐解元一笑姻縁』を書く意図もここに凝縮されているともいえる。「情史、それは私の志である。私は痴情に背を向けることはほとんどなく、友に会えば必ずまごころで互いに接し、幸も不幸も同じく味わう。人には奇が欠乏している人と奇を溢れさせている人がいると聞く、どちらも実際には知らないが、この境地を求めたい」。

以上は実際の交友関係ではなく、三笑姻縁関連であげた作品群の作者に関してとりあげた。その共通点は、束縛を嫌い、文藝を自らの情感の吐露として、それなしではいられなかった姿が見え、その傾向が唐寅と強く呼応し共鳴したと考えられる。

(2) 奇の傾向

馮夢龍の『唐解元一笑姻縁』は、明末に三言二拍から四〇本選抜して編纂（一六三二～一六四四頃）された抱甕《ほうおう》老人編『今古奇観』第三十三巻において、『唐解元玩世出奇』（唐解元世を玩んで奇を出すこと）と改名され読み継がれた。この「奇を出す」ことに、明代文人の好みが隠されている。唐寅を主題にした作品群の展開も、明の後半の文化風潮との関わりを無視できない。その特徴は「奇、新、博、変」で表現されている。[41]奇とは明中期の丘濬《きゅうしゅん》（一四二〇～一四九五、海南島瓊山の人）がその端緒で、李贄《りし》（一五二七～一六〇二）が『続蔵書』で示した「人が賢とするところを必ず非となし、人がともに否とするところを必ず是となす」「孔子による是非をもって是非とせず」という傾向を示し、それはそれまでの通説にとらわれない自由さもある一方、歴史評価を意図的に覆して奇をてらう負の面もあったとされる。謝肇淛《しゃちょうせい》（一五六七～一六二四、福建長楽の人）の言に「奇でなくば文でなく、文でないなら士ではない」[42]「大衆の是非を是非とせず」と明言される。つまり常識的な考えに対して、拡大解釈や解釈を変えるというのではなく、別の角度から別の価値基準から判断をする、ということになる。さらには、「狂狷」「狂簡」の人が多く排出したとされる。儒教の中ではどちらも、大言壮語で批判の対象になるが、狂は情意に従い、快楽や自由を求めることであり、狷、簡は、礼法、礼俗に縛られないことが正の面としてとらえられ、真の「狂」は身分を超えて平等に対する人のこととしている。唐寅がさまざまな階層の人に愛されたのも、こういった傾向の中で物語りが熟成されていったからでもあろう。

(3) 唐寅との対話

唐寅といえば三笑姻縁というイメージがつくられてきたが、それとは全く別の唐寅を描いた戯曲がある。唐寅への万感をこめた北雑劇『空堂十挙觴』（「空堂にて觴《さかづき》を十杯挙げる」略称『空堂話』）である。[43] 作者は明末清初を生きた鄒兌金《すうたいきん》（生没年未詳）である。鄒兌金は、偶々、暴風の災害で転覆被災した多くの船の乗員乗客を私財を擲って助けたが、応試に間に合わず、そのまま試験を受けることはなかったという。[44] 鄒兌金の作はこの一折だけの短い戯曲『空堂話』を含めて二本しか残っていない。

『空堂話』は唐寅の姿はないが、唐寅との対話で構成される。人はそこに唐寅を見るのである。読書人張敉《ちょうび》（正末）の書斎に仕える兄弟の使用人の会話で始まる。主の張敉は古今の書に精通しているが、志をかなえられず終日酒に浸っている。時は正月、張敉が唐寅と祝希哲（祝允明）を招いて酒席を設けるので準備をするよう言いつけると、弟は唐寅はもう亡くなって何年にもなるのにといぶかる。兄は、「わかったぞ、わが主は醒めている時も酔ったことをいい、酔ったときには醒めたことをいう。酔醒一緒にすると生死を得るといわれる。しかもこの両人は、天下の第一の友人だ。きっとほんとうに招いて一座をともにすごすにちがいない」。弟も「まったく、こういうことは他所では奇なることだが、この家ではごく当たり前のことだ」と準備する。そして唐子畏と祝希哲二人が到着し書斎で酒を飲んでいる、と報告する。

あの二人が来ない日などなかったと言う張敉、あたかもそこに二人がありありといるかのごとく会話が弾んでいく。張敉「子畏よ、子畏よ、世間では役人になるのが揺らがぬものだといい、黄金が人の心を引きつけるものだという。子畏はあちらにいってから、どうしているのですか」。〔聞くしぐさ〕「子畏は天に帰ったら、ここでのこんな爽快な談笑はできないのでしょう?酒は十斗でもたりないでしょう?」唐子畏の返事はすべて〔聞くしぐさ〕で虚擬表現がつかわれる。実際には誰もいない書斎で、一人盃を傾け、あたかもそこに唐子畏と祝允明がいるかのように、酒を酌み交わし話をする。最後に張敉「語ってみれば古今の才子、一人としてここにいないものはない」。『遠山堂劇品』では主人公の張敉を「呉中第一の狂士、記するところの空堂で自ら觴をあげ、唐子畏と祝希哲と千里をものともせず出会い、酔語、夢語を交わす、それはまたすべて覚醒の語なのだ[45]」と評す。虚飾のない本音の話は、死してもなお語りかけ、語らいたくなる、そういう存在として唐寅は生きているのであろう。

むすび

唐寅の情愛物語としての三笑姻縁が作られてきた系譜を中心に追いながら、その実像と虚像を考えてきた。そこには、唐寅の生き方に自らを重ねながら、自身に課せられたあるべき君子像としての束縛を嫌う文人たちの願望が唐寅の名を借りて生み出す虚像、あるいは庶民が抱く貴種流離譚的な身をやつす、正体をみあらわす、といった奇想天外な浪漫をはらんだ物語への歓心が生み出す唐寅像があった。しかもそれは途切れることなく隆盛をきわめてきた。唐寅自身は果たしてどんなふうに思うであろうか。

唐寅は「伯虎自賛」で自らをこんなふうに詠んでいる。（巻第六、賛）

私は問うおまえは誰かと
おまえはもともと私ではないか
私はもともとおまえを知らない

でもおまえは私を知るべきだ
ああ！
私はおまえなしではいられない
でもおまえは私なしでもいられる
おまえと私の百年後
おまえはいても私はいない

唐寅は去ってもその魂をこめた詩書画文はもちろんだが、人々の中に生きる唐寅は、波紋のように広がって生きた痕跡となった。それは何ものにもとらわれず颯爽としているようで、その一方、落魄の実情は覆うべくもなかった。だからこそ痴情の人としての虚像は拡大していったのかもしれない。思うに、おそらくはそれもまた唐寅に潜む一面でもあり、文人たちの心をかきたてずにはおかないものでもあったのだ。

注

（1）『京劇劇目辞典』曾白融主編、中国戯劇出版社、一九八九年六月
（2）『中国昆劇大辞典』南京大学出版社、二〇〇二年五月
（3）『唐寅集』周道振、張月尊輯校、上海古籍出版社、二〇一三年九月、本文中で使用する唐寅の詩文は凡てこれによる。
（4）『中国無声電影劇本』中国電影文献資料叢書編集委員会編、中国電影出版社、一九九六年九月
（5）『中国電影図史（一九〇五―二〇〇五）』中国信媒大学出版社、二〇〇七年一月
（6）鄧暁東『唐寅研究』人民出版社、二〇一二年一二月
（7）李志梅「唐寅與三笑姻縁」摘要、陝西師範大学二〇〇二年届碩士学位論文、前掲書鄧暁東『唐寅研究』所収

(8)兪樾『茶香室叢鈔』一、中華書局、二〇一二年二月
(9)趙景深「三笑姻縁的演変」『文学』第七巻第一号、一九三六年七月
(10)許慎『説文解字』(七下)四部備要、中華書局、一九八九年三月
(11)白川静『字通』平凡社、二〇〇一年四月
(12)今尾哲也「やつし」の項『歌舞伎事典』平凡社、一九八七年四月
(13)『舞曲扇林・戯財録』守随憲治編、岩波書店、一九九〇年三月
(14)喬吉『金銭記』『全元戯曲』第五巻所収、王季思主編、人民文学出版社、一九九九年二月
(15)李開先『詞謔』中国古典戯曲論著集成三、中国戯劇出版社、一九八〇年七月
(16)葉憲祖『碧蓮繍府』『盛明雑劇』〔明〕沈泰編、黄山書社、一九九二年七月
(17)徐朔方「葉憲祖年譜」『徐朔方集』第三巻、浙江古籍出版社、一九九三年
(18)『露書』〔明〕姚旅著、劉彦捷點校、八閩文獻叢刊、福建人民出版社、二〇〇八年一月、筆記引用として以下の事例がある。①「浪跡続談巻六」『浪跡叢談・續談・三談』〔清〕梁章鉅著、陳鐵民點校、清代史料筆記叢刊、中華書局一九八一年九月、②『古夫于亭雑録』〔清〕王士禛、清代史料筆記叢刊、中華書局、二〇〇七年八月
(19)『蕉窗九録』一六〇七年、「唐伯虎先生外編」『唐寅集』巻三所収(何大成刻には『蕉窗雑録』の名で輯録されているが刻印のさいの誤りか)
(20)内山知也「唐寅の生涯と蘇州文壇」『明代文人論』木耳社、一九八六年一一月
(21)『涇林雑記』『情史』馮夢龍全集第七冊、鳳凰出版社、二〇〇七年九月
(22)『耳談』『情史』馮夢龍全集第七冊、鳳凰出版社、二〇〇七年九月
(23)『唐解元一笑姻縁』『警世通言』馮夢龍全集第二冊、鳳凰出版社、二〇〇七年九月 小説の訳本に『今古奇観』五、明代短編小説選集(抱甕老人編、千田九一、駒田信二訳、東洋文庫二六六、平凡社)があり、訳文の参考とした。
(24)「唐寅年表」『唐寅集』「附録六」周道振、張月尊輯撰、上海古籍出版社、二〇一三年九月
(25)褚稼軒『堅瓠集』〔清〕筆記小説大観第一五冊、江蘇廣陵古籍刻印社、一九八三年四月
(26)陳宝良、王熹『中国風俗通史明代巻』上海文藝出版社、二〇〇五年二月

(27) 孟稱舜『孟稱舜集』朱穎輝輯校、中華書局、二〇〇五年六月
(28) 祁彪佳『遠山堂劇品』中国古典戯曲論著集成六、中国戯劇出版社、一九八〇年七月
(29) 孟稱舜『孟稱舜戯曲集』王漢民、周暁蘭編集校点、巴蜀書社、二〇〇六年一〇月
(30) 卓人月『花舫縁』『盛明雑劇』前掲書(16)
(31)『文星現』『曲海総目提要』上冊、天津市古籍書店、一九九二年六月
(32)『三笑姻縁』詹怡萍解題、『後六十種曲』第六冊所収、朱恒夫主編、復旦大学出版社
(33) 鍾嗣成〔元〕『録鬼簿』下巻、中国古典戯曲論著集成二、中国戯劇出版社、一九八〇年七月
(34) 張庚、郭漢城『中国戯曲通史』中国戯劇出版社、一九八一年
(35) 周貽白『中国戯曲発展史綱要』上海古籍出版社、一九七九年
(36) 邵曾祺『元雑劇六大家略評』、『喬吉集』所収、山西人民出版社、一九八八年一一月
(37) 姚燮『今楽考証』中国古典戯曲論著集成、中国戯劇出版社、一九八〇年七月
(38) 黄宗羲「外舅葉公改葬墓誌銘」『南雷続文案巻一』四部叢刊集部
(39) 徐朔方「馮夢龍年譜」馮夢龍全集第一八冊附録年譜、凰出版社、二〇〇七年九月
(40) 馮夢龍「龍子猶序」『情史』馮夢龍全集第七冊、鳳凰出版社、二〇〇七年九月
(41) 前掲書(26)『中国風俗通史明代巻』
(42) 謝肇淛『小草斎集』上下、八閩文献叢刊、江民柱点校、福建人民出版社、二〇〇九年一二月
(43) 鄒兌金『空堂十挙觴』『雑劇三種』〔清〕鄒式金(作者の兄)編、序文が一六六一年に書かれている。黄山書社、一九九二年七月影印
(44) 李修生主編『古本戯曲劇目提要』文化藝術出版社、一九九七年一二月
(45) 前掲書(28)祁彪佳『遠山堂劇品』

唐寅の書

河内利治（君平）

一、はじめに

上海博物館単国霖氏の「才子型書法家唐寅」(1)に、次のような一文がある。

明代中期、蘇州は経済が発展し、人文が薈萃し、書画芸術の創作が繁栄した。画壇では、沈周と文徴明を領袖とする呉門画派が崛起し、同時に傑出した唐寅と仇英の二人を併せて「呉門四家」と称した。一方、書壇では、祝允明、文徴明、王寵が「呉中三家」と称される。宣徳から嘉靖年間にかけての百年間に、成果を上げた書家が絶えず登場している。祝・文の前に徐有貞、李応禎、呉寛、沈周がおり、後には文彭、文嘉、陳淳、陸深らがいる。祝允明、文徴明、王寵らは、明初の台閣体の書の束縛を打ち破り、書によって文人の意趣を表現し、これによって文人の書が高潮を迎え、書壇の代表的人物となったのである。

唐寅と文徴明は出身も年齢も同じであり、かつともに沈周から画を学び、芸文の契友であった。唐寅は祝允明や王寵とも仲が良く、文人の書が盛んに行われる環境のなかで、自然と当時の書の潮流に染まっていった。書芸術の探索においては、先人の書を学ぶことを基礎に、徐々に自己の風趣ならびに才子の気質に溢れる書の風格を作り上げた。しかし、唐寅の古人の書の学び方は、刻意(経意・用意)によって規矩を遵守するのではなく、結体や筆意の面から自身の個性に合う要素を取り込んで作り上げたものである。享年五十四歳と永くなく、書の芸術性を進展させようとは考えずに強烈な個性を放つ典型の風格を作り上げたので、その影響は祝・

文・王の三家にはおよばない。

唐寅が誰を師と仰いだか、その記載は歴史書に数少ない。王世貞（一五二六〜九〇）が唐寅の書を評して、「趙孟頫をよく学んでいるが、やや薄弱である」（『弇州山人稿』）[2]といい、嘉靖壬辰（十一年・一五三二・唐寅没後九年）に、徐充が記した《行書七律二十一首巻》（別名《為姚舜承書巻》・嘉靖二年・一五二三・唐寅五十四歳没年の書・上海博物館蔵）の跋文に、「唐寅の書は、若い頃には懐仁の《集王聖教序》を学んで婉麗の趣があったが、その後自由に筆を運び、法に束縛されていない」[3]と評している程度である。唐寅の書についての当時の評価は、王羲之と趙孟頫などの名家から学んだとあるだけである。

唐寅が王羲之書法を学習した、その形跡は尋ねることができる。たとえば、「跋王右軍感懐帖拓本」に「古今の書家、輒ち鍾・王を称す。後世作る者有りと雖も、之を宗とせざる莫し」といっている。ほかにも「跋華尚古蔵王右軍此事帖」があり、王羲之書法を学習する環境があったことがわかる。

以上が抄訳である。右の一文は、簡潔にして要を得ており、総説ともいえよう。次に、この一文から、唐寅がどのような法書を鑑賞したか、その環境について考えてみたい。

二、法書鑑賞の環境

周道振・張月尊輯校『唐伯虎全集』中国美術学院出版社二〇〇二年ならびに同輯校『唐寅集』上海古籍出版社

二〇一三年の巻五「序」、補輯巻第六「序」「跋」「自跋」には、詩文書画に関する文章が収録されている。その中で、法書に関する、特に重要と思われる文章は次の五篇である。（題名下の表記はそれぞれの出典である。テキストは上海古籍出版社本を使用する。）

①跋王右軍感懐帖　王右軍感懐帖拓本
②跋華尚古蔵王右軍此事帖　珊瑚網画録巻一
③跋呉嗣業書千字文　墨跡
④跋朱文公顔淵注稿冊　呉越所見書画録巻一　穰梨館雲烟過眼録巻三
⑤摹古冊　石渠宝笈巻四十一

右五篇中、①と②が王羲之の書帖についての跋文である。

①王羲之書《感懐帖》は、《秋中帖》として知られ、《秋中感懐帖》または《知問帖》とも呼ばれている。《秋中帖》は三行三十字、草書。『淳化閣帖』（九九二年刻）、『大観帖』（一一〇九年刻）、『二王帖』（一二〇六年刻）、『戯鴻堂帖』（一六〇三年刻）、『快雪堂帖』（一六四一年頃刻）、『玉煙堂帖』（一六一二年刻）に刻入されている。

釈文「秋中感懐、異雨冷、足下各可耳。胛風遂欲成患、甚憂之、力知問、王羲之頓首。[4]」

この①「跋王右軍感懐帖」は、出典に「王右軍感懐帖拓本」とあり、左記跋文に「黙庵近得此帖」および「元季諸名家題識詳密」と見えることから、唐寅が元末数名の跋文も刻された黙庵所蔵の拓本を実見して跋したと考えられる。

古今の書家、輒ち鍾・王を称す。後世作る者有りと雖も、之を宗とせざる莫し。鍾は則ち専ら楷則に工なるも、而して逸少独り能く之を兼ぬ。嘗て自ら言ふ、「吾が書は鍾に比ぶれば当に抗衡すべし、張芝に比ぶれば猶ほ雁行するがごとし」と。夫れ逸少の自ら許すこと此の如く、亦た自ら之を知ることの明らかなるに由り、或は異同無し。黙庵近ごろ此の帖を得たるは、乃ち真蹟の尤なる者なり。西山公評して中年妙境の書と為すは、誠に言を知るかな。元季の諸名家の題識詳密なるに至り、璀璨陸離として、尤も宝愛すべし。――『唐寅集』補輯巻第六

文中の「吾が書は鍾に比ぶれば当に抗衡すべし、張芝に比ぶれば猶ほ雁行するがごとし」は、孫過庭『書譜』にも見える言葉であり、それを引用していることから、少なくとも唐寅は『書譜』を読み習い、二王を中心とする伝統的な書法観を踏まえ、自己の書法観を形成していた様子がわかる。

文徴明も七言古詩「題王右軍感懐帖」（拓本王右軍感懐帖）[5]を書いている。その序に「黙庵、京師中より此の帖を得たり、誠に奇物と為す。相与に歎賞して已まず、因りて長句を賦して之を記す。正徳庚辰（一五二〇）九月」とあり、句中に「至今の伝誦 宝晋を称す」とあることから、黙庵が「王右軍感懐帖拓本」を北京で購獲したこと、文徴明・唐寅らが生きた明代中期は南宋集帖の一つ『宝晋斎帖』[6]を称賛していたこと、そして唐寅が本拓本を見たのは、彼が没する三年前、正徳十五年（一五二〇）九月以降であり、最晩年の書法観を綴ったことが判明する。

②は華尚古（名は珵、字は汝徳）が収蔵する王羲之書《此事帖》（別称《二十字帖》）への跋文である。《此事帖》は、紙本、三行二十字、草書。今もその摹本が伝来する。銅山の張伯英旧蔵で、汪砢玉『珊瑚網』画録巻一に著録され、『鬱岡斎帖』（一六一一年刻）と『経訓堂帖』（一七八九年刻）に刻入されている。金章宗「明昌御覧」などの数印および黄庭堅、黄伯思の款識がある。明の呉寛（匏菴）の題跋に「右軍の此の帖の存する僅に二十字、亦た蓋し嘗て金元の御府に入り、章宗の数印は猶ほ楮墨間に燦然たるがごとく、簽題も亦た其の手筆、信に宝とすべきなり」とあり、また張丑（一五七七～一六四四）の『清河書画舫』嘴字号第二晋二・王羲之に「逸少《東方朔画賛》、

趙子昂に臨本并びに跋有り、亦た韓太史家に見ゆ、之を真跡に較ぶるに毫髪も差《たが》はず。厳分宜家の晋人墨宝、当に王羲之《此事帖》を以て第一と為す。乃ち金章宗の故物、凡そ二十字、紙墨は新なるが如く、精神煥発し、伝世の珍なり」[7]とあるものである。

釈文「比□有此事、比与卿共事、毎思不以法、然欲不可長。」[8]

この②「跋華尚古蔵王右軍此事帖」は、標題に「華尚古蔵」とあり、左記跋文に「華光禄尚古」とあることから、唐寅は華尚古所蔵の拓本を実見して跋したと考えられる。

黄伯思、帖文を弁じて、毛髪をも精別し、毫釐をも理析す。華光禄尚古、嘗て其の著はす所を刊し時に行はる。今、王帖の片掌を収め、必ず中に見る有るのみ。昔人、馬を相《み》て、妙尽き神凝る。驪《くろうま》と黄の別を為す者は、未だ必ずしも良公ならざるなり。余何ぞ能く言ふを為さん。――『唐寅集』補輯巻第六

『東観余論』で古刻書帖を弁じた黄伯思（長睿、一〇七九～一一一八）の鑑定眼は、馬の骨相を見て駿馬かどうかを見抜いたそれと同じように優れているが、唐寅自身は馬の毛色を見分けられる程度で、王羲之の《此事帖》については何も言えない、というのである。とはいえ、『東観余論』を読んでおり、すでに一定の鑑識眼を備えていたと考えられる。なぜならば文徴明の「書東観余論後」[9]の末尾に「歳は梅蒙単閼（乙卯・弘治八年・一四九五）十二月廿日、唐伯虎従り借りて観たり、因りて題す」とあり、文徴明が『東観余論』を唐寅から借用して読んだとはっきりと記しているからである。

その文徴明に「華尚古小伝」[10]があり、その人と為りを長文で描写している。

華尚古、名は埕、字は汝徳、嘗て仕へて官称有るも、其の任久しからず、又た性は古を好むを以ての故に其の官を称せず、尚古生と称するを遺す。尚古生は、常（州）の無錫の人なり。南斉の孝子、宝の後より出で、世《よ》よ高貲を累《かさ》ね、仕へず。済の時に至り、甫《はじ》めて貲を以て郎と為る。後に二子を以て朝に升り、累して光禄署丞戸部主事を贈らる。尚古は其の次子なり。少《わか》くして学を績み、弟の珏《かく》と倶に学官に隷して弟子員と為る。……家に尚古楼有り。凡そ冠屨、盤盂、几榻、悉く古人に擬制す。尤も古の法書、名画、鼎彝の属を好み、毎に金を併《なら》べ購に懸け、厭はずして益ます勤む。亦た能く真贋を推別し、故に蓄ふる所皆な乙品を下らず。時に呉に沈周（一四二七～一五〇九、字は啓南、号は石田）先生有り、「能鑒古」と号《よ》ばる。尚古、時時小舟に載り、沈周先生に従ひて游び、互に蔵する所を出し、相与に評隲し、或は累旬して返らず。成化・弘治の間、東南の好古博学の士、沈先生を称へ、而して尚古は其の次なり。……尚古は今年七十有幾、先に未だ子有らず、稽勲の子の鉦を以て子と為し、晩に一子、名は鋳を得たり。余は呉門に家し、錫と比壌し、頗る諸の華の盛んなるを聞く。其の間、履徳植義にして、固より多く之を有し、要《かなら》ず尚古生の意を古人に篤くするに如かざるなり。尚古の蔵する所の古名人の文集、古人の理言遺事、古法帖の総数十の若きは、費は皆な数百千を惜しまず。又た散財利物を喜び、而して主名を知るを求めず。其の事皆な称ふるに足る有る者なるも、然して固より富人、有識者の能くする所なるを以て書かざるべし。其の大なる者を書きて以て伝へん。

右文から、十五世紀後半、成化（一四六五～八七）・弘治（一四八八～一五〇五）年間の、蘇州近辺の収蔵家の優劣、すなわち沈周を第一、華尚古の「尚古楼」を第二とすることが見てとれる。

以上①②から、唐寅は王羲之の刻帖のみならず、多くの法書を鑑賞するとともに、王羲之を中心とする書法観を形成していたことがわかる。ちなみに画に対しては、「王右軍像」詩（『唐寅集』補輯巻第三・五言絶句・『古縁萃録』

巻四所収）を作っている。

微歩覚遅遅　　微歩　遅遅たるを覚え
清吟動我思　　清吟　我が思ひを動かす
呼僮渾帚壁　　僮を呼びて　帚と壁を渾《ととの》へ
走筆有羲之　　筆を走らすれば　羲之有り

三句目の帚と壁は、筆と紙を指すであろう。王羲之の図像を描いた唐寅の自負心が窺える。

③「跋呉嗣業書千字文」の呉嗣業に対し、唐寅は五律詩「呉嗣業の東荘を過ぎる」(11)を作った。

塵容与俗情　　塵容と俗情と
到此異平生　　此に到れば平生に異なれり
始向亭中坐　　始めは亭中に向《お》いて坐し
還来樹下行　　還た樹下に来たり行く
小池当面浄　　小池　面に当たりて浄《きよ》く
独鳥隔林鳴　　独鳥　林を隔てて鳴く
更勧君栽竹　　更に勧む　君が竹を栽ゑ
他年約聴声　　他年　聴声を約さんことを

さらに唐寅は「懐友詩」[12]のなかで「呉奕嗣業」を詠じた五律詩「共泛荒溪際、匆匆両月来。薫風老苜蓿、霖雨熟楊梅。裏茗尋僧試、看花許客陪。遥知明月夜、独棹酒船回。」を書いており、文徴明も「題呉嗣業蔵石田先生画」[13]の文末に「其の姪嗣業、携へて以て相示し、人琴の歎きに勝《た》へず。聊か此の詩を賦し、并せて識すこと此の如し。正徳丙子（一五一七）秋八月」と書いている。

また呉寛、沈周、唐寅、文徴明の四家合璧《行書詩巻》（中国嘉徳二〇〇一秋季拍売会）に、唐寅は七律詩「一年数節可分春、廿載論交辱故人。莫負今宵頭上月、請看明日鬢辺銀。花枝且取無期酔、詩句能工不厭貧。相対素心君与吾、悠悠途路慰風塵。」を書き、「春分日与、呉嗣業賞花月下、飲酒作此寄意。呉趨唐寅。」を添えている（鈐印：唐居士・唐寅私印）。

その後紙にある現代の鑑定家劉九庵氏の跋語によれば、「右は明呉門四家の行書詩翰各一通である。首に呉寛の原博致耻庵の五律一首、沈周の啓南題画の七絶があり、唐寅六如は知交好友の呉嗣業のために賞花月下飲酒の七律を作った。嗣業の名は奕、寛の侄、書法は叔父に学び、篆書も善くした。文徴明と親密であった。文徴明の行書《早春書事四首》は精緻の作である。四家の合璧で、殊に得難い傑作である。戊寅（一九九八年）初春、劉九庵識す。」とあり、呉嗣業の名は奕、呉寛の甥で、書は叔父譲りで、篆書も得意とし、唐寅・文徴明とも仲が良かったのである。

さて、この③墨跡「跋呉嗣業書千字文」の跋文には、呉県（蘇州）の蔡羽、文徴明、祝允明、邢参、張霊、徐禎卿といった後輩たちが、呉寛や沈周といった先達のお陰で均しく実力があること、彼らと兄弟のように交友するのは大変であること、その中で呉寛の甥、呉奕はまだ若く貴顕と交わっても靡《なび》かず、呉県の後輩たちと交わって有名であること、そしてその書《千字文》は叔父の呉寛の筆意を継いで蘇東坡風であるといった、呉奕その人と書を称賛する内容が書かれている。

呉下の後輩、磊落都《すべ》て可にして、皆な寔《こ》れ諸の郷賢先生の琢磨成就の力なるのみ。銷夏蔡羽九逵（？〜一五四一）詞翰、衡山文徵明が若きは文章筆妙なり、祝允明希哲、邢麗文（名は参）、張夢晋（名は霊）、徐昌国（名は禎卿、字は昌穀・昌国、一四七九〜一五一一）は、御を並べ逸を斉しくし、兄弟為り難し。而して嗣業は少年にして貴游し、墨槧を以て数人中に参錯し、風声藉くこと甚だし。紈綺の為に動く所とならず、凌然として卓立し、大いに重んずべきなり。其の書する所の《千字文》は、今、清壮君（未詳）に帰し、而して石田先生（沈周）題して「逼蘇」と為す。嗣業、相国先生（呉寛）の猶子なり。相国の書法は坡公（蘇軾）に類し、而今の嗣業も又た相国と轍を合す。旧に「長松の下、自ずから清風有り」と云ふ有り、良に此れを以てするか。――『唐寅集』補輯巻第六

この跋文は、呉奕自筆の《千字文》を直接見た上での批評であるから信ずるに値する。文徵明も「咏嗣業」詩[14]に「書品は陽冰 已に能に入る」と書いており、呉奕の書は、唐代篆書の大家李陽冰と持ち上げ、能品のレベルに達していると評していることも、その証左である。よってこの《千字文》は篆書で書かれたことがわかる。

次に④「跋朱文公顔淵注稿冊」を読んでみよう。唐寅は朱熹の手稿を「沈着典雅」と評価する。

昔、坡翁（蘇軾）嘗て謂ふ、「昌黎先生（韓愈）『道は天下の溺るるを済ふ』」と、愚《われ》も亦た謂《おも》ふ、「宋の亡びてより、晦翁夫子（朱熹）、諸経を注述し、故に斯文に伝有り、而して五常廢れず、『天下の溺るるを済ふ』と謂はざるべきか」と。翰墨に至りては、沈着典雅にして、片縑寸楮と雖も、人争ひて珍秘し、翅《ひろげ》ざること璠璵圭璧の如し。況や手稿に集注するをや、夫れ豈に偶然ならんやと。――『唐寅集』補輯巻第六

標題の「朱文公顔淵注稿冊」は、朱熹が一一七五年に書いた「論語集注残稿」[15]（行草書、紙本、全四頁、各頁十二行、台北歴史博物館蔵）を指す。韓愈は「師説」に「文は八代の衰へを起こし、道は天下の溺るるを済ふ」と言った。唐寅はこれを受け、朱熹が論語をはじめ経文に注釈を施してくれたお陰で、「道は天下の溺るるを済ふ」と言うべきであると書き付けたのである。朱熹の書については、「沈着典雅」であり、魯の国宝「璠璵」のようで大変貴重であると称賛している。なお文徴明にも朱熹の手稿に関する跋文がある。嘉靖二十四年（一五四五）正月望日に書いた「跋朱晦菴中庸或問誠意章手稿」[16]（文物出版社本『宋朱熹書翰文集』）がそれである。文徴明にせよ唐寅にせよ、彼らが朱熹の手稿や残稿を読解し、書としても鑑賞していたことが明確である。

ところで唐寅は、上記①から④の書跡を、何時どこで実見したのであろうか。唐寅自身も少しは名画を収蔵していたようだが、その多くは同時代の書画家や収蔵家のもとで実見したのである[17]。

その実例として、⑤「摹古冊」に、呉江の史家の収蔵品を鑑賞しに行った記載がある。

> 余の性は古人の名画を嗜《この》むも、而して多く蔵する能はず。呉江の史氏、儲畜甚だ富むと聞き、因りて徳弘と走《ゆ》きて閲すること数日なり。尽く其の帳中の秘を発《ひら》くに因り、帰りても忘れず。暇日、輒ち記する所を意《おも》ひ、図して一冊と為し、共に一十余幀を得たり。古人の我に勝るか、我の前人に勝るかを知らず。因りて以て徳弘に貽り、其の評をして一に勝負せしむ。徳弘反《かえ》して藍より青き者大半と謂ひ、殆ど我を愛して我を誉むるなり。正徳庚午（一五一〇）四月二十五日、唐寅（四十一歳）識す。――『唐寅集』補輯巻第六

呉江の史氏で有名なのは、史鑑（一四三四～九六、字は明古、西村先生と称される）であろう。読書と収蔵を愛した学者で、友人から入朝を推薦されても断り隠居を貫いた。客人が訪れると、「日鑒堂」から三代秦漢の器物、

唐宋以来の古籍や書画の名品を陳列し、互いに鑑賞し題簽したという。正徳年間、呉中の高士は、沈周を第一、史鑒を第二に推した。「晴雨霽三游西湖」は遊記文学の経典で、著に『西村集』八巻がある（参照『四庫全書総目提要』）。文中の徳弘は、史徳弘のことで、史鑒の子である。史家は、褚遂良《文皇哀冊》、欧陽詢《夢奠帖》、顔真卿《劉中使帖》、趙孟頫《帰去来辞巻》などの名跡を収蔵しており、これらの名跡が、唐寅が学書の規範を形成する基盤となっていた、と考えることはきわめて自然であろう。

加えて唐寅からすれば、先輩にあたる沈周、呉寛、同歳親友の文徴明、そして沈津などの家もまた古代書画を収蔵していた。沈周は米芾《自書詞巻》《蔡蘇米黄真跡巻》などの名跡、呉寛は《顔氏家廟碑》拓本、蘇軾《楚頌帖》拓本などの法帖、文徴明は趙孟頫《臨王右軍服食帖》《書道徳経》などの法書、沈津は趙孟頫《楷書千字文》《臨禊帖》《尺牘二帖》などの書跡をそれぞれ家蔵していた。沈津とは交友関係にあり、「譜双序」（『唐寅集』巻五）に「潤卿沈君は、博雅の士なり、之を梓して以て好古を伝ふ者なり。暇日僕に示す、因りて論じて古人の双陸に及ぶ」と記す通りである。

さらに文徴明の「真賞斎銘」[18]を読むと、無錫の収蔵家で『真賞斎帖三巻』（一五二二年刻）[19]を刻した華夏（字は中父・中甫、号は東沙居士）の実体が浮き彫りになる。

真賞斎は、吾が友、華中父氏の図書を蔵するの室なり。中父は端靖にして学を喜び、尤も古の法書、図画を喜ぶ。……精鑑博識にして、之を心に得て目に寓せり。毎《つね》に金を併《なら》べ購に懸け、故に蓄ふる所咸《み》な乙品を下らず。弱歳より今に抵《いた》るまで、四十年に垂《なん》なんとす。……余（文徴明）雅《もと》より好む所同じくして、歳は輒ち之を過ぐ。……法書の珍は、鍾太傅《薦季直表》、王右軍《袁生帖》、虞永興《汝南公主墓銘起草》、王方慶《（万歳）通天進帖》、顔魯公《劉中使帖》、徐季海《絹書道（徳）経》、皆な晋唐賢の劇蹟にして、宋元以下は論ぜざるなり。

金石は周穆王《壇山古刻》、蔡中郎《石経残本》、《淳化帖》初刻、《定武蘭亭》有り。下りて《黄経》、《楽毅》、《洛神》に至るは則ち其の次なり。図画、器物は、抑そも又た次にして、然れども皆な百数を下らず。於戯《ああ》、富めるかな。（後略）

右文にあるいくつかの法帖について、文徴明は跋文を別記している。というのも『真賞斎帖三巻』は、鉤摹を文徴明父子が行ったからである（刻者は当時の名手章藻功）。たとえば「跋定武五字損本蘭亭」嘉靖九年（一五三〇）庚申寅八月二日、「跋華氏続収淳化祖石刻法帖三巻」、「跋顔魯公劉中使帖」辛卯（一五三一）八月朔、「跋袁生帖」、「跋薦季直表」、「題通天進帖」（『真賞斎帖三巻』刻入）、「跋通天進帖」（文徴明『停雲館法帖』刻入）などである。[20]唐寅が文徴明を通じて華夏の収蔵書画を鑑賞する機会があったことは間違いなかろう。

総じて考えるならば、華夏の『真賞斎帖三巻』と史鑒の名法帖以外に、沈周、呉寛、文徴明、沈津、華尚古、そして蘇州とその近隣の同好の士や好古収蔵家から、法書や刻帖の情報を得ていたことは明らかである。すなわち明代中期の蘇州に生きた唐寅にとって、「二王」のみならず、顔真卿、蘇軾、米芾、趙孟頫の法書や集帖を学習し、鑑賞する環境が見事に整っていたと言えるのである。

その一方、唐寅が「書」についての専論を多く遺していないのは、美的見地から論じることに意を尽くさなかったからではあるまいか。しかし片言隻句から見るかぎり、その鑑識眼の一端は十分垣間見られるし、過眼した法書や名跡を学書対象としていたことは言うまでもない。

三、伝来書跡に対する各研究者の見解

内山知也先生の「唐寅の生涯と蘇州文壇」[21]に次のような一文がある。

唐寅の人生の後半の精力は芸術完成の方向に注がれた。そしてその成果は四十七歳のころ「山路松声」軸に結実したというのが江教授の指摘である。[22]その間、三十歳から三十七歳ころ唐寅は周臣の画風を非常な努力をもって追求し、三十八歳桃花庵成立時代には売画生活はすでに始まっており、新世界を開拓しつつ四十六歳ころに最高期を迎えたといわれる。しかしそれ以後は病気のためか気力の衰えが見え始めるとも江教授は述べられる。絵画芸術としての成果は沈周・文徴明と雁行するものであり、健康と長命が与えられたならば、唐寅の天才は二人をはるかに凌いだであろうともいわれるのである。

また書法も明代第一級の書家であることは多くの専家の説く所であるが、江教授によれば三十歳から三十六歳ころには顔真卿の書法に強く影響された書体であり、三十六歳以後は趙孟頫と李邕の線に傾くと言われる。[23]他に米芾の風貌に似る筆法、文徴明と接近した書体もある。唐寅は生涯一つの典型を守るというタイプの人ではなく、多くの先人の書家の優れた点を吸収し、時に応じて自ら変化していった作家であった。

以上が引用文である。この一文は、一九七八年三月に内山知也先生が、台北故宮博物院副院長江兆申氏の示唆を

踏まえ、唐寅の書画芸術について、その要点を簡潔に整理されたものである。すなわち、三十歳までの前半生と、五十四歳で亡くなるまでの後半生に生涯を二分した上で、三十歳から五十四歳までの後半生に書画芸術の成果があること、その最盛期は画では四十六歳ころであり、四十七歳ころの「山路松声」軸に結実していること、一方書では、三十歳から三十六歳ころは顔真卿、三十六歳以後は趙孟頫と李邕（北海）、他に米芾や文徴明にも似ており、一典型に拘泥せず、多くの先人の書家の優れた点を吸収し、時に応じて自ら変化したこと、などを列記するものである。

以下に、右の江兆申氏に加え、朱恒蔚氏、謝稚柳氏、盛詩瀾氏、范景中氏、単国強氏、単国霖氏の各研究者の見解を検討してみたい。（文章が掲載される出版物の発行年順に取り上げる。）

I　江兆申氏「唐寅的書法」[24]

冒頭に、「唐寅の書は、彼自身の画名によって覆われてしまっている。王世貞は《三呉墨妙巻》の作品上に、『唐解元の一札の章草、其の書は軟熟なるも亦た一を悪しとせず』[25]と題している。実際に唐寅は書において天分が極めて高く、功夫も深く、明王朝における能手の一人に数えるべきである。加えて彼が書きこなした字体も多く、どの字体もみな彼自身の字姿を表現し得ている」と評している。そして、唐寅が影響を受けた書家として、上述の引用文のように趙孟頫、李邕、顔真卿、米芾、文徴明の五家を挙げ、字形を比較し考証する。

(1)趙孟頫――唐寅の書は趙孟頫の影響が最も深い。唐寅の書の各字体においては、趙孟頫の書の息吹を刷新し得てはいない。唐の書は、趙の書をたばねて基底とした後、その他多くの碑帖も臨書しているであろう。彼の手筋はとても良く、どの字体もその精華を得られていることから、彼は常にいろんな異なる字を交替させて書けた。たとえば《山路松声》軸（台北故宮博物院蔵）の題字は、字形が趙孟頫の《三門記》に非常に似ており、用筆は李邕の

《雲麾将軍碑》に近い。通常われわれが見る唐の書は、この手の字が多くを占める。そのためこの手が唐寅の字姿であると見誤りやすいが実はそうではない。さらに趙の書に近い別の二つの字姿を選んでみよう。

A《唐寅書三絶巻（丁念先先生蔵）》―この巻子の字は、字形は婉媚、用筆は娟秀で、趙孟頫の行草の字姿に最も近い。趙の行書《赤壁二賦冊》と比較してみると、一字一字が全く同じではないが息吹は極めて近い。

B《唐寅山居風雨図（中国画史）》―この図の字は、字形は縦長、用筆は中鋒で、転折の箇所は円転に近い。「捺（右払い）」は「点」を多用して替え、趙の書《仇鍔墓碑銘》の字形と用筆にとても似ている。当然ながら唐の書は、楷書を行書化しており、さらに顔真卿の筆致も交えていることから、おのずと異なるところがある。

(2)李邕――唐寅は趙孟頫を学び、趙は李邕を学んだ。それゆえ唐寅と李邕とは、おのずと関係づけられるが、唐は直接に李を研究したことがあり、特に用筆の生き生きとして力のある表現は、趙の含蓄のある婉媚な作風と異なる。唐の《詩冊（華叔和先生蔵「遊廬山」）》と李の《雲麾将軍碑》が比較しうる。

(3)顔真卿――顔の字はどっしりと筆を運ぶので円く肉厚である。字形は長方形、横画はやや細く、縦画は太めである。どの横画の収筆も重く「蚕頭」を形作り、どの右払いの収筆も途中で「頓（ぐっと押さえ）」て「燕尾」を形作る（《顔勤礼碑》参照）。唐の《落花詩冊（華叔和先生蔵）》[26]にはこの特徴が見える。加えて、唐はこの手の字を多く書いており、たとえば《孟蜀宮妓図》《灌木叢篠図》《春遊女几山図》《茅風清風図》《高山奇樹図》《雲山行旅図》《簪花仕女図》などの題字は、顔の味わいが濃い。別系として、《行旅図》の題字は顔と趙を合わせている。

(4)米芾――米の字は力の表現を重んじるため、常に方勁の筆法を用いており、時に「屈強」を感じさせる。この味わいを代表するのは早期の作《蜀素帖》である。台北故宮博物院は《西洲話旧図》と台北華叔和先生蔵《灌木叢篁図》を所蔵しており、ともに米の風格である。

(5)文徴明――唐の画は時に文とよく似ており、字もまた文とよく似ている。端方宝華庵の旧蔵《唐寅高人深隠》

巻の題字「高人深隠漫蔵修、占得東渓事事幽。相像練光拖屋後、何殊鑑影晃源頭。緑蒲匀緑綸竿晩、芳蓼分香石瀬秋。風景宛然楊子宅、問奇休厭客頻游。唐寅画倣幼文墨法並詩。」（『中国名画』第七集）の、光拖、鑑影晃、緑、綸、晩芳蓼、倣幼文などの字は、文が普段書く行書とよく似ている。

以上の分析に続けて江氏は、唐の書の変遷を次のように分期する。

①唐の画《高人深隠図》の落款は文に酷似している。唐と文の二人は、ともに書は趙から手を染めた。よって二人の早期の字が似通うのはごく自然である。しかしこの《高人深隠図》の字は文のもつ特徴が顕著であり、文を学んだ含意があることから、けっして偶然酷似するのではない。唐は三十歳以後、顔を学び始めることから、二人の情感はこれ以後徐々に疏淡となる。よってこの画は三十歳以前に完成したと推測する。

②沈周の「落花詩七律十首」は、弘治乙丑（一五〇五）に完成しており、唐の「唱和詩三十首」はこの時に出来たとすべきである。このことから《落花詩冊》はこの時（唐寅三十六歳）に完成していよう。この時期は顔の味わいである。翌年の正徳丙寅（一五〇六）穀雨（三月）の《行書七言律詩軸（台北故宮博物院蔵）》は、すでに趙や李に似ている。同時に、唐が書いた顔の最も早い作品は三十歳であると推測でき、顔字によって画賛や落款を書いた作品は、その数も多い。よって唐が三十歳から三十六歳にかけて書いたのはみな顔字ではないかと推測する。

③唐が趙と李の字を書いた作品について、年月を記すかもしくは推測できるものとして、正徳丙寅（一五〇六）三十七歳書《書七言律詩軸》、正徳己巳（一五〇九）四十歳題《梅花図》、同年「自述不惑之歯於桃花庵」画並びに書、正徳壬申（一五一二）四十三歳書《餞別彦九郎還帰日本軸（京都国立博物館蔵）》、正徳乙亥（一五一五）四十六歳書《廬山詩冊》、正徳丙子（一五一六）四十七歳題《山路松声》がある。よって唐は三十七歳以降、おおむね李・趙の字を書いており、この手の字は通常認めうる唐の標準作でもある。しかしこの時期、まったく別の書体が参入していないとは言えない。

上記①～③を要約すれば、次のようにまとめることができよう。

三十歳（一四九九）以前…………文徴明

三十歳～三十六歳（一五〇五）……顔真卿

三十七歳（一五〇六）以降…………趙孟頫と李邕・別の書体も参入

Ⅱ　朱恒蔚氏「明唐寅行書詩巻」[27]

唐寅の早期の学書は、懐仁（集王聖教序）からはじめ、欧陽詢、李邕も学び、元代諸家の長所にも及んでいる。試しに上海博物館所蔵の唐寅の二件の作品から見ると、《黄茅小景図巻》落款の真書「呉趨唐寅作」五字は純然たる欧体であり、謹厳で端荘である。図巻後の別紙に、行楷書で黄茅の景色を描写する七言古詩を書いているが、すでに自己の風貌を具えており、李邕の意趣がある。もう一幅《真書新燕詞扇面》も欧陽詢を学んで、字形は瘦削、運筆は険勁、真率の感を失っていない。この二幅はともに年紀がなく、おそらく三十歳以前の作であろう。中年の書作は清麗勁爽、豊腴婉約で、韻致に溢れている。晩年の書風は、狂放不羈で、蕭逸自肆である。唐の書風の変遷は、技巧上の成熟、学術上の深みが加わるほかに、精神的要因も無視できまい。

右文を要約すれば、次のようになろう。

早期……集王聖教序→欧陽詢、李邕、元代諸家

《黄茅小景図》巻　―欧体（謹厳、端荘）、李邕

《真書新燕詞》扇面　―欧体（瘦削、険勁）二幅ともに三十歳以前の作

中年………（清麗勁爽、豊腴婉約）

晩年………（狂放不羈、蕭逸自肆）

Ⅲ　謝稚柳氏「明清書法藝術」(28)

文徴明と出身も年齢も同じ画家の唐寅は、書もまた観るべきものがある。彼は早期は顔真卿、柳公権から変化しており、痩勁に傾いている。後期は寛博で呉寛に近く、蘇東坡も学んではいるが、自身の瀟灑で姿媚な風華をより多く発露している。この一文は次のようになろう。

早期………顔真卿、柳公権（痩勁）

後期………呉寛、蘇東坡（寛博、瀟灑）

Ⅳ　盛詩瀾氏「唐寅書法簡論」(29)

盛氏は「唐寅書法簡論」の「二、唐寅書法創作分期」において書跡を取りあげながら、⑴一四九九年科挙挫折以前、⑵一四九九年から一五一五年、⑶一五一五年南昌から帰郷後、の三期に分けて論述している。以下に書跡を抽出しながら、私論を交えて考察する。

⑴一四九九年の科挙挫折以前（誕生から三十歳まで）

○上海博物館蔵《款鶴図》題「呉趨唐寅奉為款鶴先生寫意」(30)、弘治五年（一四九二）二十三歳

一見すると確かに盛氏が言うように「顔真卿の風趣をもつ楷書」である。但し二行、十二字の落款であるため、この落款だけから唐の楷書を判断するのは容易ではない。むしろ、故宮博物院蔵《為史君書旧作詩巻》弘治八年（一四九五・二十六歳）の行書を基準作例として考えるならば、《集王聖教序》を基盤とする「二王」の筆法から出る婉麗の趣を獲得していることを指摘しておきたい。

⑵一四九九年から一五一五年（三十歳から四十六歳）

○上海博物館蔵《黄茅小景図》巻、弘治十五年（一五〇二）三十三歳

巻後拖尾の自題「震澤東南稱巨浸…」の書風は「清峻挺抜」で筋骨を蔵しており、懐仁《集王聖教序》から李邕を練習した形跡を示していよう。字の大小と墨量の潤渇の変化に富んでおり、非常に生き生きしている。盛氏は「転折では方折が多く、円潤の筆が少なく、「若」字はすでに草書の書き方である」と評しており、晩年の作風に比べると確かにやや堅く感じられる。なお画面上の「黄茅渚頭熨斗柄、唐子好奇曽屢游。太湖絶勝能有幾、還許我輩聞人収。此子畏作西湖熨斗柄景也。暇日補題」は、張霊の補筆であり、唐寅の書ではない。

○台北故宮博物院蔵《千金良夜七言排律詩軸》、正徳元年（一五〇六）三十七歳

盛氏は「全体は妍美流便、風姿は綽約で、確かに王羲之の味わいを持ち、横画が逆筆で入筆し、収筆は回鋒、右払いは提按が適所にあり、はっきりと若い頃の楷書の基本功を示している。各字が独立するが呼応し、連続する筆使いが少ないが、運筆が円転なため、上下に気脈が貫通している。残念なのは、「風」字左払いのように、いくつかの筆使いに軽佻さが見られ、骨力が無く、敗筆がある」と評す。[31]盛氏に拠ればこの時期、唐寅には「応時の作」と「即興の作」の二種類の異なる書風が現れるという。これは言わば「用意の書」と「率意の書」に当たろう。[32]

応時の作―形式的に正規の書作や恭敬な尺牘

用筆は圭角を露わにせず、俊美流転し、風趣が豊腴婉麗、端荘優美なもの

即興の作―親しい友人と往来唱和または即興で書いた墨跡（唐寅の個性・芸術性に富む）

字形が右に傾き、用筆が強健で、拘束を受けず、迅速に連筆するもの

○故宮博物院蔵《正徳庚午聯句詩》頁、正徳五年（一五一〇）四十一歳

「寒林春色満深林（呂）…」で始まる聯句は『唐寅集』補輯巻第四に収録される。盛氏は「一気呵成に書き上げ、気勢が雄偉で、他の作品と比べると耳目を一新する感があり、この七律は明らかに李邕の筆意である」とし、「即興の作」の代表例としている。

(3)一五一五年南昌から帰郷後（四十六歳から五十四歳）
○故宮博物院蔵《自作七律詩》巻　嘉靖元年（一五二二）五十三歳
○中国美術館蔵《行書落花詩七首与漫興詩十一首》巻　嘉靖元年（一五二二）五十三歳
○上海博物館蔵《行書七律二十一首》巻　嘉靖二年（一五二三）五十四歳

《行書七律二十一首》巻に「嘉靖壬辰之歳（十一年・一五三二年・没後九年）二月初吉兼山徐充」と款記する跋文があり、「晩年詩則似楽天、書則初学懐仁、婉有風致。後復縦筆、不経規検。蓋其平日、風情瀟洒、名知禅悦。視世有為、一切夢幻、所謂不与法縛者也。」と書かれている。すなわち徐充は、唐寅の書は、若い頃には《集王聖教序》を学んで婉麗の趣があったが、その後自由に筆を運び、法に束縛されていないと評するのである。この跋文は、唐寅の書を評する最も早いものであろう。

V　范景中氏「呉門画派之唐寅」(33)

書では、唐寅は祝允明、文徴明といった帖学名家とは異なるが、三絶（詩書画）の才の名に恥じない。彼の書の最大の特徴は、趙孟頫と李邕の間を出入りしていることにある。趙の例は、遼寧省博物館蔵《行書和沈周落花詩巻》で、字形が「痩挺平正」、運筆が「瀟洒利落」、章法が「疏朗」、字間が自然に牽き合い、「清俊流美」であり、趙氏の筆意をよく得ている。この「痩挺」の風格とは別に、唐は「柔媚寛博」の風格も練習しており、たとえば台北故宮博物院蔵《対竹図》、《秋山図》の題詩がその例である。李邕の例は、中国美術館蔵の別の《落花詩》、すなわち嘉靖元年（一五二二）に書かれた《行書落花詩七首与漫興詩十一首》巻は、字形が斜めに傾く勢いで、奇に近く正に反しており、運筆は「縦逸雄健」、迅速の中にも沈着の味わいがあり、明らかに李邕から出ている。実際、唐の大部分の書には李の書が影響しており、例えば蘇州博物館蔵《龍頭詩》軸、天津博物館蔵《行書自書七律四首》巻、上海博物館蔵《行書七律二十一首》巻などがそうである。その原因は二つ考えられる。一つは、唐寅のさっぱりして世俗の礼法に束縛されない「倜儻《てきとう》奇偉」の気質が李に近いこと、もう一つは、趙を学ぶ時に源流を追いかけて李に行き着いたことである。趙が晩年に李を学んだことは周知の通りである。

趙と李のほかにも、唐は博く諸家の法を学んでいる。唐が二十五歳頃に先輩の史鑑に贈った故宮博物院蔵《与史君文学詩》巻（行書詩巻）は、運筆が「軽霊婉転」、縦横無尽であり、米芾の遺意がある。上海博物館蔵《黄茅小景図》巻後の自題は、明らかに懐仁《集王聖教序》を練習した形跡を示している。台北故宮博物院蔵《陶穀贈詞》軸の題詩は「端隠古雅」で、南宋高宗の影響が見て取れる。台北故宮博物院蔵《与姜龍尺牘》と上海博物館蔵《墨竹》扇面題詩の小楷は、鍾繇の《賀捷表》と顔真卿の《小字麻姑仙壇記》を学んだことが明らかである。

古人の書の多くは日常的な書写であった。故宮博物院蔵《行書聯句詩(正徳庚午聯句詩)》頁は、正徳五年(一五一〇)仲冬（十一月廿四日）に、唐が舟で無錫の文林に行き、嘉定の沈寿卿、無錫の呂叔通と邂逅し、痛飲後に興に乗って書いた作で清狂の趣がある。台北故宮博物院蔵《寒山寺化鐘疏》巻は大字の文章が翩々と舞っており、蘇州文人と寺院僧侶の交誼が映し出されている。上海博物館蔵《花下酌酒歌》扇面は、唐寅が桃花庵で月に酔い花に眠る姿を想起させ、詩を読むと林黛玉が花下に葬られた興趣を抱かせる。江陰の友人徐元寿（別名は尚徳、字は若容、号は納斎、徐経の叔父、一四七〇～一五五三）に宛てた、メトロポリタン美術館蔵《与若容手書》は、まず先輩の呉寛や沈周が相継いで凋落し、風流が続き難いことを嘆き、ついで自身の生涯の著述を列記する。これは科挙の試験問題漏洩事件に連座し、帰郷した後の立志著述の直接証拠である。

右文を要約すれば次のようになろう。

趙孟頫―運筆「瀟酒利落」／「清俊流美」と「柔媚寛博」の風格

李　邕―運筆「縦逸雄健」／「倜儻奇偉」の気質　主として趙と李の間を出入りする風趣

他に鍾繇《賀捷表》、顔真卿《小字麻姑仙壇記》、《集王聖教序》、米芾、南宋高宗の風趣

Ⅵ　単国強氏「唐寅《自書詩巻》内容和風格鑑析[34]」

唐寅の書は、絵画と詩文の名に及ばないが、天分は極めて高い。実際に唐の書は絵画と同様、広く諸家を渉猟して融会貫通しており、字姿も多様である。享年五十四歳と永くないため、まだ「通会の際、人と書倶《とも》に老ゆ」の境地に至っていない。文献の記載と現存する作品に拠ると、趙孟頫、李邕、顔真卿、米芾の各家をあまねく学んでおり、かつ異なる時期に重んじる書が異なるため、絶えず変化する段階的風貌を形成している。大まかに言えば、書風の変化は四つの時期に分けられる。

(1)三十歳以前—文徴明・趙孟頫

生家の蘇州府呉県呉趨坊に住み、同じ歳の文徴明と仲良く、文氏の影響が大きい。そのため二人の書画は似通っている。唐寅二十数歳の画《黄茅渚小景図巻（上海博物館藏）》の湖石、平坡、樹叢は、文の細筆に酷似している。書は趙孟頫から学び始め、字形は端麗、用筆は秀潤で、《高人深隠図》の落款も文にそっくりである。

(2)三十歳～三十六歳—顔真卿

唐寅は科挙に退けられ、妻子とも別れ、詩文に借りて書画で生計を図るしかなくなる。この時期の書は、唐人を追って規範を求め、とりわけ顔真卿の楷書を尊んだ。用筆は凝重、円やかで多肉、字形は長方に傾き、雄強茂密で、点画は横画が細く縦画が太く、隷法を取り入れ、横画の収筆は「蚕頭」に似、右払いの収筆には途中で頓挫する「燕尾」が見られ力強い。例として弘治乙丑（一五〇五）三十六歳の《落花詩冊》がある。

(3)三十六歳～四十五歳—趙孟頫に回帰し李邕を融合

蘇州城内北部の桃花塢に住み、自由自在に詩文書画の創作に専心し、最高峰に達する。この時期の書は再度趙孟

頫に回帰し、同時に唐代李邕に遡り、徐々に成熟した風格を形成した。字形は俊美婉媚、用筆は娟秀流転である。趙体を根幹に、李邕の斜長の字形、力強い筆法と生き生きした勢いを融合して、秀潤の中に遒勁さがあり、端美の中に霊動がある。この手の風格の作品がかなり多く、たとえば正徳元年（一五〇六）三十七歳の《七言律詩軸（台北故宮博物院蔵）》、四十数歳の《山路松声図軸（台北故宮博物院蔵）》の題字や《行書三絶巻（丁念先蔵）》等の作品は、趙孟頫と李邕とを融合した作風である。

(4)四十六歳～五十四歳逝去 ― 米芾・諸家の筆法を一つに融合

四十五歳のとき唐寅は江西の寧王の役所から狂人を装って逃げ帰った。世事を見抜き、思想が深まり、行いが駘《たい》蕩《とう》になった。書もまた率意に変じ、同時に米芾の意と筆勢を求める書風を吸収した。用筆は迅早になりかつ勁健、沈着にして痛快で、率真の中に力強さ、速さを加えた韻味を求めた。あわせて諸家の筆法を一つに融合して、字形と用筆をより変化させ、揮灑自如の境地に至った。代表作品は五十歳以後の作《西洲話旧図軸（台北故宮博物院蔵）》の題字や《看泉聴風図軸（南京博物院蔵）》の題字などがある。

Ⅶ　単国霖氏「才子型書法家唐寅[35]」

伝来する唐寅の絵画と書法では、落款に紀年を有する作品が少ない。しかしその画風、書風と、関係する資料から考証し、その創作年代を確定することができる。唐寅の画作の題識を含めた書作は、三つの時期に分けることができる。（分期と代表書跡のみを記述する。）

(1)三十二歳まで――多方面の学習

早期の山水画と書　《南湖春水図扇頁》の題識、上海博物館蔵

弘治　三年（一四九〇、二十一歳）沈周画《楊花図巻》、後に唐寅題あり、上海博物館蔵

弘治　八年（一四九五、二十六歳）書《行書詩巻》、故宮博物院蔵
弘治十二年（一四九九、三十歳）画《黄茅渚小景図巻》、題詩、上海博物館蔵

(2)三十二歳から四十四歳まで——選び取りながら成就に向かう

弘治十六年（一五〇三、三十四歳）題呉偉《李奴奴歌舞図軸》、故宮博物院蔵
弘治十七年（一五〇四、三十五歳）書《和沈周落花詩三十首》、遼寧省博物館蔵
正徳　元年（一五〇六、三十七歳）画《沛台実景図》、題跋、故宮博物院蔵
正徳　二年（一五〇七、三十八歳）書《与海浜中翰札》、『中国書法大成』五、四二七頁
正徳　四年（一五〇九、四十歳）書《行書七律四首詩巻》、天津博物館蔵
正徳　五年（一五一〇、四十一歳）書《聯句詩冊》、故宮博物院蔵

(3)四十四歳以降——風格成熟期

正徳十四年（一五一九、五十歳）画《西洲話旧図軸》、書五十自寿詩、台北故宮博物院藏
正徳十四年（一五一九、五十歳）画《双鑑行窩記図》、並記、故宮博物院藏
嘉靖　元年（一五二二、五十三歳）書《行書落花詩与漫興詩巻》、中国美術館蔵
嘉靖　二年（一五二三、五十四歳）書《行書七律詩巻》、上海博物館蔵

以上、各研究者の見解を併せると、唐寅の学書の対象および風格への影響は広範囲に及ぶものの、唐の懐仁《集王聖教序》・李邕・顔真卿、元の趙孟頫、北宋の蘇軾・米芾、明の文徴明に絞ることができる。このように絞ると、ほぼ江兆申氏の見解の妥当性が浮かび上がる。さらに分期については、I江兆申氏の第三期をさらに分割した、VI単国強氏の四分期あたりが稳当であると考えられる。

最後に、稿者が唐寅の代表書跡と考える書跡に対しての評価に言及しておきたい。

○上海博物館蔵《行書七律二十一首》巻　嘉靖二年（癸未、一五二三）唐寅五十四歳

この書跡（別名《為姚舜承書巻》）は、没年五十四歳の絶筆の作とされ、上記研究者の多くが取りあげている。講談社『中国真蹟大観』陸・上海博物館《上》所収の鄭為「序」[36]にも、「この作品は、作者の没年の遺墨で、詩・書ともにすぐれ、才気抜群の作である。それも道理で、その当時の文学上の友人が、みな跋文の中で、『ああこの人は死んだのか。まるで自分まで憤死してしまうような気がする』[37]と嘆きつつ感慨にふけっているほどである」と記すものである。同「図版解説・釈文」には、「唐寅の行書は、形の上では趙孟頫の影響を受けているようではあるが、《聖教序》の基礎があるため、やや右肩上がりのなかに屈強な筆勢が表現され、用筆の際に筆の穂先をくっきりと表している。呼吸はのびのびとなめらかであり、特に後半になると、臨機応変に思うままに筆を揮い、老年の憤り、嘆き、感傷、厭世観など、複雑な感情が書中にぶちまけられる。才能と感情がともに盛んで、まことに唐寅の生命の最後の気迫をこめて書いた作品と言えよう。巻首には、明の徐充の隷書で『伯虎遺翰』と前書きがあり、巻尾には明の王寵、景暘、段金、徐充、文嘉、文彭および清の梁章鉅らの題跋や印がある。明の姚舜承、清の万承紫が収蔵し、伝来に由緒のある作品」と高く評価している。朱恒蔚「明唐寅行書詩巻」[38]も、「この《行書詩巻》の用筆は純熟流麗で、詩書ともに傑作である」と評している。[39]

絶筆、それも病身での揮毫、そういったことを全く感じさせない点画（線質）、字形（余白）、章法（構成）、それらを貫く筆意（筆法）は、書者唐寅の美意識（人生観・芸術観）を見事に開花させていよう。

四、むすび

この小稿は、唐寅の書に関する従前の研究を整理したにすぎないが、次の三点を指摘できよう。

一点目。総じて、唐寅の書は画賛のためにあるように見えることである。多くの画面に書が画賛として書かれているが、それが強く主張しない。勿論、書だけを独立させて鑑賞することも、分析することもできるが、画から切り離してみると、あらためて柔和で優雅な書き振りであることに気づく。それは絵画作品自体が柔和で優雅であるからであり、その画面に見事に配合されているからにほかなるまい。

二点目。幼少から科挙の試験を目指した三十歳頃までは、懐仁《集王聖教序》を軸に文徴明とともに書法の研鑽を積み重ねたが、官途を絶たれて後は、自詠詩や尺牘しか遺品として伝来していないことから推察するに、書の制作にはそれほど意を注がなかったように見えることである。三十四歳以降、桃花庵での売字売画の生活の中で、詩作と画作に集中せざるを得なかったからであろう。「自書詩冊」[40]に、「象円社長、冬日、我が桃花庵中を過ぎり、詩律を劇論す。因りて新作数首を書し、呈上して教へを請ひ、并せて鑑定し、是れ何等の乗禅なるかを煩はす。正徳乙亥（一五一五）十一月望後三日」とあるのは、書は詩数首を書く為にあることを明確に物語る証左である。それゆえ書の表現は、自詠詩（立軸・横巻・扇面を含む）や尺牘といった行書作品に集中しており、それも晩年には李邕風の端正で堅牢な書き振りと、趙孟頫風の柔和で優雅な書き振りの二様を融和貫通させた書風が中心である。つまり唐寅にとっては、詩と画によって自己表現することに主体があり、書はあくまで実用で、平易真率に表現するものとしか考えていなかったからではないか。

三点目。唐寅は、絶世の美男子で自ら「江南第一の風流才子」と称したともいい、詩文書画に精通し、祝允明・文徴明・徐貞卿と並んで「呉中四才子」と呼ばれる。特に画においては、沈周・文徴明・仇英と並んで「明四大家」「呉門四家」と称される。そのため書名は天才画家としての画名に覆われてしまい、特に日本では伝来作品が少ないためか、明代書道史上これまで重視されて来なかった。加えて、人間性やその社会的地位を重んじる書の世界からは、蘇州の商人の家に生まれて南京解元になるまで努力した官途も、三十歳以降の科挙冤罪により放蕩生活を送ったことに史家の眼が注がれるため、官界から追放された通俗的な生き方をした人物として忌避される傾向にあったことは否めない。しかし、伝来する唐寅の書を実見し、じっくり観察すると、そこには平易で清らかで、温かな抒情が込められていることに気づかされる。唐寅こそ明代の「才子文人」の書の一典型と感じられる所以がここにあろう。書は、極めて端的に人間性・精神性が発露される芸術と考えるならば、いま一度「書とは何か」を考えることのできる絶好の人物であると言える。

以上から、唐寅の書は、画賛のためにあること、書の表現に意を注がなかったこと、明代「才子文人」書の一典型として捉えられる文人の書であることの三点をむすびとしておきたい。

なお盛詩瀾氏は、「任性天真」「以画入書」「通俗之美」の三点を唐寅の書道史上の価値として論じ、[41] 呂文明氏は、唐寅の詩書画三絶は「以詩為宗」であること、行書と画風が自ずと合致する芸術風格であることを論じており、[42] 稿者の指摘と共通する見解が見えていることを補足しておく。

付録

唐寅がどのような書を遺したかを、刊行物に掲載される図版に依拠して整理した。近年、中国や台湾で相継いで大規模な唐寅の書画展が開催されており、それらを図版資料として用いた。[43] 主として依拠したのは次の三書である。（ABCは刊行年順、Aは白黒版、B・Cはカラー版、各書跡の頭に付す数字は各刊行物の収録番号・頁番号をさす。）

A『中國書法全集52明代 唐寅王陽明邢侗陳繼儒』榮寶齋　二〇〇五年十一月　十六点収録
B『明四大家特展 唐寅』國立故宮博物院　二〇一四年七月　(伝）を含む十点（実質八点）収録
C『六如真如——呉門画派之唐寅』蘇州博物館　二〇一四年十一月　九点収録
（なお混同を避けるため、台湾の國立故宮博物院は、台北故宮博物院と表記した。）

A『中國書法全集52明代 唐寅王陽明邢侗陳繼儒』

1	為史君書旧作詩巻	弘治八年（1495）	紙本	33.5＊139.3	故宮博物院
2	千金良夜七言排律詩軸	正徳元年（1506）	紙本	140＊25.2	台北故宮博物院
3	為王鏊書詩巻	正徳四年（1509）	紙本	22.7＊192.5	天津市藝術博物館
4	正徳庚午聯句詩頁	正徳五年（1510）	紙本	30.2＊32.9	故宮博物院
5	落花詩巻	正徳十五年（1520）頃	紙本	26.6＊406	遼寧省博物館
6	自作七律詩巻	嘉靖元年（1522）	紙本	28.6＊364.5	故宮博物院
7	為姚舜承書巻	嘉靖二年（1523）	紙本	24.9＊669	上海博物館
8	花下酌酒歌扇面	無紀年	泥金箋	18＊52	上海博物館
9	呉門避暑七言詩軸	無紀年	紙本	138.2＊31	遼寧省博物館
10	致餘山大人札	無紀年	紙本	22.6＊26.5	台北故宮博物院

11　致子貞札　無紀年　紙本　26.1＊19.1　台北故宮博物院
12　為従漢書巻　無紀年　紙本　23.3＊551.3　故宮博物院
13　旧作三首草書横幅　無紀年　紙本　—　故宮博物院
14　自書絶句四首横幅　無紀年　紙本　—　故宮博物院
15　致文徴明札　無紀年　紙本　—　故宮博物院
16　酔璠香譜詞頁　無紀年　紙本　27.5＊38.8　故宮博物院

B『明四大家特展 唐寅』

57　跋明鄒衡緑香泉図　弘治十一年（1499）以後　紙本　—　台北故宮博物院
58　尺牘之一（元明書翰第六十二冊第八開）無紀年　紙本　22.6＊26.5　台北故宮博物院
59　尺牘之二（元明書翰第六十二冊第九開）無紀年　紙本　26.1＊19.1　台北故宮博物院
60　書七言律詩軸　正徳元年（1506）　紙本　140＊25.2　台北故宮博物院
61　書姑蘇寒山寺化鐘疏巻　無紀年　紙本　56.7＊180　台北故宮博物院
62　画看山図並自書七言絶句扇面　嘉靖元年（1522）　紙本設色　18＊48　台北故宮博物院
63　跋宋王詵江山畳翠図　嘉靖元年（1522）　紙本　26.5＊155　台北故宮博物院
64　随筆（一）冊第一・二・三開　嘉靖元年（1522）　紙本　23.3＊15.4　台北故宮博物院
65　随筆（二）冊第四・五・六開　嘉靖元年（1522）　同右　同右
66　随筆（三）冊第十一・十二開　嘉靖元年（1522）　同右　同右
67　行書春日城西冊（明人書画扇（卯）冊第四開）無紀年　紙本　15.5＊45　台北故宮博物院
68　(伝）唐寅真蹟一冊（明唐寅文徴明祝允明真蹟冊第一開）正徳十年（1515）　紙本　24.8＊34.4　台北故宮博物院
69　(伝）唐寅真蹟二冊（明唐寅文徴明祝允明真蹟冊第二開）同右　同右　同右

70	（伝）宋黄庭堅書筆陣図説巻	嘉靖十一年（1532）没後	紙本	21*189	台北故宮博物院	

C『六如真如——呉門画派之唐寅』

118	行書詩巻	弘治八年（1495）	紙本	33.5*139.3	故宮博物院	A1
124	行書龍頭詩軸	無紀年	紙本	146.5*36.2	蘇州博物館	
126	行書七律四首巻	正徳四年（1509）	紙本	22.7*192.5（286）	天津博物館	A3
132	行書聯句詩頁	正徳五年（1510）	紙本	30.2*32.9	故宮博物院	A4
134	行書与若容手書頁	無紀年	紙本	27.3*64.1	メトロポリタン美術館	
136	行書花下酌酒歌扇面	無紀年	泥金箋	18*52	上海博物館	A8
138	行書和沈周落花詩巻	正徳十五年（1520）頃	紙本	26.6*406	遼寧省博物館	A5
150	行書落花詩与漫興詩巻	嘉靖元年（1522）	紙本	23.5*445.3	中国美術館	
154	行書七律二十一首巻	嘉靖二年（1523）	紙本	24.9*669	上海博物館	A7

このＡＢＣ三種の刊行物以外にも、唐寅の書作品を掲載する出版物がある。[44]

以下に、Ｂ『明四大家特展 唐寅』所収「唐寅年譜」に、上記Ａ・Ｃの書跡を加筆し、事績と照合する。

成化二二年（1486）17歳　周詒の母の居所のために《貞寿堂図巻》を作る。故宮博物院
成化二三年（1487）18歳　沈周が王鏊の仲兄王槃のために《壑舟園図》を作る。唐寅の題詩あり。
弘治　三年（1490）21歳　周臣《聴秋図》巻後に詩を題す。故宮博物院
弘治　四年（1491）22歳　《秀才劉嘉徳墓誌銘》を撰す。
弘治　五年（1492）23歳　王穀祥の父親王観のために《款鶴図巻》を作る。上海博物館
弘治　六年（1493）24歳　《長洲沈誠墓誌銘》を撰す。

弘治　七年（1494）25歳　「六如居士」印の使用はこの年以後。夢・幻・泡・影・露・電の六如。
弘治　八年（1495）26歳　《行書詩巻》A1・C118故宮博物院
弘治　九年（1496）27歳　袁臣器に《寫中州覧勝序》を贈る。
弘治　十年（1497）28歳　文彭誕生。『明史』文苑伝「徐貞卿年十九、与希哲、唐寅、文徵明相従談芸、人号呉中四才子。」
弘治十一年（1498）29歳　《對竹図巻》B1台北故宮博物院
八月応天府（南京）郷試解元。《金粉福地賦》を作る。
《跋明鄒衡綫香泉図巻》B57台北故宮博物院
文林の温州知府赴任に際し、楊循吉が虎丘で餞別する。沈周・徐貞卿・唐寅らが参加。
唐寅は《送文温州序》を作る。
弘治十二年（1499）30歳　科挙の試験問題漏洩事件に連座して吏となる。
文林が温州で卒す。唐寅は《祭文温州序》を撰す。
弘治十三年（1500）31歳　都穆撰・唐寅書丹《明故怡庵處士施公悦墓誌銘》拓本。蘇州博物館
弘治十五年（1502）33歳　黄志淳のために《風木図巻》を書き葉汝川に贈る。故宮博物院
弘治十六年（1503）34歳　呉偉の《歌舞図軸》に題す。上に祝允明と和す詩あり。故宮博物院
張霊書丹《明潘孺人任氏墓誌銘》拓本。蘇州博物館
弘治十七年（1504）35歳　王鏊とともに洞庭山に遊び《題林屋洞図》あり。
弘治十八年（1505）36歳　安徽休寧の道教の斉雲山に登る。《斉雲岩紫霄宮元帝碑銘》
《王氏沢富祠堂記》を賦す。
《南遊図巻》を作り楊季静に贈る。米フリーア美術館
徐貞卿に資金を借りて桃花塢を築く。

正徳　元年（1506）37歳　《書七言律詩軸》Ａ２・Ｂ60台北故宮博物院
《王鏊拝相図巻》・《歌風臺実景図冊》故宮博物院
正徳　二年（1507）38歳　「夢墨亭」「学圃堂」
《函関雪霽軸》Ｂ７・《画金閶別意巻》Ｂ８この頃か
正徳　四年（1509）40歳　《呉趨唐寅自述不惑之歯於桃花塢並書詩》
《為王鏊書詩巻》Ａ３・Ｃ126天津市藝術博物館（現天津博物館）
正徳　五年（1510）41歳　《正徳庚午聯句詩頁》Ａ４・Ｃ132故宮博物院
正徳　七年（1512）43歳　《餞別彦九郎還帰日本軸》京都国立博物館
正徳　八年（1513）44歳　《跋于石図巻》上海博物館
正徳　九年（1514）45歳　《丹花奇石扇面》Ｂ56台北故宮博物院
《悟陽子養性図巻》遼寧省博物館
正徳十一年（1516）47歳　《画山路松声軸》Ｂ13台北故宮博物院
《呉徳潤夫婦墓表》
正徳十二年（1517）48歳　《臨李公麟飲中八仙図巻》・《書杜甫飲中八仙歌》遼寧省博物館
正徳十三年（1518）49歳　孫思和のための《丹陽景図並題絶句八首》
《蘭亭序巻》遼寧省博物館
岳母のための《徐廷瑞妻呉孺人墓誌銘》
正徳十四年（1519）50歳　《西洲話旧図軸》Ｂ35台北故宮博物院
《双鑑行窩図巻》故宮博物院
正徳十五年（1520）51歳　《画採蓮図巻》Ｂ17台北故宮博物院

嘉靖　元年（1522）53歳　この頃《行書和沈周落花詩巻》A5・C138遼寧省博物館
《随筆八冊》B64～B66 台北故宮博物院
正月《自作七律詩巻》故宮博物院
《宋王詵江山畳翠図巻》B63台北故宮博物院
《画看山図並自書七言絶句扇面》B62台北故宮博物院
《治平禅寺化造竹亭疏》
《行書落花詩与漫興詩巻》C150中国美術館

嘉靖　二年（1523）54歳　《漫興十首》上海博物館
《行書七律二十一首》A7・C154為姚舜承書巻 上海博物館

注

（1）中国書法家協会主辦『中國書法』二〇一五年〇四期（総二六四期）、一〇六～一一二頁。

（2）欽定四庫全書（明）王世貞撰『弇州四部稿』巻一百三十二・文部・墨蹟跋下五十六首の一つ『扇巻（甲之一）』には「扇巻甲之一、為法書凡十六人、二十一面、内、徐髯仙子仁三、李西涯賓之、白洛原貞夫、朱射陂子价、許高陽元復、各二。呉匏庵原博、顧東橋華玉、金赤松元玉、唐六如伯虎、王前峰縄武、王涵峰履約、袁胥臺永之、馬孟河負圖、呉霽寰峻伯、各一。西涯僅一詞耳與匏庵皆以書名、而皆沓拖不稱、更不若震澤之遒勁也。華玉翩翩有晉人意、元玉伯虎倶足呉興堂廡差薄弱耳。（後略）」とあり、文末に「（金）元玉と（唐）伯虎は呉興（趙孟頫）の堂廡（大屋根）を倶足するも差《やや》薄弱なる耳」と評している。なおこの言葉は、馬宗霍輯『書林藻鑑』巻第十一にも「伯虎書入呉興堂廡、差薄弱耳。」として引かれており、唐寅の書を批評する場合の定番になっている。

（3）上海博物館蔵、唐寅嘉靖二年（一五二三）五十四歳書。跋文原文「晩年詩則似楽天、書則初学懐仁、婉有風致。後復縦筆、不経規検。蓋其平日、風情瀟洒、名知禅悦。視世有為、一切夢幻、所謂不与法縛者也。」

（4）水賚佑編『淳化閣帖集釋』上海古籍出版社、二〇〇九年、正編第六、二四五頁の解釈に従う。
（5）周道振輯校『文徵明集』上海古籍出版社、一九八七年、巻第二、八一六頁。
（6）北宋の米芾が、王羲之《王略帖》、謝安《八月五日帖》、王献之《十二月帖》の三帖の墨跡を得て、自分の書斎に「宝晋斎」と名付けて石に刻したことに因む。が、この石は後に兵火にあって損じた。南宋の咸淳四年（一二六八）に曹之格が家蔵の晋帖や米芾帖などを増刻して十巻とした。この石も散佚し、明の宣徳九年（一四三四）には、無為の州学には残石六、七塊あったという。その後亡佚した。江戸時代に我国に舶載されたものがあるが、過眼の範囲ではあまり良いものではない。（宇野雪村著『法帖事典』雄山閣出版社、一九八四年、〈本論編〉八三～八四頁参照。）北京古籍出版社『寳晉齋法帖』一九九二年発行は、十巻本の影印である。
（7）上海古籍出版社『清河書画舫』二〇一一年発行、三七頁参照。原文「逸少《東方朔画賛》、趙子昂有臨本并跋有、亦見韓太史家、較之真跡不差毫髪。厳分宜家晋人墨宝、当以王羲之《此事帖》為第一。乃金章宗故物、凡二十字、紙墨如新、精神煥発、伝世之珍也。」
（8）上海書画出版社『中国書画全書（五）』一九九一年発行所収の『汪氏珊瑚網法書題跋巻一』七二〇頁の記述を参照した。
（9）『文徵明集』巻第二十一、五二三頁。
（10）『文徵明集』巻第二十七、六四二～六四四頁。
（11）「呉嗣業の東荘を過ぎる」詩は、銭謙益『列朝詩集』明代五十七・丙集第九「唐解元寅七十五首」所収。文徵明にも「呉氏東荘に遊び、題して嗣業に贈る」七律詩がある（『文徵明集』巻第八、三〇五頁）。
（12）銭謙益『列朝詩集』明代五十七・丙集第九「唐解元寅七十五首」所収。「懐友人」の友人とは、呉爟次明、文徵明徵仲、呉奕嗣業、蔡羽九逵、銭同愛孔周、陳淳道復、湯珍子重、王守履約、王寵履吉の九人である。本詩は正徳丁丑（十二年・一五一七・唐寅四十八歳）から庚辰（十五年・一五二〇・唐寅五十一歳）の間の作で前後十八首ある。
（13）『文徵明集』補輯巻第十二、一〇八二頁。
（14）『文徵明集』巻第八、一七四頁。
（15）榮寶齋『中國書法全集40趙構 陸游 朱熹 范成大 張即之』所収「38論語集注残稿」参照。唐寅のほか、呉寛、王国維、長尾雨山の跋文がある。

(16)『文徴明集』補輯巻第二十三、一三五四頁。
(17)中国書法家協会主辦『中國書法』二〇一五年〇四期（総二六四期）、一〇八頁。
(18)『文徴明集』補輯巻第二十一、一三〇三頁。
(19)『真賞斎帖三巻』に収刻する法帖は次の通りである上：鍾繇《薦季直表》、中：王羲之《袁生帖》、下：王羲之《姨母帖》《初月帖》、王薈《癤腫帖》、王徽之《新月帖》、王献之《廿九日帖》、王僧虔《太子舎人帖》《尊体安和帖》、王慈《栢酒帖》《汝比可也帖》、王志《一日無申帖》（宇野雪村著『法帖』木耳社、一九七〇年、六八頁参照）。
(20)均しく『文徴明集』補輯巻第二十三・巻二十四に見える。
(21)『明代文人論』第五章、二三二～二三三頁。
(22)江兆申著『關於唐寅的研究』國立故宮博物院印行、中華民国六十五年〈一九七六〉六月初版・中華民国六十八〈一九七九〉年十二月再版、一〇七～一〇九頁。
(23)『關於唐寅的研究』、九七～一〇〇頁。
(24)『關於唐寅的研究』、九七～一〇〇頁。
(25)欽定四庫全書（明）王世貞撰『弇州四部稿』巻一百三十一・文部・墨蹟跋中三十二首の一つ『三呉墨妙巻』の原文は次の通り。「右三呉墨妙一巻、自建康至雲間以南皆呉也。為賦草者二、徐武功、金太學、二元玉各一紙、為説者一、沈學士民、則為詩歌者九、錢文通原博、張南安汝弼、桑郴州民懌、蔡孔目九逵、文待詔徴仲、陸文裕子淵、顧憲副英玉、王山人子新、王司業繩武、徐長谷伯臣各一紙、為尺牘者十三、沈少卿民望、李太僕貞伯、王文恪濟之、唐解元伯虎、顧尚書華玉、王大僕欽佩、豐考功人翁各一紙、吳文定原博、祝希哲、王履吉各二紙、國朝書法盡三呉、而三呉鏦錚稱名家者、則又盡數君子。其長篇短言、出於有意無意、或合與不合、固不可以是、而槩其生平然、亦管中之一斑也。留山房中、異日便堪作、吾郷掌故兒輩、其寶存之。」ここには、江兆申氏が引く「唐解元の一札の章草、其の書は軟熟にして亦た一を悪しとせず」が見当たらない。
(26)江兆申著『關於唐寅的研究』一九五頁。《落花詩冊》は「華叔和先生蔵」と記すが、現在プリンストン大学美術館に収蔵されるものであろう。
(27)『書法叢刊』第十三輯（上海博物館蔵品専輯）、文物出版社、一九八八年、四六頁～五七頁。

(28)『中歴代法書墨跡大觀』十・明、上海書店、一九九二年。
(29)『中國書法全集52明代 唐寅王陽明邢侗陳繼儒』榮寶齋、二〇〇五年、一～九頁。
(30)中国歴代名家作品精選『唐寅』安徽美術出版社、二〇一四年、九頁〈款鶴図〉、沈周の跋文あり。
(31)西林昭一氏は『中国書道文化辞典』七〇六頁に「唐寅・七言古詩」として取りあげ、「書体は行書、唐・李邕・米芾を学んだ形跡があり、秀麗な風趣をそなえているが、骨気に乏しい」と評している。
(32)拙稿「用意の書と率意の書」(『大東書道研究』二十二、十四～十七頁)を参照されたい。
(33)『六如真如――呉門画派之唐寅』蘇州博物館、二〇一四年、五～六頁。
(34)「新浪收藏」、二〇一一年十一月二十一日、「北京匡時(微博)二〇一一年秋季拍賣會推出唐寅《自書詩卷》」
(35)中国書法家協会主辦『中國書法』二〇一五年〇四期(総二六四期)、一〇六～一一二頁。
(36)講談社『中国真蹟大観』陸・上海博物館〈上〉、一九八六年、四頁。
(37)たとえば、景暘の跋文に「但だ久しからず溘逝し、此れ蓋し其の絶筆なるのみ、巻を展じて三歎す」とある。
(38)文物出版社『書法叢刊』第十三輯、一九八八年、四六～五七頁。また朱恒蔚氏には詳細な作品解説(後注44の3所収)がある。
(39)なお西林昭一氏は『中国書道文化辞典』七〇六頁に「唐寅・自書詩」として取りあげ、「かれの作は趙孟頫に根ざし、やや習気を含むが、この作は筆鋒が利き、清勁な風趣をそなえている」と評している。
(40)『唐寅集』補輯巻第六自跋・台湾歴史博物館明代四大家書画集
(41)中国書法家協会主辦『中國書法』二〇一五年〇四期(総二六四期)、七〇～九七頁、「唐寅芸術思想及其書史価値」
(42)同右、一二〇～一三三頁、「情興所到 題諸巻端――唐寅題画詩書跡総合研究」
(43)近年、次のような展覧会が開催されている。
遼寧省博物館『六如遺墨――唐伯虎書畫精品展』二〇一〇年八月二〇日～一〇月一七日
寧波博物館『夢墨神韻――唐伯虎書畫精品特展』二〇一一年一月二二日～三月二二日
台湾國立故宮博物院『明四大家特展　唐寅』二〇一四年七月四日～九月二九日
蘇州博物館『六如真如――呉門画派之唐寅』二〇一四年一二月八日～二〇一五年三月八日

なお、二〇一四年一年間の台北故宮博物院で開催された展覧会中、最多入場者数を獲得した展覧会は『明四大家特展唐寅』であったという。

（44）

1《漫興十首之一》146.5＊36.2、蘇州博物館、平凡社『中国書道全集』第七巻・明、図版番号41

2《餞彦九郎還日本詩》82.4＊42、京都国立博物館、正徳七年、平凡社『書道全集』第十七巻、図版番号93

3《行書自詩巻》24.9＊699、上海博物館、「鄙作書示舜承老弟」、『中國美術全集・書法篆刻編5』図版番号53／一九八六年日本書芸院『中国明清書法名品図冊』、図版番号16

4〈渡頭帘影図軸〉170.3＊90.3、絹本・設色、上海博物館、画讃「枯木斜陽古渡頭」、一九九一年日本書芸院『中国明清書画名品展図録』、図版番号7

5〈行書贈西洲詩巻〉35.3＊369.0、上海博物館、「酔舞狂歌五十年」五十歳前後、一九九一年日本書芸院『中国明清書画名品展図録』、図版番号8

6《落花詩巻》25.0、プリンストン大学付属美術館、「刹那断送十分春」、一九八三年『歐米収藏中國法書名蹟集・明清篇』第一巻、図版番号35‐41

7《行書落花詩冊》7.0＊30.0、蘇州霊巌山寺、「刹那断送十分春」、一九九五年同朋舎出版『中国真蹟大観』明（二）、図版番号25

8《行書録散曲扇面》9.6＊52.7、南京博物院、「愛元宵燈火、寒食墨蒸曽」、『中国真蹟大観』明二、図版番号26

9《行書落花詩巻》6.6＊406.6、遼寧省博物館、「刹那断送十分春」、『中国真蹟大観』明（二）、図版番号27

10《行書七律四首巻》2.8＊129.3、天津博物館、「聞太原閣老疏疾還山」、『中国真蹟大観』明（二）、図版番号28

11《尺牘》「侍生唐寅頓首再拝」、一九九六年上海書店出版社『明清書畫家尺牘』上、図版番号27‐28

12《行書七律詩軸》文物出版社『書法叢刊』第七輯、29頁

13《行書摺扇面》9.3＊52.5、南京博物院、「愛元宵燈火、寒食墨蒸曽」、文物出版社『書法叢刊』第八輯、六三頁

14《行書詩軸》文物出版社『書法叢刊』第十三輯、四六頁

15《行楷書七律四首巻》、文物出版社『書法叢刊』第十七輯、三四頁

唐寅の絵画

荒井雄三

一、はじめに

明代を代表する芸術家の一人、唐寅（一四七〇―一五二三）の真作を初めて間近に見たのは二十数年前の台北故宮博物院別棟の地下であった。《溪山漁隠図巻》を出していただき、巻頭の見事な松から順に拡げられていった時、思わず息を飲んだ。

冒頭に立ち上がる一本の松に黄葉の樹が重なり、続いて左へ向かい交差する二本松には紅葉の樹がからむ。鮮烈な藤黄（ガンボージ）の黄色、そして三角葉の朱の紅葉、松の緑が墨色に映える。何よりも松の輪郭の一つ一つ、針葉の細かい一本一本を描く入魂の筆が重なり集成された全体として立体的で明晰な湖岸の樹叢をかたち造っていることが眼の感動を生むのであろう。視る者は波間に落葉が漾う秋色満面の画巻の世界へ引きこまれていく。

松の先端に「茶竈魚竿は野心を養う」という唐寅の題詩が円みのある小行楷書で書かれる。その「野心」（自然と共にある心）という主題を絵画化した漁舟と対岸の茅屋の烹茶の中間部分が続く。

茶竈魚竿養野心，水田漠漠樹陰陰。
太平時節英雄懶，湖海無辺草沢深。
茶竈・魚竿は野心を養う。水田は漠漠、樹は陰陰。
太平の時節英雄は懶《ものう》く、湖海は無辺、草沢は深い。

（『唐伯虎全集』巻三　七言絶句　題画九十首のうち）

およそ三メートル半の画巻のクライマックスは巻中央、題詩二句目にある「樹陰々」とした崖の奥にある。そこでは前半の樹叢と主役を交代し松は後景に退き、手前の岩盤に三本の樹叢。墨葉の樹を背景に冒頭の黄葉と紅葉の樹が大写される。特に紅葉樹は画巻の中心である。藍と岱赭を薄く刷いた後景の崖は明部（渇筆の小斧劈皴で表現）と暗部（潤筆の線皴の重なりで表現）の二種の崖が重なり合い、その間から瀧が滑り落ちる。樹叢と崖の間にはさまれた秘密の隠れ場所のような水面には舟が二艘浮かぶ。舟の一人は足を水につけ横笛を吹き、書巻を背にした一人は向かい合い手を打ち拍子をとる。非常に澄んで爽やかな秋の空間に瀧の音と落葉の音を背景に響く音、笛の音と手拍子の音が一体となった「野心」を養う場面として、見ている私たちにもその音が聞こえてくるようである。

続く崖の後ろには今、杖をついた東坡巾の高士と古琴（七弦琴）を抱いた琴童が現われる。これから水亭の欄干に凭れる人を訪問し、琴の音を聴きあうことによりまた異なる「野心」を養うのであろう。欄干の人の視線の先には釣艇の人がいる。そうして湖水の土坡に黄葉紅葉の樹がまばらになって再び現われ、無人の四阿（あずまや）が描写され画巻が終わる。

長巻はこのように通常右から左へと展開する構成が工夫される。しかし中国の画巻では長巻でも全体構成が意図されることが多い。この画巻では後半から終結にかけ描写が疎らになり、「唐寅の大作や書込みの多い作品には後半に精力が続かなくなることがある」という意見がある（「大幅與筆墨繁多的作品，往往到了後来，有精力不継的現象」江兆申『関于唐寅的研究』一二五頁）。私も最初の印象ではそのように見て「唐寅五十数歳、病で終わった生涯が全盛期の一作品にも反映されているのだろうか」と訝しんできた。それは半面の真であろうか。しかし改めて画巻全体の構成を考えれば、唐寅山水画はおおむね李唐、劉松年らの南宋院体画の対角線構図に折衷的に主山（画の中心となる山）を中心から少しずらして導入した構成が特徴であり、それを画巻にも採用しているとも見える。つまり対角線構図としては、冒頭の松樹から終結部の四阿のある疎らな湖水の空間まで、右前景から左上方へと横長の構成をとっていると見える。そうとすれば題詩後半の水面の広がりは、「太平の時節英雄は懶（ものう）く、湖海は無辺、草澤は深。」という詩意が、遮るものの疎らな湖水が広く深く続いているという余韻を伴って表わされていると見える。

以上、初めに私の唐寅の絵画に対する印象をその後の見方も交えて確認してみた。以降唐寅の真作を親しく間近に拝見する機会は極めて稀であったがガラス越しにはまとまって鑑賞する時を何度か得てきた。大規模なものには次の三つの唐寅展がある。

一．二〇一〇年八月―一〇月遼寧省博物館「六如遺墨―唐伯虎書画精品展」。

遼寧省博物館、北京故宮博物院、上海博物館蔵の唐寅書画全五十六件。図録『六如遺墨―唐伯虎書画精品展』（遼寧人民出版社、同年刊）がある。私はこの唐寅展に準じて開催された二〇一一年寧波博物館「夢墨神韻―唐伯虎書画精品特展」にて上記三館に加え南京博物院の蔵品を加えた唐寅書画三十七件を目睹できた。

二．二〇一四年夏期展覧の台北国立故宮博物院「明四大家特展唐寅」。

唐寅書画六十二件と関連作計七十件を目睹。図録『明四大家特展唐寅』（台北国立故宮博物院、同年刊）がある。

三．二〇一四年十二月―翌年三月蘇州博物館「六如真如―呉門画派之唐寅特展」。

一の展示と一部重複するが、中国国内各美術館、メトロポリタン博物館蔵品なども含め四十八件の唐寅書画を目睹。図録『六如真如―呉門画派之唐寅特展』（蘇州博物館、同年刊）がある。

こうして他の美術館などの蔵品も含め私は百二十点余りの唐寅書画の真蹟ないしは準ずる作を目睹してきた。一説に八〇件ともいわれる唐寅書画の現存作品数は真偽についての共通のコンセンサスがなく確定することはできない。私の別に用意している『唐寅書画目録』では参考作も含め四百点ほどをあげており、中でも重要な作の多くを近年の三つの特別展で実見できた。

作品鑑賞と研究は実見するのが第一である。しかし唐寅のような中国の歴史的に著名な芸術家の場合、時代の幾多の転変により現存作品数の少なさに加え世界の公私の機関、個人に分散、秘蔵され拝観は極めて困難である。その他近年盛んに各地で行われている中国美術のオークションの大量の偽品の中にごく稀に出現する場合があり目を離せないが、折よくプレビューに赴ける機会は少ない。

例えば現在、日本で見られる唐寅の書画は寥々としており、主なものに次の四点がある。

重要文化財一五一二年《行書贈彦九郎詩》京都国立博物館蔵（本書巻頭図版）
重要美術品《夢筠図巻》東京国立博物館蔵
唐寅款《秋声図巻》泉屋博古館蔵
（一五〇八年款《江山驟雨図》京都国立博物館蔵模本）

このように実見が困難な状況では優れた図版が第二である。本書では日本所蔵の上記四点のうち《行書贈彦九郎詩》の図版を特に巻頭に挙げ読者の便とした。しかし本文では図版を割愛せざるをえなかったので参考文献にあげる図版集などをご覧いただきたい。これも日本出版のものが少なく一般には入手難のものが多い。図版集の他に国内出版のものとして私が薦めるものに二玄社の唐寅複製画がある。

私は幸いに二玄社台北国立故宮博物院書画複製事業の後半に編集として加えさせて頂き、上記のように一連の唐寅絵画をガラス越しでなく拝見し作業にあたることができた。二玄社原寸複製は、日本の印刷職人たちの数度にわたる厳密な校正と基本四色に加え特色最大八色を加えた精緻で重厚な印刷により「真蹟下一等」の評を当初から得ていた。《山路松声図》《渓山漁隠図巻》《唐寅便面画選集》など一連の唐寅の複製は、事業後半の円熟した職人の技と連携が発揮され特に優れたできばえである。その後デジタルや宣紙印刷など新しい複製技術が生まれているが、一方でその価値は褪せることなく日本の出版の一時代を示す最上の図版の一つであり続けていよう。

今私は《山路松声図》を正面に掲げ扇面のいくつかを周辺に、そして《渓山漁隠図巻》を拡げながらこれを書いている。二十数年前に真蹟を実見した感動、昨年の台北故宮唐寅特展で真作を改めて見た感動を今さらに新たに重ね合わせている。（二玄社複製については同社ウェブサイトなどを参照。）

二、唐寅書画研究の現状

絵画の論文に「書画」としたのはどうしてであろうか？

唐寅のような明代の文人芸術家の場合、絵画の中に詩・書が入る場合が多く、いわゆる詩書画一体（場合によっては詩書画篆刻一体）の総合作品となっている場合が多い。これは宋代に芽生え、元代に文人画と共に成立し明代以降の時代の主流となり現代まで影響が流れ下る作品のあり方である。したがってとりわけ宋代以降のこの傾向をもつ作家を取り上げる場合本来「詩書画」の視点を欠くことができない。私が内山知也先生の明清文人研究会に属している理由でもある。ところが日本の美術史研究では欧米の純粋絵画観と共通の土俵を保つために、欧米の影響を受ける前の日本や中国の古代絵画も自立した絵画の側面のみとして扱おうとする傾向があった。この傾向は絵画専門の職業画家による宋代絵画や浙派の作品について成果をあげてきた（鈴木敬『中国絵画史』参照）。これは戦前の作品を見ない文献主義に対する反発など戦後の一つの時代の傾向と見え、現在研究方法が多様化していく中で「書画」をキーワードにした研究も今後の一つの方向性となるにちがいないと思える。中国では一人の研究者が今も昔も書画の両方を当然のように扱うことが多く、私が留学したことのある北京・中央美術学院の国画実技や美術史理論の諸先生方もみな書をよくされていた。

しかしこれを実際どのように研究したらよいかという方法論の点では美術史が生まれた欧州にそのような先例が少なく手探りのところがある。先駆的な研究に一九九一年ニューヨーク・メトロポリタン美術館で行われたシンポジウム『言葉とイメージ：中国の詩書画』の論文集がある。(1)

その会で発表された啓功『談詩書画的関係』は抽象的な議論になりがちな詩書画の関係を全体として見渡す場合のよいエッセイと考えられるので一目できるよう概念図にしてみた。（図一）

この図は、やはり先駆的な研究であるが書画関係論としては未完に終わった潘天寿「書画同源論之不可拠」

図一　詩書画相関図

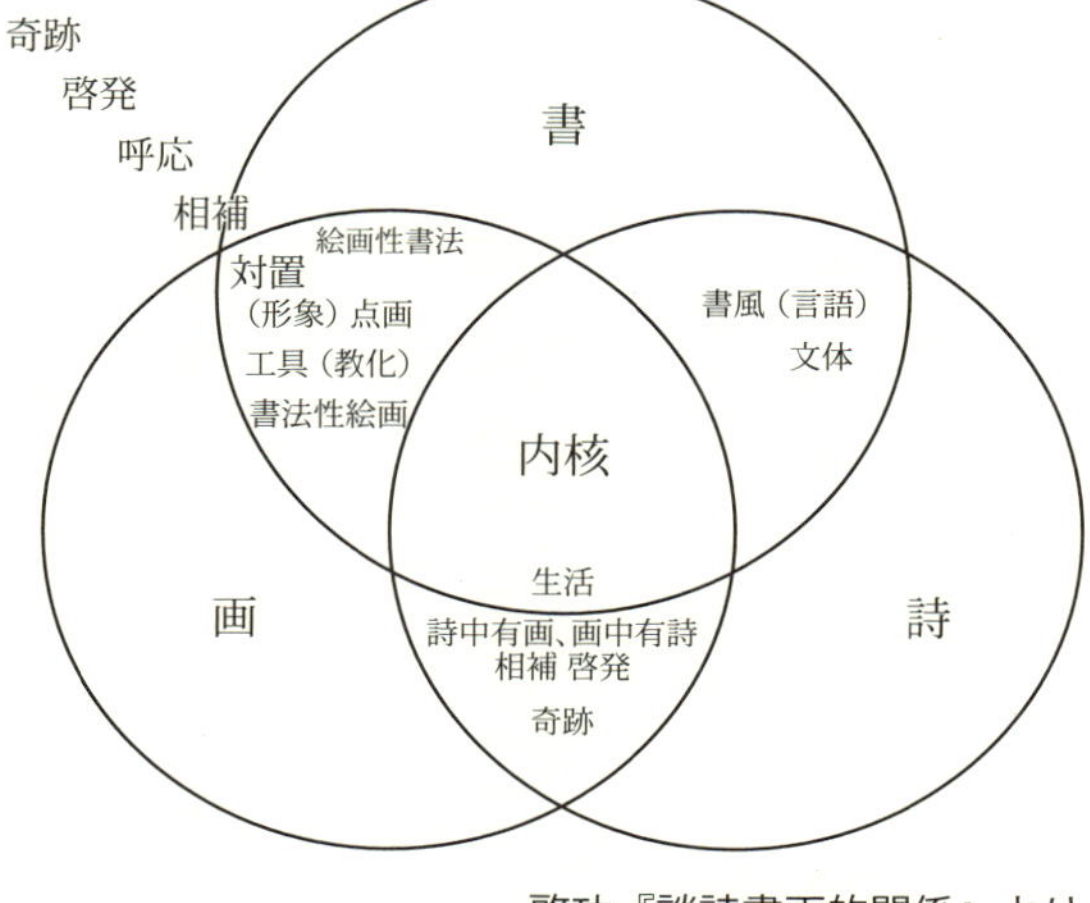

啓功『談詩書画的関係』より

（一九二六年『中国絵画史』付録、二〇五頁）の図（図二）を発展させたものである。潘天寿の図では、右に文字の領域を表す円、左に絵画の円があり、両者が重なり合い書画共通する領域が示される。潘天寿の肉筆の可能性もある手書きの文字は右から順に「非象形的文字」（純粋な書）、「似書似画」（象形文字ばかりでなく書のような絵画も含む）、「象形的絵画」（いわゆる具象画）、小楕円内が「非象形画」（抽象画）である。

　潘天寿の書画の図を詩書画に発展させたのが図一である。内核は生活に根差すイメージの生まれる核として詩書画に共通である。詩・書・画はそれぞれ独立して探求すべき膨大な領域であるが各々共通な部分がある。「詩書」は言語という共通の要素が、時に書風として、時に文体として表われる。「詩画」は「詩中有画、画中有詩」と歌われてきたように互いに補いあい、啓発しあい、時に奇跡のように融合する場合もある。「書画」は工具と点画（用筆、線、タッチ）の点で共通する。そこで作られた形象は用筆の要求が大きければ絵画性書法となり、用筆の多様性ということでは書法性絵画となる。

　私は「書画」が関係する世界をより深く探るためのキーワードとして、詩画関係にあげられた「相補→啓発→奇跡」の段階を書画の「対置→相補→呼応→啓発→奇跡」という段階に発展させ考えてみた。これが時代や個別の作家の各作品に応じて現れるとすれば、例えば清代初め一六九三年梅清七十一歳最晩年の上海博物館蔵《黄山十九景冊》は、書画呼応した緊張した関係を基調に、時にある作では奇跡のような幻想的な別世界の高峰を造り出してい

図二　書画相関図

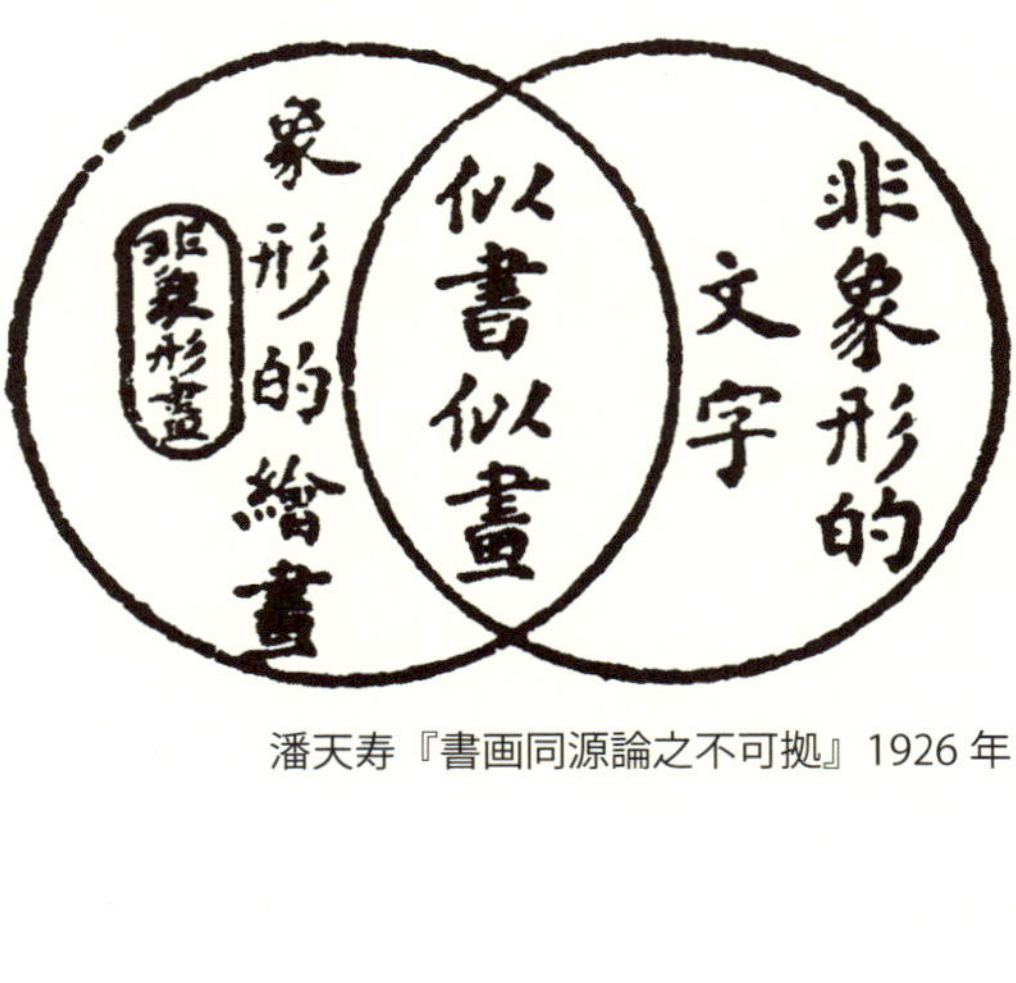

潘天寿『書画同源論之不可拠』1926年

るのである。[2]唐寅が活躍した明代中期は書画対置、相補の関係が主流の時代であるといえ、唐寅も時代の枠から多くは逸脱することはできない。

以上、唐寅などとりわけ宋元代以降の芸術家の場合、書画あるいは詩書画相関した関係を視野に入れる必要と方法の一端を述べた。

呉湖帆の唐寅研究

唐寅の研究史をふりかえる時、民国期の作家がそのような詩書画を日常として扱いすぐれた成果をあげているのが見られる。その代表が梅景書屋の呉湖帆である。

呉湖帆（一八九四―一九六八）は、祖父呉大澂による古器物、妻潘氏の家系潘世恩以降三代にわたる書画、友人たちとの切磋により自ら築いたものを合わせた豊富で精鑑をもってなる中国古書画の収蔵で知られる。集めるばかりでなく収蔵と研究と創作が三位一体となった古典的ともいえる理想的な体系を作り後世に大きな影響を与えている。呉湖帆の収蔵は董其昌や清初の四王など正統文人画を主とするが唐寅にも並々ならぬ関心を寄せている。凌利中の労作「伝世所見曾経呉湖帆鑑蔵題跋古書画目録」[3]にあげられた呉湖帆過眼の現存する全五四六作品のうち、唐寅は番号一四一から一六七まで二七点であり、これは董其昌三五点、王翬と文徴明各二八点に次ぐ数である。内わけは上海博物館十八点など全て公私のコレクションに収蔵されている優品である。実際は「私が見た唐寅の画は大小幾数十本である」[4]と述べているようにさらに多数であったと思われる。参考に現段階で文献とオークションに現れたものも含め「呉湖帆賞観　唐寅書画目録」として表にしてみた。呉氏が唐寅制作年齢を推定しているものは先に上から順に配置した。（表一）[5]

呉湖帆自身は唐寅についてのまとまった文章は遺していないが、他の作家同様呉氏の題跋や日記によってその見

表一　呉湖帆が見た唐寅書画目録　「余が見た唐寅の画は大小幾数十本」

西暦	作者	作品名	收蔵者	形式	質地	目睹	呉湖帆	備注
	唐寅 31c	騎驢歸思図	上海博物館	軸	絹	○	蔵跋記	呉湖帆跋「余所見六如画精華所萃，應推是図為甲觀矣。」 呉湖帆旧蔵
1502	唐寅 33	為韓世貞送別図	劉靖基旧蔵	軸			跋記	
	唐寅 33c	抱膝吟楓図	上海天衡 2014 年春拍売	軸	絹	○	蔵跋記	李唐風　呉湖帆旧蔵「三十余歳経意作」 2014 上海天衡 3500 万元
1506	唐寅 37	王鏊出山図	北京故宮博物院	巻	紙	○	跋	呉湖帆 1941 等九家跋。過雲楼書画記、式古堂書画考著録
	唐寅 37c	款鶴図	上海博物館	巻	紙	○	跋	「画法が唐寅《南州借宿図》と相同。沈周詩題が吾家沈周 80 歳《苔石図》詩題と相同。この巻 37、8 歳を証している」呉湖帆 1944 跋
	唐寅 40c	爲王鏊書詩巻	天津博物館	巻	金箋	○	蔵記跋	呉湖帆 2 跋「己巳作無疑」 呉湖帆旧蔵『呉書画記』403
	唐寅 40c	平康巷陌帖頁	上海博物館	冊	紙	○	蔵跋	精品、「六如書学李北海，能神似。此帖當在四十歳左右。」呉湖帆蔵
	唐寅 40c	葑田行犢図	上海博物館	軸	紙	○	蔵跋記	翁嵩年(1647-1728)蔵。「豊神秀逸，筋骨瀟灑，乃四十歳左右得意筆也。」呉湖帆旧蔵
1509	唐寅 40	文会図　明四家集錦図巻の二	上海博物館	巻	紙	○	蔵跋記	王鏊自書　実録 3 巻 56：真蹟、精　呉湖帆蔵
	唐寅 40c	西園雅集図巻	佳士得香港 2004 年秋拍売	巻			蔵記	「蘭亭修楔巻…与此堪伯仲…按其筆法，皆四十以後作」 文物出版社画集　佳士得拍売不落札
	唐寅 40c	唐六如文衡山書蘭亭図合璧	不明	巻			蔵記跋	「蘭亭修楔巻…与此（西園雅集図巻）堪伯仲…按其筆法，皆四十以後作」
	唐寅 40c	携琴訪友図	上海博物館	扇	金箋		蔵跋	呉湖帆旧蔵「見其筆法款識當在五十歳以前，精力最瀰漫時所作。「学圃堂」一印亦四十以降所用。」
	唐寅 40c	春山結侶図	上海博物館	軸			蔵記跋	「以樹有明一代南北合派。此幀當作于五十以前，與吾家旧蔵《雪山会琴図》彷彿」呉湖帆旧蔵
	唐寅 40c	雪山会琴図	上海博物館	軸	紙		蔵跋記	徐:旧偽。楊:待研究。　呉湖帆辺題:丙子夏日得六如雪山会琴図眞迹…
	唐寅 50c	金閶送別図	保利 2007 年秋拍売	巻	紙		蔵跋記	高鴻：疑　呉湖帆旧蔵 4 跋「正德晩季唐氏五十左右時」 保利 2007 秋拍売 1456 万元
	唐寅 50c	花下酌酒歌扇頁	上海博物館	扇	金箋	○	蔵	晩年花下酌酒歌 5 首　呉湖帆旧蔵
	唐寅 50c	臨流倚樹図	上海博物館	扇	金箋	○	蔵	「蓋五十後神来筆也」呉湖帆旧蔵

1520	唐寅 51	吹簫仕女図	南京博物院	軸	絹	○	印記	龐鷗：疑、呉湖帆添款？
1523	唐寅 54	行書七律二十一首　爲姚舜承書巻	上海博物館	巻	紙	○	跋	「廿年前曾経寓目，至今夢寝不忘。」呉湖帆 1952 等九家跋
	唐寅	溪橋策杖図	上海博物館	扇	金箋	○	蔵	呉湖帆旧蔵
	唐寅	秋林垂釣図	上海博物館	扇	金箋	○	蔵	呉湖帆旧蔵
	唐寅	虚亭聴竹図（茅屋蒲團図）	遼寧省博物館	軸	紙	○	蔵跋記	呉湖帆模本
	唐寅	李端端図	南京博物院	軸	紙	○	印記	有臺北故宮本
	唐寅	幽人燕坐図	北京故宮博物院	軸	紙		題	傳：疑。　呉湖帆題
	唐寅	永夏茅堂図巻	上海博物館	巻	紙		記跋	呉湖帆跋　実録 3 巻 56：存疑
	唐寅	行書人生七十歌	個人蔵	軸			記	
	唐寅	五月江深草閣寒詩意図	北京文物商店	軸			記（跋？）	
	唐寅	沈石田唐六如文衡山書画合璧	不明	軸			記跋	

識を知ることができる。

呉氏は唐寅生涯の変遷について「唐寅は二十九歳で南京解元に合格してから以降十年が書画の最精進の時期である。寧王宸濠の南昌から帰って以後衰えはじめ最盛期のような精神の集中がなくなっていく。」（「六如廿九歳中南京解元，自后十年為書画最精進時期。至宸濠放帰后，便入頽唐，無此精聚神会矣。」呉湖帆《款鶴図巻》第二跋）と述べる。文中「十年」はおよその数字であり他の記述とも勘案すると、およそ三十代から四十代半ばまでが最精期であり寧王の乱に関わった四十五歳以降五十代を晩年頽唐期と見ていたようである。

個別の作品については、様式と図像の比較分析、材質、特に筆墨法に注意して品評する（興に乗れば得意の詞を付す。呉湖帆『佞宋詞痕』巻二、上海書店二〇一〇年参照）。その精鑑は呉氏より多くの作品を見る機会があるはずである現代の私たちから見ても驚くほどである。その方法は時に写真資料も用いたように科学的な態度もあるが客観的に突き放したものでなく、真蹟を日常愛玩していく中で生まれたものである。

紀年の少ない唐寅書画の編年について呉氏は自身独自の体系を持っていたようであるがまとめたものはなく、個別の作品の年齢推定として記述している。一覧表の唐寅書画の年齢変遷を見れば、今後の検討に待つものや一部疑点があるものがあるにせよ、おおむね卓見に首肯し啓発されるものがある。

以上民国から戦後初めにかけ中国近代化の困難な時期にあって呉湖帆という詩書画の伝統を保持して優れた見識を遺しながら文革期に非業の生涯を終えた人物の古典的ともいえる唐寅研究についてふれた。

戦後の唐寅研究

戦後の唐寅研究で呉湖帆に相当する優れた成果をあげた存在は江兆申である。

江兆申（一九二五―一九九六）は台北国立故宮博物院の副院長として北宋山水画、元四大家、明四大家、董其昌から四王呉惲にいたる中国絵画のメインストリームの中核となる書画を所蔵する清朝宮廷コレクションにふれる機会があった。研究者としてばかりでなく自身優れた詩書画篆刻家であり多数の弟子のいる教育者でもあった。私は北京留学の折、中国美術館で開かれた中国近代百年の大規模な国画展の最後の部屋にあった江兆申の山水画に使われている水墨と青緑の色彩の発色の澄んだ美しさ、詩書画篆刻あいまった世界の精神性が、その部屋に至るまでに展示されていた他の大陸の画家と異なるのに驚いたことがある。それは江氏が伝統文人画の最良のものを日頃身近にして吸収できたことと密接に結びついていよう。

一九七三年から七四年にかけて台北故宮の明四大家の大コレクション二〇三点が整理展示され一九七五年『呉派画九十年特展』図録が出版された。翌年四大家の一人についてまとめたものが江兆申『関于唐寅的研究』（台北国立故宮博物院、一九七六年）である。唐寅の生涯、交友、詩文、書画、年譜の五項目について、特に書画では画期と変遷、細筆山水画、複本と偽作、周臣との関係、代筆問題、年譜などについて現在もまず初めにあたるべき基本的な見解を打ちだしている。その根拠は呉湖帆と同様、江氏が自ら日頃目睹し手ずから扱った書画に拠っているのは他の中々及ばないところである。江氏に限界があるとすれば一つは当時の台湾をとりまく状況と地域の限界であり、その後の研究とアメリカのメトロポリタン美術館クロフォードコレクションなどで目睹した作品から得た知見を十年後の「従唐寅的際遇来看他的詩書画」（『故宮學術季刊』第三巻第一期、一九八五年）としてまとめているのでこれも併せて参照する必要がある。

アメリカの戦後の中国絵画研究は目覚ましいものがあり、西海岸の代表者ジェームズ・ケーヒルの唐寅の絵画に対する秀れた記述と社会階層的な見方は知っておかなければならない。専著を著わしているものにはアン・クラップの『The Painting of T'ang Yin』、ローレンの人物画についての博士論文がある。(6)

中国大陸では、概説として短く要をえているものに北京故宮博物院の研究員・潘深亮の「唐寅的書画芸術及其鑑定」がある。

唐寅の書画全体を見わたすうえで参考になる文献は、

二〇〇五年盛詩瀾「唐寅書法簡論」
二〇〇八年単国強「唐寅《自書詩巻》内容和風格鑑析」
二〇一〇年単国強「唐寅山水画風的分期和衍変」、単国霖「俊逸妍美的才子書法─評唐寅書法芸術」
二〇一四年林莉娜「万里黄山筆下生─唐寅詩画山水賞折」、「画筆兼詩筆─唐寅的詩画山水」
　　　鄭淑方「唐寅筆下人物的風格類型─画風衍変的軌跡、作品分期和時代意涵」
二〇一四年范景中「序 呉門画派之唐寅」などの論文がある。(7)

日本国内で公刊された唐寅関係の文献の内、書画をあつかったものは多くはない。戦後では鈴木敬、小川裕充、宮崎法子、増記隆介のものがある。宮崎氏の「明代の絵画」概説・唐寅の項と図版解説が穏当であり最初に読まれるべきである。(8)

総じて「唐寅絵画研究は不充分であってまだ大きな研究の余地がある」(林莉娜前掲「万里」題論文二五二頁)とは日本についてよりあてはまろう。唐寅の絵画については、不可欠な目録、レゾネ作成など困難な鑑識(江兆申があえてしなかった落款印研究を含む)をふまえた基礎研究が必要である。それに加え他に考えられる多様な研究方向の一つとして他分野の研究成果を斟酌した詩書画印総合した研究が望まれる。その視点がないと唐寅は南宋院体画や浙派のその他の亜流として、時代の新しい貢献がさほどない作家としてしかとらえられないであろう。

三、唐寅画の早中晩各時期の代表作

唐寅の書画の生涯にわたる変遷を見わたそうとする時、紀年のある作品が少ないことと多様な作風の鑑識の問題がつきまとう。例えば宮廷コレクションでさえも、潘深亮は「北京故宮博物院の唐寅絵画七十余幅のうち偽作は皇帝御覧のものを含め三十点近い」(前掲書)と述べる。これは台北故宮の唐寅についても同様な状況であろう。さらに研究者間で鑑識が異なる作がある。

では主な研究者の画期についての考えはどのようなものであろうか。前章で上げた文献からまとめてみよう。潘深亮概説「唐寅的書画芸術及其鑑定」では早期:三十歳以前沈周の影響。中期:三十一歳以降周臣と南宋院体その他広範な影響。晩期:四十六、七歳以降細筆山水、周臣の影響から出て方円兼備の文人画的筆墨を成就、とする。

これは公約数的なまとめであろう。以下主要な三家の説を要約してみる。

江兆申『関于唐寅的研究』
早期：二十九歳以前、沈周・文徴明の影響。
中期：三十一―三十六歳厳禁な作風十一幅（《騎驢帰思図》《万山秋色図扇面》《春遊女几山図》等四季四幅、《山水（柴扉夜話）図》《東方朔図》《灌木叢篁図》など）、三十七―四十歳過渡的作風五幅（《観泉聴風図》《抱琴帰去図》《松溪独釣図》《観瀑図》《函関雪霽図》）。
三十八歳桃花庵成立以降本格的な売画、細筆山水画の成立、三十九歳以降紀年作と細筆山水が比較的多くなる。
晩期：四十六歳頃から漸次《山路松声図》の頂峰へ、以降衰弱。

単国強「唐寅山水画風的分期和衍変」
早期：三十歳以前。
中期：三十一―四十歳。
三十―三十六歳周臣と南宋院体の影響（三十一歳頃《花溪漁隠図》《帰驢帰思図》《溪山漁隠図》）、三十七―四十歳（三十六歳安徽に遊び、三十八歳桃花庵・夢墨亭が成り本格的に売画、周臣の影響を脱し宋元諸家を取る。三十七歳頃《観瀑図・松溪独釣図》《南游図》《李瑞瑞図》《孟蜀図》）
晩期：四十一―五十四歳南昌行。四十五歳《落霞孤鶩図》、四十七歳《山路松声図》

単国林「俊逸妍美的才子書法—評唐寅書法芸術」
早期：三十二歳以前、初学は欧陽詢、王羲之、懐仁。多方学習期。（二十余歳の《南湖春水図》扇面題詩は文徴明の影響、一四九九年題《黄茅図巻》、一四九〇年題沈周《楊花図巻》、一四九二年《款鶴図巻》）
中期：三十二—四十四歳顔真卿、趙孟頫を主に学ぶ。取法溶鋳期。（一五〇四年《落花詩巻》遼寧省博本、一五〇七年題沈周《壑舟図》、同年夢墨亭落成し《与海濱中翰札》を書。）
晩期：四十四歳以降、趙孟頫、李邕を主に学び俊逸妍美。風格成熟期。（一五一三年《于石図巻》、一五一六年題《山路松声図》、一五一九年題《西洲話旧図》、《西洲詩巻》、《双鑑図》、一五二三年《行書七律詩巻》）

以上の三家に前掲の盛詩瀾、単国強、林莉娜、鄭淑方論文の画期に対する考えを加え一覧にしてみた（表二）。箇表のためやむをえず各家の数年の違いを同じラインに揃えてある。単国林の絵画の題詩も含めた書法作品の画期と年代推定は、絵画研究にとって非常に有益であるが、紀年の

表二　唐寅書画の画期　各家の説

<table>
<tr><th>年代</th><th>年齢</th><th>事項</th><th>荒井</th><th>江兆申</th><th>単国強
山水画</th><th>林莉娜
山水画</th><th>鄭淑方
人物画</th><th>単国強
書法</th><th>単国林
書法</th><th>盛詩瀾
書法</th></tr>
<tr><td></td><td></td><td></td><td>早期</td><td>早期：
沈周・
文徴明</td><td>早期</td><td>早期</td><td>早期</td><td>第一期：
文徴明の細筆
趙孟頫の端麗</td><td>多方学習期：
欧陽詢、
王羲之、懐仁</td><td>早期：
楷書根底</td></tr>
<tr><td>1499</td><td>30</td><td colspan="9">北京会試事件</td></tr>
<tr><td></td><td></td><td></td><td rowspan="2">中期</td><td>中期1：
厳禁作風</td><td>中期：
周臣・
南宋院体</td><td>中期</td><td>中期</td><td>第二期：
顔真卿楷書</td><td>取法溶鋳期：
顔真卿、
趙孟頫</td><td>青壮年期：
二極書風</td></tr>
<tr><td>1507</td><td>38</td><td>桃花庵完成</td><td>中期2：
過渡期</td><td>宋元諸家</td><td>中年時期</td><td>中期
過渡期</td><td>第三期壮年期：
頂峰　趙孟頫・
李邕融合体</td><td></td><td></td></tr>
<tr><td>1514</td><td>45</td><td>南昌行</td><td rowspan="2">晩期</td><td>晩期：
漸入頂峰</td><td>1510年
41歳以降
晩期</td><td>45歳転化期
46歳晩期</td><td>晩期</td><td>第四期晩年：
率意、米芾の意、
変化に富む</td><td>風格成熟期：
趙孟頫、李邕</td><td>晩年</td></tr>
<tr><td>1516</td><td>47</td><td>山路松声図</td><td>頂峰</td><td></td><td>成熟時期</td><td></td><td></td><td></td><td></td></tr>
<tr><td>1519</td><td>50</td><td>寧王乱
西洲詩</td><td rowspan="2">最晩年</td><td>漸入衰弱</td><td></td><td>晩年時期</td><td></td><td></td><td></td><td></td></tr>
<tr><td>1523</td><td>54</td><td>12月2日
逝</td><td></td><td></td><td></td><td></td><td></td><td></td><td></td></tr>
</table>

ない作品の年代推定は各家異なるものがありさらに議論が必要である。例えば《款鶴図巻》は単国林論文では早期の項に入れ見出しは一四九二年とするが本文では創作は一五〇一年頃の様式とする。呉湖帆は他の作と沈周題との比較から一五〇六、七年頃とするなど三つの説が上がる。また遼寧省博本《落花詩巻》を、盛詩瀾は晩期一五二〇年頃とし(『中国書法全集52　唐寅 王陽明 莫是龍』図版解説)、私も初め晩年作との見方をもったが、後の陳淳にもつながる打ち込みの強いデェフォルメ傾向のあるやや特異な点画と結体は、中期初め一五〇四年の書風とした単国林に説得力がある。ただ沈周が落花詩を書いたその年かどうかは、唐寅自跋にあるように沈周詩を味わい咀嚼し和詩を創作し詩画巻に仕上げた期間をどの程度とみるかで異なろう。

諸家の高見を勘案した唐寅の画期を以下にあげる。

早期:

沈周、文徴明の影響による早熟の細筆山水画。

一四八六年唐寅十七歳《貞寿堂図巻》北京故宮博物院

一四九九年唐寅三十歳頃《対竹図巻》台北故宮博物院

中期:

一四九九年弘治十二年唐寅三十歳北京会試事件以降。

周臣山水画、杜董人物画の影響。院体画風を主としつつも文人画風を加え多彩な画風。絵画創作最も多、しかし紀年作が少く編年は困難。

一五〇〇年頃唐寅三十一歳頃《騎驢帰思図》上海博物館

その他、前掲三家があげた作など。

晩期：

一五一四年正徳九年唐寅四十五歳寧王宸濠の聘により南昌行。

一五一六年頃唐寅四十七歳頃《落霞孤鶩図》上海博物館

一五一七年唐寅四十八歳《山路松声図》台北故宮博物院

この二つは天才の技と気と思念が最も充実した時期の大軸の傑作である。《落霞孤鶩図》は王勃詩とシンクロしつつ沈鬱でロマン的な雄大さが優り、《山路松声図》は唐寅画中最も見事で気勢溢れる松が描かれ背後の瀧と主山とですばらしく爽快な奥行ある空間を造り出す。

冒頭でふれた画巻の傑作、台北故宮博物院蔵《溪山漁隠巻》もこの時期、南昌行の前後であろう。詩書画印あいまって高雅な世界を創造しえたという点で唐寅自身のみならず明代絵画を代表する三作である。

最晩年：

一五一九年正徳十四年唐寅五十歳寧王宸濠反乱以降。

一五一九年唐寅五十歳頃《行書自書詩稿巻　漫興》香港中文大学北山堂コレクション

一五一九年唐寅五十歳《西洲話旧図》台北故宮博物院　疑点あり

一五一九年唐寅五十歳以降《贈西洲詩巻》上海博物館

一五二二年唐寅五十三歳《落花詩巻》中国美術館

一五二三年唐寅五十四歳卒年作《行書七律二十一首　爲姚舜承書巻》上海博物館

自題中に「病」（肺疾か）の語が多くなり病状が次第に進行していく。体力と時間が必要な大作の画の創作は減り書が多くなる。紀年作が比較的多い。特に書法において一連の有紀年の作は天衣無縫な筆と最晩年の折々の感興の発露とがあいまって凄絶である。

この時期、絵画では小品に詩書画印一体の高雅で味わい深い作がある。例えば台北故宮博物院蔵《秋山図》冊頁では「黄葉玲瓏暎落暉，秋風蕭瑟満絺衣。看山多少悠然思，毎欲携琴入翠微。」という題詩が書かれる。「絺衣」は堯が舜に与えた葛の衣、単なる情景詩ではなく意気高い古代に通底する「夢幻的な詩意世界」（林莉娜論文二五二頁）が広がる。

四、《西洲話旧図》について

唐寅最晩年一五一九年五十歳をむかえた時に「酔って舞って狂って歌って五十年」（「酔舞狂歌五十年」）という唐寅ならではの句で始まる「五十自寿詩」を作った。


酔舞狂歌五十年，花中行楽月中眠。

漫労海内伝名字，誰信腰間没酒銭。

書本自慚称学者，衆人疑道是神仙。

些須做得工夫処，不損胸前一片天。


酔い舞い狂い歌ってきた五十年。花中に行楽し月中に眠る。

四海に私の名は広まったが、誰が信じよう腰に酒を買う金ももたないとは。

書物には学者と自称するのを恥じてきた。一方世の人は私のことを仙人ではないかという。

これからまだ少しばかりの時間が許されるのなら、私の胸の内にある一片の天を損《そこ》なうまい。

（『唐伯虎全集』巻二　七言律詩）

唐寅はこの詩を好み彼方此方に書きつけた。現存する主なものに次の三点がある。

一五一九年唐寅五十歳以降《西洲詩巻》35.3×273cm　上海博物館
一五一九年唐寅五十歳《西洲話旧図》軸　110.7×52.3cm　台北故宮博物院
一五二二年唐寅五十三歳《自作七律詩巻》28.6×364.5cm　北京故宮博物院

行書《西洲詩巻》はこの詩はじめ自作詩八首を書いた巻子であり、「与西洲別幾三十年，偶爾見過，因書鄙作数通（並図）請教。病中殊無佳興，草草見意而已。友生唐寅。」という落款が加わる。詩画軸の《西洲話旧図》は唐寅の晩年作として著名であり、同詩に「数通」が「並図」となる以外は《西洲詩巻》と同文の落款が続く。三番目の行書巻は三年後の元旦に他の詩と共に試筆したものである。

西洲は三十年ぶりに会った友人、楊静盦『唐寅年譜』によれば嘉禾龍洲寺の僧釈正念、王乃棟によれば朱栻（昆山人、一四八一年進士）の説があるが確証はない。

《西洲詩巻》と《西洲話旧図》両者の書はかなり似ている。結体、行替え、章法構成に至るまで共通しており、どちらか一方がどちらかを模倣した関係が始めに推測される。

江兆申は《西洲話旧図》を真作とみなし病中の作のため「心手相違」したものだと述べる。（江兆申『関於唐寅的研究』一〇八頁）。《西洲詩巻》についてはふれていないので当時江兆申は上博の作を見ていなかったのであろう。

近年になり王乃棟「唐寅《西洲話旧図》辨偽」では字句の異同、書法、印章の点から《西洲詩巻》が明らかに優れ、《西洲話旧図》は偽であるとする見方を出した。

ところが高鴻「台北故宮蔵唐寅《西洲話旧図》真偽考辨」では、王乃棟の述べるように書法の点で両者の優劣は明らかだが、王氏の結論とは真逆に《西洲詩巻》が劣り偽であり、江氏の見方を支持し《西洲話旧図》が明らかに優れているとする。(9)

王乃棟、高鴻とも中国大陸の人であり台北にある《西洲話旧図》については作品を実見した上での考察ではないと思われる。その限界を前提としても書法鑑定の専家として立場を共にする二人が正反対の結論を公けにしていることに驚かされる。このように専門家でも書について意見が分かれるのは、書の見方の難しさを示していよう。

《西洲詩巻》について、私は二〇一一年寧波博物館の唐伯虎書画精品展にてガラス越しの展示ながら、綿紙の一種と想われる比較的厚めの紙ににじみとかすれをつくりながら濃墨でやや率意に綴られた書に感動した覚えがある（日本では一九九一年日本書芸院主催の上海博物館所蔵明清書画名品展での展覧歴がある。）

《西洲話旧図》については、二〇一四年夏台北故宮の唐寅特展にてスコープも交え細部を観察し、小さな打ち込みのある衣の描線などの技と全体のできばえに江氏のいう非常に「工細」（巧みで細かい）な作（江兆申前掲書一〇八頁）であるのを納得した。

またこの二作を考える上で重要な人物画である呉湖帆旧蔵唐寅《文会図》については二〇一四年秋、澳門芸術博物館の呉湖帆書画鑑賞精品展にて親しく鑑賞できた。(10)

一五〇九年唐寅四十歳筆の《文会図》は唐寅の師、王鏊（一四五〇—一五二四）が蘇州に致仕した六十歳の祝いに描かれ、「守翁師の相」とあるように王鏊守渓の肖像画としても興味深い。王鏊は師として儒者風の半透明な絹の頭巾をかぶり理想化された姿で、やや大きめにそれと分かるように強調して描写される。呉湖帆はこの作を「唐画甲観」とし自らの収蔵品の内最高の評価を与え、同じく中期の傑作《騎驢帰思図》と同等に扱っている。[11]

この《文会図》を見たとき、《西洲話旧図》の鑑識の上で王乃棟の書の面からする説を、画の面から検証する有力な作であることに気がついた。

つまり上海博物館蔵の四十歳《文会図》と六十歳行書《贈西洲詩巻》の二つの作と台北故宮博物院蔵の《西洲話旧図》の関係は、二者の画と書を《西洲話旧図》が写しているものと見えてくるのである。

《西洲話旧図》書法の疑問点

この疑点はすでに王乃棟が提出しているので詳しくは前掲の論文を参照されたい。私は《話旧図》と《西洲詩巻》のデジタル透過原稿を作って一行一行を詳細に対照し、「数通」（詩が数首書かれていること）と「並図」（書と並び図が描かれていること）の二字の異同以外は大小関係も含め一致するのを確かめた。

このように明らかな一致は模本の関係を示す。どちらが原本でどちらが模本であろうか。《贈西洲詩巻》の書は「自然天趣」[12]に《西洲詩》はじめ全八首を一貫して書写している。この巻が模本だと

表三　唐寅の「無」の筆順

1519 西洲詩巻	1519 西洲詩巻	1519 西洲詩巻	1519 西洲話旧図

遼博本落花詩巻	1519 双鑑行窩図	1523 自書詩巻	文徴明黄茅跋

するとしたら他の七首はどこから模写して《西洲詩》に「自然」につなげたのだろうか？　この作業は本人でなければ極めて難しい。

結体の細部について興味深い事実を補足すれば、唐寅の「無」の筆順の癖があげられる。（表三）

表にあげたように行書の「無」は通常よく文徴明（唐寅《黄茅図巻》文徴明跋）の「無」のように横画三本を先に書いた後に縦画四本を書くことが多い。ところが唐寅の場合、遼寧省博物館本《落花詩巻》から一五一九年《双鑑行窩図》、最後の年一五二三年《自書詩巻》に至るまで「無」の筆順は最初の横画の後、直ちに縦四画を書いてから残りの横二画に移るという特徴があり、例外はほとんどないといってよい。《西洲詩巻》に出現する全部で四つの「無」は全てこの筆順である。ところが《西洲話旧図》の「無」は文徴明を例に挙げた一般的な筆順になっている。これは《話旧図》の作者が唐寅の癖に親しんでいなかった結果と見える。

《西洲話旧図》人物画部分の疑問点

1、《西洲話旧図》の人物と器物の位置関係と図像が《文会図》と相似

中央の高士と左斜め下に対面する人物、高士右側の壺と盤、左側の硯と筆の位置関係と図像が類似する。これも模本の関係を色濃く示す。

年款からは一五〇九年《文会図》が先で一五一九年《西洲話旧図》がそれを写したことになる。この場合、師である王鏊の肖像の図像を友人である西洲と自分の図像にそのまま使うであろうか？　王鏊の肖像は他の清代の王鏊像などと比べ理想化し類型化され六十としては若く描かれているように見えるが、比較的丸顔で両眼が離れている顔の造作は共通している。《話旧図》の顔も同様な特徴がある。《話旧図》の二人の内どちらが唐寅でどちらが西洲かという議論もあるが、いずれにしても師の肖像を転用し他者の像に重ねて用いるという不遜なことを唐寅自身が

するとは思えないのである。

唐寅と西洲は三十年来の旧友で二人は平等な関係のはずであるが《話旧図》では頭巾をかぶって見下ろす主と客という大小高下の関係が出現している。これも《文会図》の王鏊と弟子の主客の図像をそのまま抜き取り友人関係にあてはめた矛盾とも見える。

2、《西洲話旧図》の人物周辺細部の不合理

《文会図》の王鏊の頭巾は肩が透けて見え繊細な透明感の描写があるが、《話旧図》のそれは透明でない布に代わっている。《文会図》の作者は宋代李公麟以来の写実的合理的な白描の伝統を受け継いでいることを示している。円型の硯と背後に描かれた筆の細部に注目すると、《文会図》では無地の地面に置かれ合理的で自然である。ところが《話旧図》の筆は背後にある衝立の台座との間に浮いて描写される。このような不合理不自然さは模本によく見られるものである。

3、《西洲話旧図》の人物衣文線の襞の打ち込み

人物の線条は先に述べたように相当に上手い。衣紋線の起筆が小さな釘頭の打ち込みを作るのが特徴である。しかし唐寅人物画の衣文線は通常打ち込みを作らず細くすっと入筆していく。特に襞の部分はそうである。

《西洲話旧図》落款印の疑問点

両図の印と上海博物館編『中国書画家印鑑款識』(文物出版社、一九八七年)記載の基準印を表「唐寅基準印と《西洲詩巻》、《西洲話旧図》印の比較」にまとめてみた。(表四)

縦列は左から順に『中国書画家印鑑款識』の基準印、《西洲詩巻》、《西洲話旧図》の用印である。印文末尾の数字は『中国書画家印鑑款識』の番号である。「南京解元」60、「逃禪仙吏」58、「夢墨亭」57、これらの印は《山路

表四　唐寅基準印と《西洲詩巻》、《西洲話旧図》印の比較

	『中国書画家印鑑款識』	《西洲詩巻》		《西洲話旧図》
南京解元60		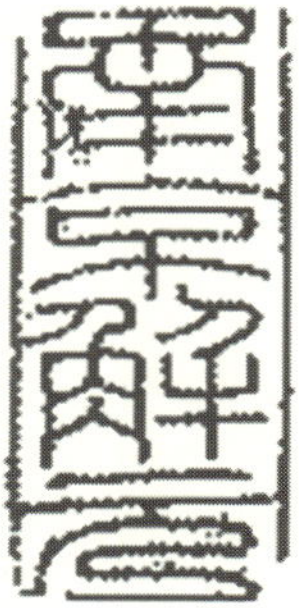	南京解元	
逃禪仙吏58			六如居士	
夢墨亭57			趨	

松声図》には三印揃って用いられ、《落霞孤鶩図》では「南京解元」60、「逃禪仙吏」58が鈐印されるなど唐寅の代表作に使用されている基準印であり篆刻芸術としての気勢も大きく堂々として明代自用印を代表するセットといってよかろう。《西洲詩巻》にはこの三印が揃って用いられている。

一方《西洲話旧図》の款印三顆「南京解元」、「六如居士」、「趨」は『中国書画家印鑑款識』ばかりでなく現在私が作成している唐寅書画リストにも今のところ見あたらない孤印であり篆刻としてみた場合も一般的である。

小結

呉湖帆旧蔵の唐寅《文会図》を見たことをきっかけとして王乃棟が提出した《西洲話旧図》の疑点を書・画・印、三つの側面から検証してきた。

《文会図》が偽物である可能性もあるが、呉湖帆が「唐画甲観」というように唐寅中期の傑作《騎驢帰思図》と同等に置いた評価は重い。それは唐寅に対する関心浅からぬ呉湖帆が、その唐寅観には現代の眼から見ると二、三見解の異なる所や瑕疵があるにせよ、自ら手元に収蔵し親しく吟味したものであるだけに尊重すべき意見である。それは私の以上の三つの作品に対する三点の分析とも矛盾しない。

まとめ直すと台北故宮博物院蔵の唐寅晩年の著名作品である《西洲話旧図》には疑点が存在する。一つは《西洲話旧図》の書法部分が上海博物館蔵《贈西洲詩巻》と極めて一致する点。二つ目は《西洲話旧図》の人物部分の図像が上海博物館蔵《文会図》と極めて類似する点。三つ目は《西洲話旧図》の款印が孤印であり《西洲詩巻》に用いられた基準印と比べると差があることである。

このように《西洲話旧図》と《西洲詩巻》、《文会図》の三者の関係の一端が明らかになった。しかし著名な作として《西洲話旧図》の出来は江兆申はじめ重んじる者も多い。この三作品の副本、模本、偽作などの関係はさらに多方面から検討が必要である。

五、むすびに　唐寅の夢

聞説君家新闢庭，参差満種粉梢青。
炎時静坐不覚暑，昼日仰眠常見星。
一点虚心通暁夢，百年手沢与忘形。
秋来四壁声如雨，帳掩薫炉独自聴。

君の家に新しい庭ができたそうだ。そこでは色々な植物が交じりあい青い梢となる。
炎天の日に静坐すれば暑くはなく、昼寝をして仰げば星が見える。
心を虚しくして夢に通じれば、形を忘れて百年の書画や古器物と通じ合える。
秋が来れば四方の壁から聞こえる音は雨のよう、帳で掩い香炉を薫らし独り聞きいる。

（『唐伯虎全集』補輯巻二　律詩七律）

この詩は、一章のはじめにふれた日本で見ることのできる数少ない唐寅の一つとして来歴の赫々とした東京国立博物館蔵重要美術品《夢筠図巻》の題詩である。[13]

本稿のような小論ではとても唐寅の絵画の全貌をとらえきれず、次へのさらなる展開を期せざるをえない。小論と次への展開のあいだの束の間の結びとして、唐寅の夢をあつかった絵画を紹介したい。

この《夢筠図巻》が少し珍しいのは縦二九センチ、横一〇三センチほどの紙の前半に縦横二三センチと五七センチほどの細い罫を引き枠となしその中に画を描いていることである。

この画の特徴は、白描技法による極細線の人物と周囲の水墨技法を用いた山水景観とが一体となっていることである。人物は豹の毛皮をひいた寝椅子にもたれ、顔を竹の方に回し眠っているようである。傍らの机の上には青銅の罍や水盂などの古器と書巻が置かれている。そうした人物たちを取り囲むように周囲には童子の上から古木の枝がはりだし、画傍らには茶の道具一式がある。右上に離れて童子が大きめな鑪の火をおこして茶を沸かしている。画面左には竹叢が繁り水が回流しこんもりとした築山が水墨で描かれる。岩の皴には唐寅の通常の特徴として速い潤筆線を重ねることが多いが、ここではかすれた線と墨面も半ば加えしっとりとした隠れ処のような周囲の空間を作る。

画に続いて用紙の縦いっぱいを使い十行の題詩と落款を書いている。これを読むと図が夢筠（夢みる竹）という人物の新しくできた庭を祝って作られた「別号図」（当時の蘇州とりわけ呉派の画家に流行した特定の文人の住まいを描く図）であることがわかる。庭園が主人の意向を反映しているのは当然であるが、この図では白描と水墨技法が一体となり、夢筠をとりまく庭の景観自体が夢筠の見ている夢のようにも見えてくる。

このような白描と水墨を併用しつつ詩書画一体となって造り出された高雅な世界はそれまでの時代にないものである。董其昌が唐寅の題詩に続く跋で「唐寅《夢筠図》の美しく秀れた姿は李公麟が生きかえっても勝ることができない」と賞賛するゆえんである。

唐寅の描く夢見る人の人物画は独特である。(14)

それは南京解元に合格した絶頂から北京会試の疑獄事件の奈落まで体験した者の独特さであろう。人はそのような理不尽で急激な転変を体験した時、人生を夢と感じないだろうか。ある時は夢に厳しい現実の安息を求め、あるいは眠れない日々に現実を夢現と感じたかもしれない。花が刹那に落ちていく一五〇四年沈周落花詩の主題は唐寅の基調となって以降繰り返し変奏され書巻に記された。また画では夢の主題として独特な世界が展開された。この世の一切は夢幻というように。[15]

注

（1）“Words and Images: Chinese Poetry Calligraphy and Painting”, The Metropolitan Museum of Art & Princeton University Press, New York & Princeton, 1991

（2）荒井雄三「梅清的書法」、二〇一二年澳門芸術博物館「雲林宗脈—安徽省博物館蔵新安画派書画展」学術研討会研究発表資料参照。

（3）凌利中「舊時王謝堂前燕—呉湖帆與二十世紀上半葉的書畫鑑藏活動」付録一（『梅景秘色—故宮上博珍蔵呉湖帆書画精品集』別冊、澳門芸術博物館、二〇一四年）

（4）「余見六如畫大小幾數十本」（呉湖帆『呉湖帆文稿』「梅景書屋書畫記」巻三「明唐六如騎驢歸興圖」、中国美術学院出版社、二〇〇四年）

（5）荒井雄三「呉湖帆舊藏徐渭《草書春雨詩》卷、《擬鳶圖》卷暨唐寅《文會圖》」付表、二〇一四年澳門芸術博物館「梅景秘色—故宮上博珍蔵呉湖帆書画鑑賞」学術研討会研究発表資料参照。凌利中の目録と若干の異同がある。

（6）James Cahill. “Parting at the Shore-Chinese Painting of the Early and Middle Ming Dynasty,1368-1580”, Weatherhill, 1987（邦訳：ジェイムズ・ケーヒル『岸辺の別れ　中国明代の絵画』明治書院、一九〇〇年）
唐寅の項：V THE　SOOCHOW PROFESSIONAL MASTERS 2 T'angYin p.193-201
James Cahill. “Tang Yin and Wen Zhengming as Artist Types: A Reconsideration”, Artibus Asiae, Vol. 53, No. 1/2 (1993), pp. 228-248
Anne De Coursey Clapp. “The Painting of T'ang Yin”, University Of Chicago Press”, 1991

Nemroff, Lauren. "The figure paintings of Tang Yin (1470-1524)", New York University Dissertation", 2005

（7）潘深亮「唐寅的書画芸術及其鑑定」（『榮宝斎』二〇〇六年四期　二一二―二一八頁　潘氏の鑑定シリーズのうちの一つ。）
盛詩瀾「唐寅書法簡論」（盛詩瀾『中国書法全集52　唐寅 王陽明 莫是龍』榮宝斎、二〇〇五年）
単国強「唐寅《自書詩卷》内容和風格鑑析」（匡時二〇〇八春季拍売会『歴代法書』図録）
二〇一〇年北京故宮博物院、上海博物館、遼寧省博物館合同展『六如遺墨―唐伯虎書畫精品展』図録収録の単国強「唐寅山水画風的分期和衍変」、単国霖「俊逸妍美的才子書法―評唐寅書法芸術」、李維琨「唐寅山水図式表徴」（「側辺気勢」式構図、多種皴擦の混成、内心の詩文書画）。
二〇一四年台北国立故宮博物院『明四大家特展―唐寅』図録収録の林莉娜「万里黄山筆下生―唐寅詩画山水賞折」、鄭淑方「唐寅筆下人物的風格類型―画風衍変的軌跡、作品分期和時代意涵」、陳建志「唐寅書法的取捨」。
二〇一四年八月『故宮文物』「明四大家特展―唐寅」特集の林莉娜「画筆兼詩筆―唐寅的詩画山水」。
二〇一四年蘇州博物館の『六如真如―呉門画派之唐寅特展』図録収録の范景中「序 呉門画派之唐寅」など。
その他唐寅作品論など各論は省略した。CNKI等各種検索などを参照されたい。

（8）渡部乙羽「伝唐寅筆羅浮仙図」（『国華』一三三、国華社、一九〇一年六月）
瀧精一「唐寅筆夢筠図解」（『国華』五一七、国華社、一九三三年十二月）
八幡関太郎「唐伯虎」一―五（『南画鑑賞』六（二）、南画鑑賞会、一九三七年二、四、五、八、十月、全五回連載）
原田尾山「明・唐伯虎一枝春図（名作鑑賞）」（『興亜書報』三（三）、興亜書道連盟、一九四一年三月）
原田尾山「明　唐伯虎　山路松声図」（『古美術』一四二、宝雲舎、一九四二年十一月）
陳舜臣「中国画人伝四　唐寅」（『芸術新潮』二二一―二二三頁、一九七七年四月）
李霖燦「明代唐寅の「渓山漁隠図」と「山路松声図」」（『国際交流美術史研究会第三回シンポジアム：東洋における山水表現Ⅱ』、国際交流美術史研究会、一九八五年三月）
鈴木敬『中国絵画史　下』（吉川弘文館、一九九五年、二七六―二八七頁）
明代の絵画を扱った本書では「2文人画家」の章で「2明中期」に沈周、「3明末」に文徴明、「4その他の文人的職業画家と単なる市井の職業画家」に唐寅と仇英をあてる。「文徴明が明末」？という時代観と共に、唐寅作品選定にも首を傾げる点がある。
小川裕充「中国山水画百選八二：唐寅　山路松声図」（『東方』一八七、東方書店、一九九六年十月　後に『臥遊』所収）
宮崎法子「明代の絵画」、及び図版解説（『世界美術大全集　東洋編　明』、小学館、一九九九年）
増記隆介「唐寅における李唐画学習の一側面：唐寅「山路松声図」と李唐「山水図（対幅）」（高桐院）を中心に」（『美術史論叢』一四、東京大学美術史研究室、一九九八年三月）
陳小法「「送彦九郎詩」からみた日明文化交流の一縮図」（『日本思想文化研究』四（二）、一一—一五、二〇一一年七月）
など。

（9）王乃棟「唐寅〈西洲話旧図〉辨偽」（初出『収蔵』二〇〇五年第二期。後に『中国書画分類鑑定図説』（上海書店出版社、二〇〇六年）収録）
高鴻「台北故宮藏唐寅《西洲話旧図》真偽考辨」（『東方収蔵』二〇一〇年第七期）

（10）正式名称は澳門芸術博物館「梅景秘色—故宮、上博珍蔵呉湖帆書画鑑賞精品展」。以下のこの章は二〇一四年十月澳門芸術博物館主催同展研討会中文発表（注5）の一部を日本語に改めその後の知見を補足したものである。

（11）《四家集錦図巻》第二段　紙本墨書　約三一×六〇センチ　上海博物館蔵　落款「正徳己巳春日写上守翁師相。門生唐寅。」、「唐寅私印」白文印。呉湖帆跋「作于正徳己巳，爲王文恪六十寿者。六如爲文恪及門得意士，時年四十歳，筆致秀美，正才華煥采時也。呉湖帆所得唐画甲観。」

（12）李維琨「行筆率意，気局沉穏，頗得自然天趣。」『六如遺墨—唐伯虎書画精品展』図録、図版解説一八九頁

（13）重要美術品　唐寅《夢筠図巻》　東京国立博物館蔵
落款「呉趨唐寅爲夢筠作小図長句。」、「南京解元」t01、「唐白虎」30、「六如居士」52印
紙本水墨画　二九・二×一〇三（画二三・四×五七・五　書二九・二×四四・七）センチ
董其昌跋「一派湖州画裏詩，蕭蕭疏篠両三枝。朝来邗水帆前雨，正是龍孫解籜時。
唐六如画夢筠図。娟秀姿態雖李龍眠復生不能勝此。因観系以一绝。丁卯四月朔玉峰道中識。其昌。」
董其昌、乾隆帝以下梁詩正等六臣下、羅振玉、呉昌碩の跋。
来歴は清時代呉升→安岐→允祥→内府…→羅振玉→日本に入って山本二峯、高島槐安居の旧蔵。

著録は、明一六四三年汪珂玉『珊瑚網』巻十六。清『佩文斎書画譜』巻一〇〇、四〇頁。一六八二年卞永誉『式古堂画匯考』巻二七、三頁。一七一二年呉昇『大観録』巻四、二〇頁。繆曰藻『寓意録』（但し「爲愛竹湯君作小図長句夢筠図」につくる）。一七四二年安岐『墨縁匯観』巻六。一九六四年高島『槐安居楽事』八頁　など。

また前掲クラップ『The Painting of T'ang Yin』《夢筠図巻》の説明八二―八五頁を参照。

(14) 唐寅の眠る人を主題にした画には次のようなものがある。

1．重要美術品《夢筠図巻》東京国立博物館　《桐陰清夢図》の後、唐寅中期の作。

2．《夢筠図巻》王季遷旧蔵　保利美術館二〇一〇年『宋元明清中国古代書画大展二』図録三四。筆者未見。東博本《夢筠図巻》の忠実な模本かあるいは副本か要検討の作。後に続く文徴明一五二二年款草書《夢筠記》が興味深い。

3．《烹茶図扇面》台北故宮博物院　《夢筠図巻》と同構図に金箋紙彩色。東博本以降の作。

4．《桐陰清夢図》北京故宮博物院　会試事件からほどなく一五〇三年頃（李湜、汪亓、宮崎等）、南昌帰来以降（鄭淑方）とする説。

5．《濃陰坐床図》台北故宮博物院（《画山水人物冊》第四段）《桐陰清夢図》を横長にした模本。）

6．《松陰高士図扇面》台北故宮博物院　眠る高士を包みこむ夢のような景観。

7．《夢仙草堂図巻》フリーアギャラリー　机上の夢、浮遊する仙人。周臣作説（ケーヒル）。

8．《葦渚醉漁図》メトロポリタン美術館　題にある眠る漁師は描かれない。

9．《蘆汀繫艇図》台北故宮博物院　《葦渚醉漁図》の模本。）

10．《芭蕉睡美人図巻》メトロポリタン美術館　模本。江兆申は早期説。

(15) 唐寅卒年の行書《為姚舜承巻》に続く徐充一五三二年の跋の結びは以下のように記されている：

「蓋其平日風情瀟灑，名知禅悦，視世有爲一切夢幻，所謂不與法縛者也。」

唐寅年譜

佐藤敦子・荒井　礼

周道振・張月尊輯校『唐伯虎全集』附録六・年表を底本とする。「詩文書画」の欄は年表に挙げられているものを中心に記した。

括弧内は底本の巻数である。底本収録の『唐伯虎全集』所収の作品は巻数のみ記し、『唐伯虎全集補輯』は「補巻○」と記した。

「内容」中の括弧内の言葉、及び注釈は訳者が補った。

西暦	年号干支	年齢	内容	詩文書画
一四七〇	明憲宗成化六年庚寅	一歳	二月四日、蘇州呉県閶門内の呉趨里にある皐橋のあたりに生まれる。庚寅の歳に生まれたので、名を寅とした。初め字を伯虎、後に字を子畏と改め[1]、六如と号した。父は廣徳、商人であった。母は、邱氏。この年、沈周四十四歳。呉寛三十六歳。朱存理二十七歳。文林二十六歳。王鏊二十一歳。梁儲二十歳。曹鳳十四歳。楊循吉十三歳。都穆十二歳。祝允明十一歳。 十一月六日[2]、文徴明が生まれる。	
一四七一	成化七年辛卯	二歳		
一四七二	成化八年壬辰	三歳	文林と呉寛は進士となり、文林は永嘉知県を授けられる[3]。文林、字は宗儒、長洲の人である。文林の子が文徴明である。呉寛もまた長洲の人である。字は原博、匏庵と号し、この年の会試廷試ともに第一となる。成化、弘治の間、学問や徳のある行いから世間の厚い期待を担った人物である。	
一四七三	成化九年癸巳	四歳	江陰の徐経が生まれる。	
一四七四	成化十年甲午	五歳	王鏊が郷試で第一位となった。王鏊は字を済之、守溪と号し、呉県の人である。博学であり、芸術に対して見識を持つ人物である。	

一四七五	成化一一年乙未	六歳	王鏊は会試で第一位となり、廷試で第三位となり、翰林院編修となった。銭同愛が生まれる。	
一四七六	成化十二年丙申	七歳	弟の唐申が生まれる。申の字は子重である。顧璘が生まれる。	
一四七七	成化十三年丁酉	八歳	朱応登が生まれる。	
一四七八	成化十四年戊戌	九歳	師に就き学業（科挙のための勉強）を始めた。	
一四七九	成化十五年己亥	十歳	文林は父母の死に服し、呉県へ帰った。徐禎卿が生まれる。	
一四八〇	成化十六年庚子	十一歳		
一四八一	成化十七年辛丑	十二歳		
一四八二	成化十八年壬寅	十三歳	文林は、親の喪が明けて復帰し、博平県の知県となる。子の徴明も父に追随する。徴明は初め名を壁、徴明と字する。後に字が通り名となったため、字を徴仲と改め、衡山と号す。生まれつき穏やかでまじめであり、詩文書画に巧みであった。	
一四八三	成化十九年癸卯	十四歳	この年の頃、祝允明と交流を持つ。[4] 允明は字を希哲、枝山と号した。長洲の人。文章は人を驚かせるような新奇な風があり、最も書法に巧みであった。酒色に溺れ賭博をうち、品行方正ではなかった。	
一四八四	成化二十年甲辰	十五歳	県学に入学し生員（省の試験を経て、府・州・県の学校で学ぶ事ができ、補助を受けることもできる学生）となった。楊循吉が進士となり、礼部主事の職に就く。循吉は字を君謙、南峰と号す。呉県の人。この年、閻起山が生まれる。孫一元、陳淳が生まれる。	

一四八五	成化二十一年乙巳	十六歳	文徴明と交流を持つ。徴明の紹介で文林に謁見し、文章を持参して教えを請う。文林はこの年、南京太僕寺丞（各地の車や馬の管理を司る役職）に就いていたが、休暇をとって帰郷していた。[5]	
一四八六	成化二十二年丙午	十七歳	府学の生員となった。同郷の張霊と交流する。霊は字を夢晋という。筆まめで、画を得意とした。浮世離れした人物で、酒を好み傲慢な性質であった。文徴明は、父の文林が滁州太僕寺の任に赴くのについて行った。[6]	
一四八七	成化二十三年丁未	十八歳	かつて祝允明とともに沈周が王盤の為に画いた「壑舟園図」に題した。王盤は王鏊の従兄弟であり、仕官しなかった。	「題石田為王盤画壑船園図」（補巻一）
一四八八	明孝宗弘治元年戊申	十九歳	徐氏を娶る。徐氏は、徐廷瑞の次女である。文徴明は呉県に帰り、長洲県学の生徒となった。この年楊儀が生まれる。華雲が生まれる。	
一四八九	弘治二年己酉	二十歳	文徴明・祝允明・都穆と古文辞を提唱した。宜興の杭濂も来て交流する。都穆、字は元敬、呉県の人。学問を好んで、文を善くした。杭濂、字は道卿、詩文を善くした。	
一四九〇	弘治三年庚戌	二一歳	周臣の「聴秋図巻」に詩を題した。周臣、字は舜卿、号は東村、呉県の人で、山水画を得意とした。唐寅は、初め周臣に従って画を学んだ。後、唐寅が名声を得ると、その画を求める者が多くなった。立場が逆転した唐寅の画は、ほとんど周臣の手を借りるようになった。	「題周東村為顧氏作聴秋図」（補巻二）

			朱存理の頼みに応じて、沈周が画いた「楊花巻」に「送春詩」を書した。朱存理、字は性甫、号は野航、長洲の人。学問にはげみ、私塾で生計を立てた。沈周、字は啓南、号は石田、長洲相城鎮の人。世間に高隠（歴代隠者の家系）と称されていた。その詩文書画は世に重んじられた。文徴明は父を見舞う為に滁州に行った。	
一四九一	弘治四年辛亥	二二歳	文徴明を思うあまり、詩を作って贈った（逸詩）。徴明はこれに答えた（「答唐子畏夢余見寄之作」、底本・附録五）。「劉嘉績墓誌銘」を書いた。劉嘉績、字は協中、呉の人。詩を善くした。唐寅と文徴明の親友であった。子の穉孫は、後に徴明の兄の娘を娶った。楊循吉も劉嘉績の墓誌を書いている。この時、循吉はすでに退官して帰り、支硎山の麓に廬を結んでいた。秋、文徴明は滁州から帰郷した。	「劉秀才墓誌銘」（巻六）
一四九二	弘治五年壬子	二三歳	文林は、南京太僕寺丞であったが、病を理由に退官、帰郷した。唐寅に会うたびに、その過失を諫めて少しも譲らなかったが、その才能を愛して称揚することも厭わなかった。祝允明と銭同愛らは、みな遊楽にふけっていたが、文徴明だけは違っていた。生まれ持った性質や好みは異なっていたが、互いの友情にかわりはなかった。銭同愛、字は孔周、長洲の人。博学で文に巧み、仲間内で道楽を好む反面、書物の収集も好んだ。 二月十六日、王観の為に「款鶴図」を画いた。王観、字は帷顒、号は款鶴、長洲の人。医学を善くした。 秋、祝允明が挙人に合格した。	「款鶴図」

一四九三	弘治六年癸丑	二四歳	時に、父の広徳が亡くなったのをはじめとし、母と妻の徐氏および子供が相次いで亡くなった。[7] 「沈隠君墓誌銘」を書いた。隠君、名は誠、長洲の老儒で、私塾を生業としていた。 秋、文徴明は江浦に行き、荘昶に従って学び、冬に帰った。昶は古えを好み、博学であった。定山先生と称された。	「沈隠君墓碣」（巻六）
一四九四	弘治七年甲寅	二五歳	いたずらに時が移り変わっていくなか、いつまでも不遇で世の中に名の知られないことを悲しみ、「昭恤賦」を作った。[8] 正月、「秦裕伯像賛」を書いた。裕伯、字は景容、大名（河北省大名県）の人。博識で弁論が得意だった。秦裕伯は、元末、福建行省郎中に任官した。明の初め、侍読学士として朝廷に召し出された。後、隴州知事となり、任地で亡くなった。 徐禎卿と交流を持つ。[9] 禎卿、字は昌国、呉県の人。容貌は醜かったが、聡明であった。また、家に書物は無いが、何事にも精通していた。唐寅が徐禎卿を、沈周・楊循吉に推薦した。この時から、徐禎卿の名が知られるようになった。徐禎卿は、祝允明・唐寅・文徴明と共に「呉中四才子」と呼ばれる。[10] 徐禎卿が編纂した有名人名簿『新倩籍』は、最初に唐寅の事を述べ、次に文徴明の事を述べている。[11] 「白髪詩」が作られた。文林に「白髪詩」に和した詩がある。	「秦裕伯像賛」（補巻六）・「白髪」（巻一）・「呉東妻周令人墓志銘」（巻六）・「徐君墓誌銘」（巻六）

一四九五

弘治八年乙卯

二六歳

この時、唐寅は頗る音楽や女色を好んだ。文徴明は「秋夜懐唐寅」詩[12]・「簡唐寅」詩を作った。[13]「秋夜懐唐寅」詩に「人語漸微孤笛起、玉郎何処擁嬋娟（人語漸く微かにして孤笛起こる、玉郎何れの処にか嬋娟を擁する）」とあり、「簡唐寅」詩に「高楼大叫秋觴月、深幄微酣夜擁花（高楼大いに叫《きよう》して秋に月に觴《あ》げ、深幄微かに酣《かん》して夜に花を擁せん）」とある。

「呉東妻周令人墓志」及び「徐君墓誌銘」が作られた。呉東は文徴明の妻の兄である。徐君は、山西永年（河北省永年県）の人。[14]学問をして仕官しなかった。

都穆は無錫の華杲の家で家庭教師をしていた。華杲、字は文光。

王寵が生まれる。

唐寅は沈周、文徴明と共に夜に太湖に遊んだ。この時、沈周は「夜游熨斗柄横巻」を作った。呉大淵の頼みに応じて、文徴明・張霊・邢参・朱凱・呉奕と共に沈周の画に呉大淵の妻の父張西園を祝う文章を題した。邢参、字は麗文、沈着冷静で心が寛く穏やかな性格で、詩文を著すことを自らの娯しみとした。朱凱、字は堯氏、学問をして仕官することを望まず、邢参と同じ長洲（蘇州）の人で、郷里で学問を教えた。朱凱は朱存理と共に「両朱先生」[15]と称された。呉奕は呉寛の姪（日本で言う甥のこと）で、字は嗣業、茶香と号す。書が巧みで詩作を善くした。

「乙卯深秋登鸕鷀皐玩桂香亭畔対景摸于舟次」（補巻三）・「許天錫妻高氏墓誌銘」（巻六）

一四九六

弘治九年丙辰

二七歳

秋、文徴明が訪ねて来て、小楼で酒を飲んだ。文徴明にこの時作った詩がある。嘗て文徴明と画法について語り合った時に、みな李唐（字は晞古）の画を以て初学者の手習いとすべきとした。

秋が深まったころ、鸕鷀皋岑に登り、桂香亭の畔でその景色を存分に楽しみ、舟の中で「桂香亭図」を画き、詩を書いた。[16]

十二月、邢参、文徴明等が皋橋を訪れ、蔵書を見る。邢参は、『大玄集註』・『大玄解』の後に跋文を記し、文徴明は、『東観餘論』を借りて見て、跋文を書いた（跋文は『文徴明集』巻二一に見える）。

「許天錫妻高氏墓誌銘」が作られた。

顧璘・徐経・都穆が郷試に合格した。顧璘、字は華玉、号は東橋、呉県の人、金陵に移り住んだ。若いときから才能があるという評判をいただき、陳沂・王韋と「金陵三俊」と称された。[17]徐経、字は直夫、または衡甫という字もある。江陰の人。詩文を作るのがうまかった。

嘗て「広志賦」（逸文。底本・附録四参照）と「連珠」数十首を作り、[18]仲間たちを感服させた。倪岳に称賛された。岳は上元の人、この時、南京吏部尚書であった。国の情勢に通じ、天下の人々はその人柄を思い慕った。

依然として大らかで、事業を興すことも潔しとせず、祝允明が忠告するが、なおも門戸を閉ざして読書にふけっていた。この時、呉寛は吏部侍郎となっていたが、継母の喪に遭って自宅にあった。[19]唐寅に「上呉天官書」がある。

「上呉天官書」（巻五）・「中州覧勝序」（巻五）

九鯉湖（現福建省仙游県）で神に夢に吉凶を告げてくれるよう祈ると、ある人が天秤棒一杯もの墨を贈ってくれるという夢を見た。また月夜に白い驢馬に乗って虎丘に至った（底本・附録三参照）。

袁鼒の為に「中州覧勝序」を書いた。袁鼒は、呉県の人。ちょうど北游して大梁から帰り、旅で経験したことを絵に描いた。

「兪節婦刺目図」を画いたのはだいたいこの年である。烈婦は、文徴明の母の姑（おば）文玉清の娘である。

顧璘と華昶が進士となった。

徐経が孫作の『滄螺集』を出版し、都穆は、孫作の集の為に校訂した。孫作は江陰の人、明の初め、国子司業の職に就いていた。

一四九七　弘治十年丁巳　二八歳

文林に手紙を送り、赴任を勧めた（底本・附録四『玉剣尊聞』の条、及び「送文温州序」を参照）。文林が身を起こして温州知府の役職に就くことを上奏したのである。

文林は蘇州知府曹鳳に唐寅の手紙を提示すると、文林だけでなく、曹鳳も唐寅の手紙の文章が並外れて優れていると見なした。曹鳳、字は鳴岐、新蔡（河南省新蔡県）の人。時に「賢有司（賢い役人）」と称えられた。鄞県の方誌が監察御史として南畿（南京）に学校制度の監督官としてやってきた。方誌は唐寅と張霊の勝手気ままな振る舞いを憎み、二人ともに科考（科考は郷試に応じる生員の予備試験）を落第させた。しかし、曹鳳の推薦もあって、張霊を不合格にして、寅は名を合格者の末席に連ねさせた。[20]方誌、字は信之、成化の進士。

			学生を選抜するのに、徳行を第一とし、文芸は二の次であったので、彼の門下生はみな自身の態度を制するのに務めた。唐寅は楊循吉、祝允明、徐禎卿等と共に銭同愛の所蔵する『文選』によく目を通し、各自その『文選』の後に自らの名を記した。[21] 無錫の華察が生まれる。	
一四九八	弘治十一年戊午	二九歳	春、沈周と韓襄、朱存理、徐禎卿等が楊循吉の招待に応じて、文林が温州に赴任するのを虎丘で餞別した。沈周は画を描き、唐寅は別に詩文を作って送別した。韓襄、字は克賛、長洲の人。医術を善くした。秋、文徴明とともに南京での試験を受けた。顧璘と顔見知りになったのはおおよそこの時である。顧璘は進士に合格後、学問に尽力する。かつて唐寅の「広志賦」を得て、いつも客人が来ると「広志賦」を口ずさんで褒め称えて、紹介していた。試験が完了すると、座主（試験官）の洗馬梁儲が唐寅の解答を採点し、これを大変評価して、「解元（郷試の首席合格者）はここにおったわ」と口にした。はたして唐寅は第一位で合格した。梁儲は、広東順徳(広東省仏山市順徳区）の人。成化十四年の伝臚[22]で、吏部尚書の華蓋殿大学士として務め、朝政においては厳しく諫めることが多かった。この時の試験では、文徴明は不合格であった。 「謝座主詩」（「領解後主司」）がある。この試験での経魁（郷試の第二番から第六番に合格した者）は陸山、鎖榜（郷試の最下位合格者）は陸鐘[23]であり、二人とも呉の人であった。知府の曹鳳は刺繍された	「送文温州序」(巻五)・「送文温州」(補巻一)・「領解後主司」(巻二)・「金粉福地賦」（巻一）

			旗を作り、聯語（対句）を作って郷里に帰る彼らを称えた。南京にいる時、ある貴族の家にて、即席で「金粉福地賦」を作った。梁儲は朝政に戻り、唐寅の文を学士の程敏政に示すや、敏政もこの文章をすばらしいものと評価した。程敏政は河間（河北省河間市）の人。十歳で神童として推薦され、学識は広く、一時の冠と見なされた。官は礼部右侍郎に終わった。 宜興の杭濂が来訪し、西楼に泊まった。文徴明に詩がある。 冬、徐経と共に入京し、会試を受ける。十二月、お金を支払って程敏政の文章を求めて梁儲の餞別の品とした。この時、梁儲は使者として安南（ベトナム）に公文書を届けに赴いた。	
一四九九	弘治十二年己未	三〇歳	上元の日（一月十五日、元宵節。この日の前後三日、街中に灯籠が掛けられた）、北京で鰲山灯（灯籠で飾った山車）を見て詩を作った。程敏政は李東陽と共に会試（都で行う科挙の第二試験）の試験官を担当した。二場[24]の後、給事中華昶は、程敏政が徐経と密かに通じていると弾劾し、密通の議論は唐寅にまで飛び火した。その時、試験結果はまだ公表されていなかったので、詔勅を出して李東陽に程敏政が扱った答案を改めさせたが、唐寅と徐経の名前は見つからなかった。諫官はこれだけでは済まさず、程敏政・唐寅・徐経に詔勅による裁判を受けさせた。そして、徐経は以前に礼物をもって程敏政に会ったこと、唐寅はかつて程敏政に文章を請うたことによって罪に	「上元京城看鰲山灯」（補巻二）・「観鰲山四首」（巻二）・「祭文温州文」（補巻六）・「送曹郡侯」（補巻二）

問われ、二人とも官位を落とされて下級役人とされてしまった。程敏政は自ら強いて職を辞し、華昶の訴えは不当であったために、職を南太僕主簿に遷された。李東陽、字は賓之、茶陵（湖南省）の人。官は吏部尚書華蓋殿大学士にまで至った。朝廷に立って政治に関わること五十年、清く正しい態度を変えることはなかった。

都穆が進士となる。華昶が引き起こした弾劾事件は、実は都穆が彼に唆して起こったものだった。そのため、唐寅は決して都穆と顔を合わせることはなかったし、呉の名士たちはみんな都穆を軽薄な者だと蔑視した。都穆は晩年この事を後悔した。

唐寅は官位を落とされながらも浙江省の藩吏（布政使に当たる。省内の軍事を司る）となった。これは、呉寛が浙江省の大吏（巡撫・総督に当たる。布政使の上司）に手紙を寄せて、唐寅をその側近とさせたためであった。呉寛は、唐寅に任地に赴いて官に就き、任地を後に出世するための地とみなして過ごし、いずれ正式な官職に任命される機会を失わないように勧めた。しかし、唐寅は結局このことを恥じて役職に就かなかった。

秋に帰郷した。後妻はこの時、唐寅と仲違いしていた。

十一月二十七日、文を作って葬儀に供え、文林を祭りに行った。文林は六月七日に任地で逝去し、七月、文徴明は父の柩を守り帰っていた。

			「送曹鳳入覲」詩（「送曹郡侯」）を作る。曹鳳は更に山西布政司参政に昇進した。 蔵書中の古い版本の『歳時雑記』を売って一両五銭の銀を得て、朱存理がロバを買うのを工面してやった。徐禎卿がちょうど「為朱存理募買驢疏」（『徐禎卿全集編年校注』巻五）を書いていたので、これによって募金を求めていたことが分かる。	
一五〇〇	弘治十三年庚申	三一歳	家にあって酒に耽り、家計は日ごとに苦しくなり、後妻と仲違いして離縁してしまった。 文徴明に手紙を寄せて、色々なことを仔細に語った。そして、遠く東南に遊学して、弟の唐申に留守を任せたいという旨を告げている。 夏、張霊は唐寅の為に「荷塘清夏図」を作った。また、張霊は銭秉良の為に「鶴聴琴図」を描き、呉寛・朱存理・唐寅らはこれに詩を題した。二十七年後、文徴明も銭秉良の為に図を描き、詩を題している。[25] 銭秉良、友琴と号す。琴を弾くのがうまかった。 秋、文徴明に寄せた詩がある。文徴明が次韻した詩（「夜坐聞雨有懐子畏次韻奉簡」、『文徴明集』巻七。底本・附録五）に、「用世已銷横槊気、謀身未辦買山銭（世に用ひられて已に銷《き》ゆ槊《ほこ》を横たふるの気、身を謀りて未だ辦《そな》へず山を買ふの銭）」の句がある。この時、唐寅には別荘を構えるつもりがあった。	「与文徴明書」（巻五）・「為銭君題鶴聴琴図」（補巻一）・「椿樹秋霜図巻」・「題石田翁石泉交巻」（補巻二）

			新安（河南省新安県）の呉文挙兄弟の為に「椿樹秋霜図巻」を描いた。沈周・祝允明・都穆の題辞（書画を見た紀念に書きつけられた詩や文）がある。 「送周廷器還吉水」詩が作られた。周廷器はかつて呉で巡撫の職にあった周忱の孫である。周忱は大いに民に利益をもたらしたので、呉郡の人々は周忱の為に祠を建てた。周廷器は忱の肖像を持ってきたのである。周廷器が帰る時、沈周は彼の為に作った詩文を集めて彼を送ったのである（沈周の詩は『石田詩選』巻七に見えるが、唐寅の詩は見えない）。 唐寅が金琮・祝允明・文徴明らと沈周の「石泉交巻」に詩を題したのは、おおよそこの年である。金琮、字は元玉、金陵の人。書に巧みで詩もうまかった。この翌年に逝去した。	
一五〇一	弘治十四年辛酉	三二歳	祝融峰（湖南省衡山県）・匡廬（廬山のこと。江西省九江市）・天台山（浙江省）・武夷山（福建省武夷山市）を気儘に旅してまわり、東方には海を見て、南方では洞庭湖（湖南省）・彭蠡湖（鄱陽湖のこと。江西省）に舟を浮かべ、行く先々で詩を作った。 陳沂・徐禎卿が郷試に合格した。陳沂、字は魯南、金陵の人。詩は艶麗で趣深い。	
一五〇二	弘治十五年壬戌	三三歳	旅行に飽きて郷里に帰った。旅をしていた時、徐禎卿が詩を贈って唐寅の消息を気にかけている。[26] 病気によって外に出ることができず、画を眺めることを娯楽とした。	「送別図」（補巻二）・「蕉石図軸」・「黄茆小景為丘舜咨題」（補巻一）

			文徴明に「月夜懐念」詩[27]があり、その詩に、「若非縦酒応成病、除却梳頭即是僧（若し酒を縦にするに非ずんば応に病を成すべく、頭を梳るを除却せば即ち是れ僧ならん）」という句がある。 「送別図」を作って韓世貞に贈った。 八月十五日、陳克養が桃花塢に訪れた。陳克養の為に自作の「蕉石図軸」に題辞を書いてやった。 丘舜咨の為に「黄茆小景巻」を作り、祝允明・文徴明がこれに詩を題した。張霊は画題を引首（画軸の巻首部分）に書いて、ついでに詩を題した。陸南・銭貴らも詩を題している。陸南、字は海観、呉の人。銭貴、字は元抑、長洲の漕湖のほとりに家を構えていた。二人とも博学で詩文を作るのに長けていた。 袁袠が生まれる。	
一五〇三	弘治一六年癸亥	三四歳	このころ、生活は乱れ、その落ちぶれようは益々ひどくなり、弟の唐申とも生活を共にすることはなくなった。文徴明はこのことを正すように勧めた。この時、唐寅は「答文徴明書」を書いた。 家の北にある桃花塢の中で菜園を営み、そこに桃の樹を植えた。 劉纓の家で女児嬌という牡丹を見た。そこで、その紅い牡丹を画いた。劉纓は呉県の人である。この時、劉纓は右副都御史であり、あらかじめ帰郷を告げていた。	「答文徴明書」（巻五）・「女児嬌図」（補巻六）・「潘孺人任氏墓誌銘」（補巻六）

			唐寅が、潘士成の妻で仏教への信仰厚かった任氏のために「潘孺人任氏墓誌銘」を作り、張霊が篆額（碑の上額に、「〜墓碑」などと篆書で記したもの）を書いた。 閻起山が『呉郡二科志』を作った。閻氏はその書物の唐寅の伝記の中で、「会試の時に唐寅が獄に下された理由はよく分からないが、その家について論ずれば、裕福ではなかった」と論じている。また、「才能豊かな唐寅が不遇の中に死んでしまったことを思えば、在野の才能豊かな者も能力を正当に評価できない世の中に失望してやる気がなくなってしまうだろう」と論じている。閻起山は蘇州衛[28]の人である。学問を好んで勉強を放り出すことなく、教師をして生計を立てていた。若いうちに亡くなった。 王鏊が父の喪に遭い、帰郷した。 王穀祥が生まれる。	
一五〇四	弘治十七年甲子	三五歳	二月、祝允明・文徴明と東禅寺（江蘇省蘇州）に出かけた。寺の僧侶天璣は詩を作るのが得意で、唐寅及び呉寛・沈周・祝允明・文徴明らと詩の応酬を交わしていた。寺に紅豆の樹が一本あり、唐寅は沈周・文徴明といつも花の咲く時期になると、ここで詩文を作り酒を楽しむ宴を開いていた（底本・附録三の『呉門補乗』二条を参照）。 唐寅は蔡羽・文徴明・徐禎卿と舟を出して虎丘まで行った。文徴明にこの時の詩と画がある。蔡羽、字は九逵、代々呉県の包山に居を構えていて、詩文に巧みだった。	「和沈石田落花詩三十首」（巻二）・「題落花巻」（巻三）・「題文徴明林亭秋色」（補巻四）・「坐臨渓閣図」

西暦	年号	年齢	事項	作品
一五〇五	弘治十八年乙丑	三六歳	春、沈周が「落花詩十首」を作り、文徴明・徐禎卿、及び呂㦂みんなに和詩がある。唐寅は和詩三十首を作った。その「五更風雨葬西施（五更の風雨西施を葬る）」（其八）という句は、人々にもてはやされ諳んじられた。呂㦂、字は秉之、秀水（浙江省嘉興県）の人。詩名はとても高かった。 唐寅が沈周・呉寛・顧大典らと文徴明の描いた「林亭秋色」に詩を題したのは、おおよそこの時である。顧大典は呉江の人で、書画に秀でており、詩もうまかった。隆慶の間（一五六七～一五七二）の進士。 四月、「坐臨渓閣図」を描いて姚丞に贈った。姚丞、字は存道、呉県の人。詩がうまく、隠居して仕えなかった。 七月十日、礼部尚書呉寛が在任中に逝去した。享年七〇歳。 王鏊について行って林屋洞に遊び、名前を洞の石壁に記した。この時、王鏊は父の喪中で郷里にあった。 冬、徐禎卿が会試を受験するために北京に上京した。 斉雲山に出かけて詩と聯句を作った。歙県で「沢富祠堂記」を作り、呉民道の為に「竹斎記」を作った。 二月、「南游図巻」を描いて、金陵に行く琴師楊季静に贈った。呉奕・文徴明・徐元寿・王渙・劉布・黄雲・祝允明らはみな「南游図巻」に詩を題した。徐元寿、字は尚徳、徐経の叔父、博学で詩がうまかった。王渙、字は渙文、長洲の人。若い時に陸南・文徴明と名を斉し	「斉雲巌縦目」（巻二）・「斉雲山聯句」（補巻四）・「沢富祠堂記」（巻五）・「竹斎記」（巻五）・「南游図為楊季静作」（補巻三）・「桃花菴歌」

くした。劉布、字は時服、長洲の人。黄雲、字は応龍、崑山の人。典故（典拠のある事柄）に詳しく、詩文を作るのに長けていた。歳貢（学生で長く郷試に合格できない者を学校の教員として送る制度）によって瑞州府学の訓導（教師のこと）として仕えた。

徐禎卿・王韋らが進士となった。徐禎卿は容貌が醜かったので大理寺評事（裁判を司る）の官を授けられた。この時、戸部郎中李夢陽・中書舎人何景明らは、「文は必ず秦・漢、詩は必ず盛唐」というスローガンを提唱していた。徐禎卿はまもなくして李夢陽・何景明と交流を持ち、若い時の自身の詩風を悔いた。時に、李夢陽と何景明は復古を自らの使命とし、二人とも国士の趣きを持っていた。

三月、桃花塢の質素な菜園に植えた桃の樹が満開になり、「桃花菴歌」を作った。

十月八日、沈周が再び自作の「匡山新霽図」に詩を題して、唐寅もこれに詩を賦した。

十一月十日、王鏊らについて行って虎丘に遊び、名を剣池の石壁に題した（底本・附録三「唐六如題虎丘云云」の条、及びその按語参照。ここでいう「名を題す（題名）」とは、名勝などを見物した年月と同行者の名を記すこと。）。

十二月上旬、「寒林高士図」（「題画弘治云云」）を作った。

（巻一）・「題沈石田新霽図」（補巻二）・「題画弘治乙丑臘月上旬画並題」（補巻三）・「次張秋江韻題陸明本贈沈石田墨梅巻」（補巻二）・「酔時歌」（巻一）

			この年、張秋江が長至（夏至・冬至のこと）の日に沈周を訪ねた時の詩に次韻し、その詩を陸復が贈った沈周の「墨梅長巻」の後ろに題した。陸復、字は明本、呉江の人。 「酔時歌」を作って、浮観に示した。[29]	
一五〇六	明武宗正徳元年丙寅	三七歳	再び九仙山に赴いて神に祈って夢の中で吉凶を告げてもらった。王鏊に唐寅を送別した詩がある。[30] 夢の中で、ある人が「中呂」の二文字を示したが、その意図が分からなかった。そこで、王鏊に意味を尋ねてみたが、彼も分からなかった（王鏊『震沢長語』巻下、夢兆）。桃花塢の質素な庭園に住宅を建てることを計画。[31] 徐禎卿に送った手紙の中で、このことに言及していた。徐禎卿の受験費用を援助したことで建築費が捻出できなかった唐寅は彼をなじった。徐禎卿にこのことを弁解した詩がある。[32] この時、徐禎卿は囚人を逃したことで責任を問われ、国子博士（大学の教授）に左遷された。徐禎卿は北京を出て各地を遊覧し、故郷の蘇州に帰ってしばらく滞在した。 正月、「張果老像」を描いた。 春、「蘭亭図」を描き、文徴明書の「蘭亭叙」とまとめて一つの軸に表装した。 穀雨（穀物を育てる雨の意で、春三月の終わりころを指す）の日、作った七言排律一首を行書で書いた。	「張果老像」・「蘭亭図」・「欠題正徳元年穀雨日書」（補巻一）・「正徳丙寅奉陪大冢宰太原老先生登歌風台謹和感古佳韻並図其実景呈茂化学士請教」（補巻二）・「出山図」・「題画一百十三首・其十二」（補巻四）・「兵勝雨晴」（補巻二）・「為楊君祐先生作復生図仍為賦此」（補巻一）

王鏊と歌風台（江蘇省沛県の東。漢の高祖が「大風歌」を歌った所）に登った。王鏊が詩を作り、唐寅はそれに次韻した（「正徳丙寅奉陪大冢宰云々」）。この時、「歌風台実境図」を描いた。[33]

四月、「出山図」を描いて王鏊に贈った。この時、王鏊は吏部左侍郎として召し出されて北京に参じた。朱存理・祝允明・徐禎卿・張霊・呉奕・盧襄らにこの時作った詩がある。盧襄、字は師陳、呉県の人。兄の盧雍と共に能文家として名声があり、当時、二盧と称された。

十二月、王鏊は戸部尚書文淵閣大学士に任命された。

五月四日、「関山行旅図」（「題画」其十二）を描いた。呉奕の題辞がある。

九月、「兵勝雨晴」詩を作った。これより以前、海賊の鈕東山が海に沿って掠奪行為を行って民を苦しめ、巡按御史の曽大有と都御史艾璞が鈕東山らを討伐したことがあった。蘇州の教養ある人々は、相継いで詩歌を作ってこのことを称えた。[34]文徴明は、「靖海頌言序」を作った。

楊遵吉のために「復生図」を描いた。楊遵吉は、楊循吉の弟。四十歳あまりで奇病を罹って、死にそうになったが、息を吹き返した。そのため、復生と号した。

唐寅はかつて「水墨桃杏扇面」を作ったが、いい加減な輩がその扇面に勝手に詩を書きつけてしまった。唐寅は怒って墨でその詩句を

			塗りつぶしてしまった。この時、楊儀という十九歳の青年がその場に居合わせた。唐寅が塗りつぶしたばかりの墨を洗い落とし、墨の下に残った字に沿ってうまく字を当てはめて見事な「長相思」詞を作りあげた（底本・附録三『戒菴老人漫筆』巻六参照）。楊儀、字は夢羽、常熟の人。家には蔵書がたくさんあり、性格は極めてさっぱりとしていた。官職は山東副使にまで上りつめ、清廉なことで称賛された。	
一五〇七	正徳二年丁卯	三八歳	桃花塢の小園の中につぎつぎと桃花菴・夢墨亭・学圃堂・寤歌斎などを築いたのは、おおよそこの年の前後だったろう。祝允明が「夢墨亭記」を作っている。 桃花菴が落成したばかりのとき、沈周・黄雲・祝允明ら親しい人々と集会を開き、詩文を作りあった。この時、文徴明は兄の文奎が獄に繋がれてしまい、それをあらゆる手段を講じて助けようと必死だったので、集会に参加する暇がなかった。 二月三日、祝允明が「高士賛」を唐寅の描いた「高士図」に書いた。 三月、唐寅は「盧鴻終南十景」を描き、呉奕が十景それぞれに行書・楷書などで楚辞風の詩を書いた。 夏、祝允明は曹駿才のために趙雍の画いた「天閑騏驥図」に跋語を題した。唐寅にも「題趙仲穆天閑騏驥図」詩がある。 王蒙の「松陰高士図」を摸写した。	「高士図」・「盧鴻終南十景」・「題趙仲穆天閑騏驥図」（補巻四）・「題滄浪図為滄浪先生賦（題松陰高士図）」（補巻一）・「水墨山茶梅花」（補巻三）・「正徳戊辰灯夕余訪蠡渓発解留宿数夕春寒特甚天意欲雪因作此図系之以詩二首（題陽山積雪図）」（補巻三）

			呂㦖が南太常寺卿から職を辞して故郷に帰った。呂㦖は沈周の詩に次韻して、唐寅が描いて呉爟に贈った「江深草閣図」に題した。その詩に、「唐君非画師、英華発于積（唐君画師に非ざるも、英華積より発す—唐寅は画師ではないけれど、歳月を積むことによって才能が開花した）」という句がある。また、沈周の原詩にも「顧子斂光怪、以俟歳月積（顧るに子光怪を斂め、以て歳月の積もるを俟つ—思うに唐寅君は光輝く才能を秘めている、それは歳月が積もることで発揮されよう）」という句がある。呉爟、字は次明、呉の人。その詩文は清くさっぱりとしていて、しっかりと古典を学んでいる。この年、唐寅は「水墨画山茶梅」を描き、詩も題している。 王鏊が少傅兼太子太傅武英殿大学士に昇進した。 徐経が逝去した。享年三十五歳。著作に『貢感集』があり、文徴明はこの著書のために序文を書いている。	
一五〇八	正徳三年戊辰	三九歳	正月灯夕（十三から十五日）、鄒螽渓発解（解元に同じ）を訪問、数日滞在し、図と詩を作った。 二月十六日、「杏花草閣図」を描いた。 三月十日、文徴明・朱凱・呉奕らと共に竹堂寺に集まった。文徴明と共に画を描いた（「正覚禅院牡丹図（三月十日、偕嗣業云々）」）。朱凱・呉奕らの題辞がある。 春、「許由掛瓢図」を描いた。	「正徳戊辰鐙夕余訪鄒螽渓発解留宿数夕春寒特甚天意欲雪因作此図系之以詩用紀時事云」（補巻三）・「杏花草閣図」・「三月十日、偕嗣業・徴明・

一五〇九	正徳四年己巳	四〇歳	朱立夫のために「鱖魚図」を画いた。春、沈周が画に題辞を書いた。 唐寅の弟唐申の長男唐長民が亡くなり、九月に埋葬した。唐寅は唐長民のために墓誌銘を作ってやった。 四月、「驟雨図」を描き、詩を題した（「題画正徳三年云云」）。 八月、戴昭が休寧（安徽省歙県）に帰るのを送った詩（「送戴明甫」）と画（「垂虹別意図」）がある。(35) 戴昭は以前、斉雲巌（休寧県の西）紫霄宮の養素道人汪大元のために、唐寅に頼んで「斉雲巌紫霄宮元帝碑銘」を作ってもらったことがある。戴昭、字は明甫。かつて唐寅に従って詩を学んだことがある。沈周・朱存理・祝允明・楊循吉・邢参・陸南・文徴明らに贈行（送別）の詩がある。 秋、「夏山欲雨巻」を描いた。また、「板橋曳杖」と「絶壁流泉」二枚の扇面（扇子の紙面）を描いた。 「銭貴小像」に題辞を書いた。同じく詩などを題した者に徐禎卿・陳沂・祝允明・都穆・文徴明・張霊・邢参ら十余名がいる。 文徴明の詩に答えた「元旦」詩がある。 桃花菴で「四十自寿」詩、及び図を作った。王鏊・張傑・沈周・呂㦂らが「唐寅象賛」を『唐寅象冊』（底本・附録二「呉越所見書画録」）に題したのは、だいたいこの頃だろう。張傑、鳳翔（陝西省）の人。正統の時（一四三六～一四四九）の領郷薦（郷試合格者）。講学（師弟で集まって学問を探究すること）に努めて、その名は当時の人々に重んぜられた。	堯民・仁渠同飲正覚禅院。僕与古石説法、而諸侯譃浪。庭前牡丹盛開。因為図之」（補巻三）・「許由掛瓢図」・「鱖魚図」・「杏花草閣図」・「題画正徳三年孟夏月画（題江山驟雨図）」（補巻三）・「送戴明甫」（補巻二）・「唐長民壙志」（巻六）・「夏山欲雨巻」・「板橋曳杖」・「絶壁流泉」・「題文徴明雨景」（補巻三） 「元旦次韻奉答徴仲先生削正」（補巻二）・「四十自寿」（巻二）・「四十自寿題桃花菴図」・「寿王少傅」（巻二・補巻三）・「林屋洞図」（補巻三）・「題

「文会図」を描いて、王鏊六十歳の祝いに贈った。また、七言絶句を作って王鏊の長寿を祝い、「弘治甲子林屋洞題壁図」などに筆を加えて寄贈した。

沈周と共に文徴明の「雲山図」に詩を題した（「題文徴明雨景」）。

二月、譚維時の請求に応じて「槐陰高士図」を描いて、譚氏の岳父（妻の父）陳可竹にお祝いとして贈った。呉奕・文徴明の題辞がある。

三月、祝允明が王聞のために、「存菊解」を作って、文徴明画「存菊図巻」の後に題した。唐寅にも詩がある。王聞、字は達卿。祖父から続く医者の家系であった。唐寅、「秋林野興図」を描き、五言絶句（「題画正徳四年三月」）一首を題した。

四月、「竹爐図」を補い、祝允明の「和呉寛竹爐詩」と合わせて一つに表装した。以前、呉寛は成化年間（一四六五～一四八七）に無錫の盛舜臣が蔵していた竹爐（茶を煮る爐）を見たことがあった。それは恵山（無錫にある山。僧房があった）の元代の僧が制作したものを摸したものであり、盛舜臣の叔父盛顒の銘文があった。そこで、呉寛は七律一首を制作した。祝允明に和詩がある。盛顒、無錫の人。景泰年間（一四五〇～一四五六）の進士。官職は左都御史（官吏の行動を取り締まる役職）にまで至って、よく役職を全うした。

唐寅は祝允明らと支硎・天平・一雲などの寺に旅行して閶門に帰った後、祝允明らを自宅の楼閣に招いてちょっとした宴会を開き、秘

文徴明雨景」（補巻三）・「槐陰高士図」・「為達卿先生作存菊詩」（補巻三）、「題画正徳四年三月」（補巻三）・「竹爐図」・「聞太原閣老疏疾還山喜而成詠輒用寄上」（補巻二）・「孟嘗」（補巻一）、「題画正徳四年初夏写」（補巻三）・「野望憫言図」（補巻一）・「題陳克養翁菖蒲図」（補巻三）・「題画九十首（其六十一）」（巻三）・「正徳四年十月十日出郭訪張夢晋秀才因書道中所見作小詩二首于図上（題秋山尋隠図）」（補巻三）・

蔵の初唐の褚遂良が摹書した「蘭亭序」を見せた。祝允明の題辞がある。

王鏊が退職を願い出たと聞き、寄せた詩（「聞太原閣老疏疾還山云々」）がある。王鏊は宦官劉瑾が政権を掌握しているのを見て、もはや為す術がなかった。そこで、退職を願い出て、承諾された。璽書（天子の詔勅の書かれたふだ）を賜り、駅馬（四頭立ての馬で、とても速い）に乗って帰郷した。

顧璘・陳沂・王韋の求めに応じて、両漢（前漢・後漢）の循吏（良い官吏）をお題として、詩を作り、役人として延平（福建省南平市）に赴く朱応登に贈った。唐寅が作った詩は「合浦太守孟嘗」を題材にしたものだった。[36] 文徴明は朱応登のために「剣浦春雲図」を制作した。朱応登、字は升之、号は凌谿、宝応（江蘇省高郵市）の人。

八月二日、沈周逝去、享年八十三歳。

九月望日（十五日）、王鏊と一緒に相城に行って沈周の家を弔問した後、宗譲の家に泊まった。この年、呉の地方では初めは日照り、次いで長雨といった災難に見舞われた。宗譲はずいぶんと苦しい思いをしていた。王鏊は詩歌を作って彼を慰めた。唐寅は、「野望憫言図」を描き、次いで詩を題して、宗譲に贈った。

九月二十日、陳良器と一緒に陳頤の「画盆石菖蒲図」を見て、詩を題した。陳頤、字は克養、蘇州の人。山水花卉を描くのが巧みだった。陳良器は陳頤に師事していた。

「題画正徳己巳季冬朔後五日再宿子僊存餘堂中時風雪寒甚写此寄興且索浮休和之」（補巻三）・「贈文学朱君別号簡庵詩」（巻一）・「題周東村南山駆魁図」（注37）

一五一〇

正徳五年庚午

四一歳

十月十日、郊外へ出て張霊を訪問し、画を描き、途中で見てきたものを記し、さらに詩を題した（「正徳四年十月十日云々」）。

十二月六日、江陰で薛章憲と一緒に朱承爵の存餘堂に二晩泊まった。この時、雪が風に吹かれて舞っていた。そこで、雪からの連想で梅を描き、詩（「題画正徳己巳季冬云々」）を題して、さらに薛章憲に和韻詩を作るよう求めた（補巻三）。薛章憲、字は堯卿、詩文を作るのが得意だった。徐経とは表兄弟（母方の従弟）という間柄で、隠居して官職に就くことはなかった。朱承爵、字は子儋。詩文を作るのがうまく、画も上手だった。

蘇州府儒学（学校の教授）の朱泰に贈った詩がある。朱泰、字は世泰、号は簡庵、莆田（福建省仙遊県）の人。この年、蘇州に赴任してきた。周臣の画に題した七言古詩一首[37]がある。

呉江の史氏の所に行き、数日に及んで史氏の所蔵する画を閲覧した。家に帰ると、その画を思い出して十餘帖の画を描いた。四月二十五日、画に跋文を書いて徳弘に贈った。

夏、李唐に倣って山水図（「題画九十首・其七十」）を描いた。

秋、画を描いて黄古渓を祝い、詩も作った。祝允明の文が添えてある。七月の作である。

王献臣のために「西疇図」を作った。王献臣、字は敬止、呉県の人。弘治年間の進士。行人（国の賓客を接待する官職）から御史に抜擢

「摸古冊」（補巻六）・「題画九十首・其七十（題仿李唐山水）」（巻三）・「画寿古渓黄翁」（補巻三）・「西疇図為王侍御作」（巻二）・「正徳庚午仲冬廿有四日嘉定沈寿卿無錫呂叔

			された。厳しく潔白で正直な臣下の風格をたたえていた。西廠（宮中で、宦官が牛耳っていた裁判所）に中傷され、左遷された。この時、王献臣は高州（広東省）通判であり、父の喪に遭って、故郷に帰った。蘇州に拙政園を築き、死ぬまで二度と出仕することはなかった。 十一月二十四日、唐寅は舟で無錫に行き、文林の船上で嘉定（江蘇省宝山県）の沈寿卿・無錫の呂叔通と出逢った。酒が入って盛り上がってくると各々句を重ね、聯句による七言律詩一首を作った。冬、唐寅は錫山（江蘇省無錫）の成趣園に仮住まいし、雪降る中、李晞古の「山陰図巻」を摸写した。	「通蘇州唐寅邂逅文林舟次酒闌率興聯句皆無一字更定見者応不吝口歯許其狂且愚也」（補巻四）・「倣李晞古山陰図」（補巻六）
一五一一	正徳六年辛未	四二歳	竹堂寺で梅を見て王鏊の韻に和した詩があり、自作の「墨梅図」にその詩を題した。 四月二十二日、宋人の彩色画に倣って「闘茶図」を描いた。宋・陳居中の「臨唐人画崔鶯鶯像」を摸写し、「過秦楼」詞を題した。 文徴明らと孫一元の「夜泛石湖」という詩に追和した（その場で唱和するのではなく、前に作られた詩に和すること）。孫一元、字は太初、秦（陝西省）の人と自称した。その身なりは垢抜けていて、詩作がうまかった。孫一元は、これより一年前の夏の夜、沈周と石湖に舟を浮かべて唱和詩を作っていた。 姚広孝の「画墨竹」に詩を題した。姚広孝、長洲の人。もともと医者の子供だったが、仏門に入って僧となり、道衍と名乗って、燕王（明	「竹堂看梅和王少傅韻」（補巻三）・「墨梅図」・「闘茶図」・「過秦楼・題崔鶯鶯小像」（補巻五）・「次韻孫太初秋夜泛月之作」（補巻二）・「題姚少師画竹」（補巻四）・「為梅谷徐先生作」（補巻三）「譜双序」（巻五）・「賞梅図」（補巻三）

			の第三代皇帝、永楽帝朱棣）に謀反を起こして帝位を獲るよう進言した。燕王が永楽帝として即位すると、姚広孝は太子少卿を拝命し、還俗して名前を賜った。 徐梅谷のために画を描いた。この画には、崑山知県の方豪・嘉定知県の王応鵬、及び都穆らの題辞がある。方豪、開化（浙江省）の人、字は思道。王応鵬、鄞（浙江省）の人、字は天宇。二人とも正徳三年の進士で、実直な性格で善政を行った。 呉県の沈律が編修していた『欣賞編十種』全十四巻が完成した。唐寅はその中の「譜双」のために序文を作った。沈律、字は潤卿。家は代々医者を生業としていて、法書（書道作品）や名画をたくさん収集していた。文徴明・徐禎卿らがいつも鑑賞しに足を運んでいた。 十二月上浣（上旬）、「賞梅図」を描いて詩を題した。 呂憲逝去、享年六十三歳。徐禎卿逝去、享年三十三歳。	
一五一二	正徳七年壬申	四三歳	正月、王鏊と王鏊の息子延陵らと呉王闔閭の墓を虎丘の剣池に見に行き、墓の入り口の壁に名前を記してきた。(38) この時、剣池は枯れていたため、岩肌が露出していたのである。 二月、倪瓚がずっと蔵していた漢代の長生殿・未央宮の瓦当硯（瓦頭硯とも言う。昔の宮殿の瓦で作った硯）を手に入れ、篆書で識語を題した。唐寅の所蔵する硯はとても多く、以前、文徴明にも硯に識語を題してくれるよう頼んだことがあった。その墨霞寒翠硯は、後に文徴明の手に渡った。	「彦九郎還日本作詩餞之座間走筆甚不工也正徳七年壬申仲夏望日（補巻二）」・「題倪瓚画」・「山静日長図冊」・「題雲林画六幅」（補巻二）

一五一三

正徳八年癸酉

四四歳

五月望日、七言律詩一首を作って、日本へ帰国する彦九郎に手向けた。

中秋、韓君東の書斎で、「題倪瓚画」を作った。

九月、「山静日長図冊」を描いた。

十月、王鏊が訪ねてきた。王鏊に唐寅に贈った詩がある。梅のつぼみが今しも開こうとしていたこと、詩中に言及してある（底本・附録五）。

祝允明・文徴明・薛章憲・陳沂・王韋・王寵らと王冕の「画梅」詩に追和し、画の装幀に字を題した。王冕、明初の人。梅花竹石を描くのに長けていた。王寵、字は履吉、号は雅宜、呉県の人。書道に長け詩を作るのもうまかった。この時、十八歳。

この年、寧王朱宸濠が唐寅を幕下に招いた。この招聘は文徴明・謝時臣・章文らにまで及んだ。文徴明はこの招きを、病を理由に拒んで朱宸濠に会うことはなかった。謝時臣は画がうまく、章文は鐫刻（彫刻）がうまかった。

都穆が退職した。朱凱が逝去した。

三月、元・羅大経『鶴林玉露』巻四の「山静日長」一則を題材に彩色画「山静日長図冊」十二幅を作った。王寵はこの画一幅ごとに「山居篇」を書いた。

四月二十六日、張沖のために「雲槎図」を描いた。また、以前に張沖の父のために「賓鶴図」を描いたことがある。張沖、字は応和、

「山静日長図」・「雲槎図」・「倦繡図」（補巻三）・「画呈何老大人」（補巻三）・「書贈雲荘」（補巻一）・「送陶太痴

			号は雲槎。商人を生業としていた。孝行もので義理堅いと有名で、任侠者の雰囲気を持っていた。 五月、「倦繍図」を描き、詩を題した。 重陽の日（九月九日）、王寵が酒を飲みにやって来た際に歌を作った（「九日過唐伯虎飲贈歌」、底本・附録五）。この時、王寵と文徴明は郷試に落第していた。そのため、歌に、「秋風日落暫長途、我亦垂眉下帝都（秋風日落ちて長途に暫く、我れも亦た眉を垂れて帝都を下る）」という句があるのだ。 呉県知県の何炌《かかい》のために山水画を描き、詩も題した。何炌、江夏（湖北省武昌県）の人。進士となって赴任してきたが、この年、親の喪に遭って帰った。 長編の詩を作って謝雍に贈った。謝雍、字は元和、号は雲荘。読書を好み、とても家族を大事にする人だった。唐寅を「奇士」と称した。謝雍と祝允明とは親友であった。十二月九日、陶太痴が臨川（江西省）に教授として赴任していくのを送った詩と序文がある。[39] 朱存理逝去、享年七十歳。	「分教撫州序」（巻五）・「客中送陶太痴赴任」（補巻二）
一五一四	正徳九年甲戌年	四五歳	三月、劉麟・顧璘・祝允明と共に文徴明の画扇を観賞した。画扇にそれぞれの題辞がある。劉麟、字は元瑞、金陵の人。この時、陝西布政使の任に赴く途上、呉に立ち寄ったのである。 四月、陳淳が扇に花石を描いた。唐寅と祝允明・文徴明に題詩がある。	「次韻題陳道復花石扇」（補巻三）・「三也罷説」（補巻六）・「許旌陽鉄柱記」（巻五）・

陳淳、字は道復、号は白陽山人。詩や画がうまかった。文徴明の入室（親密な弟子）であった。

重陽の日、夢墨亭で丁文祥のために「三也罷説」を作った。祝允明は唐寅の為に「夢墨亭記」（底本・附録五）を作った。丁文祥、字は瑞之。塾の教師を生業としていた。

秋、祝允明が謁選（吏部［官吏の進退を司る部署］に赴いて役職を与えられること）されて、興寧県（広東省興寧市）の県令となった。今後の身の振り方を訊ねた手紙を唐寅に寄せている（「与唐寅書」、「与唐寅」底本・附録五）。冬、祝允明は赴任していった。

唐寅は江西省に赴き、寧王朱宸濠の招聘に応じた。江西省にいた時に「許旌陽鉄柱記」・「荷蓮橋記」などの作がある。謝時臣・章文らも招きに応じて朱宸濠の下に参じた。

唐寅に「上寧王」という詩がある。その最後の二句に、「是非満目紛紛事、問我如何総不知（是非満目紛紛たるの事、我に如何を問ふも総て知らず—目前に次々と起こる出来事の是非、これを如何に処理したら良いのかと、わたしに聞いたところで全くわかりませぬ）」とある。

十一月、陳春山に寄せた手紙がある。その内容は、無錫の華珵らに花や木を冬の間に移植するようにと言付けたものである。華珵、字は汝徳、無錫の人。もともと古いものが好きで、尚古斎を築いて書画や骨董を貯蔵した。そのため、尚古生と号した。

「荷蓮橋記」（巻五）・「上寧王」（巻二）・「致陳春山」（補巻六）

一五一五	正徳十年乙亥	四六歳	江西省の寧王朱宸濠の所有する屋敷にいた。宸濠の所業が色々と不穏であるのを見て、きっと謀反を起こすだろうと察知し、狂ったふりをして過ごした。朱宸濠が使者を遣って贈り物を届けさせたところ、唐寅は素っ裸で大股を広げて坐っており、使者を叱責した。使者がこのことを朱宸濠に告げると、宸濠は「いったい誰が唐寅は賢者と申したのか、ただ頭のおかしい輩でしかないぞ」と言って、結局、唐寅を郷里に帰してやった。実は予てから唐寅は謀反の事を知っていた。もともと江西副使として赴任していた崑山の王秩なるものが、寧王が兵器を南贛に備蓄しているのを見て、朱宸濠に謀反の意があることを知り、それとなく唐寅に伝えていたのだった。 二月中旬、錦峰上人の山房を訪ねて行き、上人のために梅枝の画を描いた。 三月中旬、呉に帰った。 姜龍に寄せた手紙がある。これまでの江西省の情況をしたためている。手紙の中には、「いわゆる『興が失せて帰る』というやつだ」とあった。姜龍、字は夢賓、号は時川、大倉の人。正徳年間の進士。雲南按察使となり、雲南に四年間滞在した。彼の滞在中、異民族と漢族とがいがみ合うことなどなかった。 また文徴明に寄せた手紙がある。顔路（顔回の父親で孔子の弟子だったことがある）が孔子よりも年輩だったのに孔子を師としたことに	「乙亥歳二月中旬游錦峰上人山房戯写梅枝並絶句為贈」（補巻三）・「致姜龍」（補巻六）・「又与文徴仲書」（巻五）・「自書詩冊」（補巻六）

			倣って、十ヶ月年下の文徴明を師匠としたいと述べている。手紙にはさらに、「口先だけのことではない、そもそも心から慕い仰いでいるのだ」と述べている。 十一月十八日、象円社の長が桃花菴を訪ねてきて詩律について語り合った（「自書詩冊」参照）。そこで、最近作った詩数首（「遊廬山」・「遊焦山」・「白髪」・「過厳灘」・「春暁」・「客中別陶太痴赴任」。江本を参照）を書き示して教えを請うた。	
一五一六	正徳十一年丙子	四七歳	近年作った詩を書して呉県の知県李経に贈った。また、李経のために山水画を描き、併せて詩を題した。李経、真陽（河南省）の人。正徳九年に進士に合格し、呉県の知県の任についた。 長洲知県の高第が訪ねてきた。しかし、あいにく出迎えることができなかった。そこで、詩を作って陳謝に代えた。高第、字は公次、綿州（四川省）の人。正徳年間の進士。儒家の教養があり、学問によって言行を正した。 「送徐朝咨帰金華序」を作った。徐朝咨は、蘇州知府の徐讃（字は朝儀）の弟で、母親を見舞うために蘇州に来ていた。 重陽の日、文徴明らが桃花塢に集まった。文徴明に詩がある。 「呉徳潤夫婦墓表」を作った。呉徳潤、呉の人。かつて王鏊に付いて学んだ。	「題画画呈李父母大人先生」（補巻三）・「長洲高明府過訪山荘失于迎迓作此奉謝」（巻二）・「送徐朝咨帰金華序」（巻五）・「呉君徳潤夫婦墓表」（巻六）

一五一七	正徳十二年丁丑	四八歳	清明の日（冬至から一〇五日目、陽暦の四月二十日ころ）、倪瓚の「江南春」詩に追和（後に故人の作に和すること）し、これを書作品として書いた。 三月、夢墨亭で画を描き、詩を題した（「題画正徳丁丑三月」）。 端陽（五月五日）、文徴明が、唐寅から借りていた石経（石に刻んだ儒家の経書）の拓本に跋文を書いて返却した。文徴明はそれが宋の高宗（南宋の初代皇帝趙構）の書であると鑑定した（「跋宋高宗石経残本」、『文徴明集』巻二二、底本・附録五）。 夏、石湖に暑を避け、李公麟（宋の李龍眠）の「飲仙図」を臨摸して「飲中八仙歌」を末尾に題した。祝允明が跋文を題した。 八月、桃花塢の学圃堂で「秋樹豆藤図」を描いた。 十一月十五日、夜、広福寺（光福寺）前の妓楼に泊まって詩を作った。 文徴明の「贈楊進卿飛鴻雪跡図」に唐寅が詩を題した。楊進卿はちょうど金陵に帰るところだった。 呉県知県李経を送った詩がある。李経は戸部主事に昇進したことで、知県の任を解かれて、蘇州を去ったのである。	「江南春次倪元鎮韻」（巻一）・「題画正徳丁丑三月」（補巻三）・「臨李公麟飲仙図並書飲中八仙歌」（補巻六）・「秋樹豆藤丁丑仲秋画於学圃堂」（補巻五）・「丁丑十一月望夕宿広福寺前作」（補巻三）・「奉和文停雲贈進卿楊先生詩韻」（補巻二）
一五一八	正徳十三年戊寅	四九歳	二月社日（立春後四十五日）、徐子芳のために「秋庭記」を書いた。 春、崑山の鄭若庸らと丹陽にやってきて、孫育と一緒に禊ぎ払いの酒宴を開いた。孫育、字は思和、号は七峰。隠居して仕えなかった。鄭若庸は古典に詳しく、詩もうまかったし、曲を作るのにも長けていた。その名声は全国に伝わっていた。	「秋庭記」（補巻六）・「丹陽景図」・「風雨浹旬厨煙不継滌硯吮筆蕭然若僧因題絶句八首奉寄孫思和」（巻

			四月中旬、丹陽の孫育の七峰精舎で「丹陽景図」を描き、七言絶句八首を題した。 八月十四日の夜、夢に制義（八股文＝明清時、科挙受験の時に作る文）を作り、目覚めて後、その中の一聯を書き留めた。また、科挙を受験した時のことを夢に見、そのことを記した詩（「夢」）がある。 徐廷瑞の妻呉孺人の墓誌銘を作った。呉孺人は唐寅の岳母（妻の母）であった。	三）・「戊寅八月十四日夜夢草制其中一聯云」（巻六）・「夢」（巻二）・「徐廷瑞妻呉孺人墓誌銘」（巻六）
一五一九	正徳十四年己卯	五〇歳	「五十自寿」詩がある。 七言律詩一首（「寿王少傅」）、及び「柱国少傅守渓先生七十寿序」を作って王鏊を祝った。 正月、「琵琶行図」を描いた。この三年後、文徴明が「琵琶行」の詩をこの画に書した。 三月、「尋梅図扇面」及び「唐人詩意画軸」を描いた。 春、「荷浄納涼扇面」（「虚閣納涼図（題画其六七）」）及び「山水巻」（「題画其四二」）を描き、同時に題した。 中秋、無錫の華雲の誘いに応じ、剣光閣に行って月を愛でた。そこで、十日にわたって酒を飲み詩を作りあって楽しみ、「山静日長」という一則をまとめて十二の画幅にした。この作業は三月になってやっと終わった。王守仁は華雲のために画に文章を対頁に書いてやった。 華雲、字は従龍、号は補菴。邵宝に師事し、王守仁の門下に出入した。	「五十自寿（題西洲話旧図・言懐二首其二）」（巻二）・「五十自寿」（補巻二）・「寿王少傅」（巻二）・「柱国少傅守渓先生七十寿序」（巻五）「琵琶行図」・「正徳己卯承沈徴徳顧翰学置酌禅寺見招猥鄙杯酒狼藉作此奉謝」（巻二）「題画己卯春日」（補巻三）・「題画一百十三首・其四十

官職は刑部郎中に至って退職した。収蔵している品が豊富だった。文徴明とも親密に交遊していた。王守仁、餘姚（浙江省）の人。弘治年間の進士。後に朱宸濠の謀反を平定した功績によって、南京兵部尚書に抜擢され、新建伯に封ぜられた。功績・気概・文章、すべて人に称えられた。

秋、「会琴図」を作り、詩を題した。

西洲（釈正念）のために画を描き、「五十自寿」の詩を画に題した（巻二）。また、「漫興」等詩八首を書いて贈った。文徴明がこの画を補っている。

富渓汪君のために「双鑑行窩図冊」を作った。

沈徳徴・郁子江・顧廷茂が禅寺で宴会を開いて唐寅を招待した。そこで、唐寅は詩を作って感謝を示した。

王守が会試を受けるために北京に行くのを送った詩がある。王守は、王寵の兄、字は履約。この年に郷試に及第した。翌年、会試を受験するも落第した。

この年の四月、寧王朱宸濠が謀反を起こした（『明史』武帝紀では六月）。七月、王守仁がこれを破り、捕らえることに成功した。謝時臣・章文は事変が起こる前に逃れており、なんとか処分されずに済んだ。

十二月、再び李嵩の「渡海羅漢図」をひろげて、跋文を書いた。[40]

二（補巻四）・六十七（補巻四）」・「題画九十首・其八九（題会琴図）」（巻三）・「双鑑行窩図冊」・「双鑑行窩記」（補巻六）・「渡海羅漢図」（注40）

一五二〇	正徳十五年庚辰	五一歳	二月、「採蓮図」を描いた。その後、項元卞が文彭書の「採蓮曲」を合わせて一巻にした。項元卞、字は子京、号は墨林、秀水（浙江省嘉興県）の人。博識で古の文物を好み、収蔵している品は多く、絵画にも精通していた。文彭、字は寿承、号は三橋。文徴明の子供である。書に長けて詩もうまかった。また、篆刻も上手で、唐寅が用いた印はおおむね文彭の手によるものであった。 祝允明・楊一清・張寰・陳沂らと丹陽の孫育が住む南山の絶壁のもとで禊ぎ払いを行った。楊一清が山壁に名前を揮毫し、唐寅は画を描いて、その画帖のはじめに七言古詩を題した。楊一清、字は応寧。博学で、才能ある人を重んじた。また、辺塞地方のことに詳しかった。官職は吏部尚書武英殿大学士に至った。張寰、字は允清。正徳年間の進士。官職は通政使参議に至って退職し、後は読書して悠々自適に暮らした。 三月、「吹簫仕女図」を描いた。 四月十六日、舟を梁渓に泊めて、心菊のために「水龍吟」二首を作った。二十日、「山水扇」に彩色した。 五月、学圃堂で「墨牡丹」を描いた。 晋陵の丁潜徳のために「西山草堂図」を描いた。七月既望、銭貴がこの画のために「草堂記」を作った。 七月十六日、李晞古の画法に倣って「渓橋聴笛図」を桃花菴で描いた。
			「采蓮図」・「石壁題名図」（補巻一）・「吹簫仕女図」・「水龍吟題山水二首」（補巻五）・「墨牡丹」（補巻三）・「西山草堂図草堂詩為丁君潜徳賦」（補巻二）・「用李晞古法画渓橋聴笛図」・「庚辰冬十月廿日戯作古梅数枝並記歳月云」（補巻三）・「正徳庚辰冬漫書旧作二首于寤歌斎」（補巻三）

			八月、「落花図」を描き、その上に「和沈石田落花詩三十首」中の詩十首を題した。 秋、「蕉石扇面」に彩色した。 十月二十日、「古梅数枝」を描き、詩を題した。 冬、かつて作った七言絶句二首を寤歌斎で書した。 この年、寤歌斎で作った「尋山図扇面」がある。 十二月、寧王朱宸濠が誅殺された。 孫一元、呉興にて逝去。享年三十七歳。	
一五二一	正徳十六年辛巳	五二歳	禊ぎ払いの日（三月三日）、学圃堂で「帰牧図扇面」を描いた。 三月、「観杏図」を描いた。また、「携琴訪友図巻」を描いた。 春、「菖蒲寿石図」を描いた。文徴明の題辞がある。 五月七日、長洲の蕙茂卿が訪ねてきて、何曲か琴を演奏した。そこで、夢墨亭で画を描いて贈った。蕙茂卿、号は桐菴。十五日、「応神図」を桃花菴で描いた。十七日、「山水軸」を描いた。この月、夢墨亭で郭熙を摸倣して「山水長巻」を描いた。五年後、祝允明がこれに跋文を書いた。 夏、結夏（四月十五日）、福済院で画や詩を作ったりしてほしいままに楽しんだ。 八月、文徴明の家に滞在していた。玉磬山房で文徴明のために「画瀟湘八景冊」を作った。 また、夢墨亭で「品茶図巻」を作った。	「帰牧図扇面」・「観杏図」・「携琴訪友図巻」・「菖蒲寿石図」（補巻三）・「応神図」・「倣郭熙山水長巻」・「正徳辛巳結夏於福済院画以遺興並賦」（補巻三）・「正徳辛巳夏五月望後二日画並題」（補巻三）・「画瀟湘八景冊」・「品茶図巻」・「絶句・絶句十二首、皆張打油語也云々」

			重陽の日、張詩のために竹を扇に描いてやった。張詩は唐寅の「早起」などの七言絶句が心中の思いをよく言い表しているのを気に入っていた。なので、それらの詩十二首を扇に書いてやった。張詩、字は子言、北平（北京）の人。詩がうまかった。 九月、「松濤雲影図」を描き、詩（「題画辛巳九月書」）を題した。 秋、たわむれに鶏を描いた。その画は、王穀祥の手に渡った。王穀祥は王観の次男。この時、二十一歳。 冬、桃花菴で「雪景扇」を描き題辞を書いた。 祝允明が応天府通判になったが、すぐに退職して帰郷した。	（補巻三）・「題画辛巳九月書」（補巻三）・「戯画鶏」・「雪景扇面」
一五二二	明世宗嘉靖元年壬午	五三歳	元旦、詩を作った。正月、「一年歌」及び「人日試筆」（「人日」）詩を扇に書き、更に墨竹を裏面に描いて詩を題した。また、「奇峰古木図」を描いた。祝允明の題辞がある。 清明、「落花」・「漫興」などの詩巻を行書で書いた。 三月、寤歌斎で「梅鶴扇面」を描いた。 四月、王寵が訪ねてきて、唐寅が所蔵していた趙孟頫筆「画陶潜像」に「五柳先生伝」を題した。唐寅に自ら題した跋文と題籤（題名などを書いた札）がある。 八月十六日、「治平寺造竹亭疏」を作り、陳淳が清書し、釈正方が碑石を立てた。	「嘉靖改元元日作」（巻二）・「墨竹壬午人日」（補巻三）・「梅鶴扇面」・「跋趙松雪写陶靖節象」（補巻六）・「治平寺造竹亭疏」（巻六）・「松林書屋扇面」・「画墨蓮」（補巻三）・「竹林七賢図扇面」

			重陽の後、「松林書屋扇面」を描いた。この月、鈕惟賢のために「墨蓮」を描いて、その友人の侯生を祝った。 十月、学圃堂で「竹林七賢図扇面」を描いた。 呉県知県の劉輔宜が沛県に転属するのを送った詩がある。劉輔宜、字は伯畊、廬陵（江西省）の人。	
一五二三	嘉靖二年癸未	五四歳	元旦に詩を作った。 春、沈周の描いた三幅の画を王延喆に借りて閲覧した。文徴明と共に跋文がある。王延喆、字は子貞。王鏊の長男。 文徴明が二月、歳貢（年毎に地方長官が才能ある人物を天子に推薦すること）で北京に上った。文徴明は尚書の李充嗣の推薦もあって、翰林院待詔を授かった。 「達磨像」を白描（色を付けずに線だけで描くこと）した。「秋林図扇面」に彩色した。王寵がこの時、石湖精舎で読書して過ごし、唐寅の「画渓山漁隠図」に跋文を題した。 春、唐寅はちょっとした病に罹った。四月に病は癒えて、沈周の「牧牛図」を扇面に模写し、自身の跋文を題した。自跋の中に沈周の題詩と文徴明の題跋も記録した。自跋の文末には、「以待厥然者贈之（牛を放牧するような生活をする者が現れたら、この画を贈ろう）」とある。唐寅は戯れにこの扇を祝允明に贈った。祝允明も扇に詩を題して唐寅に返却した。その詩には、「偶然酔寤朦朧覷、恍若桃花塢裏人	「嘉靖二年元旦作」（補巻二）・「跋沈石田法宋人筆意巻」（補巻六）・「達磨像」・「画牛扇」（補巻六）・「鍾進士像」（補巻一）・「松林講道」・「題文徳承画楊季静小象二首」（補巻一）・「絶代名姝図冊」（補巻六）・「跋劉松年層巒晩興図巻」（補巻六）「陳孝子歌」（補巻一）・「伯虎絶筆」（巻三）・「絶筆詩」（補巻三）

（偶然酔より寤めて朦朧として覷《み》れば、恍として桃花塢裏の人の若し）」とあった。

四月十六日、「鍾進士像」を桃花菴にて描いた。

六月、「松林講道扇面」を作った。

文伯仁が「楊季静小像」を描いた。唐寅・祝允明・王渙・王穀祥・徐伯虬・文彭兄弟・王守兄弟・袁褧・朱承爵らに題賛がある。文伯仁、字は徳承。画が得意だった。文徴明の姪（甥に同じ）である。徐伯虬は徐禎卿の息子。袁褧、字は永之、号は胥台、呉県の人。詩作に秀でていた。嘉靖丙戌（一五二六）の進士。

中秋の日、学圃堂にて杜堇の「絶代名姝十幅」を摸写し、論評を加えて跋文を作った。唐寅と祝允明は十幅の画それぞれに対応する詩を作って題した。杜堇、丹徒の人、号は檉居。画がうまかった。唐寅は以前、杜堇に詩を贈ったことがある。

十月、劉松年の「層巒晩興図巻」に跋文を書いた。

行書で二十一首の七言律詩を書いて姚舜咨に贈った。

「陳孝子歌」を作り、元末の孝子陳立興のことを褒め称えた。生前、唐寅は百四十六句を作り終えていた。唐寅の死後、銭貴は「陳孝子歌」が未完成のまま唐寅の遺作となったことを悲しみ、唐寅の作風を真似て五十四句を補完した（唐寅の死後二年後のこと）。

王鏊を隠居先の山に訪ねていき、壁に懸かっていた蘇軾が書いた「満庭芳」詞に「中呂」の二文字があるのを見た。驚いてその詞を口に出して読んでみると、「百年強半、来日苦無多（百年強半、来日苦《はなは》だ多きこと無し—五十年と少し、残された人生は決して多くない）」とあった。唐寅は黙り込んだまま帰ってしまった。

十二月二日、唐寅、病没。亡くなる直前、絹一幅に「絶命辞」という七言絶句を一首書くと、筆を放ってそのまま逝去した。墓は横塘の王家村にある。祝允明が唐寅の墓誌銘を作った。継室沈氏[41]との間に娘が一人いた。この娘は王国士と許婚になった。王国士は王寵の息子である。

注

（1）『明史』文苑伝などでは、「唐寅、字伯虎、一字子畏」となっており、こちらの表記の方が一般的である。しかし、嘉靖甲午（一五三四）に書かれた袁袠「唐伯虎集序」には、「唐伯虎者、名寅、初字伯虎、後乃更字子畏、呉県人也」（何刻本外編所収。底本・附録一にも収録）とあり、その他『呉郡丹青志妙品志』、『明画録』（共に底本・附録二に収録）なども「更字」となっている。

（2）楊静盦編『明唐伯虎先生寅年譜』（以下、楊本）では、十二月となっている。

（3）底本の原文は「文林挙呉寛榜進士、授永嘉知県」となっている。しかし、「挙」の字は「與」の誤植かと思われる。というのも、文徴明の息子文嘉の「先君行略」（三十五巻本『甫田集』付録、『文徴明集』上海古籍出版社、一六一八頁所収）に、「(文)洪生林、字宗儒、成化壬辰進士、歴知永嘉・博平二県事、進南京太僕寺丞、仕終温州知府、公（文徴明）之父也（中略）温州於呉文定寛為同年進士、時文定居憂於家、温州使公往従之游」とあり、また、『明史』巻一八四・呉寛伝に、呉寛が成化八年の進士とあり、文林と呉寛とは同年の進士であることが分かるからである。

（4）楊本では、成化十八年、十三歳の時に祝允明と交流を持ったことになっている。

（5）楊本では、この年に府学の生員となっている。

（6）楊本では、この年、記述なし。

（7）江兆申『関於唐寅的研究』（以下、江本）・楊本は、弘治七年のこととなっている。両本とも、唐寅の郷試受験を根拠としている。当時の試験制度では、父母の喪に服する三年間は受験できなかった。郷試は三年に一度行われる。唐寅が郷試を受験したのが弘治十一年であり、この年から三年を逆算すれば、弘治九年となる。父母の死が弘治七年であれば、確かに弘治九年の受験はできないことになる。また、楊本は、弘治七年の条に祝允明の「唐子畏墓誌銘」を挙げ、「（唐寅）終以不治生産、而有枝山勧誡之語。姑定広徳（唐寅の父）没於是年、而枝山之忠告、則弘治十年丁巳（唐寅は、父の死後、その仕事を継ごうとしなかったので、祝允明は唐寅を諫めたのである。ひとまず、広徳の没年をこの年に定めるならば、祝允明の忠告は、弘治十年のことである）」と按語を附し、決定打とするには至っておらず、両本とも根拠に乏しい。その上、三年の喪が明けた年に祝允明の諫めがあったために、一念発起して科挙の勉強にとりくんだというのなら、唐寅が本格的に受験勉強をするのは弘治九年以降ということになり、底本の通り父母妻子の死が弘治六年だったとしても問題ないことになる。ただ、底本が父母妻子の死を弘治六年のこととするのも、根拠は定かではない。父母妻子が相次いで亡くなったことは、唐寅「与文徴明」（巻五）に、「不幸多故、哀乱相尋。父母妻子、躡踵而没（不幸にして故《こと》多くして、哀乱相尋ぐ。父母妻子、踵を躡ひて没せり）」とあるのに拠る。

（8）徐禎卿『新倩籍』（底本・附録二所収。また、范志新編年校注『徐禎卿全集編年校注』人民文学出版社、二〇〇九所収）に、「銜杯対友、引鏡自窺輒悲、以華盛時栄名不立、俟河之清、人寿幾何。恐世卒莫知、没歯無聞、悵然有抑鬱之心、乃作『昭血賦』以自見（杯を銜み友に対して、鏡を引き自ら窺ひ輒ち悲しむに、華盛の時に栄名立たざるを以てす、河の清からんことを俟つも、人が寿は幾何ぞ。世卒《つい》に知る莫く、歯を没するまで聞こゆる無きを恐れ、悵然として抑鬱の心有り、乃ち『昭恤賦』を作りて以て自ら見はす）」とある。なお「昭恤賦」は現存の文集には見えない。

（9）江本は、弘治十年、二十八歳のこととしている。徐禎卿「唐生将卜築桃花之塢謀家無資貽書見譲寄此解嘲（唐生の将に桃花の塢に卜築せんとして、家に謀るも資無し、書を貽りて譲めらる、此れを寄せて嘲りを解く）」詩（底本・附録五所収。『徐禎卿全集』巻二）に、「十年与爾青雲交（十年爾と青雲の交りあり）」とある。この詩は、桃花塢に桃花庵を造る時、資金が足りず、かつて、徐禎卿の受験費用を与えたことを蒸し返したのに対して、徐禎卿が弁解した詩である。桃花庵を造ったのは、正徳元年（一五〇六）、唐寅三十七歳の時であり、徐禎卿の詩句と照らし合わせれば、江本の二七歳説の方が正しいように思える。

(10) 「呉中四才子」の称は、銭謙益『列朝詩集』丙集の徐禎卿伝、また、『明史』徐禎卿伝から見える。どちらも清代に入ってからの著作。明代当時からこの称があったかは不明。むしろ明代では、「前七子」の一派と見なされるか（「始与李夢陽・何景明数子友」『嘉靖太倉州志』徐禎卿伝）、李夢陽・辺貢・何景明と共に「四傑」と称されていた（袁袠『皇明献宝』巻十四「何景明」に、「弘治初、北地李夢陽首為古文……其詩、済南辺貢・姑蘇徐禎卿及景明、最有名、世称四傑（弘治の初め、北地の李夢陽首めて古文を為り……其の詩は、済南の辺貢・姑蘇の徐禎卿及び景明、最も名有り、世は四傑と称す）」とある）。

(11) 文林の「和唐寅白髪」詩は、『文温州集』（『北京図書館古籍珍本叢刊』第一一五冊、書目文献出版社所収、明・文肇祉『文氏家蔵詩集』、また底本・附録五にも収録）に見える。なお、楊本では、「白髪」詩の制作は翌年の弘治八年と推定している。

(12) 正確には「月夜登南楼有懐唐子畏（甲寅）」（七絶）という。底本・附録五、また、『文徴明集』巻十四・三八三頁に見える。引用は、第三・四句。「人語漸微孤笛起、玉郎何処擁嬋娟」の大まかな意味は、「人の声が次第に疏らとなると一節の笛の音色が聞こえてきた、唐寅君は今頃どこで美女を抱いていることか」となる。「玉郎」は美しい殿方で、ここでは唐寅のこと。

(13) 「簡子畏」（七律）は、底本・附録五、『文徴明集』巻七・一二九頁に見える。引用は、第三・四句。「高楼大叫秋觴月、深幄微酣夜擁花」の大まかな意味は、「酒楼にあって盛んに笛を吹きならし、秋の夜に月を肴に酒杯をあげる、奥のベッドの帳の中でまどろみのなか、夜に花のごとき美女を抱いているのだろう」となる。「酣」は、十分に酒を飲んで酔っぱらうことだが、ここではぐっすり眠ることと解釈した。つまり「微酣」は微睡むことを言う。「叫」は、声をあげるとも解釈できるが、ここでは笛を演奏することと解釈した。王鍈『宋元明市語匯釈（修訂増補本）』（中華書局、二〇〇八、六十二頁）に、「叫龍」の条があり、「竹笛。『綺談市語・器用門』、『笛、叫龍』」とある。『綺談市語』は、宋・陳元靚編『事林広記』続集巻八に収録されている。動詞としての「叫」の用法に、晩唐・韋荘「旧居」詩に、「不知何処笛、一夜叫梅花（知らず何処の笛ぞ、一夜梅花を叫する）」とある。年譜で、音楽と女色を好んだというのは、右に挙げた二首の詩に唐寅が笛を吹き女性を抱いている描写があるためである。

(14)「徐君墓誌銘」（巻六）に、「君諱某、字某、山西永年人也」とある。現在は河北省に属しているが、これは隋になってから県をここに移したのである。『読史方輿紀要』直隷・広平府に、「春秋時晋之曲梁地……隋開皇初、改置広平県于此。仁寿初避太子広諱、改曰永年、仍為洛州治（春秋時晋の曲梁地なり……隋の開皇の初め、改めて広平県を此こに置く。仁寿の初め太子広の諱を避け、改めて永年と曰ひ、仍ほ洛州の治と為す）」とある。春秋時代の晋は、現在の山西省のこと。もともとは広平県と呼ばれ、山西省の地名であったらしい。

(15)文徴明「朱性甫先生墓誌銘」（『文徴明集』巻二十九。底本・附録五）に、「吾蘇有博雅之士、曰朱性甫存理・朱堯民凱。両人皆不業仕進、又不随俗為廛井小人之事、日惟挾冊呻吟以楽。……成化・弘治間、其名奕奕、望於郡城之東。人以其所居相接而業又甚似也、麗称之曰両朱先生（吾が蘇に博雅の士有り、朱性甫存理・朱堯民凱と曰ふ。両人皆仕進を業とせず、又た俗に随ひて廛井小人の事を為さず、日びに惟だ冊を挾みて呻吟して以て楽しむ。……成化・弘治の間、其の名奕奕として、郡城の東に望《いた》る。人其の居る所の相接して業も又た甚だ似たるを以てや、之れを麗称して両朱先生と曰ふ）」とある。

(16)底本三九七頁に、「乙卯深秋登鸜鵒皐岑桂香亭畔俯翠壁葑巌蒼茫百里皆雲気煙光対景摸于舟次」（六言詩）がある。底本の年譜の原文は「于舟次対景写桂香亭図」となっているが、唐寅の詩題を見るに、桂香亭での景色を記憶して船上で画を描いたようである。「舟次」は、渡航中の舟、または波止場のこと。

(17)『明史』巻二八六、顧璘伝に、「初、璘与同里陳沂・王韋号金陵三俊」とある。

(18)『国宝新編』（底本・附録二）に、「広志賦」と「連珠数十首」を制作したことが記されている。あるいは、「花月詩十首」（巻二）か。この詩、題が「花月吟效連珠体十一首」となっている版本もある。

(19)『明史』巻一八四、呉寛伝には、「弘治八年、擢吏部右侍郎。丁継母憂、吏部員欠、命虚位待之（弘治八年、吏部右侍郎に擢せらる。継母の憂ひに丁《あ》たり、吏部員欠くるも、命じて位を虚しくして［ポストを空けておいて］之れ［呉寛の復帰］を待たしむ）」とある。これに拠れば、吏部右侍郎に抜擢されたのは弘治八年のことで、継母の喪に服していたので、任命は先送りになっていたらしい。なお、『明史稿』巻一六八、呉寛伝には、弘治九年に吏部右侍郎になったとある。

(20)『呉郡二科志』（底本・附録三所収）に、「伯虎与張霊倶為郡学生、博古相上。適鄞県人方誌来督学、悪古文辞。察知寅、欲中傷之。霊掲鬱不自遣。寅曰、『子未為所知、何愁之甚』。霊曰、『独不聞龍王欲斬有尾族、蝦蟇亦哭乎』（伯虎は張霊と倶に郡の学生と為り、古へに博きこと相上せり〔互いに古に通じているといって譲らなかった〕。適たま鄞県の人方誌来たりて督学し、古文辞を悪む。寅を察知して、之れを中傷せんと欲す。霊掲鬱として自ら遣らず。寅曰く、『子未だ知る所と為らず、何ぞ愁ふること之れ甚しき』と。霊曰く、『独り龍王有尾の族を斬らんと欲せば、蝦蟇も亦た哭すというを聞かざらんや』と）」とある。これに拠れば、唐寅が方誌に憎まれたのは、唐寅が科挙試験のための文章である八股文を好まず、試験とは無関係の古文辞を好んだためであり、落第させられたのは冤罪だったとする見方もできる。ここで言う「古文辞」とは、試験とは無関係の古典詩文のことである。注21を参照。

(21)汪砢玉『珊瑚網』巻一六に、祝允明・楊循吉の跋文、及び、「徐禎卿観」、「唐寅抜玩」の字が見える。祝允明の跋文に、「自士以経術梯名、昭明之選、与醤瓿翻久矣。然或有著者、必事乎此者也。呉中数年来以文競、茲編始貴。余向畜三五種、亦皆旧刻、銭秀才高本尤佳。秀才既力文甚競、助以佳本、尤当増翰藻不可涯爾。丁巳、祝允明筆。門人張霊時侍筆硯（士の経術を以て名を梯して自り、昭明の選、醤瓿と与に翻ること久し。然れども或いは著はるる者有るは、必ず此れを事とする者ならん。呉中数年来文を以て競ひ、茲の編始めて貴ばる。余れ向に畜ふること三五種、亦た皆旧刻なるも、銭秀才高の本尤も佳なり。秀才既に文に力めて甚だ競ひ、助くるに佳本を以てし、尤も当に翰藻を増して涯るべからざるべきのみ。丁巳、祝允明筆。門人張霊時に筆硯に侍る）」とある。この跋文によって、彼らが署名したのが丁巳の年であることが分かる。また、科挙のための学習が始まってから久しく顧みられなかった『文選』を、蘇州の文人たちがこぞって重宝したことも分かる。なお、『文選』が「経術」と対比されていることから、注20に見える「古文辞」は『文選』を指していると考えられる。

(22)「伝臚」は、一般的には殿試（宋代以降、天子が直接試験をする科挙の最終試験）の後、進士の名を一々読み上げることを指すが、ここでは科挙の優秀及第者である二甲三甲の第一名を指す。『明史』選挙志に、「会試第一為会元、二三甲第一為伝臚」とある。

(23)「鎖榜」は、兪弁『山樵暇語』（底本・附録三）に、「弘治戊午科応天郷試、解元唐寅、経魁陸山、鎖榜陸鐘、首尾皆

蘇人、至今為郷中美談。太守曹公鳳作綵旗、一聯云、『一解一魁無敵手、竜頭龍尾尽蘇州』。遠近為之伝誦（弘治戊午の科応天郷試、解元は唐寅、経魁は陸山、鎖榜は陸鐘、首尾皆蘇人なり、今に至るまで郷中の美談たり。太守曹公鳳綵旗を作る、一聯に云ふ、『一解一魁敵手無し、竜頭龍尾尽く蘇州』と。遠近之れが為に伝誦せらる）」とあることから、郷試の最下位合格者を指すのだろう。何大成輯「戊午郷試題名録」（何大成刻『唐伯虎先生外編続刻』巻十二）に拠れば、この時の南京郷試の合格者数は一三五名、第一名が唐寅で、第二名が陸山、第一三五名が陸鍾だった。「鎖榜」という言葉は、恐らく「榜（科挙の合格者の名前を記す立て札）」を「鎖す（閉ざす）」という意味なのだろう。

(24) 「二場」とは、科挙試験実施期間の二回目の試験のこと。科挙試験の中、郷試は八月九・十二・十五日、会試は二月九・十二・十五日とそれぞれ試験日が三日あり、初めの試験日を「頭場」、二回目の試験日を「二場」、最後の試験日を「終場」と言う。受験生はこの三回の試験を全て受けねばならない。宮崎市定『科挙――中国の試験地獄――』（中央公論新社、一九八四）を参照。

(25) 『文徴明集』補輯巻二、八二五頁に、「鶴聴琴図」が見える。文徴明の序文があり、それに拠ると、この詩は嘉靖戊子（一五二八）に作られており、唐寅らが詩を題してから二十八年後のことである。また、この画は、序文に拠ると、銭秉良がなくしてしまったものを、銭秉良自身が買い戻してきたものに詩を題したとあり、文徴明がこの画を描いたわけではない。

(26) 「有懐唐伯虎」（『徐禎卿全集編年校注』巻一、一〇七頁。底本・附録五、「懐伯虎」に作る）のこと。第一・二句に、「聞子従初遠道回、南中訪古久徘徊（聞く子が初めて遠道従り回り、南中に古を訪ねて久しく徘徊すと）」とあることから、唐寅が遠遊している時期に作られた詩と推測できる。

(27) 「月下独坐有懐伯虎」（七律、『文徴明集』補輯巻十、一〇三二頁。底本・附録五）のこと。引用は第三・四句。

(28) 蘇州衛は、蘇州のこと。「衛」は明代の軍隊編成のこと。要害地に衛所（兵士の詰め所）を設け、「衛」にはその地の名前を付けた。蘇州に「衛」を置いた場合は「蘇州衛」という。後、そのまま地名となるところがあった。なお、閻起山とは、閻秀卿のこと。『呉郡二科志』（底本・附録二）の署名に拠れば、長洲の人。

(29) 明・何大成刻本『唐伯虎先生外編』（以下、何刻本と略記）巻一に識（覚え書き）があり、その文章に、「弘治乙丑、唐寅呈浮観先生請教」とある。底本は、上海図書館所蔵の何刻本には、「考呉門有陸観字海観、為六如前輩。上浮字疑誤刊（考するに呉門に陸観字は海観なるもの有り、六如の前輩たり。上の浮の字疑ふらくは誤って刊するかと）」という朱書きがあることを指摘している。

（30）「送唐子畏之九仙祈夢」（底本・附録五）のことだろう。なお、「再び九仙山に」というのは、二十七歳の時、九鯉湖に行ったことを受けている。

（31）楊本では桃花塢に別荘（桃花菴）を建てる計画を立てたのは弘治十八年のこととなっている。これは、「桃花菴歌」の石刻が天啓元年（一六七一）の冬に楊匯庵なる人物によって発掘され（楊本六十六頁に引く沈徳潜の記）、その石刻に「弘治乙丑」の文字が刻まれていたからである。ただし、楊本は桃花菴の建立年代を確定しているわけではなく、石刻に対しても疑問を呈している。楊本は、徐禎卿の「唐生将卜築桃花之塢謀家無資貽書見譲寄此解嘲（唐生将に卜して桃花の塢を築かんとし家を謀る［家財を計算する］も資無し、書を貽りて譲《そし》らる。此れを寄せて嘲りを解く）」詩の内容を見るに、この詩は徐禎卿が大理左寺副になってから、脱獄囚を出した責任を問われ国子博士に左遷され、北京を出て遊覧し、帰郷した後の作であるとし、徐禎卿が帰郷した年を突き詰めると正徳三年（一五〇八）であると論じている（六十四、六十五頁）。また、楊本は、徐禎卿の「懐伯虎」（『徐禎卿全集編年校注』巻一、一六六頁）詩、「寒窓灯火張生夢、京路風塵季子金。両地相思各明月、関山書尺幾銷沈（寒窓の灯火張生［後漢の范式の夢に現れた友張劭のごとき唐寅どの］の夢、京路の風塵季子［張儀が秦の大臣となるための資金を援助していた蘇秦のごとき唐寅どの］の金。両地相思ひて各おの明月あり、関山の書尺幾んど銷沈す）」を挙げ、これに拠って、徐禎卿が進士になるべく、会試受験のため北京に赴く際に、唐寅は彼に資金を援助していたことが分かるという（七十頁）。以上の考察もあり、楊本は、徐禎卿の詩を鑑みても、とりあえず正徳二年に築いたとするのが比較的妥当だとしている（七十二頁）。また、正徳四年に唐寅が描いた山水図の末に、「呉趨唐寅自述不惑之歯於桃花菴、画並書」とあり、楊本は、その画を見るに桃花菴落成時のものではないようだとしている。このことから、少なくとも桃花菴の建築は唐寅四十歳より以前のことであると推測される。

（32）「唐生将卜築桃花之塢謀家無資貽書見譲寄此解嘲」（『徐禎卿全集編年校注』巻二、四一六頁。底本・附録五）がある。『校注』本も楊本と同じく、徐禎卿のこの詩は正徳三年に作られたとする。

（33）この詩、及び出来事は清・卞永誉『式古堂書画彙考』画録巻七、清・安岐『墨縁彙観録』巻四に見える。王鏊の原作（「過歌風台賦」）は、底本補輯巻二に見える。

（34）底本は唐寅の「兵勝雨晴」詩を、鈕東山を討伐したことを称賛した詩として解釈しているらしい。しかし、楊本・江本ともに、この時に「兵勝雨晴」詩を作ったという記述がない。また、鄭騫『唐伯虎詩輯逸箋注』（聯経出版事業公司、一九八二。以下鄭本）は、詩中に「天子聖明成大慶、野人歓喜保残生（天子聖明にして大慶を成し、野人残生を保たんことを歓喜す）」とあることから、正徳十四年（一五一九）七月、寧王朱宸濠の反乱軍が官軍に敗れた後の作としている。唐寅は朱宸濠の幕下に招かれて、身を寄せたことがあった。ところが、朱宸濠が謀反を起こす気配を察した唐寅は策を凝らして朱宸濠の幕下を去ることができ、連座して罰せられることを免れた。そのため、「保残生」と言ったのだという解釈である（四十五頁）。なお、鈕東山に関する記述は正史には見えない。正徳元年に海賊に苦しめられたという記述は、明・陸粲『庚巳編』巻一「鬼兵」に見える。また、曽大有が鈕東山を征伐したことは、『明実録』巻二十六、正徳二年五月に海賊討伐で褒賞を賜った記述から分かる。艾璞が討伐に参加した記述は見えないが、海賊の被害を訴える上奏をしたことが『明実録』巻二十一、正徳二年正月に見える。

（35）底本は「垂虹別意図」（補巻二）を唐寅の作として載せるが、鄭本の考証（二十四～二十五頁）に拠れば、この詩は沈周の作だという。

（36）底本はこの詩が「野望憫言」より前に作られたとしているらしい。しかし、鄭本は「野望憫言」よりも少し後の作だと言う。この詩は、文徴明の「剣浦春雲図」に題された十六人の詩文の中の一首で、十六人の中の王来の「西漢循吏賛」が唐寅の詩の後に記されていて、落款に正徳己巳冬十一月とあることに拠った説である（八頁）。

（37）「題周東村南山駆魃図」（鄭本十七頁）のことか。周臣の画に題したという七言古詩は、底本には見えない。以下に原文を挙げる。「南山崔嶷、赫爾神力、発号施令、微隠莫測。娣于帰兮生道隔、送従適兮入鬼国、手持陰符夜出関、掣電駆雷不停息。開山山裂崩、渉海海湢汃、伝呼震天地、白日亦晦黒。天王念生霊、復勅蒐邪魃。玉環蕩沈水、狐媚空侍側。那他執火符、黄霧暗八極。陰風惨崖谷、山鬼尽蔵匿、戈林徙剣樹、巉巌掛巔石。猿鶴悲呻吟、愀然喪人魄。烏鳶攫腐肉、肝脳塗狼藉。奇形接詭勢、変態状千百。披図閲神異、感慨頓心讟、憶彼周夫子、調碧工素白。胸中浩蕩呑滄溟、取勢下筆通幽冥、写此一幅南山図、妖孼尽掃乾坤寧」。

（38）虎丘は蘇州にある山（丘）の名。剣池の底に呉王と共に許多の宝剣が埋葬されているという伝説があった。

(39) 江本はこの詩文が書かれたのは翌年の正徳九年甲戌のことだとする。これは、陶太痴を送るの序に「餞之章江（豫章水、または、贛江を指すこともある）之上」（巻五）とあることから、唐寅がこの時、江西省にいたことが分かる。唐寅が江西省に赴いたのは、寧王の招きに応じたためである。では、何時、江西省に行ったのか。「許旌陽鉄柱記」（巻五）に、「正徳甲戌、余過豫章」とある。このことから、江本は「送陶太痴云云」を正徳九年の作だとしている。底本も、基本的に正徳九年のことと考えてはいるようだが、『明代沈周唐寅文徴明仇英四大家書画集』（台湾歴史博物館）収録のこの序文の末に、「時正徳癸酉臘月上九、前郷貢進士蘇台唐寅書于洪州之鉄柱観」とあるため、一応、年譜では正徳八年を制作年としたのかもしれない。

(40) 底本にこの跋文は見えない。鄭本に載せる跋文をここに引用する。「李嵩渡海羅漢図、昔曾見之金陵、已三十年矣。今日重展於学圃堂中、一弾指頃無去来今、謂是耶。正徳己卯蠟月題、六如居士寅（李嵩の渡海羅漢図、昔曾て之れを金陵に見る、已に三十年。今日重ねて学圃堂中に展ぶ、一弾指の頃に去来今と無し〔時間などあっというまに過ぎ去る〕とは、是れを謂ふか。正徳己卯蠟月題す、六如居士寅）」（「跋李嵩羅漢図」、一八六頁）。

(41) 江本は唐寅には三人の妻がいたという説を呈している。一人目は死別した徐氏、二人目は弘治十三年に離縁した妻、三人目が沈氏であるという。江氏の論考の梗概を挙げる。唐寅は、後妻沈氏の産んだ娘を王寵の息子と許嫁にしている。王寵は唐寅よりも二十四歳若い。もし、唐寅の二人目の妻が沈氏であるとすれば、彼女と離縁する前に娘がいなければならない。離縁した年に娘が生まれたとするなら、唐寅の死んだ時には、二十三歳になっている。この時、王寵はまだ三十歳である。たとえ王寵が十八歳の時に子供をもうけていたとしても、その息子は十二歳である。唐寅の娘との年齢差は十一年。これほど年の差がある相手と結婚の約束をするはずがない。従って、二人目の妻と離縁した後、唐寅は三度目の結婚をしたのである。そして、その相手こそが沈氏である（四～五頁）。

唐寅主要参考文献一覧

荒井　礼

※本参考文献一覧は、唐寅を主として扱った文献を中心に挙げた。沈周・文徴明などの別集、絵画・書法芸術をあつかった著書に関しては、底本「引証書目」を参照。また、唐寅の書画に関しては、ある程度まとまった作品数を収録した書画集のみを挙げた。

※文献の配列は年代順。

【底本】
周道振・張月尊輯校『唐伯虎全集』（中国美術院出版社、二〇〇二）
周道振・張月尊輯校『唐寅集』（中国古典文学叢書、上海古籍出版社、二〇一三）※右文献の修訂本。誤字を修正してある。

【唐寅自著類】
袁宏道批評『袁中郎先生批評唐伯虎彙集』（筑波大学付属図書館蔵）
沈思輯、曹元亮校『唐伯虎集』（明刊本、国会図書館蔵）
唐仲冕輯『六如居士全集』（嘉慶六年序、果克山房蔵版、国会図書館・京都大学附属図書館蔵）
『唐伯虎詩詞歌賦全集』（宏業書局、一九七一）
『六如先生画譜』（『和刻本書画集成』第四輯、汲古書院、一九七六）
沈思編、曹元亮校『唐伯虎集』（『和刻本漢詩集成』補篇第二輯、汲古書院、一九七七）
唐仲冕編『六如居士全集』（『和刻本漢詩集成』補篇第二輯、汲古書院、一九七七）
何大成編『唐伯虎先生全集』（歴代書画家詩文集、台湾学生書局、一九七九）
唐仲冕編『唐伯虎全集』（北京市中国書店、一九八五）
陳伉・曹蕙民編著『唐伯虎詩文書画全集』（中国言実出版社、二〇〇五）

【詩詞曲文注釈書類】
鄭騫『唐伯虎詩輯逸箋注』（聯経出版事業公司、一九八二）
許旭尭選注『唐伯虎三種』（浙江古籍出版社、一九八七）
冉雲飛注『唐伯虎全集（白話全訳）』（巴蜀書社、一九九五）
劉洪仁選注『唐伯虎詩文選（配図本）』（四川美術出版社、二〇〇五）
王早娟解評『名家選集巻―唐伯虎集（修訂版）』（中国家庭基本蔵書、山西古籍出版社、二〇〇八）

【芸術類】
『明唐伯虎一世歌』（宇都宮書道研究墨池会、一九三七）
『唐寅画集』（上海人民美術出版社、一九六〇）
『唐六如画集』（上海人民美術出版社、一九六〇）
『唐寅画集』（天津人民美術出版社、二〇〇一）
『唐伯虎書画全集』（長城出版社、二〇〇二）
賈徳江主編『中国画名家経典画庫・唐寅』（河北美術出版社、二〇〇二）
劉冠良主編『唐伯虎―中国十大名画家画集』（北京工芸美術、二〇〇三）
杭春暁・張燕飛『呉地風流―明四家絵画』（天津人民美術、二〇〇五）
楚默主編『中国書法全集52―唐寅・王陽明・莫是龍・邢侗・陳継儒巻』（栄宝齋出版社、二〇〇五）
陳玉圃『陳玉圃解析唐寅―従伝統走』（天津人民美術出版社、二〇〇五）
『六如遺墨―唐寅書画精品集』（遼寧人民出版社、二〇一〇）
牛志高『唐寅』（安徽美術出版社、二〇一四）
鄭暁華主編『唐寅王寵行書草書字典』（上海辞書出版社、二〇一四）
林莉娜・陳建志・鄭淑方編輯『明四大家特展・唐寅』（国立故宮博物院、二〇一四）

【伝記・伝説】
孟称舜原本・卓人月重編「唐伯虎千金花舫縁」（『盛明雑劇初集』巻二十三所収）※戯曲
馮夢龍「唐解元一笑姻縁」（『警世通言』巻二十六所収）※白話小説
閬風「唐六如評伝」（『清華周刊』第三十八巻第四期、一九三二。付年譜）

程瞻盧『唐・祝・文・周四傑伝』（香港上海書館、一九五五）※白話小説
范烟橋『唐伯虎故事』（江蘇人民出版社、一九五七）
『唐伯虎点秋香』（重慶人民出版社、一九六二）※劇本
岩城秀夫「唐伯虎伝」（『世界ノンフィクション全集』第二十七巻所収、筑摩書房、一九六二）
陳舜臣「中国画人伝4—唐寅」（『芸術新潮』第二十八号、一九七七）
楊静盦『明唐伯虎先生寅年譜』（台湾商務印書館、一九八〇）※一九四七年に中国史学叢書『唐寅年譜』として上海商務印書館から、一九七〇年に台湾大西洋図書公司から出版されている。
滕明道編写『唐寅学画』（中国少年児童出版社、一九八一）
柳聞『唐伯虎』（江蘇人民出版社、一九八一）
『唐伯虎画真容書画家伝説』（山海経叢書、浙江文芸出版社、一九八四）※劇本
金性堯「唐寅」（『中国著名文学家評伝（続編二）』所収、山東教育出版社、一九八九）
楊行恭『風流才子唐伯虎』（武漢大学出版社、一九九四）
盧寿栄『唐寅画伝』（大雅中外芸術大師画伝叢書、山東画報出版社、二〇〇四）
于潤生『唐寅画伝』（中外芸術大師名家画伝系列、中国文聯出版社、二〇〇五）
孫敏『風流書家・唐伯虎的生平及其芸術—書法星座叢書』（上海書画、二〇〇五）
魏華『中国芸術大師図文館・唐伯虎』（山西教育出版社、二〇〇六）
王家誠『明四家伝』（百花文芸、二〇〇八）
周建明『歴史上的唐伯虎』（江蘇文芸、二〇〇八）
陳書良『陳書良説唐伯虎—風流才子的多面人生—拍案説書系』（中南大学、二〇一一）
鍾雪飄『唐伯虎詩伝—桃花塢主的逃禅遺音』（文滙出版社、二〇一三）
井波律子『中国人物伝Ⅳ—変革と激動の時代　明・清・近現代』（岩波書店、二〇一四）
林家治『走近唐伯虎』（中国文史出版社、二〇一五）

【研究書類】

江兆申『関於唐寅的研究』（国立故宮博物院、一九七六）
謝建華『唐寅』（明清中国画大師研究叢書、吉林美術出版社、一九九一）
鄧暁東『唐寅研究』（人民出版社、二〇一二）

【論文・中国】

孫祖白「唐寅画芸浅談」（『芸林叢録』第五編、商務印書館、一九六四）
聖芻「唐寅的真面目」（『龍門陣２』一九八〇）
閻慰鵬「唐寅所絵宮妓図的定名問題」（『故宮博物院院刊』一九八一年第三期）
陳振濂「唐寅墓在何処」（『社会科学戦線』一九八二年第三期）
労継雄『関於唐寅的代筆問題』（『文物』第四号、一九八三）
江兆申「従唐寅的際遇来看他的詩書画」（『故宮学術季刊』第三巻第一号、一九八五）
楊敬軒「華灯燭影話『爛開』—唐寅『落花詩之一』講談」（『名作欣賞』一九八四年第四期）
宋戈「論唐寅詩歌的芸術特色」（『遼寧大学学報（哲学・社会科学）』第三号、一九八五）
潘深亮「試論唐寅的山水絵画」（『故宮博物院院刊』第三号、一九九〇）
張春萍「論唐寅詩歌中的『畸人』特質」（『学術交流』二〇〇〇年第一期）
張春萍「仏教与唐寅詩歌思想内涵」（『河南師範大学学報』二〇〇〇年第二期）
張春萍「仏教対唐寅詩歌的影響」（『青海師専学報』二〇〇〇年第四期）
戴誠・沈剣文「読唐寅詠花詩」（『蘇州鉄道師範学院学報』二〇〇〇年第三期）
王寧章「秋寒月夜話搗衣—従唐伯虎『搗衣図』説起」（『故宮文物月刊19』二〇〇一）
范銀花「曠古才子情—略論唐寅的人物画」（『東南文化』二〇〇二年第八期）
程明震・曹正偉「俗化与雅化—唐寅与仇英絵画芸術比較」（『東南文化』二〇〇三年第九期）
馬宇輝「文学史写作的一箇挑戦—唐伯虎之文化意義論析」（『南開学報（哲学社会科学版）』二〇〇四年第四期）
馮幼衡「唐寅仕女画的類型与意涵—江南第一風流才子的曠古沈哀」（『故宮学術季刊』第二十二巻第三期、二〇〇五）
談晟広「明弘治十二年礼部会試舞弊案」（『故宮博物院院刊』二〇〇六第五期）
徐楠「試論沈周・唐寅的『落花』組詩」（『文芸研究』二〇〇七年第八期、『明成化至正徳間蘇州詩人研究』社会科学文献出版社、二〇一〇所収）
王晋平「従拉斐爾・唐寅看東西方芸術的観念与実質」（『文芸研究』二〇〇八年第二期）
馬宇輝「唐寅与弘治己未春闈案的文学史影響」（『南開学報（哲学社会科学版）』二〇〇八年第一期）
王暁丹「唐寅人物画論略」（『山西師大学報（社会科学版）』第三十六巻第四期、二〇〇九）
陳小法「流存東瀛的唐寅詩書『送彦九郎』」（『文献』二〇〇九年第一期）
単国強「唐寅山水画風的分期和衍変」（遼寧省博物館『六如遺墨—唐伯虎書画精品展』二〇一〇）

単国霖「俊逸妍美的才子書法—評唐寅書法芸術」（同右）
買艶霞「唐寅詩歌創作態度弁析」（『山西大学学報（哲学社会科学版）』第三十三巻第四期、二〇一〇）
馬宇輝「『唐伯虎点秋香』故事之文学史意義」（『南開学報（哲学社会科学版）』二〇一〇年第三期）
朱良志「論唐寅的『視覚典故』」（『北京大学学報（哲学社会科学版）』第四十九巻第二期、二〇一二）

【論文・日本】

渡部乙羽「伝唐寅筆羅浮仙図」（『国華』一三三、国華社、一九〇一）
今関天彭「江南風流第一才子（唐伯虎）」（『詩書画（5）』談芸社、一九二七）
瀧精一「唐寅筆夢筠図解」（『国華』五一七、国華社、一九三三）
八幡関太郎「唐伯虎」1～5（『南画鑑賞6（2）』、南画鑑賞会、一九三七、二～十月）
原田尾山「明・唐伯虎一枝春図（名作鑑賞）」（『興亜書報』三、興亜書道連盟、一九四一）
原田尾山「明　唐伯虎　山路松声図」（『古美術』一四二、宝雲社、一九四二）
山内四郎「弘治十二年会試不正事件について—唐寅事蹟に関する一考察」（『白山史学』第十七号、一九七三）
中山八郎「唐寅と考試」（『江上波夫教授古稀記念論集（歴史篇）』山川出版社、一九七七）
中山八郎「弘治十二年会試の策題第三について—『唐寅と会試』訂謬」（『明代史研究』第五号、一九七七）
中山八郎「唐寅と会試再訂—弘治十二年会試策題第三について」（『明代史研究』第六号、一九七七）
中山八郎「唐寅の生い立ち」（国士舘大学文学部人文学会編『人文学会紀要』第十二号、一九八〇）
内山知也「唐寅の生涯と蘇州文壇」（『明代文人論』所収、木耳社、一九八六）
佐野光一「唐寅画芸浅談」（《芸林叢録》選訳Ⅲ『画と画人』二玄社、一九八七所収）※孫祖白「唐寅画芸浅談」の翻訳。
増記隆介「唐寅における李唐画学習の一側面—唐寅「山路松聲圖」と李唐「山水圖（對幅）」（高桐院）を中心に」（『美術史論叢』第十四号、一九九七）
黄毅「唐寅詩歌中的人生意蘊」（『人文学論集（大阪府立大学）』第二十六集、二〇〇八）
陳小法「『送彦九郎詩』からみた日明文化交流の一縮図」（『日本思想文化研究』第四号、二〇一一）
藤井良雄「徐楠『沈周・唐寅『落花』詩連作を論ず』訳注」（『福岡教育大学紀要』第六十一号、二〇一二）

あとがき——内山知也先生の卆寿を祝して

明清文人研究会は、内山知也先生監修のもと、これまでに『傅山』『鄭板橋』『徐文長』を刊行してまいりました。本書『唐寅』はシリーズの第四冊目になります。

六年前の二〇〇九年四月に『徐文長』を刊行し、その秋十一月に内山先生の生誕をお祝いする会を催した時に、先生は明清文人研究会の発足（一九八九年四月）理由を語られました。

——当時の筑波大は学際研究を求めており、本研究会はそのような情勢下で結成された。恩師竹田復先生は「文学とは人間探求の学問である」とおっしゃった。そのため我々は、広く文学を考えることが重要である。文学の社会背景、書道と絵画、文学と書画など、ひとりの人間を文学芸術から考えることが重要である。

その後「唐寅年譜」を読む研究会の時には、次のように語られました。

——唯物史観で解釈した場合、文学史は成り立たない。リアリズムしかない。それでは精神的な美は説明できない。言葉で言えばいうほどおかしくなる。美や芸術はそういうものである。その時その時によって違ってくるものである。それをどのように説明するかを突き詰めるとノイローゼになってしまう。

ある研究会の時には、こうも語られました。

――中国人が読んで解ってくれる、素晴らしいと思わせないと、我々の研究の価値は半分しか無い。

最後にメンバーの論考が集まった時には、激励の言葉をいただきました。

――ここに収める各論は、それぞれの研究のスタートであって終着点ではない。できあがった論文が終りではない。みなが大所高所に立って書いているのではない。批判があって当たり前である。勿論、正確な論がいくつかあることは大切である。従来の終った研究の寄せ集めはつまらない。そうでないから面白いのである。だから皆好きなことを書いて良い。そうしないと伸びないし、やる気がなくなる。喜びと不安が綯い交ぜになっている所が良いのである。

研究会発足から四半世紀が経過しました。その間メンバーは本務の傍ら、先生の温かい心情に支えられ、何とか研究を続けて来られました。本会が、日本に数少ない学際的な、人間探求の学問としての「文人」研究会であると自負できますのも、すべて内山先生のご指導によるものであります。ここにあらためて深謝申し上げます。

二〇一五年十月吉日

河内利治

執筆者略歴（五十音順）

①生年・出生地　②学歴（大学・大学院）　③現職（平成21年4月）
④専門分野　⑤主な著書　⑥主な論文

内山知也　うちやま・ちなり

①一九二六年　新潟県生
②東京文理科大学漢文学専攻卒、同大学文学研究科修了
③筑波大学名誉教授、文学博士
④唐代小説、明清文人芸術
⑤『隋唐小説研究』（木耳社）、『中国書蹟大観』全七巻（共編・講談社）、『明代文人論』（木耳社）、『傅山』・『鄭板橋』（監修・芸術新聞社）、『徐文長』（共著・白帝社）他

荒井雄三　あらい・ゆうぞう

②東京芸術大学大学院日本東洋美術史専攻、筑波大学大学院中国書法史専攻
③日本大学芸術学部講師
④中国・日本の文人研究（特に絵画史、書法史、古琴芸術の視点から）古琴（七弦琴）は坂田進一先生、管派王迪先生に師事、操縵三十年
⑤『徐文長』（共著・白帝社・二〇〇九年）、『乾坤清気—青藤白陽書画学術研討会論文集』（共著・澳門芸術博物館・二〇一〇年）、『与古為徒—呉昌碩書画篆刻学術研討会論文集』（共著・澳門芸術博物館・二〇一二年）他
⑥徐渭の自用印をめぐる一考察（筑波大学芸術学研究9）、徐渭有紀年書画（書学書道史研究16）他

荒井　礼　あらい・れい

①一九八三年　千葉県生
②国士舘大学文学部文学科中国文学専攻卒、筑波大学大学院博士課程人文社会科学研究科文芸・言語専攻修了　博士（文学）

③宇都宮大学非常勤講師
④明清詩文
⑤「王漁洋の『悼亡詩三十五首』について」（国士舘大学漢学会『漢学紀要』第十号）、「王漁洋の「神韻」―『花草蒙拾』に見える史達祖・李清照詞を中心に―」（中国文化学会『中国文化』第71号）、「王漁洋の『神韻』考―陳子龍の詩詞を中心に―」（筑波大学中国文学研究室『筑波中国文化論叢32』）、「王漁洋の『南唐宮詞八首』について」（中国文化学会『中国文化』第72号）

有澤晶子　ありさわ・あきこ

②文学碩士〔中国藝術研究院〕、博士（日本語日本文学）〔学習院大学〕
③東洋大学文学部教授
④中国伝統演劇、日中比較文学文化、明清文人
⑤『中国伝統演劇様式の研究』（研文出版）、『比較文学―比較を生きた時代　日本・中国』（研文出版）他
⑥「邯鄲夢題材在日本的演進」（『中華藝術論叢』第11輯復旦大学出版社）、「戯曲における解脱表象の一典型」（『日中言語文化研究論集』）他

河内利治（君平）　かわち・としはる（くんぺい）

①一九五八年　大阪生
②筑波大学大学院博士課程文芸言語研究科単位取得退学
③大東文化大学教授・博士（中国学）
④中国書学、美学芸術学、明清文人
⑤『書法美学の研究』（汲古書院）、『漢字書法審美範疇考釈』（上海社会科学院）、監修『中国書道の至宝』（国書刊行会）、監訳『筆法と章法』（芸術新聞社）、監訳『王羲之王獻之書法全集』全十八巻（ゆまに書房）他
⑥「黄道周と沙孟海―書法審美範疇語〈遒媚〉をめぐって」（中国文化71）、「現代日中書道交流の一側面―今井凌雪先生を基軸として」（書学書道史研究23）、「書法文化の日本伝播」（大東書道研究21）他

小塚由博　こづか・よしひろ

①一九七三年　東京生
②大東文化大学文学部中国文学科卒、大東文化大学大学院文学研究科中国学専攻博士前期課程修了、同博士後期課程修了。博士（中国学）。

③大東文化大学文学部中国学科助教
④中国文学（明清文人研究）
⑤『剪灯新話』（共訳・中国古典小説選8・明治書院）、『徐文長』（共著・白帝社）他
⑥「『板橋雑記』成立小考―晩年の余懐の交遊関係を中心に―」（日本中国学会報55集）、「戯曲家としての余懐―交遊関係を中心に」（中国古典小説研究15号）、「張潮『幽夢影』の評者たち」（大東文化大学紀要（人文科学）50号）、「張潮編纂の叢書について―編集状況を中心に―」（漢学会誌53号）、「書簡の伝達者としての僧侶―張潮の交遊関係を手がかりに―」（蓮花寺佛教研究所紀要8号）他

佐藤敦子　さとう・あつこ

①徳島県生
②筑波大学芸術専門学群卒
③大東文化大学第一高等学校教諭
④書法芸術、明清文人研究
⑤『鄭板橋』（共著・芸術新聞社）、『徐文長』（共著・白帝社）

谷口　匡　たにぐち・ただし

①一九六三年　鳥取県生
②筑波大学比較文化学類卒、同大学院博士課程文芸・言語研究科満期退学
③京都教育大学教育学部教授
④唐代散文、中国散文文体論
⑤『読み継がれる史記―司馬遷の伝記文学』（塙書房）、『新釈漢文大系　史記（列伝）』（共著・明治書院）他
⑥「『説』の原型としての伊尹故事」（中国文化第70号）、「探訪・京都の漢学」（新しい漢字漢文教育第59号）他

村田和弘　むらた・かずひろ

①一九六五年　群馬県生
②金沢大学文学部文学科卒、筑波大学大学院博士課程文芸言語研究科単位取得退学
③北陸大学未来創造学部教授
④中国明清文学
⑤『傅山』・『鄭板橋』（ともに共著、芸術新聞社）

⑥「明代冥婚譚『王玉英』の物語―その系譜と背景について―」（北陸大学紀要　第26号）、「筑波大学附属図書館所蔵本『水滸後伝』の「讖語」について」（北陸大学紀要　第28号）、「徐渭の詞について――代応制と女性をテーマとする詞を中心に――」（『徐文長』白帝社）

鷲野正明　わしの・まさあき

①一九五三年　新潟県生
②大東文化大学文学部中国文学科卒、筑波大学大学院博士課程文芸言語研究科中退
③国士舘大学文学部教授
④明清文学
⑤『はじめての漢詩創作』（白帝社）、『漢詩と名蹟』（二玄社）他
⑥帰有光の寿序―民間習俗に参加する古文（日本中国学会報第34集）、傅山の詩と詩論（『傅山』芸術新聞社）、鄭板橋の詩論と詩（『鄭板橋』芸術新聞社）、徐渭の文学思想（『徐文長』白帝社）、徐渭の詩と「神」（同上）他

唐寅

二〇一五年一一月一五日　初版発行

監修者　内山知也
編著者　明清文人研究会

発行者　佐藤康夫
発行所　㈱白帝社
〒一七一-〇〇一四　豊島区池袋二―六五―一
電話　〇三（三九八六）三二七一（代）
FAX　〇三（三九八六）三二七二（営）
〇三（三九八六）八八九二（編）

組版・印刷／倉敷印刷㈱
製本／㈱若林製本所

ISBN978-4-86398-212-3 C3098